Marie-Camille

TOME 1

Guy Saint-Jean Éditeur
4490, rue Garand
Laval (Québec) Canada H7L 5Z6
450 663-1777
info@saint-jeanediteur.com
saint-jeanediteur.com

Données de catalogage avant publication disponibles à Bibliothèque et Archives nationales du Québec et à Bibliothèque et Archives Canada

Nous reconnaissons l'aide financière du gouvernement du Canada ainsi que celle de la SODEC pour nos activités d'édition. Nous remercions le Conseil des arts du Canada de l'aide accordée à notre programme de publication.

Financé par le gouvernement du Canada | Canada
SODEC Québec
Conseil des Arts du Canada | Canada Council for the Arts

Gouvernement du Québec – Programme de crédit d'impôt pour l'édition de livres – Gestion SODEC

Révision : Isabelle Pauzé
Correction d'épreuves : Émilie Leclerc
Illustration de la page couverture : Talisman Illustration design – Alain Fréchette
Mise en pages : Christiane Séguin

Dépôt légal – Bibliothèque et Archives nationales du Québec, Bibliothèque et Archives Canada, 2019

ISBN : 978-2-89758-809-0
ISBN EPUB : 978-2-89758-810-6
ISBN PDF : 978-2-89758-811-3

Imprimé et relié au Canada
1re impression, octobre 2019

Guy Saint-Jean Éditeur est membre de
l'Association nationale des éditeurs de livres (ANEL).

FRANCE LORRAIN

Marie-Camille

TOME 1

Guy Saint-Jean
ÉDITEUR

PERSONNAGES

(âge des personnages au début du roman)

Beaulieu, François-Louis : pharmacien de Sainte-Cécile

Berger, monsieur : professeur de techniques de restauration au Collège des embaumeurs

Buisseau, Jean-Luc : professeur d'embaumement au Collège des embaumeurs (42 ans)

Buisseau, Mathieu : fils de Jean-Luc Buisseau (4 ans)

Buisseau, Micheline : femme de Jean-Luc Buisseau

Chelli, Béthanie : amie de la famille Joseph (24 ans)

Chelli, David : père de Béthanie et Myriam / collègue d'Edmond Joseph

Chelli, Myriam : sœur cadette de Béthanie (15 ans)

Croteau, Jacques : propriétaire du restaurant Pop Poulet (60 ans)

Delamontagne, monsieur : professeur d'anatomie au Collège des embaumeurs

Ézéchiel : parrain de Gabriel, frère de Maria Joseph

Gagné, Stéphane : étudiant au Collège des embaumeurs

Gélinas, Adèle : tante de Marie-Camille (49 ans)

Gélinas (Lortie), Clémentine : mère de Marie-Camille (décédée en 1934)

Gélinas, Édouard : père de Marie-Camille (53 ans)

Gélinas, Florie : tante de Marie-Camille (57 ans)

Gélinas, Laurent : oncle de Marie-Camille (47 ans)

Gélinas, Marie-Camille : fille de Clémentine et d'Édouard Gélinas (26 ans)

Gélinas, Rose : grand-mère de Marie-Camille (décédée en 1922)

Ginette : jeune serveuse du Pop Poulet

Holland, Jeremiah : ferblantier de Sainte-Cécile

Israël : chat de Marie-Camille

Joseph, Edmond : père de Gabriel (60 ans)

Joseph, Gabriel : ami de Marie-Camille (24 ans)

Joseph, Ibrahim : frère de Gabriel, exilé aux États-Unis

Joseph, Kayla : sœur de Gabriel (20 ans)

Joseph, Maria : mère de Gabriel

Joseph, Mazal : sœur de Gabriel (19 ans)

Joseph, Norbert : frère de Gabriel, exilé aux États-Unis

Josh : déménageur, ami et revendeur d'Alice Thibault (30 ans)

Lalonde, Hector : directeur du Collège des embaumeurs

Leclerc, Donald : étudiant du Collège des embaumeurs, neveu du doyen

Marcel : comptable, ancien amoureux de Marie-Camille

Marcoux, docteur : professeur de médecine au Collège des embaumeurs

Marquis, Louisette : meilleure amie de Florie Gélinas (71 ans)

Marquis, Ludovic : fils de Louisette Marquis

Pépin, Antoine : fils de Guy Pépin et ami de Jean-Luc Buisseau

Pépin, Gisèle : femme de Guy Pépin

Pépin, Guy : propriétaire du salon funéraire Gouin (74 ans)

Sénéchal, Jérôme : amoureux d'Adèle Gélinas, rédacteur en chef

Thibault, Alice : meilleure amie de Marie-Camille (30 ans)

Thibault, Raoul : frère jumeau d'Alice (30 ans)

Trudeau, Philémon : étudiant au Collège des embaumeurs

Vadeboncœur, Albertine : voisine de palier de Marie-Camille (80 ans)

Valois, madame : secrétaire du salon funéraire Gouin

« Tu n'es plus là où tu étais,
mais tu es partout là où je suis. »

Victor Hugo

PROLOGUE

Marie-Camille Gélinas décida de s'établir à Montréal en 1956 après une jeunesse passée dans le village de Sainte-Cécile, dans les Hautes-Laurentides. Elle quittait ainsi un cocon familial constitué entre autres de son père Édouard, veuf depuis vingt-deux ans, et de sa tante Florie. Cette dernière avait été pour elle une figure maternelle de remplacement, après le décès de sa mère Clémentine, causé par une chute liée à son diabète, survenue en juillet 1934. Au sein de cette tribu tissée serré se trouvait aussi son oncle Laurent, qui vivait entouré de ses animaux et tentait d'oublier les tourments de son existence. Seule sa tante Adèle avait quitté la région pour vivre enfin son amour avec Jérôme Sénéchal au grand jour, et Marie-Camille se faisait un plaisir de la retrouver dans la métropole.

Pendant les quatre premières années suivant son arrivée à Montréal, la jeune femme étudia et trouva un travail de serveuse à temps partiel dans un restaurant du nord de la ville. Elle s'installa dans un petit logement du quartier Rosemont et obtint son diplôme d'infirmière.

Heureuse de sa liberté, elle désirait avant tout s'épanouir et, à l'instar de sa tante Adèle, une des premières femmes journalistes du Québec, était bien déterminée à ne laisser rien ni personne l'empêcher de suivre ses rêves…

CHAPITRE 1

— C'est donc bien plate, mautadine ! J'avais tellement hâte !

Étendue de tout son long sur le sofa de son salon, Marie-Camille regardait les trombes de pluie qui tombaient du ciel depuis le matin. En cette fin d'après-midi du 22 juillet 1960, la jeune femme de vingt-six ans faisait la moue en songeant à sa soirée… à l'eau !

— Pour une fois que je travaillais pas et que je pouvais jouer !

Délaissant sa position, Marie-Camille s'assit, en faisant une grimace enfantine. Depuis qu'elle vivait à Montréal, loin de sa famille immédiate, la jeune femme portait presque toujours des pantalons. Elle avait laissé tomber avec grand plaisir les robes et les jupes bien sages qui convenaient à sa tante Florie lorsqu'elle vivait à Sainte-Cécile. Elle avait maintenant deux ans de plus que sa mère Clémentine lors de son décès et les ressemblances entre les deux femmes étaient frappantes pour tous ceux qui avaient eu la chance de connaître l'épouse d'Édouard Gélinas : des boucles blondes qui dépassaient tout juste ses oreilles, des yeux bleus un peu trop écartés l'un de l'autre, un nez constellé de taches de rousseur et surtout, cette belle fossette qui creusait sa joue lorsqu'elle éclatait de son rire puissant.

Mais pour le moment, Marie-Camille n'avait pas le goût de rire du tout. Ce soir-là, elle avait prévu de rejoindre son équipe de softball au parc Meilleur, pour disputer la troisième partie de la saison. Elle aimait pratiquer ce sport, qui était encore décrié par quelques prêtres rétrogrades. Son amie Alice avait tellement insisté pour qu'elle joue dans l'équipe que Marie-Camille s'était inscrite au départ pour la faire taire. Puis, elle s'était prise au jeu et là, elle déprimait à l'idée de ne pas pouvoir rejoindre la douzaine de femmes qui formaient l'équipe des Marinières de Rosemont. D'habitude, le vendredi, la blonde travaillait au restaurant Pop Poulet jusqu'à 6 heures et parfois même 7 heures du soir, ce qui fait qu'elle arrivait toujours sur le terrain à bout de souffle pour les parties.

— Pour une fois que Jacques m'a donné congé du restaurant, je me retrouve à tourner en rond dans mon salon, marmonna-t-elle.

Soupirant profondément, Marie-Camille leva les bras pour replacer sa chevelure, qui avait sensiblement le même air qu'elle: piteuse! La sonnerie du téléphone interrompit ses pensées moroses et la femme jeta un regard hésitant sur l'appareil orangé installé sur la table près de son sofa. Mordillant ses lèvres pendant quelques secondes, elle étira le bras en espérant que…

— Allô, Marie-Camille?

Soupirant d'ennui en entendant cette voix masculine, elle tourna le fil autour de ses doigts en déposant un pied nu sur la table. Elle aurait dû écouter son instinct et ne pas répondre.

— Oui, Marcel.

«Qui d'autre veux-tu que ce soit?» eut-elle envie de demander à l'homme. Après tout, elle vivait seule dans cet appartement sur la rue de la Roche et si quelqu'un répondait au téléphone, les chances que ce soit elle étaient drôlement élevées ! Le ton un peu larmoyant de son interlocuteur lui fit lever les yeux au ciel.

— Je te dérange ? T'as l'air impatiente...

— Heu, non, non. C'est juste que...

« Que tu me fatigues ? Que je t'ai demandé de l'espace ? » eut envie de répliquer Marie-Camille. Mais bien entendu, elle n'en fit rien et s'entendit répondre poliment :

— Je devais jouer au softball ce soir et comme tu l'imagines, la partie est tombée à l'eau !

— Parfait !

— Hein ?

Son interlocuteur se racla la gorge avant de marmonner :

— Je voulais juste dire que comme ça, tu es libre ce soir ?

Marie-Camille grimaça en flattant Israël, le chat caramel que lui avait donné son bon ami Gabriel le printemps précédent et qui venait de sauter sur ses genoux. Lorsqu'elle avait accepté de sortir avec Marcel, le jeune comptable, l'année d'avant, elle s'était vite rendu compte à quel point l'homme n'était pas son genre. Sa conversation d'une platitude extrême, ses habits conventionnels oscillant entre le gris pâle et le noir, sa tonsure, qu'il tentait de camoufler en peignant ses cheveux sur le devant, tout chez lui l'avait agacée assez rapidement. Après un seul mois de fréquentations, Marie-Camille avait mis fin à la relation. L'homme ne s'en était toujours pas remis et, à intervalles réguliers, il téléphonait à son ancienne amoureuse dans l'espoir de raviver la flamme. En entendant sa question, la femme se renfrogna en se disant qu'elle aurait dû écouter sa tante Adèle, qui lui avait suggéré la dernière fois de mettre fin froidement aux espoirs de Marcel. Ce qu'elle n'avait pas fait et qu'elle regrettait maintenant amèrement.

— Heu… en fait… pas vraiment… C'est que…

Malhabile dans l'art du mensonge, Marie-Camille posa ses yeux clairs sur les meubles et sur les murs tapissés de son petit logement, en espérant y trouver une excuse valable pour éconduire l'ancien cavalier. C'est son chat qui l'aida dans sa recherche.

— En fait, non, énonça-t-elle d'une voix à présent enjouée. J'ai invité l'ami qui m'a donné Israël à venir voir comme il avait grossi depuis le mois de mai.

Satisfaite de sa répartie, la femme soupira discrètement, en se levant pour mettre fin à la conversation.

— Mais tu viens de me dire que tu pensais jouer au softball ! répliqua Marcel sur un ton agaçant dans lequel un soupçon était bien perceptible.

Marie-Camille plissa son nez en se traitant d'idiote, donna un léger coup de coude à son animal pour qu'il cesse de gruger le coin de la table et répondit :

— Je me suis vite aperçue que la partie serait annulée. Ça fait que j'ai téléphoné à mon ami.

— Oh. Je comprends. C'est de valeur. J'aurais aimé ça t'inviter au cinéma. Tu es certaine que tu changes pas d'idée ? Tu pourrais rappeler ton ami.

— Non, non, Marcel. C'est trop tard… Oh, ça vient de cogner à la porte, lança-t-elle précipitamment. Bon, alors à une prochaine fois, peut-être !

Sans laisser le temps à son ancien compagnon de larmoyer une nouvelle réplique, Marie-Camille déposa le combiné et glissa ses pieds sur la moquette à poil long en fixant son chat, à présent couché sur le calorifère à eau sous la fenêtre. Elle posa son nez dans la fourrure de la bête, avant de jeter un regard sur le mur près d'elle. La jeune femme y avait installé huit horloges de tailles et de couleurs différentes. Quand les visiteurs s'étonnaient de cette originalité, Marie-Camille leur répondait :

— Je veux être certaine d'être toujours à l'heure !

Comme tout le monde connaissait son manque de ponctualité, la plupart rigolaient. Dans les faits, tous avaient eu, à un moment ou un autre de leur relation avec Marie-Camille, l'occasion de constater que l'ajout de quelques réveils ou horloges dans son appartement ne nuirait certainement pas à ce vilain défaut !

— En attendant, mon Israël d'amour, j'ai rien de plus à faire ce soir que de regarder la pluie tomber ! Alice travaille jusqu'à 9 heures.

Le ronronnement indifférent qui lui répondit la fit sourire. Après le décès du chat qu'elle avait eu chez son père Édouard, à Sainte-Cécile, elle avait résisté à la tentation d'en adopter un nouveau.

— J'ai eu trop de peine quand Barbouille est mort, avait-elle expliqué à ses amis, qui lui suggéraient de se procurer un chaton pour pallier son ennui de sa famille. Il avait beau être rendu à quinze ans, je l'avais espéré immortel !

Puis, en mai dernier, Gabriel était arrivé avec une boîte de carton et un sourire éclatant.

— Je t'apporte un cadeau, avait-il lancé, dès qu'il était entré dans l'appartement. Puis tu ne peux pas refuser !

En ouvrant la boîte, Marie-Camille était immédiatement tombée en amour avec les grands yeux verts et le minois relevé d'Israël. Son ami n'avait eu qu'à lui mettre le chaton dans les bras pour que toutes ses objections s'envolent.

Depuis, à aucun moment elle n'avait regretté d'avoir accepté de garder l'animal de compagnie. Elle se sentit moins coupable envers Marcel lorsqu'elle se dirigea vers son téléphone de nouveau et composa le numéro de son copain.

— *Can I speak to Gabriel Joseph please ? It's hum... con... cerning his account at Morgan's*[1], demanda-t-elle dans un anglais laborieux.

Marie-Camille attendit patiemment que son ami prenne l'appel.

— *Hello, this is Gabriel Joseph.*

La voix sérieuse de l'homme la fit éclater de rire. Elle poursuivit en français, sans lui donner la chance de répliquer :

— C'est moi ! Avoue que ton père a rien soupçonné hein ?

— *In fact, not at all, you're right*[2].

— Ma partie de softball est annulée, ça te dirait de venir prendre le thé ? Tu pourrais en profiter pour voir Israël. Ça fait un mois que t'as pas mis les pieds ici.

Quelques secondes s'écoulèrent pendant lesquelles Marie-Camille en déduisit que son ami tentait de s'isoler pour pouvoir lui répondre loin des oreilles indiscrètes de ses parents. Il souffla dans l'appareil, dans son français parfait :

— Donne-moi une heure. Je mange et ensuite, je viens te rejoindre.

— *Good !* À tantôt !

~ ~ ~

---

1 Est-ce que je peux parler à Gabriel Joseph s'il vous plaît ? C'est... hum... concernant son compte chez Morgan's.

2 En fait, pas du tout. Vous avez raison.

Marie-Camille venait juste de terminer sa vaisselle lorsque la sonnette se fit entendre. Elle sourit en ajustant sa chevelure derrière ses oreilles, et elle se dirigea vitement vers la porte. En ouvrant à son ami, elle ressentit, comme toujours, une énorme bouffée d'affection. Tout ce qu'il endurait pour ne pas se faire réprimander par sa famille la consternait toujours.

— Vite, rentre avant que madame Vadeboncœur vienne écornifler sur le palier !

Habitué à se faufiler rapidement dans le logement pour éviter la voisine de Marie-Camille, le jeune homme entra et serra l'hôtesse avec tendresse. Entre eux, aucune confusion possible, il n'y avait que de l'amitié. Il déposa son parapluie et suivit son amie dans le salon. Il posa son regard foncé sur Marie-Camille lorsqu'elle s'amusa à tirer sa longue barbe noire, avant de se faire gronder gentiment :

— Arrête ça, Marie !

— Tu le sais que c'est plus fort que moi ! Mon doux que tu es toujours chic, toi !

Gabriel haussa ses larges épaules, étirant du même coup sa chemise au long col bleu. Il portait celle-ci bien insérée dans un pantalon de toile gris, à fines rayures pâles. Marie-Camille éclata de rire avant de redevenir sérieuse.

— Tes parents ont rien soupçonné ?

— Non. Je leur ai dit que j'allais au café pour lire un peu. Mais il faut que je sois rentré à 9 heures si je veux éviter les questions embarrassantes. Tu sais que je n'aime pas trop leur mentir.

— Bien s'ils te laissaient vivre un peu aussi ! s'exclama Marie-Camille, en regrettant aussitôt ses propos.

C'était facile pour elle de parler ainsi, puisque sa tante Florie n'était plus à ses côtés pour donner son avis sur ses projets et ses aspirations. Quand elle habitait à Sainte-Cécile, la jeune femme avait eu plus souvent qu'à son tour l'impression de vivre dans une prison dorée ! Marie-Camille se retourna pour tirer son ami par la main et le traîner vers le salon.

— Alors, raconte...

L'homme juif de vingt-quatre ans vivait toujours avec ses parents, dans la municipalité d'Outremont. Son père, un Juif marocain, avait immigré avec sa famille à Montréal en 1942. Pendant une décennie, il avait travaillé dans des ateliers de confection de vêtements dans le secteur situé autour de la rue Notre-Dame et de la rue Saint-Paul, avant de fonder sa propre compagnie, qui, aujourd'hui, employait près d'une soixantaine de travailleurs. Même s'il avait espéré voir l'un de ses fils prendre la relève de son atelier, le patriarche s'était fait à l'idée que ce ne serait jamais le cas. Ses deux aînés s'étaient exilés aux États-Unis et, lorsque Gabriel avait décidé d'entreprendre des études en médecine, son père avait compris que son entreprise serait un jour vendue. Mais malgré sa déception première, l'homme s'était par la suite réjoui du choix de carrière de son cadet. Et il en était à présent très fier !

— Bof... répondit le jeune homme, sans regarder directement son amie.

— Bof quoi ? Viens pas me dire que t'as encore rien dit à ton père ? le questionna sévèrement Marie-Camille.

Elle sortit un petit bout de langue en forçant pour ouvrir sa boîte de métal, dans laquelle se trouvait son thé. Concentrée, elle ne remarqua pas la moue du jeune homme.

Trapu, avec une démarche un peu lourde, Gabriel aimait rire et s'amuser, sauf lorsque venait le temps de discuter de ses conflits de loyauté. Marie-Camille lui pointa le divan, avant de l'y rejoindre quelques minutes plus tard avec leurs boissons chaudes. Les deux amis prirent place côte à côte en silence durant un long moment. Puis, la femme revint à la charge.

— Câline, Gabriel, l'école commence dans moins de deux mois ! Tu vas faire quoi quand ton père va te demander des comptes, hein ? Ou pire, quand il va falloir que tu les payes, tes comptes ?

Son ami ne répondit pas, savourant le biscuit au beurre servi par son amie pour accompagner leur thé. Puis, il se tourna vers Marie-Camille avec un air attristé :

— Comment veux-tu que je lui dise ça sans le peiner ?

— Heu, tu pourrais commencer par : « Je voulais te dire, papa, que j'ai décidé de continuer mes études au Collège des embaumeurs du Québec. » Voilà, c'est pas plus compliqué que ça ! répliqua sèchement Marie-Camille.

Gabriel la regarda en replaçant sa kippa sur le dessus de sa tête. Il eut un petit rictus, avant de marmonner :

— Si c'est si facile, dis-moi donc pourquoi ta famille ne sait pas encore que c'est là que tu vas étudier en septembre toi aussi ? Hein, Marie ?

Sachant fort bien qu'il avait raison, son amie prit son chat pour faire diversion. Lorsqu'elle était arrivée à Montréal, quatre ans plus tôt, son but était d'étudier pour devenir infirmière. Elle avait terminé sa formation en décembre 1959. Avec l'accord de son père, elle avait décidé de rester en ville pour se trouver un travail dans l'un des grands hôpitaux montréalais. Ce qu'elle avait fait. Mais avec le temps, Marie-Camille avait réalisé qu'elle n'était pas taillée pour cette profession, où la douleur faisait partie du lot quotidien.

— Je pense pas que je vais continuer à être infirmière, avait-elle confié à son amie Alice un soir, au retour du cinéma.

— Tu vas faire quoi d'abord ? lui avait demandé l'autre, qui se contentait de son travail au restaurant Pop Poulet, ayant quitté l'école à quinze ans.

Marie-Camille n'avait pas répondu à son amie. Elle ignorait à ce moment-là ce que le futur lui réservait. Ce qu'elle savait, c'est que les lamentations des gens souffrants, l'arrogance de certains médecins et son manque d'enthousiasme à distribuer des médicaments justifiaient sa décision. De plus, elle ne voulait pas retourner vivre dans son village, même si l'ennui des siens se faisait parfois sentir. La jeune femme aimait trop cette liberté que lui procurait sa vie loin de Sainte-Cécile. Au moins, à Montréal, si elle manquait une messe du dimanche, il n'y avait personne pour la réprimander ! Puis, la lecture d'un article dans le quotidien *La Presse,* au printemps précédent, l'avait intriguée :

« S'il vous arrive un jour de rendre l'âme dans les environs d'Owen Sound, en Ontario, il se pourrait que votre dépouille soit confiée aux soins experts de deux embaumeurs "féminins", mesdames Vernon Emke et C. M. Alton, qui seront licenciées en juin prochain. Les deux candidates suivaient en cela l'exemple de leurs maris, qui exerçaient la profession depuis plusieurs années. Mais n'allez pas croire que cet évènement soit une exception, puisque depuis sa fondation, il y a vingt ans, l'école d'embaumeurs d'Owen

Sound a vu défiler en ses murs vingt-trois diplômés du sexe féminin...* »

Cet article avait trotté dans la tête de la jeune femme pendant quelques jours, avant qu'elle fasse part de sa découverte à Gabriel. Ce dernier, surpris par son intérêt, avait rapidement compris les avantages liés à cette profession. Comme Marie-Camille, le jeune homme entretenait de nombreux doutes face à son choix de carrière. Seule Adèle avait été mise au courant de cette envie d'explorer un nouveau domaine d'études qui stimulait sa nièce. Malgré sa grande ouverture d'esprit, l'écrivaine et journaliste de près de cinquante ans était restée estomaquée lorsque sa nièce lui avait confié :

— Je veux devenir embaumeur.

— Pardon ?

— Quoi ? Regarde-moi pas comme ça, matante ! Tu penses que je serais pas capable de faire ce travail-là ? Je vois pas pourquoi j'y arriverais pas !

Adèle avait secoué sa tête aux cheveux courts en fixant cette drôle de petite bonne femme. Marie-Camille ressemblait tellement à sa mère Clémentine au moment de sa mort qu'elle se disait parfois que le fait de la côtoyer ne pouvait que rouvrir les blessures de son frère Édouard. Peut-être était-ce l'une des raisons pour lesquelles il était si tolérant envers le besoin d'évasion de sa fille... Ainsi, le maître-beurrier de Sainte-Cécile n'était pas confronté quotidiennement à l'image de la femme qu'il avait tant aimée.

---

* Tous les passages suivis d'un astérisque renvoient à une note de l'auteure à la fin du roman.

— Ce n'est pas ça, Marie-Camille, mais j'ai de la misère à t'imaginer travailler avec des morts à longueur de journée. Tu es tout le temps de bonne humeur ! Puis, est-ce qu'il y a des femmes au Québec qui font ce métier-là ?

La voix froide de sa nièce avait aussitôt répliqué :

— C'est toi qui me demandes ça, matante Adèle ? Tu sauras qu'en Ontario, elles sont plus de vingt femmes à exercer cette profession. Et quand tu es devenue journaliste, est-ce qu'il y en avait beaucoup de femmes qui l'étaient au Québec ? De toute manière, moi, je vois pas ça comme être avec des morts tout le temps. Je vois ça comme aider les vivants à continuer leur vie sereinement. Je trouve ça trop pénible de donner des pilules ou de changer des pansements pour des gens qui ont plus d'espoir. En plus, on s'entend que mes futurs « clients » devraient pas trop remarquer si je suis un homme ou une femme !

Marie-Camille avait éclaté de rire en mimant un mort allongé dans un cercueil. Comme toujours, Adèle avait suivi son humeur joviale et n'avait plus songé à contester son choix. Quand la jeune femme avait finalement pris sa décision, après une mûre réflexion, sa tante avait même offert de lui avancer la somme nécessaire pour son inscription jusqu'à ce qu'elle se sente prête à parler à son père. Pourtant, malgré les affirmations qu'elle avait servies à Gabriel, Marie-Camille ne s'était pas encore résolue à avouer au reste de la famille son changement de plan de carrière. Surtout pas à sa tante Florie, qui avait joué le rôle de figure maternelle tout au long de son enfance. Juste à imaginer la tête que ferait la femme, Marie-Camille sentait une tension s'installer dans ses épaules. Ne voulant pas avouer sa lâcheté, elle se retourna vers son ami pour souffler :

— Ça a juste pas adonné que je leur dise ! C'est pas pareil, je vis pas avec eux autres, moi. Toi, ton père va bientôt te demander à quel moment tu vas prendre ton poste à l'hôpital. J'ai hâte de voir ce que tu vas lui répondre ! En plus, j'ai déjà payé mon inscription avec l'argent qu'Adèle m'a avancé.

Gabriel claqua la langue avec désarroi. Il ferma ses yeux quelques secondes avant de soupirer.

— On peut parler d'autre chose ? Je ne suis pas venu pour ça… Je vais le faire, je sais que je n'ai pas le choix. Mais je te jure qu'à la pensée de leurs visages déçus, j'ai presque envie de poursuivre mon cours de médecine, puis d'abandonner mon idée de t'accompagner au collège. Il me reste juste un an d'études. Peut-être que je m'y ferais, à ce travail, dans le fond !

Marie-Camille hocha la tête pour lui montrer qu'elle comprenait son combat intérieur et lui fit un sourire piteux pour s'excuser de son emportement. Les deux amis se mirent alors à discuter de choses et d'autres. Leur première rencontre, qui datait de près de deux ans, n'avait pas été une réussite. Au contraire, Gabriel avait apostrophé la jeune femme lorsque celle-ci lui avait foncé dessus à la sortie de l'hôpital, faisant gicler du même coup le contenu de son gobelet de café sur la chemise blanche de l'étudiant.

— Oh, excusez-m…

— Vous ne pouvez pas regarder où vous allez ? s'était emporté Gabriel, le vêtement taché du col au nombril.

— Pardon.

Marie-Camille avait tenté de ne pas pleurer, mais devant la colère de son vis-à-vis, elle avait senti sa lèvre inférieure se mettre à trembler, et son amie Alice, qui était venue à sa rencontre, avait pris sa défense dans un mauvais anglais. Elle patientait sur le trottoir devant l'hôpital et avait assisté à la collision entre les deux jeunes gens. En voyant la kippa, la flamboyante rousse avait assumé que l'homme était anglophone.

— *Not...* nécessaire... *you* choquer... *like that. It...* un accident. *My* amie *not do* exprès, heu... *you know*?

— Je... je...

Marie-Camille, quant à elle, n'était pas arrivée à formuler une phrase complète. Elle avait plutôt fouillé dans son sac usé à la recherche d'un billet de deux dollars à offrir au jeune homme, pour lui permettre de faire nettoyer sa chemise. Quand elle l'avait sorti, d'une main tremblante, Gabriel avait pris une profonde respiration, en secouant sa tête ornée de ce drôle de petit chapeau rond.

— Non, non, je m'excuse de mon emportement, mademoiselle.

— Franchement, vous parlez français, puis vous me laissez avoir l'air idiote de même! s'était exclamée la pulpeuse Alice, le visage rouge de frustration.

L'ignorant, Gabriel avait repoussé la main tremblante de Marie-Camille et lui avait dit spontanément:

— Pour me faire pardonner ma colère, je vous offre un café à toutes les deux, si vous le voulez bien. Disons que ma journée n'a pas été de tout repos et que vous en avez subi le contrecoup, malheureusement.

Malgré les protestations des deux jeunes femmes, l'étudiant avait insisté, et le trio avait finalement passé l'après-midi au café situé près de l'hôpital Royal Victoria, à rire et à discuter sans interruption. Le jeune homme, qui ne fréquentait que des gens de la communauté hassidique, s'était surpris de constater la complicité qui s'était rapidement installée entre eux trois. Lorsqu'ils s'étaient quittés, ils avaient promis de se revoir et, pour Marie-Camille et Gabriel, cette amitié inusitée n'avait jamais cessé de grandir. Élevé dans une famille traditionnelle juive, l'homme n'avait pas mentionné cette fréquentation aux siens, sachant fort bien qu'elle aurait été aussitôt condamnée. Côtoyer une femme non juive célibataire ? Ses parents lui défendraient de sortir de la maison, malgré son âge ! C'est la raison pour laquelle, après deux heures à jaser, à boire du thé et à manger des croustilles au BBQ avec Marie-Camille, l'homme reprit son parapluie en soupirant.

— Pas que je n'ai pas de plaisir, mon amie, mais je dois retourner chez moi.

— Bien correct, Gabriel ! De toute manière, je travaille tôt demain, alors je vais aller dormir sous peu.

Marie-Camille sourit à son ami, qui se dépêcha de faire une caresse à Israël, qui passait à ses pieds. Puis, il fit la bise à la blonde, avant de jeter un œil sur le palier par la porte entrouverte.

— Le chemin est libre, souffla-t-il, à bientôt. Madame Vadeboncœur doit faire son solitaire ou regarder son hockey !

Sa copine referma la porte en riant, juste à imaginer la vieille voisine assise devant une partie de sport. Elle s'éloigna vers sa petite salle de bain en chantonnant. Elle allait prendre un bon bain pour se relaxer et ensuite… Des coups à la porte interrompirent toutefois son mouvement.

— Tiens, tiens, qu'est-ce qu'il a encore oublié, ce Gabriel ? murmura Marie-Camille, en reboutonnant sa blouse rose.

Étourdi, son ami avait souvent l'habitude de laisser ses clés, son chapeau ou même son portefeuille sur le comptoir de la cuisine. Pourtant, un rapide coup d'œil autour d'elle confirma à la jeune femme qu'il n'en était rien. Marie-Camille ouvrit donc la porte, un peu craintive:

— Oh! fut le seul mot qu'elle réussit à prononcer, en voyant la personne qui se tenait sur le pas de sa porte.

CHAPITRE 2

Gabriel descendit à toute vitesse les marches de l'immeuble de la rue de la Roche. Pas question qu'il arrive trop tard au domicile familial et qu'il doive mentir à ses parents, qui le questionneraient gentiment sur sa soirée passée au café. Ceux-ci étant allés au théâtre, il devrait avoir la possibilité de se glisser dans la maison avant leur retour et ainsi éviter une conversation embarrassante.

Il salua d'un hochement de tête la dame croisée dans l'escalier, en remarquant la manière apeurée qu'elle avait de tenir sa sacoche contre son ventre. Il haussa les sourcils et se pressa sans s'arrêter. Une fois à l'extérieur, il marcha sur le trottoir et, tout à ses préoccupations, ne vit pas Alice, l'amie de Marie-Camille, qui arrivait en face de lui. Ce n'est qu'au moment où la jeune serveuse auburn l'agrippa par le bras qu'il releva la tête pour apostropher l'intruse.

— Désolé... Oh Alice!

— Salut, air bête. Comment vas-tu?

La femme de trente ans avait le visage rond comme une lune et de grands yeux clairs sous une mer de boucles frisottées. Elle lui sourit en laissant paraître des incisives légèrement avancées, ce qui était peut-être la raison de son zozotement quasi imperceptible. Gabriel, qui ne s'habituait pas au ton direct de la femme, haussa les épaules en cessant de marcher:

— Ça va, ça va. Toi?

— Bien! On dirait pas que tu es en grande forme! remarqua Alice. Tu as la même face que mon patron quand les Canadiens perdent! Veux-tu qu'on marche ensemble?

Gabriel chercha une issue et pointa plutôt l'immeuble d'où il sortait.

— Tu ne t'en allais pas chez vous?

— Non, non. Je reviens du resto, puis j'ai pas le goût de rentrer tout de suite. Il fait vraiment doux, ça va me faire du bien, un peu d'exercice! En plus, j'ai passé la soirée avec Marie-Camille hier. On s'est assez vues!

Alice sourit en mentant effrontément au jeune homme. Les deux amies travaillaient au même restaurant de la rue Saint-Denis et vivaient dans le même immeuble, l'une en dessous de l'autre, dans des logements semblables. Pourtant, même si elles se côtoyaient presque quotidiennement, elles réussissaient à se laisser l'espace nécessaire pour ne pas se tomber sur les nerfs.

— Toi, questionna Alice, en se balançant d'un pied à l'autre, tu arrives de chez Marie?

Gabriel hocha la tête en tentant de s'éloigner un peu de la jolie femme. Depuis leur première rencontre, elle le mettait mal à l'aise, avec ce besoin qu'elle avait de toucher les gens, de s'approcher trop près de lui. Elle était assurément trop exubérante et extravertie à son goût. Il ne savait jamais comment agir en sa présence. En même temps, il se sentait idiot de refuser qu'elle l'accompagne, si les deux allaient dans la même direction.

— Bien, si ça te tente, ça ne me dérange pas.

— Wow ! Sois donc plus enthousiaste ! se moqua Alice, en glissant son bras sous celui de Gabriel, sans remarquer son rictus d'inconfort.

Pas qu'il n'était pas flatté des attentions de la jolie femme, mais il craignait que des gens de sa connaissance ne les croisent et fassent un compte rendu de cette rencontre à ses parents. Ensuite, il lui faudrait des jours et des jours pour les convaincre qu'il ne fréquentait pas une goy*.

Chez lui, il bénéficiait d'une certaine liberté, pourvu qu'il respecte les dogmes de sa religion. Et il y en avait plusieurs ! Son père Edmond et ses oncles ne se gênaient pas de le répéter : être juif signifiait être lié à un sens et à un but divin. Comme tous les autres membres de cette communauté à travers le monde, Gabriel avait été destiné à être juif dès le début des temps. C'était comme une mission dont il devait se montrer digne.

Mais cette lourdeur qu'il portait sur ses épaules ne lui était jamais apparue aussi pesante que depuis sa rencontre avec Marie-Camille. Le jour de leur accrochage devant l'hôpital avait signifié pour lui un changement dans sa vie : pour la première fois, il s'était permis de socialiser avec des gens qui n'étaient pas de la même confession. Par moments, le jeune homme se demandait ce qui lui avait pris d'inviter ainsi deux femmes célibataires à l'accompagner au café.

En regardant Alice, qui babillait sans arrêt, Gabriel se prit à sourire avec légèreté. Quand cette femme volubile racontait des histoires, il ne pouvait s'empêcher de l'écouter avec intérêt et bonne humeur. Elle tenait solidement le bras de son ami en gesticulant de l'autre main. Alors qu'ils marchaient côte à côte sur le large trottoir du boulevard Rosemont, Alice pointa le ciel :

— Enfin, il pleut plus ! Tu aurais dû entendre les clients ce soir. J'ai jamais vu ça, du monde marabout de même !

— Marabout ?

— Ben, pas de bonne humeur.

Gabriel rit en répétant tout bas le mot : marabout. Il avait beau vivre au Québec depuis l'âge de six ans, il y avait encore plusieurs expressions qu'il n'avait jamais entendues. Sa famille n'avait pas l'habitude de côtoyer des « pures laines » et ce n'était qu'au contact de Marie-Camille et Alice qu'il avait constaté que son français était assurément dépourvu de jargon typiquement québécois ! La femme plissa le front pour évaluer s'il se moquait d'elle.

— Le seul marabout que je connaisse, s'excusa-t-il, c'est l'oiseau africain.

Ce fut au tour d'Alice de questionner :

— Un oiseau ? Pas du tout, voyons donc ! Je peux te dire que mes clients de ce soir avaient pas d'ailes ni de bec, en tout cas !

Son rire explosa, alors qu'elle penchait la tête vers l'arrière. Gabriel déglutit en voyant la jolie gorge blanche exposée à sa vue. Il n'aurait jamais choisi Alice comme amoureuse ou épouse, mais il ne pouvait se leurrer face à l'attrait physique qu'elle exerçait sur lui. Puis, alors que le duo arrivait au coin de la rue Saint-Denis, Alice se leva sur la pointe des pieds, replaça la courroie de son sac de cuir sur son épaule et plaqua un bec sur la joue piquante du jeune Juif.

— Bon, je te laisse.

— Où tu vas ?

Alice mit son index sur sa bouche peinte en rouge en plissant ses yeux :

— Secret, mon cher. À bientôt !

Elle s'éclipsa vers le sud sans plus un regard derrière. L'homme resta planté debout quelques secondes, à contempler le mouvement ondulant des hanches de la femme. Il n'arrivait pas à décoder ses pensées quand il s'agissait d'Alice Thibault. L'appréciait-il ou non? En tout cas, elle savait émoustiller les hommes! Mais en voyant l'autobus 45 arriver de l'autre côté de la rue, il sortit de la lune pour se mettre à courir. Pas question de rater celui-ci! Sinon, il lui faudrait marcher jusqu'à sa demeure, ce qui risquait de le mettre assurément en retard.

~ ~ ~

En laissant Gabriel sur le coin de la rue, Alice était bien consciente de l'effet qu'elle lui faisait. Depuis qu'elle était toute petite, la femme avait appris à jouer de ses charmes pour obtenir ce qu'elle désirait. Mais aussitôt qu'elle s'était détournée pour partir vers le sud, son sourire s'était éteint sur ses lèvres. Plus besoin de faire semblant, personne ne la voyait à présent. Tout en marchant rapidement, malgré ses chaussures à talons hauts, elle roula sa jupe étroite à sa taille pour laisser voir ses genoux et le bas de ses cuisses charnues. Relevant ses épaules pour projeter sa poitrine en avant, la femme humecta ses lèvres en inspirant profondément.

— J'espère qu'il va être là...

Ce secret qu'elle portait depuis quelques mois déjà ne la dérangeait guère. Alice avait vu ses parents s'entredéchirer toute sa vie avant de mourir dans un accident de voiture, dix ans plus tôt. Elle n'était pas proche de son frère jumeau, qui habitait la ville de Trois-Rivières depuis la fin de ses études. Si elle parlait à Raoul une fois par mois, elle en était satisfaite. Son frère était tout ce qu'elle n'était pas: fidèle, raisonnable, respectueux des règles... Tout au long de sa jeunesse et de son adolescence, leurs parents le citaient en exemple lorsque Alice avait fait une bêtise:

— Pourquoi t'essaies pas de copier ton frère au lieu de faire des niaiseries?

— Ça te tente pas de suivre les traces de Raoul? Serveuse, franchement!

Rendue au coin de la rue Sherbrooke, elle tourna à gauche, et c'est en vitesse qu'elle franchit le dernier mille qui la séparait de sa destination. Alice aurait pu monter dans un bus, mais elle avait préféré conserver son argent. Déjà que la grogne ambiante au restaurant pendant la soirée avait résulté en des pourboires peu généreux, elle n'allait pas gaspiller ses sous alors qu'elle avait des jambes pour marcher!

— Enfin!

Devant la façade grise de l'édifice de la rue Saint-Christophe, au coin de Dorchester, elle inspira en regardant autour d'elle. Puis, avant de changer d'idée, elle appuya fortement sur le bouton de la sonnette, à côté de la lourde porte de bois. Les gens passaient près de la femme en lui jetant des regards entendus. Vêtue comme elle l'était – jupe trop courte, chandail trop serré –, ses cheveux auburn formant un halo de feu autour de son visage, tous portaient immédiatement un jugement: ce devait être une femme de mauvaise vie. Surtout que le quartier foisonnait de ces prostituées, qui vendaient leurs charmes au coin de la rue. Mais Alice ne changerait pas sa façon de se vêtir, juste pour éviter de voir les airs offusqués des passants. De toute manière, elle aimait bien provoquer! Un son aigu annonça l'ouverture de la porte et elle s'engouffra à l'intérieur en souriant à un vieil homme, qui leva son chapeau pour la saluer. Un long escalier devant elle permettait d'accéder à un premier palier, où elle s'arrêta en cherchant son souffle.

— Va falloir que je me mette en forme. C'est pas ma petite partie de softball une fois par semaine qui va faire le travail, marmonna-t-elle.

Elle poursuivit sa montée en savourant d'avance les heures de plaisir qui suivraient.

~ ~ ~

Une fois la porte de son appartement ouverte, Marie-Camille resta figée quelques secondes :

— Oh ! Matante Florie, qu'est-ce que tu fais là ?

— Une visite, ma chouette... ouf ! Je te fais une belle visite surprise ! Es-tu contente ? Depuis le temps que tu m'en parles, bien c'est aujourd'hui que je viens faire mon tour !

Marie-Camille ne broncha pas, la bouche ouverte comme un poisson sorti de son aquarium. Elle ferma les yeux un court instant pour s'assurer qu'elle ne rêvait pas. Mais non ! Juste derrière sa tante Florie, à bout de souffle, venait d'apparaître sa sœur Adèle, qui grimaça en haussant les épaules l'air de dire : « Désolée ! »

— Une visite ? Mais il est 9 heures... balbutia maladroitement Marie-Camille.

La corpulente femme de cinquante-sept ans ne renchérit pas et s'invita plutôt à l'intérieur de l'appartement sans plus attendre. Florie Gélinas était une tante aimante et affectueuse, mais elle entretenait des attentes strictes envers les membres de sa famille. À la suite de la mort de sa mère Rose, en 1922, Florie s'était occupée des siens et n'avait jamais accepté le mariage de son frère Édouard avec Clémentine Lortie. Il avait fallu le malheureux décès de cette dernière, lorsque sa fille Marie-Camille n'était âgée que de six mois, pour qu'un rapprochement ait lieu entre son frère et elle. Florie avait alors pris soin de Marie-Camille, lorsque son père Édouard était occupé à la beurrerie ou à la coopérative agricole. Si Marie-Camille adorait sa tante, elle aimait aussi le fait qu'elle ne mettait JAMAIS les pieds à Montréal. Paniquée, la jeune femme se pencha vers Adèle :

— Comment ça se fait qu'elle est ici ? répéta-t-elle angoissée.

— Pas eu le choix, je t'expliquerai, chuchota la journaliste, avant de rassurer sa nièce d'un sourire las. Mais t'inquiète pas, ton père et ton oncle vont bien.

La voix puissante de la matriarche de la famille Gélinas se glissa jusqu'aux deux autres.

— Me semblait bien que tu serais surprise ! Depuis le temps que je dis que je vais venir te visiter, bien me voilà ! Es-tu contente?

La femme au chignon tout gris, et au corps alourdi par le poids des tartes et des années tourna sur elle-même et ouvrit bien grand ses bras potelés :

— Viens ici, ma belle Mimi ! continua-t-elle sans attendre la réponse à sa question. Mautadine que je me suis ennuyée ! T'es même pas venue à Sainte-Cécile à la fête de la Reine, comme tu nous l'avais promis, ni à la Saint-Jean-Baptiste. Ça fait que j'ai dit à ton père : la petite vlimeuse, si elle pense qu'elle va se cacher à Montréal pour faire des niaiseries, je m'en vais aller vérifier de mes yeux à moi ! Parce que je suis pas Édouard, moi, je crois pas tout ce que tu racontes sur parole ! Alors me voilà ! Puis je te dis qu'une chance qu'Adèle a une grande auto...

— C'est la voiture de Jérôme, coupa sèchement la brune.

Florie se tut une seconde, en fronçant ses épais sourcils encore noirs, puis continua son monologue.

— ... parce que je t'ai apporté des pâtés, des beignes et un paquet de bonnes affaires qui devraient te remplumer. Voir si ça a de l'allure d'être maigre de même ! Tu fais peur, ma fille ! Pourtant, tu as mes gènes, tu devrais avoir un corps pas mal plus solide que ça ! En tout cas, poursuivit Florie, en reprenant son souffle, où est-ce que j'installe mes affaires ?

— Tes affaires ?

Encore plus assommée, la pauvre Marie-Camille écouta avec effroi l'explication de sa tante.

— Je viens passer une couple de jours avec toi, puisqu'on s'ennuyait l'une de l'autre.

La blonde tirait sans s'en rendre compte sur une de ses boucles et la tournait constamment autour de son index. Derrière ses lunettes noires, elle promena son regard anxieux sur son petit salon, sa cuisine bien rangée et la porte de sa chambre. Penchant les yeux sur sa tenue, elle respira de soulagement en se rappelant qu'elle portait encore sa robe chemisier rose pâle qu'elle avait revêtue pour aller faire des courses, avant l'arrivée de Gabriel. Du même coup, elle songea avec horreur que son ami et sa tante auraient bien pu se croiser, si Florie était arrivée cinq minutes plus tôt ! Cette dernière ne se serait pas gênée pour passer un commentaire à voix haute sur le drôle de monde qui vivait à Montréal. Un homme avec un chapeau accroché sur le dessus de la tête, franchement ! Marie-Camille souleva les bras en cherchant une excuse valable :

— C'est parce que j'ai pas beaucoup de place, matante.

— C'est ce que je t'ai dit, Florie ! renchérit Adèle. Viens donc dormir chez nous, à la place.

Mais lorsque Florie avait une idée en tête, il lui fallait plus qu'un court refus pour la lui enlever. Jérôme Sénéchal, l'amoureux officiel d'Adèle depuis près de vingt ans, se présenta à son tour au seuil du logement, une grosse valise à la main et deux sacs sur l'épaule. Il avait pris un peu de poids au cours de la dernière année, depuis qu'il avait cessé de fumer. Sa chevelure blonde était encore fournie et il portait les favoris plus longs, comme c'était la mode. Mal à l'aise, il attendit un signal de la femme de sa vie pour déposer le tout sur le sol.

— Voilà, madame Gélinas ! dit-il de sa voix qui avait fait vibrer Adèle dès le premier instant où elle l'avait entendue, derrière une porte du local du journal de Saint-Jovite. Toutes vos affaires !

Adèle et lui s'étaient rencontrés dans les bureaux du quotidien, alors que la jeune journaliste, déterminée à faire sa place dans ce monde essentiellement masculin, s'était imposée comme une talentueuse scribe. Malgré la promesse que la jeune femme avait faite à sa mère, sur son lit de mort, en 1922, de ne jamais se marier ni avoir d'enfants, et même si Florie la surveillait comme un dragon dès qu'un homme tournait dans les parages, Adèle était tombée passionnément amoureuse de Jérôme au premier regard. Les deux s'étaient séparés momentanément, avant de revenir ensemble en 1940 pour ne plus jamais s'éloigner l'un de l'autre.

— Merci, Jérôme, répondit son amoureuse, en lui faisant un clin d'œil.

Florie arrêta de bouger un moment, le temps de fixer son « beau-frère » de son regard noir. Avec les années, elle n'avait pas eu le choix d'accepter, ou plutôt de tolérer la présence de cet homme dans la vie de sa cadette. Une seule fois, huit ans plus tôt, lorsque l'aînée avait osé passer la réflexion qu'une promesse ne se brisait pas ainsi, Adèle avait mis les choses au clair :

— Écoute-moi bien, Florie, parce que je vais te le dire une seule fois. J'aime Jérôme et je vais continuer à le fréquenter jusqu'à ma mort – sauf si lui ou moi, on en décide autrement. Si tu tentes encore de me culpabiliser avec une promesse que j'ai faite quand j'avais douze ans, je te jure que tu me verras plus à Sainte-Cécile. Je le marie pas, j'ai pas d'enfants, j'habite même pas avec lui…

— Manquerait plus rien que ça ! avait grogné Florie, assise bien droite sur sa chaise de bois.

— Alors je te demande pas de l'aimer, ni même de l'apprécier. Mais tu vas quand même être respectueuse les fois où tu vas le rencontrer. C'est clair ?

Adèle avait levé un index sévère et Florie, déjà résignée, après le mariage de son frère Édouard avec Clémentine, avait capitulé. La plus âgée aurait tellement souhaité que sa fratrie respecte comme elle la promesse faite à leur mère Rose sur son lit de mort. Mais les deux femmes n'avaient plus jamais reparlé de la relation entre Jérôme et la belle brune. Ce qui ne voulait pas dire que Florie était des plus accueillantes envers l'homme, qui salua Marie-Camille d'un sourire qui se voulait encourageant.

— Je retourne au journal, Adèle. Il y a un problème avec le numéro de demain.

— D'accord, mon chéri. On se voit plus tard.

La femme sourit avec tendresse au rédacteur en chef du journal montréalais *Perspectives*, qui s'empressa de descendre les marches pour sortir au grand air. Quand la porte de l'appartement se ferma, le trio resta silencieux un moment, jusqu'à ce que Florie réitère sa demande :

— Puis ? Où je m'installe ?

Marie-Camille pointa la porte de sa chambre, en murmurant sur un ton qu'elle n'espérait pas trop déprimé :

— Prends mon lit, matante, je vais dormir dans le salon.

— Bonne idée ! Moi, avec mon dos, je peux pas coucher sur un meuble aussi petit.

Florie jeta un coup d'œil qui en disait long sur le divan de suède qui lui semblait fort peu confortable. Enfin, elle exprima son appréciation de l'appartement de sa nièce chérie :

— Je suis bien fière de voir que tu sais au moins tenir un intérieur, ma fille !

— Pourquoi, au moins ? questionna Adèle, qui connaissait pourtant la réponse qu'allait lui servir Florie.

— Toi, ma sœur, lance-moi pas sur ses idées de s'installer en ville quand elle avait tout le nécessaire dans les Laurentides ! Je comprendrai jamais pourquoi tu as décidé de rester ici au lieu de revenir à Sainte-Cécile après tes études. Puis ton père non plus, sois-en certaine !

Alors que Marie-Camille se recroquevillait sur elle-même pour éviter une réplique sèche, Adèle ne se fit pas prier pour renchérir :

— Arrête donc, Florie! Édouard lui a donné sa bénédiction. Il est bien fier de sa fille qui étud... travaille à Montréal. Il me l'a dit hier. De toute manière, qu'est-ce que tu voudrais qu'elle fasse au village, hein?

— Elle aurait pu s'occuper de la ferme. Je rajeunis pas, moi! grogna Florie, affichant sa mauvaise foi et évitant le regard de sa sœur.

Parce que chez les Gélinas, il n'y avait qu'une personne qui prenait soin des animaux et des cultures: Laurent, le cadet de la fratrie. Florie ne mettait jamais le pied dans la grange ni dans les champs. Elle n'avait donc pas besoin de relève! Adèle se retint de lui passer la remarque que leur nièce n'avait pas fait trois ans d'études pour brasser de la soupe ou pétrir du pain. Elle ne voulait pas se disputer avec Florie et mettre Marie-Camille dans l'embarras.

— Bon, indiqua Florie en bâillant, moi, je vais aller m'installer pour la nuit. Ta salle de bain est dans le corridor?

La grosse femme se dirigea vers la sortie, mais Marie-Camille éclata de rire en l'arrêtant et en posant sa main sur son bras.

— Ben non, matante, c'est par là!

Regardant la porte entrouverte à côté de la chambre, la femme âgée hocha la tête avec appréciation.

— Ha, au moins tu as pas à sortir de chez vous. Moi, je pensais que les pensions avaient des salles de bain communes.

— Les pensions?

Florie se tourna en fronçant les sourcils.

— Tu vis bien dans une pension? C'est de même qu'on appelle ça, non?

— Heu, non. C'est juste un appartement.

— Ben elle est où, la femme responsable ?

— Hein ?

— Voyons, Marie-Camille ! répliqua vivement Adèle, en lui lançant un regard d'avertissement. Florie parle de madame Vadeboncœur, ta logeuse.

Confuse, la jeune blonde vint pour rétablir la vérité lorsqu'elle vit les gestes de désespoir de sa tante Adèle. Marie-Camille réalisa alors que son père n'avait jamais expliqué à Florie qu'elle vivait de manière autonome, dans un logement indépendant. Sachant que sa tante ne dormirait pas de la nuit, en imaginant tous les dangers auxquels sa nièce était confrontée, elle acquiesça :

— Oh, elle habite la porte à côté, ma « logeuse » !

— Mautadine, c'est long avant que tu comprennes, ma fille ! J'espère que t'es plus vite que ça à l'hôpital !

Les mots de Florie claquèrent dans le salon, alors qu'elle empoignait sa valise et se dirigeait vers la petite salle de bain. Juste avant d'y pénétrer, elle lança de son ton autoritaire :

— Adèle, tu mettras les pâtés au Frigidaire. J'ai pas envie d'avoir cuisiné tout ça pour rien, moi ! Bonne nuit.

— Bonne nuit.

La porte de la salle de bain qui se ferma sèchement fit lever les yeux au ciel des deux parentes.

— T'aurais pu me téléphoner, matante Adèle ! chuchota Marie-Camille en s'effondrant sur son sofa.

— J'ai essayé, tu sauras, quand je l'ai appris ! Elle voulait tellement te faire la surprise, qu'elle m'a informée juste au moment de notre départ. J'ai demandé à ton père de t'appeler. Il ne l'a pas fait ?

Marie-Camille secoua la tête.

— Mais je suis allée faire des commissions une partie de l'après-midi.

La porte de la petite pièce qui s'ouvrit pour laisser paraître une Florie vêtue de sa longue jaquette en coton fleuri fit sourire la plus jeune. Jusqu'à la remarque sèche proférée par sa tante :

— Jasez pas jusqu'à minuit, vous deux ! On se lève de bonne heure demain matin, Marie-Camille !

— Ah bon ? interrogea la jeune avec surprise.

Florie s'avança en tressant ses longs cheveux.

— Je suis pas venue ici pour rien, tu sauras ! En plus de te voir, j'ai l'intention que tu me fasses visiter la ville, ma fille ! Toute la ville !

Sur ces paroles pleines de promesses, Florie salua de nouveau la compagnie et laissa sa nièce désemparée. Marie-Camille se pencha vers Adèle et murmura, sur un ton plaintif :

— Oh mon doux, matante, sauve-moi, je t'en supplie !

Adèle éclata de rire, alors que derrière la porte de la chambre, un puissant « CHHHUUUUT ! » se faisait entendre.

CHAPITRE 3

Lorsque Gabriel se leva, le samedi matin, il avait pris sa décision. Il allait passer outre ses craintes de vivre une confrontation avec son père et agir comme un homme. Après tout, lorsque ses parents avaient quitté l'Afrique du Nord pour émigrer au Canada, c'était pour s'assurer que ses frères, ses sœurs et lui puissent connaître une vie plus facile. Les tensions qui s'étaient installées, à la suite de l'établissement du statut des Juifs* dans son pays d'origine, avaient fait perdre l'emploi de fonctionnaire d'Edmond Joseph, qui avait ensuite tenté de se recycler dans l'immobilier. Mais comme le journalisme et le monde bancaire, ce domaine était aussi interdit aux Juifs marocains. Ceux-ci étaient fortement encouragés à pratiquer l'artisanat ou le commerce de gros. Trop incertains face à l'avenir, les parents Joseph avaient choisi l'exil, allant ainsi retrouver le frère aîné de Maria, installé à Montréal depuis de nombreuses années. En se tournant sur le dos, les yeux fixés au plafond de sa chambre, Gabriel soupira et plaça les mains sous sa tête.

— Si je ne le dis pas à papa aujourd'hui, il va payer ma scolarité à l'école de médecine, puis il va être encore moins disposé à accepter de débourser une autre somme pour le Collège des embaumeurs. Je n'ai plus le choix.

Encore une fois, le jeune homme envia ses deux frères aînés, qui vivaient à présent dans la région de New

York, après avoir épousé des jumelles juives américaines. Chanceux, Ibrahim et Norbert pouvaient agir à leur guise. Gabriel fit la moue en se disant que ceux-ci n'en profitaient probablement même pas, pris dans un tourbillon familial et professionnel depuis trop d'années. Il entendit le rire cristallin de sa sœur Kayla et ne put s'empêcher de sourire.

« Toujours de bonne humeur, celle-là ! » pensa-t-il, en songeant que Marie-Camille et sa sœur de vingt ans s'entendraient tellement bien.

Mais s'il avait osé s'aventurer du côté des goys depuis deux ans, ses sœurs cadettes, Kayla et Mazal, elles, suivaient le droit chemin des parfaites Juives. D'ailleurs, toutes les deux étaient fiancées et devaient épouser leurs promis dans les prochaines années. Leur père était juste, mais très strict. Surtout en matière de pratique religieuse. Edmond Joseph avait dû envoyer ses enfants à l'école anglaise, comme tous les autres immigrants non catholiques. Ce qui l'avait bien fâché, puisque tous parlaient un français irréprochable. Cependant, malgré le fait qu'il maîtrisait la langue de la majorité, l'homme ne désirait pas que ses enfants côtoient les jeunes Québécois, aux mœurs beaucoup trop légères à son goût.

Gabriel jeta un regard sur le réveil, qui indiquait déjà 8 heures 15, et il s'empressa de sauter dans son pantalon noir et sa chemise blanche afin de rejoindre les siens pour le déjeuner du samedi, jour de shabbat. Cette journée était consacrée à la famille et son foyer, et les Juifs qui respectaient cette tradition devaient réduire leurs activités extérieures au minimum.

— Un peu de courage, Gabriel, murmura-t-il, en laissant glisser sa main sur la rampe.

Dans l'escalier majestueux de leur grande maison, l'homme replaça sa kippa grise. Toute la descente était parsemée de cadres ornés de photographies de la famille ici et de celle laissée au Maroc. En pénétrant dans la cuisine lumineuse, Gabriel plaqua un sourire sur son visage pâle, qui contrastait avec le noir de ses cheveux et de sa barbe.

— Maman, papa. Bon matin.

— Gabriel, bon matin.

Sa mère Maria lui répondit avec un sourire doux. Elle était vêtue sobrement, comme ses sœurs, d'une longue jupe foncée et d'un simple chemisier. Toutes trois avaient les cheveux et les yeux foncés comme Gabriel. La plus jeune, Mazal, portait un large bandeau blanc dans sa chevelure. Hilare, elle réagissait à une blague de son aînée, malgré le regard sévère de son père, qui n'appréciait pas tellement les énervements lorsqu'ils survenaient en cette journée, destinée au repos. Gabriel s'avança pour baiser le front de ses parents et prit place à table, entre ses cadettes. Même s'il tenta de participer à la discussion, l'angoisse l'envahit au fur et à mesure que le repas se déroulait. Lorsque son père se leva pour signifier la fin de celui-ci, Gabriel sortit de sa torpeur.

— Papa, je voudrais te parler.

— Bien sûr.

Aussitôt que Gabriel ouvrit la bouche, l'attention de Kayla, très curieuse, se dirigea vers lui. Elle posa son menton dans sa main et attendit le début de la discussion entre son père et son frère.

— Pas ici, dans ton bureau, si tu veux bien.

Edmond hocha sa tête blanche puis frotta sa barbe en jetant un bref coup d'œil à sa femme, qui avait fait un léger rictus. Tous les deux pensaient la même chose. C'est ainsi que Norbert et Ibrahim avaient annoncé leur envie de fréquenter des Américaines rencontrées lors d'un évènement officiel qui s'était tenu à l'Hôpital juif, quelques années auparavant. Sans parler, le père pointa la sortie de la pièce et fit signe à son fils de le devancer. Dans la tête de Gabriel tournaient en boucle les paroles qu'il voulait prononcer. Il les avait tant pratiquées que le pauvre ne comprit jamais comment il réussit à faire en sorte que les mots sortirent aussi maladroitement de sa bouche, à peine la porte de la pièce refermée derrière eux :

— J'arrête la médecine et je veux commencer un cours au Collège des embaumeurs qui se trouve à l'Université de Montréal. Rien ne va me faire changer d'idée !

En mettant ainsi son père devant ce fait accompli, il savait que ce dernier réagirait encore plus vertement. Gabriel avait pourtant prévu de parler de son parcours scolaire, qui ne lui convenait pas, de son mal-être en centre hospitalier… Tant pis, ce qui était dit ne pouvait être repris. Gabriel ne voulait plus attendre, car bientôt, les cours débuteraient et comme il ne disposait pas d'argent personnel, il lui fallait espérer que son père accepte de débourser la somme nécessaire pour sa formation. Quelques secondes après que l'aveu eut franchi ses lèvres, le jeune homme comprit que la tâche serait ardue. Edmond ne verrait pas d'un bon œil l'abandon d'une profession aussi noble que la médecine. Si l'argent n'était pas un problème dans la famille, le patriarche pourrait quand même justifier son refus de financer le nouveau projet de son fils en utilisant ce prétexte. Pourtant, l'homme à la chevelure fournie grogna d'abord, sur un ton légèrement ironique :

— Quoi ? Tu veux devenir croque-mort ? Veux-tu bien m'expliquer où tu prends de telles idées ? On n'embaume même pas nos défunts ! Jamais de la vie. M'entends-tu ? Ton destin est tout tracé et je n'ai pas l'intention de te laisser le gâcher !

— Mais papa, j'y tiens beaucoup !

L'homme de grande taille, vêtu d'une chemise brune et d'un pantalon beige bien coupé, leva un index sévère devant son fils. Même si Gabriel avait vingt-quatre ans, il n'en demeurait pas moins que les conditions imposées par ses parents déterminaient son rythme de vie. Depuis toujours, on lui dictait ses choix : pour les amis, pour l'école, pour les amours, qui se voulaient chastes et pures. Le jeune homme n'avait jamais eu l'audace d'embrasser l'une des prétendantes que ses parents lui avaient présentées. De toute manière, son père l'avait avisé qu'il devait terminer ses études avant de songer à prendre une épouse. Pour la première fois de sa jeune vie, le fils tenait tête à Edmond et n'entendait pas plier.

— Père, je ne poursuivrai pas mon cours. Tu ne peux pas m'y obliger.

Une grimace déforma la bouche d'Edmond, qui s'avança au-dessus de son bureau. À son grand étonnement, l'homme d'âge mûr s'apercevait que son fils cadet n'avait pas l'intention d'abdiquer

— Écoute-moi bien, mon fils. L'Hôpital juif est grand ouvert et disposé à t'accueillir dès la fin de tes études. Et toi, sur un coup de tête, tu vas laisser tomber ton oncle Ézéchiel ?

— Oncle Ézéchiel se débrouille très bien sans moi, ne t'inquiète pas pour lui. Et j'ai longuement réfléchi, je te le promets.

Le parrain de Gabriel, chirurgien réputé, était membre du conseil d'administration de l'Hôpital général juif, inauguré par la communauté en 1934 pour répondre aux besoins des médecins et des infirmières, qui subissaient alors de la discrimination dans les autres hôpitaux de Montréal. Ézéchiel, le frère de sa mère, l'avait épaulé depuis le début de ses études en médecine. Bien sûr qu'il serait déçu, mais Gabriel refusait de vivre sa vie en fonction des attentes des autres. De toute manière, il avait déjà frustré les désirs de son parrain en décidant d'effectuer ses stages au Royal Victoria plutôt qu'au Jewish Hospital. Les bras croisés sur le devant de son corps, le jeune homme opposait une attitude semblable à son père. Deux coqs dans un poulailler, aurait dit Kayla, si elle les avait vus. Edmond plissa son visage en un masque de détermination :

— Ne réplique pas, Gabriel ! Tes cours reprennent le mois prochain et je ne veux plus entendre parler de ta nouvelle lubie ! Une année. Il te reste une année d'études. Est-ce trop te demander que de poursuivre ? Je ne sais pas qui t'a mis de telles idées dans la tête, mais ce n'est pas digne d'un Joseph. On n'abandonne pas ! De toute manière, l'Université de Montréal n'accueille que très peu de Juifs, tu le sais très bien*.

Gabriel songea au visage sérieux de son amie Marie-Camille, qui lui disait que sa vie lui appartenait et que son père ne pouvait déterminer son chemin pour la seule raison qu'il avait des plans pour lui. Il avait déjà décidé de ne pas mentionner sa religion lors de son inscription au collège. Si on lui posait la question, il insisterait auprès de la direction pour que ce détail reste secret. Le jeune releva sa tête aux cheveux bouclés, et hésita légèrement, avant de préciser d'une voix ferme :

— Je suis désolé, papa. Je ne serai pas médecin. Je veux être directeur funéraire.

— Et qu'en est-il de nos traditions concernant les défunts ? répliqua sèchement Edmond. Tu ne respectes même pas tes ancêtres, si je comprends bien ?

Gabriel plaça ses mains bien à plat sur ses genoux. Assis dans une profonde chaise de cuir, il se pencha pour rapprocher son visage volontaire de son père :

— Papa, je pourrai demander de faire partie de la « Hevra Kadisha* » après mon cours. Il faut être pratiquant et tourné vers les autres pour y être intégré. Ne vois-tu pas que j'aurai ainsi les connaissances pour rendre le deuil de nos compatriotes moins triste ?

Les deux hommes se fixèrent longuement. Dans les yeux de son paternel, Gabriel lut la blessure qu'il lui infligeait. Mais il refusa de baisser le regard, comme il le faisait généralement avant de battre en retraite. Il poursuivit plutôt avec conviction :

— Je me suis informé à propos des cours offerts au collège. Je ne devrai y faire que deux sessions avant de pouvoir réaliser les examens théoriques et pratiques…

— Pratiques ? À quoi cela te servira de savoir embaumer des corps si tu n'effectues pas cette tâche ensuite ? Quelle perte de temps ! riposta Edmond.

Mais le fils secoua sa tête pour préciser :

— Tu sais très bien, papa, que dans certains cas, l'embaumement peut être nécessaire, même dans notre communauté.

« Et puis surtout, aurait-il pu rajouter, si je désire travailler chez les Québécois un jour, j'en aurai le droit ! »

Mais Gabriel ne s'avança pas sur ce terrain glissant. Il lui suffisait que son père donne son accord. Pour la suite de sa carrière, il verrait où l'avenir le mènerait. Edmond cherchait d'autres arguments pour contrecarrer la décision de son fils. Mais l'assurance qu'il voyait sur les traits du visage de Gabriel lui fit réaliser que, pour la première fois, son garçon ne se plierait pas à ses ordres.

— Je suis déçu, mon fils.

L'homme prit sa Torah à la couverture usée, serra le livre sacré contre sa poitrine et sortit du bureau, en laissant la porte ouverte. Il se dirigea vers l'escalier de bois de leur demeure centenaire. Juste avant de poser le pied sur la première marche, Edmond s'arrêta et lança d'une voix froide, sans se retourner :

— « Quiconque prend une seule vie, c'est comme s'il avait détruit le monde entier. Et quiconque sauve une seule vie, c'est comme s'il avait sauvé le monde entier*. » Tu avais cette responsabilité, et voilà que tu jettes ce talent aux ordures. Je suis déçu, mon fils, répéta l'homme.

L'aîné de soixante ans entreprit sa montée vers le second étage portant un lourd poids sur ses épaules. Depuis l'exil de Norbert et Ibrahim aux États-Unis, il avait fondé beaucoup d'espoir sur ce dernier fils. Pourrait-il accepter que celui-ci pratique ce métier inhabituel ?

~ ~ ~

En ce samedi d'été, Marie-Camille décida de commencer la visite de Montréal en amenant sa tante Florie au marché du Nord*. Comme la visiteuse ne se déplaçait pas avec beaucoup de fluidité, la jeune femme avait supplié Adèle au téléphone de les accompagner en voiture.

— Tu me dois bien ça, matante, avait-elle chuchoté, en profitant du passage de Florie à la salle de bain. L'amener ici sans me prévenir! Tu imagines si elle était tombée sur Gabriel, qui venait juste de partir? Sa nièce chérie qui fréquente des «races étranges»! Des plans pour qu'elle me tire par les cheveux et m'enferme dans le coffre de ton auto jusqu'à ce que tu me ramènes à Sainte-Cécile! En plus de ça, j'ai été obligée de demander à Alice de me remplacer au travail ce soir.

Marie-Camille vivait confortablement en ville grâce à la pension que lui envoyait son père chaque mois. Malgré tout, elle voulait être le plus autonome possible et, depuis le début de ses études, elle avait tout fait pour gagner de l'argent, afin de diminuer la charge qu'elle représentait auprès de son père.

Maugréant avec mauvaise humeur, Adèle avait délaissé les bras chauds de son amant pour s'éclipser en douce rejoindre sa sœur et sa nièce. La femme conduisait depuis plusieurs années, mais elle appréhendait quand même les multiples cris et mises en garde que ne manquerait pas de lui servir son aînée. En effet, Florie, à peine assise aux côtés de sa cadette, la toisa sévèrement, avant de l'interroger:

— Tu es certaine, toi là, que tu sais conduire ça, une machine?

— Oui, Florie. Depuis plusieurs années, tu le sais bien!

— Pas sûre, moi. Jérôme devrait nous accompagner je pense.

— Je te dis que je conduis très bien, arrête Florie !

Mais comme l'avait craint Adèle, la route entre la rue de la Roche et le marché du Nord fut un vrai calvaire !

— Si tu te tais pas, Florie, je te laisse sur le coin de la rue ! Juste ici ! grogna la plus jeune des sœurs, à peine arrivée à la rue Saint-Denis.

— Pfff, je fais juste te prévenir des dangers que tu vois pas. Mais tant pis, si on meurt, j'aurai tout tenté ! répondit la Céciloise sur un ton dramatique.

— Franchement, Florie !

En écoutant ses tantes se disputer sur la banquette avant, Marie-Camille regarda par la fenêtre pour éviter d'éclater de rire. Elle ne se mêla pas de l'obstination qui suivit entre les deux sœurs, jusqu'à ce qu'Adèle stationne la massive Oldsmobile de Jérôme sur la rue Mozart. La conductrice avait le visage fermé et elle se pencha vers sa sœur pour lui dire :

— Sais-tu quoi, Florie, débarque donc ! Je vais revenir vous chercher plus tard, vu que tu es de mauvaise humeur de même !

— De quoi tu parles ? Je te ferais remarquer que je nous ai évité au moins deux accidents !

— Quoi ?

Marie-Camille ouvrit la portière en retenant son fou rire, puis tenta de calmer le jeu :

— Allons, allons mes tantes. Il fait beau, le soleil est chaud…

— Justement, coupa Florie, en replaçant son foulard sur ses cheveux. Me semble qu'on va mourir de chaleur à se promener dehors !

— Mais non, tu vas voir, le marché est couvert...

« En partie », pensa Marie-Camille, en souriant avec affection à Florie. Cette dernière avait hésité avant de revêtir sa robe fleurie. Elle s'était tournée et retournée devant le miroir, derrière la porte de chambre de sa nièce. Puis, elle lui avait demandé conseil :

— Tu trouves pas que ma robe est trop courte, Mimi ?

— Heu... non !

La quinquagénaire avait haussé ses épaules rondes en marmonnant que les petites jeunes ne trouvaient jamais les jupes trop courtes. D'ailleurs, Marie-Camille avait enfilé, la mort dans l'âme, l'une de ses seules tenues considérées plus féminines aux yeux de sa tante. Depuis son installation à Montréal, la jeune femme avait fait de la place dans sa garde-robe pour un éventail de pantalons, repoussant au fond les robes et jupes qu'elle détestait. Mais sachant fort bien que sa tante ne sortirait pas de l'appartement si elle osait se vêtir à la dernière mode, Marie-Camille avait revêtu une tunique noire sans manches, bien simple. En se regardant dans le miroir, elle avait replacé la fine chaîne en or qui pendait à son cou, et où brillait la bague de mariage de sa mère. Son père Édouard la lui avait remise lorsqu'elle avait eu douze ans et qu'il avait jugé qu'elle était assez vieille pour en prendre soin.

— Souhaite-moi bon courage, maman chérie ! avait chuchoté Marie-Camille en sortant de la chambre.

Avant son départ de Sainte-Cécile, en 1956, Florie l'avait tellement avertie des dangers que recelait la ville que Marie-Camille avait mis longtemps avant de s'approprier les tenues vestimentaires des Montréalaises. Sa tante croyait dur comme fer que les hommes de Montréal étaient des chasseurs en quête de la proie la plus facile à attraper. Adèle et Édouard avaient eu beau tenter de la convaincre qu'il n'en était rien, Florie, comme à son habitude, n'en avait pas démordu ! Les pantalons et les jupes trop courtes n'étaient qu'invitation à la débauche ! Mais quand la femme d'âge mûr avait vu sa nièce sortir de sa chambre toute vêtue de noir, elle avait marmonné :

— Mon doux, t'en vas-tu aux funérailles de quelqu'un ?

À présent que le trio marchait sur la rue Casgrain, la visiteuse n'avait pas assez d'yeux pour tout regarder ce qui se déroulait autour d'elles. À un moment, elle tira Marie-Camille par le bras et la coinça entre Adèle et elle.

— Quoi ? ne put que dire la blonde, en questionnant Adèle du regard.

— T'inquiète pas, fille, personne va te toucher, répliqua Florie, en foudroyant du regard deux jeunes hommes qui s'avançaient vers elles en lançant des œillades à la jolie jeune femme.

Marie-Camille fut partagée entre hilarité et exaspération tout au long de leurs déambulations dans les allées du marché. Car si sa tante Florie s'exclamait sur la fraîcheur des produits, qui « n'étaient pas si pires, pour des affaires arrivées là en camion », elle ne se gênait pas pour commenter les prix à voix haute.

— Franchement ! Trente-cinq cents pour un panier de concombres ! Du vol !

Et à un autre commerçant, elle lança :

— Il vient d'où, votre sirop d'érable, mautadine ? Le faites-vous venir en avion d'Afrique ?

Quand le trio se réinstalla enfin dans la voiture, deux heures plus tard, Adèle était sur le point d'arracher chaque mèche de cheveux gris de sa sœur aînée. Marie-Camille, elle, s'affala sur la banquette arrière en maudissant son idée de sortie. Satisfaite de sa visite dans le plus gros marché public de la province, Florie déclara pourtant bien fièrement :

— Attendez que je raconte ça à mon amie Louisette ! Je suis certaine que ça, au moins, elle l'a jamais vu !

Pressée de retourner chez elle, Adèle démarra sans plus attendre et, tout en respectant les limites de vitesse, ne tarda pas à stationner l'Oldsmobile devant l'appartement de Marie-Camille. Avec un soulagement bien visible pour sa jeune nièce, elle sortit de la voiture, remit les sacs de victuailles aux deux autres et les quitta rapidement.

— Tu pourrais venir dîner avec nous autres, matante ! supplia presque Marie-Camille.

Mais Adèle secoua vigoureusement sa tête aux cheveux courts. Son sacrifice avait assez duré. Sa sœur et elle étaient souvent à couteaux tirés, il valait mieux qu'elle s'en aille avant qu'une dispute n'éclate. En plus, si elle se pressait, peut-être que Jérôme serait encore au lit, et elle n'aurait alors qu'à se glisser à ses côtés pour retourner au pays des songes. Ensuite, ils iraient manger dans un de ces nouveaux restaurants qui ouvraient à un rythme fou sur la rue Saint-Denis. S'avançant pour embrasser sa sœur et sa nièce, elle répondit donc :

— Désolée, ma chérie, j'ai du travail.

— On est samedi ! s'offusqua Florie, les mains sur les hanches.

— Eh oui ! C'est la vie. L'écriture ne connaît pas de répit, ma sœur !

Sans un autre mot, Adèle leva la main pour les saluer et se dirigea en vitesse vers la voiture noire. Marie-Camille se retourna vers Florie, en affichant un petit sourire piteux.

— Bon, qu'est-ce qu'on fait après-midi ? s'informa aussitôt l'aînée, alors que la jeune espérait que cette dernière aurait envie de se reposer et de faire une petite sieste.

— T'es pas fatiguée, matante ?

— Pantoute ! J'ai plus d'énergie qu'une fille de vingt ans, tu sauras !

Marie-Camille se retint pour répliquer qu'elle passait son temps à dire le contraire quand elle la visitait à Sainte-Cécile. Faisant contre mauvaise fortune bon cœur, elle proposa :

— Bien, on pourrait peut-être aller aux vues ?

— Oh ! Mautadine de bonne idée ça, ma fille ! Ça doit faire cent ans que je suis pas allée à Saint-Jovite pour voir un film.

Florie applaudit comme une enfant, avant d'empoigner un des sacs et d'entrer dans l'immeuble. Marie-Camille n'avait jamais vu sa tante aussi pleine d'entrain !

~ ~ ~

Lorsque Adèle vint rejoindre sa sœur et sa nièce le dimanche soir pour souper avec elles, Florie lui fit part de leur sortie de la veille au cinéma La Scala.

— Tu devrais aller voir ce film-là ! *La Famille Trapp* que ça s'appelle, hein Mimi ?

— Hum, hum.

— C'est tellement beau ! La musique est magnifique, puis on a pleuré pas mal à la fin, hein, Mimi ?

Occupée à brasser sa préparation sur la cuisinière, Marie-Camille écoutait Florie d'une oreille distraite. Il faut dire qu'en deux jours, sa tante avait drôlement usé sa réserve de patience. Si elle aimait la femme de tout son cœur, il n'en demeurait pas moins que cette dernière était un moulin à paroles et commentait tout ce qu'elle voyait à voix haute… y compris les scènes d'un film projeté dans une salle obscure.

— Par contre, on est pas restées pour le deuxième film, poursuivit Florie sur le ton de la confidence. C'était pas approprié du tout pour une jeune fille comme Marie-Camille. Je pense même que tu devrais écrire au cinéma pour les aviser de leur manque de décence.

— Hein ? Pourquoi je ferais ça voyons donc ? questionna Adèle, estomaquée.

Marie-Camille arrêta de brasser son pouding au riz avant de le verser dans un bol pour le laisser tiédir. Elle soupira discrètement en se dirigeant vers les sœurs. Pendant deux jours, Florie l'avait entretenue des dangers de vivre dans une grande ville sans surveillance. Chaque déplacement hors de l'appartement lui avait valu des dizaines de recommandations. La pauvre Marie-Camille n'en pouvait plus ! Elle s'empressa donc d'aller s'asseoir à la table avec les visiteuses pour changer de sujet :

— Raconte tout ce qu'on a mangé pendant notre film ! proposa-t-elle, alors qu'Adèle lui décochait un clin d'œil moqueur.

Florie s'extasia sur le choix de friandises disponibles au cinéma, tout en grognant sur les prix exorbitants. Adèle et Marie-Camille étaient en larmes tellement elles riaient.

— Je sais pas ce qui se passe, ici, à Montréal, conclut la femme, mais ça doit être parce que le monde est plus riche qu'en campagne. En tout cas, vous vous en faites passer des belles, ma fille ! Parce que du popcorn, ça prend juste des graines et de la chaleur pour en préparer. Si les Indiens ont pu le faire gratuitement, je vois pas pourquoi on vous le vend aussi cher !

Florie elle-même s'esclaffa, se trouvant bien comique. Adèle continua de la questionner, heureuse de partager ce beau moment avec son aînée.

— Et aujourd'hui, qu'est-ce que vous avez fait ? demanda-t-elle en coupant une grosse tranche de pain, qu'elle beurra avant de la déposer dans l'assiette de sa sœur.

— Bof.

— Comment bof ? rigola Marie-Camille. Tu voulais aller au Jardin botanique, on y est allées !

Florie leva le nez de son assiette, repoussa ses lunettes sur son nez et répliqua :

— Ce jardin-là est magnifique, c'est vrai.

— Mais…

— Mais ça coûte un bras pour aller voir des tulipes !

Sur cette affirmation récurrente, Florie enfourna une grosse bouchée de pain et laissa les deux autres s'étrangler de rire.

Le lendemain matin, lorsque Marie-Camille referma la portière du taxi qui allait conduire Florie à la gare, elle ne put retenir un « alléluia ! » bien senti. Enfin, elle retrouvait sa liberté ! Un homme qui passait derrière elle la fixa étrangement et la pauvre se sentit rougir.

— ... trouvé mes clés... maugréa-t-elle en montrant son trousseau et en s'empressant d'ouvrir la porte de l'édifice.

Elle était sur le palier devant son appartement lorsqu'elle entendit le téléphone sonner. Un coup d'œil à la montre étroite à son poignet la fit sourciller : 8 heures 15. À part son patron au restaurant, personne ne l'appelait aussi tôt. Elle s'empressa de tourner la poignée et courut sans enlever ses ballerines pour s'emparer de l'appareil :

— Allô !

— Mademoiselle Gélinas ?

— Heu oui, c'est moi.

— Bonjour, je suis monsieur Lalonde, directeur du Collège des embaumeurs.

— Bonjour.

Tout en écoutant son interlocuteur, Marie-Camille promena les yeux sur son appartement et ne put retenir une grimace en voyant le foulard de sa tante sur le bord d'une chaise. Elle reporta son attention sur le discours de l'homme et eut une nouvelle hésitation :

— Me rencontrer ? Avant le début des cours ? Pourquoi donc ?

— Eh bien, disons que votre inscription est pour le moins originale.

— Originale ?

Marie-Camille, comme sa tante Adèle, n'était pas du genre à s'effondrer face à la gent masculine. Elle savait bien que son arrivée dans cette école réservée jusqu'à présent aux hommes désireux de pratiquer le métier d'embaumeur ne se ferait pas sans heurts. Mais elle n'avait pas hésité lorsque sa décision avait été prise de commencer cette formation. En complément à son cours d'infirmière, qu'elle avait suivi pendant trois ans, la jeune femme avait envie de connaître l'autre côté de la médaille. Ses études ne pourraient que lui être bénéfiques lorsque viendrait le temps des leçons d'anatomie et de biologie. La voix sèche à l'autre bout du fil précisa :

— Inhabituelle, disons. Alors je vous attends le jeudi 28 juillet à 9 heures à mon bureau, au troisième étage.

L'homme fit les salutations d'usage puis raccrocha. Marie-Camille demeura un long moment la main dans les airs avant de faire la même chose. Puis, elle haussa ses épaules étroites. Elle savait que son inscription ne ferait pas sauter de joie la direction du programme. Juste à l'idée de se faire questionner sur ses motivations, la jeune sentit des sueurs froides couler le long de son dos. Comment avouer qu'elle avait l'impression de gâcher sa vie en étant infirmière ? Que l'ennui de côtoyer jour après jour la maladie et la souffrance éteindrait sa joie de vivre. Elle avait fait ses recherches avant de s'inscrire au collège, le printemps précédent. En 1957, la Corporation des directeurs de funérailles et embaumeurs du Québec avait vu le jour. Depuis sa création, plus de 470 membres en avaient fait partie. Parmi ceux-ci, aucune femme, ce qui avait fait sourciller Marie-Camille. Elle en avait parlé avec sa marraine quelques jours après cette découverte :

— Quand je suis allée déposer ma demande au collège, la secrétaire m'a juste précisé que je serais la première femme à y étudier. Elle m'a demandé trois fois si j'étais certaine de vouloir m'inscrire, mais sans jamais me dire que je pourrais être refusée en raison de mon genre, s'était-elle ouverte à

Adèle, lorsque celle-ci lui avait fait part de son inquiétude de la voir évoluer dans un monde masculin. Je peux faire comme toi, matante, je suis assez entêtée pour ça !

— Hum... je t'ai aussi dit que ce n'était pas facile, ma belle Mimi !

— Je le sais ça ! Mais si toi, tu as réussi à devenir une des premières journalistes de la province, il y a plus de vingt ans, je vois pas pourquoi je serais pas la première embaumeur !

Adèle s'était retenue de faire part à sa nièce de tous les commentaires désobligeants qu'elle avait reçus dans son temps. Les regards narquois, les remarques misogynes qui perduraient encore, mais de manière plus sournoise.

Désireuse de s'aérer l'esprit pour éviter d'angoisser à l'idée de cette rencontre avec le directeur du Collège des embaumeurs, Marie-Camille décida de profiter de sa journée de congé au Pop Poulet pour aller marcher au parc La Fontaine. Elle adorait s'asseoir au bord de l'étang ou se promener au Jardin des Merveilles. Cela faisait longtemps qu'elle n'avait pas pu profiter de trois jours de congé consécutifs. Si son patron était conciliant, Marie-Camille n'était pas du genre à exagérer. Elle ne manquait presque jamais une journée de travail. De toute manière, à part Alice et Gabriel, elle n'avait pas vraiment d'autres amis proches. Alors, elle préférait travailler et voir du monde, plutôt que rester chez elle et se morfondre tout l'été !

— En plus, il fait bien trop beau pour rester enfermée, hein, Israël ?

En posant les pieds sur le trottoir, elle eut une pensée pour son ami Gabriel, qui avait dû annoncer la nouvelle à ses parents pendant la fin de semaine.

— Pauvre lui, murmura-t-elle, en évitant les lignes comme une enfant. J'espère que son père l'a mieux pris qu'il le craignait.

~ ~ ~

Gabriel et son père ne s'étaient pas reparlé du projet du jeune homme lorsqu'il réussit à s'éclipser de chez lui pour rejoindre Marie-Camille chez elle, avant d'aller assister à la partie de softball de la jeune femme, le mercredi soir suivant leur discussion. Il travaillait aux archives de l'hôpital, un emploi d'été peu stimulant, mais qui lui permettait de toucher un petit salaire. Pas assez pour assumer ses frais de scolarité, mais suffisamment pour s'acheter quelques livres et sortir sans quémander chaque fois des sous à son père. Heureusement, car depuis le samedi matin, ses parents le regardaient avec chacun une attitude différente, mais non moins culpabilisante dans les deux cas. Sa mère Maria affichait cet air attristé qui le mettait mal à l'aise sans savoir quoi dire pour la consoler ; son père n'avait quant à lui pas décoléré depuis leur échange. Le jeune homme avait envie de hurler, chaque fois qu'il les croisait :

— Je choisis d'être heureux. N'est-ce pas ce que vous désirez, le bonheur de vos enfants ?

Mais il se taisait en se demandant à quel moment il pourrait valider auprès de son père s'il acceptait son choix.

En patientant devant un thé bouillant, Gabriel expliqua à Marie-Camille, qui se préparait pour sa partie de balle, que pour l'instant, son avenir était incertain.

— Mais au moins, tu lui as parlé ! tenta de le consoler cette dernière, en cherchant partout son gant de cuir. Je suis pas mal fière de toi, Gabriel ! Tes parents t'aiment, alors ils vont sûrement accepter de te laisser entrer au collège.

— Hum, je l'espère.

— Si tu veux, je peux aller parler à ton père pour essayer de le convaincre, ricana la sportive, en plaquant ses mains sur ses hanches pour élargir ses épaules.

Gabriel rigola en la poussant. Quand il riait ainsi, tout son visage s'illuminait en un instant. Depuis sa rencontre avec Marie-Camille, les moments qu'ils partageaient lui permettaient de voir à quel point sa vie était contrôlée par sa famille bien sage. Il répondit à son amie, avec un air horrifié :

— Pas question que tu t'approches de chez nous ! Des plans pour que mon père mette la maison en vente et nous déménage le plus loin possible ! Tu fais peur, ma chère, quand on ne te connaît pas !

Marie-Camille fit des gros yeux en feignant de se fâcher. Un coup d'œil à ses horloges la fit sursauter :

— Mautadine, veux-tu bien me dire où j'ai mis ça ! Aide-moi donc au lieu de faire le pied de céleri !

— Qu'est-ce que tu cherches encore ?

— Ma *mite*.

Gabriel jeta un regard désœuvré dans l'appartement, puis le ramena sur la petite bonne femme énergique toute vêtue de bleu pâle. Un large sourire éclaira sa mine taciturne.

— Il n'y a pas à dire, tu es toute en beauté !

Gabriel éclata de rire avant de continuer :

— C'est ta tante Florie qui t'aurait trouvée *cute*, arrangée de même !

— Elle serait morte de honte ! Moi, en pantalon, c'est déjà un blasphème, imagine ! Elle m'aurait empêchée de sortir sur la rue. Ah, bon ! Trouvé !

La blonde dégagea son front de sa longue frange en l'épinglant sur le dessus de sa tête avec une barrette. Son pantalon de sport, qui lui arrivait à mi-mollet, galbait ses jambes et son fessier. Le chandail était à manches courtes et à encolure ronde. Sur le devant, était écrit le nom de l'équipe, les Marinières, et dans le dos, son numéro, le 17. Agrippant sa casquette, qu'elle plaqua sur sa tête, Marie-Camille courut à la porte et l'ouvrit bien grand :

— Allez grouille, je veux pas être en retard ! C'est la première fois en deux semaines qu'il pleut pas un soir de partie !

Le jeune homme éclata de rire et remercia encore une fois le Ciel d'avoir mis sur sa route une telle amie. Il pouvait ainsi penser à autre chose qu'à la crainte de se voir couper les vivres s'il choisissait sa voie. Il la suivit donc en rigolant, et les deux descendirent à l'étage pour cogner chez Alice. Marie-Camille frappa à la porte à quelques reprises avant de se rendre à l'évidence, surprise :

— Pas là. Pourtant elle travaille pas, je lui ai parlé hier soir. Elle m'a dit que Jacques avait accepté de lui donner congé et qu'elle viendrait jouer.

Gabriel, qui préférait ne pas se trouver trop souvent en présence de la voluptueuse rousse, haussa les épaules avant de dire :

— Tant pis ! Allez, sinon tu vas passer la partie sur le banc !

Marie-Camille grimaça légèrement puis acquiesça. Elle aimait trop courir et lancer la balle pour manquer sa soirée. Elle conclut qu'Alice devait déjà être rendue au parc.

CHAPITRE 4

À quelques milles de la rue de la Roche, Alice avait beau se presser, elle savait qu'elle n'aurait pas le temps de passer se changer à son appartement. Elle s'était endormie et, en ouvrant les yeux, avait vite constaté que les trois autres personnes dans la pièce sombre se trouvaient dans le même état comateux qu'elle. Après l'euphorie de l'après-midi, elle retombait de haut.

— Je vais manquer la partie, maudit ! Marie-Camille va me poser plein de questions ! marmonna la femme, en embrassant du regard les gens affalés partout.

Déterminée à sortir au plus vite de cet appartement, elle s'empressa de glisser ses pieds dans ses chaussures et agrippa son sac de cuir usé, dans lequel elle fouilla avec confusion. En sortant son porte-monnaie de sa sacoche, elle grimaça en constatant qu'il ne lui restait plus qu'une pièce de vingt-cinq cents.

— Veux-tu bien me dire… murmura Alice en s'avançant vers un homme moustachu.

Il était allongé d'une manière qui semblait fort inconfortable sur un vieux divan défoncé.

— Josh, Josh, réveille-toi ! intima la femme, en poussant le bras dénudé du brun costaud.

Il lui fallut plus d'une bourrade pour que l'homme émerge d'un sommeil profond. Il fronça les sourcils, se passa lentement une main sur le visage, puis tenta de se redresser.

— Quoi ? Qu'est-ce que tu veux ?

La voix était rauque comme celle d'un fumeur. D'ailleurs, l'appartement emboucané dénotait une activité fort impressionnante de consommation de tabac et d'autres substances illicites. Maintenant bien éveillée, Alice plissait les yeux pour éviter qu'ils ne picotent ou ne chauffent trop.

— Il me reste plus une cenne !

— Et ?

— Bien j'ai besoin d'argent pour prendre l'autobus.

L'homme ricana aussitôt, avant de lui faire un signe d'impuissance.

— Pas drôle ça, ma petite Alice ! C'est ça quand on se contrôle pas !

— Arrête, maudit ! C'est toi qui m'as encouragée. Je suis pressée, en plus. Peux-tu me passer deux piasses ?

Josh, un déménageur de trente ans, se redressa dans le divan sans aucune gêne, même s'il ne portait qu'un sous-vêtement noir. Alice n'était pas pudique, mais il y avait des limites à sa tolérance, et elle se pencha pour saisir une couverture à la propreté douteuse et la lancer sur lui. Il ricana encore niaisement avant d'ouvrir les bras bien larges.

— Vas-tu me donner un bec si je te passe de l'argent ?

— Non ! Mais je vais te le remettre à ma prochaine paye, par exemple. Grouille !

En soupirant profondément, l'homme s'étira pour s'emparer de son pantalon roulé en boule devant le divan et fouilla avec ennui dans une des poches. Il tendit un billet rose à la femme, qui le remercia d'un sourire radieux.

— Merci, je te revaudrai ça !

— J'espère bien !

En se dirigeant vers la porte, Alice dut faire un détour pour éviter deux autres hommes et une femme, couchés à même le sol, et profondément endormis. Mal à l'aise en les observant quelques secondes, elle se promit que c'était la première ET la dernière fois qu'elle consommait du cannabis avec eux. Si elle voulait s'adonner à son activité, elle ferait comme d'habitude : elle achèterait sa dose et la fumerait dans un parc en solitaire. Son long foulard vert enroulé autour de sa tête, la femme sortit de l'appartement de la rue Saint-Christophe, en inspirant avec bonheur l'air encore chaud de cette soirée de juillet.

— Je suis niaiseuse, murmura-t-elle à voix basse. Qu'est-ce que je vais dire à Marie-Camille ? Elle sait très bien que je travaillais pas et je peux pas lui faire croire que je suis malade. À moins que…

Alice commença à marcher rapidement sur le large trottoir, tout en sortant un petit miroir rond de sa sacoche. Un simple coup d'œil à son visage la fit changer d'idée. Elle avait le teint terreux des gens qui ont peu dormi, son fard à paupières bleu pâle était à moitié effacé et son chignon n'avait plus de chignon que le nom. Refermant l'objet, elle haussa les épaules et se mit à courir. « Finalement, je pense que Marie puis le coach vont me croire. J'ai une mine de déterrée ! »

La femme était satisfaite d'avoir trouvé l'excuse parfaite, tout en s'en voulant de ne pas avoir su résister à fumer un – ou deux – petit joints. D'habitude, elle refusait toutes les invitations de Josh à se joindre à son groupe d'amis, mais en quittant le restaurant, vers 15 heures, cet après-midi-là, elle n'était pas rentrée chez elle. Soucieuse de ne pas conserver de drogue dans son appartement, Alice préférait se leurrer en pensant que s'il fallait qu'elle se déplace chaque fois qu'elle désirait fumer un joint, elle ne développerait pas de dépendance à la substance.

Alors, elle avait de nouveau fait le déplacement jusqu'au studio du revendeur, mais cette fois, elle y était restée pour fumer avec un petit groupe. Au bout de deux heures, tous les fumeurs s'étaient assoupis, y compris Alice ! Elle marcha à toute vitesse pour attraper son autobus, qui la mènerait directement au parc Jeanne-Mance. Elle n'avait pas envie d'aller s'enfermer chez elle avec ses sombres pensées. Elle préférait s'étourdir encore, quitte à devoir mentir sur la raison de son incapacité à jouer.

Les Marinières étaient en avance 3 à 0 lorsque Alice arriva près des estrades. Elle s'approcha de la grille derrière le banc des joueuses de son équipe et dit, d'une voix qu'elle espérait assez ferme :

— *Let's go* les filles !

— Alice ? Qu'est-ce que tu fais ? Grouille ! T'as déjà raté trois manches !

Marie-Camille, avec la chevelure en bataille et le visage rougi par l'effort et l'excitation, se leva du banc, tout en suivant le jeu du regard. Elle s'approcha du grillage en fronçant les sourcils.

— T'es même pas changée ! lança-t-elle sur un ton déçu, en pointant la jupe de son amie.

Les deux femmes se fixèrent sans dire un mot, puis Alice tenta un sourire :

— Je me suis endormie avant le souper.

Mieux valait une demi-vérité. Marie-Camille claqua sa langue dans un geste de dépit et de mécontentement.

— Comment, endormie ? T'es bien drôle, toi ! Envoye, viens-t'en !

Alice grimaça en soulevant ses mains vers son visage.

— Je pense que je couve quelque chose. Je file pas. Regarde-moi l'allure.

Alice recula d'un pas et son amie l'observa de pied en cap. Ses cheveux ébouriffés, son teint brouillé et sa tenue fripée convainquirent Marie-Camille. Elle haussa les épaules pour montrer sa déception. Puis, pointant le terrain, elle s'exclama en riant :

— En tout cas, t'as manqué mon premier vrai coup sûr à vie ! La balle est allée jusqu'au fond, presque un coup de circuit !

— MARIE-CAMILLE, grouille, c'est à toi ! hurla leur entraîneur.

La blonde replaça sa casquette, agrippa son bâton et s'élança vers le marbre, en criant sans se retourner :

— Va rejoindre Gabriel, il doit s'ennuyer pour mourir le pauvre ! Je l'ai forcé à venir nous encourager.

Alice fit un petit signe de la main en hésitant sur la conduite à adopter. Elle ne se sentait pas trop d'attaque pour jouer son rôle habituel de boute-en-train. Tant pis, le jeune homme devrait se passer de ses mots d'humour. Elle ramassa son sac, le lança sur son épaule et grimpa dans les estrades, pour aller s'installer sur le banc devant Gabriel, qui lui sourit gentiment. Ce dernier avait ôté sa kippa pour éviter les regards curieux.

— Tu ne devais pas jouer toi ? s'informa-t-il.

— Malade, rétorqua Alice.

— Ah.

L'homme se tut, avant de se lever et de mettre ses mains en porte-voix :

— Allez Marie-Camille ! Frappe de toutes tes forces !

Le sérieux qu'afficha la jeune Gélinas quand elle mit son index sur sa bouche pour le faire taire le fit éclater de rire. Il se sentait si bien lorsqu'il était loin des attentes et des contraintes imposées par ses parents. Mêlé ainsi aux Québécois francophones, Gabriel avait l'impression que son avenir lui appartenait. Dans son milieu plus rigide, il ne serait jamais venu à l'idée des femmes juives de participer à ce jeu qui ressemblait à un sport masculin. Ses yeux foncés se posèrent sur un jeune couple d'amoureux qui s'embrassait près de la clôture et il rougit. Il se rassit en détournant son regard, et Alice en profita aussitôt pour se reculer et appuyer son dos contre ses jambes. La rousse ferma les yeux en marmonnant :

— Ça te dérange pas Gabriel ? Je suis crevée.

— Hum… non, non.

Gabriel n'était pas amoureux de la femme devant lui. Mais son inexpérience en matière sexuelle n'empêchait pas son corps de réagir au contact d'Alice contre le sien. Ne voulant pas qu'elle se moque de son malaise, il fit de son mieux pour fixer son regard sur Marie-Camille, qui s'élançait au même instant d'un magnifique élan… dans le vide.

— Zut !

Le cri de la joueuse fit sourire les quelques spectateurs dans les estrades. Surtout des amoureux, qui s'obligeaient à accompagner leur blonde dans leur activité hebdomadaire dans l'espoir, pour plusieurs, de se voir récompensés de quelques baisers plus audacieux le samedi suivant au cinéma Impérial.

Quand la partie se termina, une heure plus tard, il y avait longtemps qu'Alice s'était rendormie, la tête confortablement déposée sur les cuisses de Gabriel, qui ne savait plus à quel saint se vouer. Il avait dû se résoudre à glisser sa veste de jeans sous la nuque de son amie pour éviter qu'elle ne se relève avec un sérieux torticolis.

— Je pensais bien qu'on la gagnerait, celle-ci ! furent les premières paroles de Marie-Camille lorsqu'elle s'approcha d'eux.

Elle fixa Alice d'un regard étonné avant de la pousser avec délicatesse :

— Hé, Blanche-Neige, as-tu vu la partie au moins ?

— Hein ? Oh, Marie, c'est déjà fini ? On a gagné combien ?

— On ? On ? Pas gênée, ma princesse !

Marie-Camille leva son petit nez dans les airs et fit mine d'être offusquée. Elle croisa les bras sur son chandail plus très propre et attendit la réponse de son amie, qui s'était redressée pour jeter un regard d'excuse à Gabriel.

— Quoi ? C'est pas parce que je suis malade que je fais plus partie de l'équipe, tu sauras !

Le ton sec d'Alice était si inhabituel que Marie-Camille resta bouche bée. Elle ôta sa casquette et la coinça sous son bras. Puis, elle s'empara de la bouteille de Coke de Gabriel pour se donner une contenance.

— Je niaisais voyons... dit-elle ensuite, la voix un peu hésitante.

Alice, à présent assise bien droite, lui décocha un sourire piteux, avant de lui prendre la main.

— Désolée, ma chérie, c'est vraiment une mauvaise journée pour moi.

— T'en fais pas, Alice. Mais t'as attrapé la grippe ou quoi ?

Un peu gênée, la femme se pencha pour ramasser son sac et se releva sans regarder directement Marie-Camille. Elle avait la gorge encore sèche, à cause de la fumée inhalée en trop grande quantité pendant la journée. Alice posa sa main sur l'épaule de la blonde et sauta en bas de l'estrade. Gabriel la suivit, enfin soulagé de fuir cette trop grande proximité avec la serveuse plantureuse ! Le trio se mit en marche, après avoir adressé des salutations aux autres joueuses.

— Alors ? insista Marie-Camille, en finissant la boisson de Gabriel, qui secoua la tête d'un air désabusé lorsque son amie jeta SA bouteille dans la poubelle.

— Heu, grommela Alice, en cherchant la parfaite excuse à son allure.

— T'as la grippe ? répéta Marie-Camille. En plein été ?

— Non, non. Plus un genre d'indigestion, je pense.

— Yark, tiens-toi loin de moi alors, microbe en puissance !

Puis, Marie-Camille éclata de rire, avant de s'élancer sur la rue en courant, encore pleine de vigueur. Jamais fatiguée, la jeune femme avait d'ailleurs la réputation auprès de ses proches de ne pas réussir à s'asseoir très longtemps.

Quand elle était petite, Florie passait son temps à se lamenter de devoir courir partout derrière elle. Alors que ses amis et les membres de sa famille aimaient lire, jouer aux cartes ou aller au cinéma, la blonde préférait de loin se promener à l'extérieur ou aller danser. Depuis qu'elle avait fini son cours de garde-malade, elle travaillait à temps plein au restaurant. Son énergie débordante faisait qu'elle pouvait être serveuse, jouer au softball, sortir danser ou se promener sans jamais être trop fatiguée. Alice la suivait souvent dans ses activités. Mais pour le moment, la trentenaire était loin d'être aussi en forme qu'elle !

Gabriel marcha jusqu'au coin de la rue. Puis, il se sépara des deux femmes avec bonne humeur. Mais comme elle s'éloignait aux côtés d'Alice, Marie-Camille eut une pensée soudaine et retourna près de son ami en vitesse :

— Laisse pas tes parents te faire changer d'idée pour ton cours, hein ? Je suis vraiment très fière de toi ! Bye !

~ ~ ~

— J'ai rien à me mettre qui me donne une allure sérieuse, je trouve ! murmura Marie-Camille en jetant un regard désabusé sur la pile de vêtements qui s'entassaient sur son lit.

Elle s'assit sur la petite chaise de bois, dans le coin de sa chambre, et remonta ses jambes contre sa poitrine. Après la partie de la veille, elle avait eu bien de la difficulté à s'endormir. Croyant que l'activité l'avait trop énergisée, elle avait dû se rendre à l'évidence vers minuit : sa rencontre avec le directeur du Collège des embaumeurs, prévue le lendemain matin, était plutôt la cause de son insomnie.

— Faut pas que j'aie l'air trop « fille », expliqua-t-elle sérieusement à son chat Israël, couché nonchalamment sur son lit. Mais je peux pas arriver en salopette de gars non plus ! Je veux qu'il sache que je suis très sérieuse.

Elle se releva pour prendre un pantalon étroit noir, l'enfila et l'agença à un chemisier blanc, boutonné jusqu'au cou. Dans ses boucles, elle mit un bandeau rouge et replaça sa chaîne en or. Elle porta l'anneau de sa mère à sa bouche avant de murmurer :

— Porte-moi chance, maman chérie!

D'aussi loin qu'elle se souvienne, dans les moments cruciaux de sa vie, la jeune femme avait pris cette habitude de prier sa mère. Durant son enfance et son adolescence, Marie-Camille avait suivi Florie à l'église de Sainte-Cécile chaque dimanche, et ce, jusqu'à son départ du village, quatre ans auparavant. Quand son père Édouard lui laissait le choix, la fillette répondait toujours:

— Ça fait plaisir à matante que je l'accompagne, papa.

Après le décès de sa femme, Édouard, quant à lui, n'avait que très rarement remis les pieds à l'église, malgré les remontrances de sa sœur Florie. Il ne croyait plus à ce Dieu qui lui avait volé sa précieuse Clémentine. Pourtant, il permettait à sa fille de choisir ce qui lui convenait le mieux et, à Montréal, Marie-Camille avait poursuivi cette habitude d'assister à la messe du dimanche. À l'époque de la mort de sa mère, elle n'avait que six mois, et elle ne gardait aucun souvenir d'elle. Ce qu'elle savait de Clémentine lui avait été rapporté par son père et sa tante Adèle, qui avait été sa meilleure amie jusqu'à sa mort.

Sortant de ses pensées, la jeune femme glissa ses pieds dans ses chaussures de cuir noir, puis prit son petit sac à main sous son bras.

— J'espère que j'aurai pas à me battre pour avoir ma place au collège, murmura la femme en refermant la porte de son appartement.

Elle descendit en courant les deux étages et sortit à l'air libre en inspirant, la tête levée vers le ciel.

~ ~ ~

Marie-Camille venait d'arriver devant le pavillon de médecine dentaire de l'Université de Montréal, où était établi le Collège des embaumeurs du Québec. Un espace vert aménagé depuis le boulevard Édouard-Montpetit précédait le pavillon. Cet espace gazonné et boisé constituait le principal lieu de transition entre le campus et le quartier résidentiel environnant, comme le constata de nouveau la future étudiante, avant de commencer à gravir le chemin. Elle inspira très fort pour se calmer et, une fois le sentier monté, aborda un passant pour s'informer.

— Pardon, pouvez-vous m'indiquer l'heure, s'il vous plaît ?

L'homme fronça les sourcils avec impatience, puis répondit vitement à la question. Avant que la femme ne l'ait remercié, il était reparti, en faisant un signe vague de la main.

— Merci quand même, marmonna-t-elle, tout en redressant ses épaules.

C'est le cœur cognant avec force dans sa poitrine que Marie-Camille poussa la lourde porte de bois massif pour pénétrer dans le grand hall épuré de la Faculté de médecine dentaire. Le très large espace empreint de symétrie était orné de grandes colonnes noires qui montaient jusqu'au plafond. La jeune femme leva la tête pour admirer le long drapeau où se trouvait le caducée, cette baguette entourée d'un serpent, l'emblème de la santé. Autour de ce symbole était dessiné le triangle de l'Association dentaire canadienne, ainsi que le laurier et ses feuilles, associés à la gloire et au succès. Les trente-deux points rouges représentaient les dents permanentes.

— Impressionnant, murmura la jeune femme en reculant pour bien voir.

Marie-Camille tourna ensuite sur elle-même pour continuer d'admirer les lieux. Dans cette vaste pièce aux hautes fenêtres, les caissons circulaires au plafond dissimulaient l'éclairage et les luminaires, conférant à l'ensemble un aspect feutré.

— Magnifique ! s'extasia encore la future étudiante à voix basse.

Perdue dans ses pensées, elle s'imaginait déjà venir ici semaine après semaine pour apprendre son nouveau métier. Une grande femme qui passait près d'elle en l'observant attentivement lui rappela la raison de sa présence à cet endroit. Marie-Camille jeta un regard à l'horloge au mur.

— Mautadine ! 9 heures et 5 !

La jeune femme se rua vers le large escalier pour grimper au troisième étage et c'est à bout de souffle qu'elle se pointa devant la même secrétaire dodue qu'au printemps, qui lui sourit gentiment.

— Bonjour, j'ai... ouf... rendez-vous avec... ouf... monsieur Lalonde.

— Vous êtes mademoiselle Gélinas ?

— Oui. Marie-Camille Gélinas.

La femme hocha sa tête frisée comme un mouton, avant de lui faire signe de prendre place sur une chaise près du mur. Assise sur le bout des fesses, Marie-Camille n'eut pas à attendre longtemps avant que le directeur du collège ne l'invite à le suivre dans un long corridor. L'homme, un géant aux épaules aussi larges que son réfrigérateur, songea Marie-Camille, ne lui adressa pas la parole avant d'avoir refermé la porte de son bureau derrière elle.

— Mademoiselle. Nous n'avions pas dit 9 heures ?

— Heu, oui, oui. J'ai eu un petit problème.

Rougissant, la future étudiante s'interrompit lorsqu'elle vit monsieur Lalonde pencher la tête sévèrement en fronçant ses épais sourcils blancs. L'homme chauve n'avait pas l'air commode et Marie-Camille dut inspirer profondément pour se donner du courage. Elle ferma les yeux quelques secondes, avant de les rouvrir pour fixer sérieusement le directeur du Collège des embaumeurs.

— Un problème de bus, précisa-t-elle, d'une voix plus assurée.

— Déjà un indice que vous n'avez peut-être pas votre place dans notre école si vous ne pouvez arriver à l'heure à un simple rendez-vous, n'est-ce pas, mademoiselle ?

— Je ne suis pas d'accord avec vous. Ça n'arrivera plus, répondit Marie-Camille d'un ton plus pincé que d'ordinaire.

Les deux s'observèrent quelques instants. Puis, le sexagénaire se leva et se dirigea vers la large fenêtre, qui laissait voir un ciel bleu sans nuages. Hochant la tête sans dire un mot, monsieur Lalonde attendit que le silence devienne inconfortable avant de revenir à sa place. Bien assis dans son fauteuil de cuir, il posa ses mains sur le bureau de bois et commença :

— Mademoiselle Gélinas, je crois que vous n'avez pas réfléchi comme il faut avant de déposer une demande d'admission à notre collège. Ici, nous formons des embaumeurs.

— Évidemment, c'est le Collège des embaumeurs ! interrompit impertinemment la blonde, avant de se mordre la lèvre pour se taire.

Le directeur la toisa et Marie-Camille déglutit avec effort. Elle avait presque cru que son inscription était passée inaperçue, mais le visage fermé de son interlocuteur la força à se raviser. Elle devrait sans doute se battre pour obtenir sa place dans cette école, en fin de compte. L'homme poursuivit :

— Nous n'avons pas le temps de prendre soin d'une femelle qui ne pourrait supporter la vue d'un corps ouvert, des odeurs pestilentielles émanant d'organes nécrosés, et tout le reste…

Comme la femme ne disait rien et ne semblait pas réagir à ses paroles, il poursuivit, encore plus sèchement.

— Avec ces nouvelles manies de vouloir imiter les hommes, vous ne faites que nuire aux professions masculines. Je doute que vous puissiez poursuivre votre formation au-delà de quelques semaines. Pensez donc à vous trouver un mari et à lui faire des enfants. Je suis certain que vous ne manquez pas de prétendants.

Plus l'homme parlait, plus Marie-Camille sentait sa colère grandir en elle. Pour qui la prenait-il, ce malotru ? Elle le laissa continuer à s'étendre sur toutes les raisons pour lesquelles un cours en thanatologie n'était pas souhaitable pour une femme. Il termina son monologue avec un ton paternaliste qui fit rager Marie-Camille. Même si ce n'était pas la première fois qu'on lui tenait un tel discours, il était de plus en plus rare qu'un homme ayant un tant soit peu de cervelle ose le faire de manière aussi directe. Généralement, les sous-entendus et les blagues douteuses restaient l'arme de prédilection de la plupart de ces penseurs arriérés.

Comme si la suite était une évidence, le directeur se releva en questionnant :

— Donc c'est réglé ? J'imagine que vous allez changer d'avis ?

Bouillante d'indignation, la jeune femme tenta de calmer les battements trop rapides de son cœur pour éviter d'exploser devant les propos de son interlocuteur, qui poursuivit:

— Vous conviendrez avec moi que ce cours ne vous sied pas, n'est-ce pas? Mais ne soyez pas inquiète, mademoiselle Gélinas, nous vous rembourserons les frais d'inscription.

Marie-Camille prit tout son temps pour répondre. Elle laissa le directeur prendre son dossier, y noter quelque chose et le lui tendre par-dessus le bureau. Toutefois, il dut se résigner à le déposer lorsque la jeune femme devant lui secoua imperceptiblement la tête.

— Monsieur Lalonde, commença Marie-Camille, je vous remercie de votre considération pour mon bien-être. Après avoir fait trois années d'études et de stages pratiques pour devenir infirmière, je peux vous affirmer que les odeurs corporelles n'ont plus de secrets pour moi. Quant à ouvrir des corps et y plonger divers instruments pour en extirper des organes, rien ne me fait plus envie à ce moment-ci de mon existence. Alors à moins que vous ne décidiez de m'empêcher de suivre les cours du Collège des embaumeurs, je tiens à vous préciser que je serai ici mardi matin, le 6 septembre, pour commencer à étudier dans votre école.

L'homme n'en croyait pas ses oreilles! Il savait très bien qu'il ne pouvait empêcher cette entêtée de participer à la formation, sous peine de se retrouver avec une manifestation sur les bras, pancartes à l'appui, de toutes ces défenseures de la condition féminine. Depuis quelques années, des voix s'élevaient partout au pays pour élargir le droit des femmes à l'avortement, à la prise de contraceptifs oraux, à de meilleures conditions sur le marché du travail…

S'il venait à l'oreille d'un de ces groupes que lui, Hector Lalonde, avait empêché une jeune femme de s'inscrire au Collège des embaumeurs, il verrait fort probablement son nom à la une des quotidiens !

Au retour de ses vacances d'été, quand il s'était aperçu qu'un des nouveaux inscrits était de sexe féminin, l'homme s'en était indigné auprès de sa secrétaire, qui lui avait répondu ne jamais avoir reçu de mot d'ordre lui indiquant que les femmes ne pouvaient être admises au collège.

— Il me semble que c'était évident, que c'est un non-sens ! lui avait alors sèchement répliqué son patron.

La secrétaire avait laissé l'homme se scandaliser sans renchérir. Elle lui avait tendu la chemise contenant les documents de Marie-Camille en précisant :

— Je vous laisse donc le dossier de mademoiselle Gélinas entre les mains. Vous pourrez décider de son sort.

Monsieur Lalonde avait marmonné pour lui-même et s'était empressé de prendre rendez-vous avec cette future étudiante, afin de la faire changer d'avis. Après le monologue de Marie-Camille, l'homme resta un long moment bouche bée, éberlué par tant d'arrogance.

— Vous avez une impudence, mademoiselle, qui me déplaît beaucoup ! lança-t-il sur un ton sévère.

Il claqua ses mains fortement sur le bureau. La jeune femme sursauta, mais reprit vite contenance. Avec les différents clients au restaurant, elle avait eu affaire à toutes sortes d'individus et ne se laissait pas impressionner facilement. En plus, même si sa tante Florie avait toujours fait part d'un jugement opiniâtre envers les femmes qui travaillaient, Marie-Camille avait eu comme exemple Adèle, qui, elle, s'était entêtée toute sa vie à faire sa place dans un monde d'hommes. En parallèle avec son métier de journaliste, celle-ci avait écrit un premier roman louangé, ainsi que deux autres, tout aussi appréciés. Si Marie-Camille montrait une faille à sa carapace, elle était convaincue que le directeur du collège s'empresserait d'y voir une faiblesse facile à exploiter. Elle ne lui donnerait pas cette possibilité. Quand il se pencha de nouveau devant son bureau pour lui tendre une feuille sans parler, Marie-Camille étira le bras pour l'approcher vers elle.

— Qu'est-ce que c'est ?

— Vos frais de scolarité à payer d'ici la fin du mois de septembre. Puisque vous vous entêtez, sachez que nous n'acceptons aucun retard de paiement. Je dois tout de même vous faire part de mon désappointement. Si ma fille, qui a quelques années de moins que vous, choisissait un tel chemin, vous pouvez être assurée que nous aurions la même discussion. Elle comprendrait, elle, que je ne veux que son bien-être, tout comme le vôtre. Je reste convaincu que cette voie ne convient pas à votre sexe. Au revoir, mademoiselle Gélinas.

Marie-Camille plaqua un sourire sur son visage, malgré les tremblements intérieurs qui l'agitaient. Elle tendit une main, que le directeur prit avec une mauvaise foi évidente et elle sortit du bureau austère la tête haute, en lançant un regard de connivence à la secrétaire, qui leva un pouce discrètement en souriant.

— Au revoir, monsieur Lalonde.

« Mission accomplie, pensa-t-elle, avant de s'éloigner dans le corridor de son futur établissement d'enseignement. Me reste plus qu'à parler à papa pour qu'il accepte de m'aider à payer ma scolarité. »

CHAPITRE 5

Le soir même, lorsqu'elle téléphona à Sainte-Cécile, Marie-Camille dut user de tout son doigté pour éviter d'avouer la véritable raison de son appel à sa tante Florie.

— Dis-moi pas que j'ai oublié quelque chose? lui demanda la femme, avec de l'inquiétude dans la voix.

La jeune voulut la rassurer, mais sa tante continua sans l'écouter:

— Ça fait longtemps que t'as pas mis les pieds au village, faudrait que tu y penses, hein? Imagine-toi donc que le fils Constantin a décidé de s'improviser chauffeur de corbillard.

Sans la laisser placer un mot, la villageoise entreprit de relater à sa nièce tous les récents faits et gestes des habitants de la place. Marie-Camille écoutait distraitement, en flattant Israël, bien installé sur ses genoux. Rien de nouveau n'était survenu depuis qu'elles s'étaient laissées, quelques jours plus tôt. Elle attendit donc patiemment que sa tante s'essouffle, puis demanda:

— Est-ce que je peux parler à papa, matante?

— Hein? Oh! Heu oui, oui. Pourquoi?

Marie-Camille retint un soupir d'exaspération. Mais habituée à l'indiscrétion de Florie, elle sourit, avant de murmurer:

— Je veux juste lui jaser un peu.

— OK, minute.

Un silence suivit, avant que la voix apaisante d'Édouard ne se fasse entendre.

— Mimi ? Tout va bien, ma chérie ?

— Oui, oui.

Mordillant sa lèvre, la jeune hésita avant de s'informer de la beurrerie, de son oncle Laurent… Lorsqu'elle posa une question sur la température qu'il faisait à Sainte-Cécile, Édouard, qui connaissait bien sa fille, la coupa gentiment pour demander :

— Veux-tu me dire pourquoi tu appelles, si tout va bien ? Je te connais, Marie-Camille.

— Hum, est-ce que matante est près de toi ?

— Non. Elle est retournée au salon regarder son téléthéâtre. Tu es certaine que ça va ? Tu m'inquiètes.

La voix d'Édouard avait adopté un ton plus insistant. Alors, Marie-Camille prit une lente inspiration avant de se lancer :

— Tu sais papa que je pense pas que garde-malade soit un travail pour moi, hein ?

— Oui, tu me l'as dit. J'espérais que quelques mois de pause te feraient changer d'idée.

La jeune femme sentit une pointe de déception dans la voix de son père. Elle toucha l'anneau à son cou pour trouver le courage de poursuivre :

— Non, je retournerai pas dans les hôpitaux. C'est pas fait pour moi. Ça, j'en suis certaine.

— Ah bon et tu penses faire quoi ? Revenir à Sainte-Cécile ?

Le ton d'Édouard contenait à présent une pointe d'espoir. Pourtant, il savait bien que les rêves de sa fille étaient ailleurs qu'au village. Marie-Camille grimaça, en regardant son reflet dans la fenêtre.

— Non, pas pour le moment. En fait, je t'appelle, car j'ai trouvé ce qui me plairait, et je voulais savoir si tu pouvais m'avancer le montant pour financer mon cours.

— Ton cours? Quel cours? s'informa Édouard avec curiosité.

Marie-Camille ne répondit pas tout de suite, car son père avait posé sa main sur le combiné et parlait en sourdine avec Florie ou Laurent. Quand son attention revint sur la conversation qui se déroulait avec sa fille, l'homme répéta sa question:

— Désolé, ma chérie. Tu disais?

— Je voudrais m'inscrire au Collège des embaumeurs du Québec.

Édouard, à l'autre bout du fil, ne souffla pas un mot. Pendant un long moment. À un point tel que Marie-Camille dut valider qu'il n'avait pas raccroché.

— Papa?

— Oui, oui. Attends, laisse-moi juste assimiler tes paroles. Le Collège des embaumeurs? chuchota-t-il pour éviter que sa sœur Florie, du salon, n'entende ses paroles. Pour quoi faire, Mimi?

La jeune femme se lança dans un long plaidoyer sur les avantages que représentait ce travail, en mettant l'accent sur l'accompagnement des familles endeuillées et sur la fierté de leur permettre de voir leurs êtres chéris traités avec respect.

— J'ai vraiment fait des recherches depuis le printemps. J'ai lu sur des femmes de l'Ontario qui font ce métier et qui en vantent les mérites.

— Mais qu'est-ce que le monde va penser?

En posant la question, Édouard se passa la réflexion qu'il ne s'était lui-même jamais préoccupé des qu'en-dira-t-on. Ni à l'adolescence, lorsqu'il avait promis à sa mère de ne jamais se marier ni avoir d'enfants, ni au moment de briser ce serment pour épouser sa belle Clémentine. Il ne souhaitait pas transmettre à sa fille la crainte du jugement d'autrui. Mais avant qu'il ne puisse trouver d'autres arguments pour exprimer ses appréhensions, Marie-Camille fit comme si elle n'avait pas entendu sa question et poursuivit:

— Ce collège a formé plusieurs embaumeurs depuis son ouverture. Le cours dure une année, avec des examens théoriques et pratiques à la fin. Je pense que je serais vraiment bonne. Gabriel, mon ami dont je t'ai déjà parlé, veut s'inscrire avec moi.

Elle laissa passer quelques secondes, puis demanda avec inquiétude:

— Papa? Papa? Tu es là?

— ... Hum... oui.

Édouard pencha la tête pour vérifier que sa sœur aînée était toujours bien assise dans le divan du salon et demanda à sa fille:

— Tu es bien sérieuse, Marie-Camille?

— Oui.

— Me semble que c'est quand même une drôle d'idée.

— Pourquoi? On s'entend que je manquerai jamais de travail! essaya d'ironiser la jeune femme.

— Mimi, j'ai jamais entendu parler d'une femme embaumeur.

La réponse de l'homme démontrait qu'il prenait la chose très au sérieux. Édouard avait toujours été un père affectueux et aimant, et avait laissé sa fille choisir sa voie. Quand sa sœur Florie exagérait et tentait de la contraindre à devenir une femme de maison, lui et Adèle s'interposaient aussitôt. Si sa cadette explosait devant le côté conventionnel de la matriarche, lui précisait seulement à Florie qu'en tant que père, il aurait toujours le dernier mot en ce qui concernait Marie-Camille. Il avait supporté son départ pour Montréal, malgré la tristesse que cet éloignement lui occasionnait. En constatant que sa fille semblait déterminée à changer sa trajectoire professionnelle, il chuchota :

— Pourquoi tu essaies pas autre chose qu'embaumeur, vu qu'il y a pas de femmes dans ce domaine-là ? Me semble que…

Édouard cessa de parler en entendant le soupir de frustration de Marie-Camille. Cette dernière se leva pour déposer son chat sur le sol. Elle se mit à piétiner autour de la petite table où se trouvait son téléphone.

— Je te comprends pas, papa ! Pourquoi, au contraire, ce serait pas moi, la première à pratiquer le métier ? Viens pas me dire que t'étais pas fier d'Adèle quand elle est devenue journaliste !

— Je sais aussi à quel point ça a été difficile, ma chérie.

— Les temps ont changé ! Les femmes peuvent faire la même chose que les hommes. J'ai pas peur des commérages, tu dois bien le savoir. Sinon, je serais restée à Sainte-Cécile, comme Florie aurait aimé. J'aurais marié un gentil fermier et fait quelques enfants. Mais papa, tu sais que c'est pas pour moi, une vie rangée comme ça !

Édouard entendit sa sœur aînée rire aux éclats et ferma les yeux en imaginant la réaction de Florie à l'annonce de la nouvelle que sa fille lui communiquait à l'instant. Mais comme Marie-Camille savait être très convaincante, au bout d'une dizaine de minutes, il accepta de lui envoyer l'argent nécessaire pour couvrir les frais de cette année d'études. Avant de raccrocher, il insista toutefois :

— Mais si tu te sens mal ou si tu te rends compte que c'est pas pour toi, promets-moi de laisser tomber.

La jeune femme acquiesça à la demande de son père, tout en sachant qu'elle n'en ferait rien. Personne ne saurait l'empêcher de poursuivre ce rêve inhabituel. Peu importe le jugement, les commentaires et les questionnements, Marie-Camille avait trop envie de suivre cette formation. Elle savait que les hommes de sa cohorte ne verraient pas d'un bon œil son arrivée dans leur terrain de jeu. L'attitude condescendante de monsieur Lalonde, le directeur du collège, l'en avait convaincue. Mais elle prit une voix des plus rassurantes pour clore la conversation.

— Je vais être à ma place papa, t'inquiète pas ! Merci beaucoup. Je t'aime.

~ ~ ~

Pendant que l'été filait doucement, Alice déprimait de plus en plus souvent. Quand elle sortait du restaurant, à la fin de la soirée, elle se dirigeait parfois vers le parc situé près de son appartement pour s'allumer une de ses cigarettes qui lui permettaient d'oublier qu'elle n'avait pas de projet à long terme.

— Ni à court terme, marmonna-t-elle, un soir de la mi-août.

Assise sur un banc de bois sous un ciel étoilé, elle enleva ses souliers ballerines pour sentir l'herbe fraîche sous ses pieds. Sans se préoccuper d'un groupe qui discutait assis à même le sol un peu plus loin, elle s'assura d'être à l'abri des regards, glissa le joint de marijuana entre ses lèvres et l'alluma avec un grand plaisir. Si Alice se permettait d'être aussi peu discrète sur sa consommation de substances illicites, c'est qu'autour d'elle, il ne restait plus que quelques personnes peu fréquentables !

— Maudit que ça fait du bien ! souffla-t-elle avec bonheur.

Elle ferma les yeux en se couchant de tout son long sur le banc de bois. Pendant de longues minutes, elle inspira et expira sans se préoccuper de son environnement. Dans ce vaste espace vert, Alice ne craignait rien, même les avances non désirées de certains hommes un peu ivres. Quand cela arrivait, comme elle n'avait pas la langue dans sa poche, la femme les rabrouait vertement et ils continuaient leur chemin sans l'embêter davantage.

« Ma vie est pas mal plate. J'ai même pas une dixième année. Je me demande bien ce que je pourrais faire, à part servir des cafés au resto. »

Elle songea à l'exaltation de Marie-Camille lorsque celle-ci parlait de son cours d'embaumeur, qui commençait dans moins d'un mois. Sans la jalouser, disons qu'Alice enviait la détermination de sa jeune amie. Depuis si longtemps, la rousse n'avait compté que sur elle-même pour vivre. En plus, elle savait que Gabriel suivrait la même voie que Marie-Camille, ce qui la laissait encore plus isolée dans son monde bien routinier. Le seul moment où Alice pouvait rêver un peu, c'était quand elle engourdissait son esprit avec les vapeurs de sa drogue de prédilection.

Perdue dans ses pensées nébuleuses, la serveuse ouvrit rapidement les yeux en entendant un halètement près de son oreille. Un gros chien noir aux pattes blanches se tenait près de son visage et avait sorti sa longue langue rose, bien décidé à lécher les belles joues rondes de la femme.

— Ouache ! Qu'est-ce que tu fais là toi ? Va-t'en !

Alice se redressa vivement, l'esprit brouillé, et remit ses chaussures. La bête, heureuse d'avoir trouvé de la compagnie, se mit à sautiller autour d'elle lorsqu'elle se releva.

— Non, non ! Suis-moi pas, j'haïs ça, les chiens, moi ! grogna Alice en repoussant l'animal, qui lui emboîta néanmoins le pas, alors qu'elle s'éloignait dans le sentier pour rejoindre le trottoir.

En passant devant le groupe de jeunes qui dormaient tous à moitié, Alice demanda, en pointant le chien :

— C'est à vous ?

— Non.

— Bien, je vous le laisse. Moi, les chiens, j'aime pas ça !

Si les jeunes n'eurent aucune réaction, l'animal, lui, resta avec la belle lorsqu'elle poursuivit son chemin. Le cerveau embrumé à cause de la drogue, Alice se mit à parler à son nouveau compagnon sans s'apercevoir que les rares passants qu'elle croisait lui jetaient d'étranges regards.

— Toi, là, ta vie est pas compliquée, hein ? Tu te promènes où tu veux, tu suis le monde, puis t'as même pas besoin de te demander ce que tu vas manger à chaque repas. Remarque que t'es peut-être un itinérant, hein ?

Alice éclata de rire devant sa propre blague et se rendit en jasant jusqu'à son appartement. Plutôt que de rentrer, elle s'assit sur le trottoir et poursuivit son dialogue à mi-voix. Le chien s'allongea sagement à ses pieds.

— Des fois, je me dis que je devrais peut-être retourner à Trois-Rivières. Mais juste à l'idée de retrouver le monde que j'ai côtoyé toute mon adolescence, le cœur me lève ! Ça fait qu'il faudrait bien que je trouve un plan moi aussi, hein, pitou ?

La bête aux yeux larmoyants posa sa truffe humide sur la cuisse dodue de la femme, qui sentit des larmes gonfler ses paupières. Depuis quand n'avait-elle reçu autant d'amour inconditionnel ? Marie-Camille avait beau être une bonne amie, il n'en demeurait pas moins qu'elles avaient des différends quand il s'agissait de l'avenir ; Marie-Camille ne comprenait pas qu'Alice ne tente pas de suivre un cours pour devenir secrétaire ou maîtresse d'école.

— Me vois-tu institutrice ? questionna Alice, en flattant le chien.

Pendant de longues minutes, elle resta sans dire un mot, la tête enfouie dans la fourrure qui sentait la bête humide. Depuis toujours, Alice avait été forte, solide et satisfaite. Quand elle avait rencontré Marie-Camille, pour la première fois de sa vie, la rousse s'était liée d'amitié. Elle avait une vraie amie. Avec les avantages et certains inconvénients venant avec ! Parce que si les deux femmes échangeaient des confidences, des pensées et des commentaires sur les hommes qu'elles rencontraient, Alice n'avait jamais osé parler à sa copine de la période sombre de sa vie.

— Comment tu veux que je raconte ça, moi, que le monde me trouvait niaiseuse à l'école ? Que mon père et ma mère arrêtaient pas de vanter mon jumeau, en me balançant sans arrêt que je pourrais au moins me forcer pour pas leur faire honte ? Comme si je faisais exprès de rien comprendre quand la maîtresse expliquait la matière !

En réalisant à quel point la solitude était son lot quotidien, la femme se releva péniblement.

— Une heure du matin ! Faut que j'aille dormir, moi !

Elle insista auprès de l'animal pour qu'il ne tente pas de la suivre à l'intérieur de l'édifice.

— Mais je te promets de revenir te voir demain matin si tu m'attends ! chuchota-t-elle, en embrassant le dessus de la tête de la bête, dont la queue frétillait d'espoir à l'idée de passer la nuit avec sa nouvelle amie.

Quand la porte se referma au nez de l'animal, ce dernier s'affala sur le sol pendant un long moment. Puis, au bout d'une heure, déçu, le chien aux pattes blanches reprit sa route solitaire. Il trouverait bien un autre humain en manque d'affection !

~ ~ ~

Malgré sa profonde déception, Edmond Joseph avait fini par accepter de débourser les frais de scolarité pour couvrir l'année d'études de son fils Gabriel au Collège des embaumeurs. Il craignait tant que son cadet ne choisisse l'exil comme ses frères qu'il lui avait semblé préférable d'abdiquer. Sa femme l'avait convaincu de faire confiance à leur fils, qui avait toujours eu une bonne tête sur les épaules.

Dans la grande maison de la municipalité d'Outremont, les dernières semaines avant le début des cours étaient tout de même teintées d'une lourdeur qui déprimait les habitants. Même les jeunes Kayla et Mazal trouvaient des courses à faire pour éviter de se trouver trop longtemps en compagnie de leurs parents. Dès que Gabriel franchissait le seuil de la maison, après son travail aux archives de l'hôpital, l'atmosphère se chargeait de non-dits. Cela avait fait mentionner à Mazal, la cadette des deux filles :

— Tu aurais pu terminer ton année en médecine avant. Au moins, papa et maman auraient été fiers et moins attristés.

— Laisse-le donc faire! s'était objectée Kayla, plus ouverte d'esprit. S'il veut devenir directeur funéraire, il en a le droit.

Gabriel marquait donc d'une croix quotidienne le calendrier accroché derrière la porte de sa chambre chaque soir avant de se coucher. Il voyait la fin de son calvaire arriver avec soulagement. « Au moins, se disait-il, une fois que j'aurai commencé ma formation, papa ne pourra plus changer d'idée. »

C'est donc avec le cœur bien soulagé que le jeune homme accompagna Marie-Camille à leur première journée de cours, le mardi 6 septembre.

— Enfin on y est! s'enthousiasma cette dernière, en empruntant le sentier qui menait au pavillon principal*. C'est tellement beau ici! On est chanceux, tu trouves pas, Gabriel?

Le jeune Juif hocha la tête avec émotion. Il leva la tête vers la tour de vingt-deux étages qui surplombait la cour d'honneur et participait, avec l'Oratoire Saint-Joseph, à définir la silhouette du mont Royal. Gabriel prit la main tendue par son amie en échappant un léger rictus.

— On peut dire que j'ai failli ne pas être ici avec toi ce matin! Mon père paye mes études juste parce que ma mère l'a supplié de le faire. Le dernier mois a été déprimant, tu ne peux pas t'imaginer! Je suis bien content que les cours commencent enfin, soupira-t-il.

L'amertume s'entendait dans la voix de l'homme. Il attendit d'être en haut de la montée pour retirer sa kippa et l'enfouir au fond de son sac de cuir. Marie-Camille l'observa sans rien dire, avant de croiser ses bras fins sur le devant de son corps.

— Qu'est-ce que tu fais ?

— Rien.

— Comment rien ? Pourquoi tu l'enlèves ? demanda la blonde en pointant le sac. Tu fais ça juste au parc d'habitude. Puis déjà là, je te dis que tu devrais pas ! Qu'est-ce que ça peut faire que tu sois juif, arabe ou chinois, veux-tu bien me le dire ?

Gabriel haussa les épaules en faisant une moue désabusée. Il répliqua sur un ton résigné :

— Je n'ai pas le goût qu'on sache que je ne suis pas un Québécois pure laine. Si on me voit avec ça sur la tête, je vais être encore plus stigmatisé.

— Stigma... quoi ?

— Rejeté, jugé... Je ne veux pas commencer ma formation avec les regards de tout le monde sur moi. S'il faut juste que je mette ma kippa hors de la vue de tous pour qu'on m'accepte, eh bien, ce sera ça. Tu devrais savoir que les universités francophones ne sont pas chaudes à l'idée d'intégrer des personnes d'autres races. Je t'en ai déjà parlé, pourtant, avant de m'inscrire ! Je t'ai dit que je n'étais même pas certain que le collège accepterait ma candidature. Quand je suis venu faire mon inscription, je n'avais rien sur la tête et ça va rester ainsi.

— Mon doux, qu'est-ce que tu as mangé ce matin, toi ? s'informa son amie en le poussant affectueusement.

— Rien. C'est juste que des fois, j'aimerais ça ne pas être regardé comme un extraterrestre, marmonna Gabriel.

Étonnée par la fougue soudaine démontrée par son ami, Marie-Camille secoua sa tête bien coiffée en haussant les sourcils. Pour l'occasion, elle avait aplati ses boucles avec son fer à repasser, afin d'avoir l'air le plus mature possible. Ses frisettes habituelles ne faisaient rien pour la faire paraître de son âge. Elle avait enfilé un pantalon à mi-cheville étroit gris et un chemisier bleu très pâle. Des souliers noirs à talons plats complétaient cette tenue qui la ferait passer inaperçue, du moins, le plus possible, espérait-elle. Même si elle portait des lunettes depuis quelques années, elle évitait souvent de les mettre par coquetterie. Mais en se regardant dans le miroir, le matin même, elle avait décidé d'arborer la monture œil-de-chat noire pour avoir l'air plus sérieuse. Toutefois, Gabriel et elle savaient que son arrivée au sein des classes masculines ferait jaser et réagir. Le jeune homme avait tenté de se faire rassurant, pourtant, il se doutait bien que la présence de sa copine dans les cours ne se ferait pas sans heurts. S'il anticipait pour Marie-Camille des commentaires désobligeants et condescendants, dans son cas, il craignait le racisme, que la vue de sa kippa générait souvent. *Maudit Juif! Retourne chez vous! On sait bien, eux autres, ils veulent être partout. Tiens, t'as pas ton petit casque?* Il avait assez enduré ces jugements et avait décidé que cette formation serait le début d'un nouveau Gabriel: un homme qui serait comme les autres. Du moins, sur les terrains de l'université. Il avait envie de se sentir accepté.

— Bien moi, je pense que tu devrais pas te cacher, marmonna encore Marie-Camille. C'est plus comme avant, me semble, au Québec. Toi-même tu m'as dit que les séfarades nord-africains s'installaient en grand nombre à Montréal depuis deux ans, et que ces arrivées modifiaient le visage de votre communauté. Il y a juste les innocents qui ont peur d'un petit chapeau rond !

La jeune étudiante fixa Gabriel de ses grands yeux bleus pour l'inviter à la réflexion. S'il était vrai que la communauté juive du Québec, jusqu'alors à prédominance ashkénaze et anglophone évoluait, les mentalités ne suivaient pas aussi vite que Marie-Camille le croyait. Alors, son ami secoua ses boucles noires, avec un air buté. Il n'avait pas envie de devoir lui faire comprendre que les gens n'avaient pas peur de sa kippa, mais bien de ce qu'elle représentait. Il savait, pour l'avoir entendu toute sa vie, que l'ignorance et la peur de l'inconnu étaient les seules raisons qui faisaient qu'on craignait sa présence. Il lança donc avec dérision et en pointant la tenue de son amie :

— Dit la fille qui essaie presque d'avoir l'air d'un garçon en ce moment !

— Ouin, s'excusa Marie-Camille en souriant. J'avoue qu'on a un peu le même problème !

— Tu pourrais faire comme Esther Brandeau, lança Gabriel sur un ton rieur pour exorciser son angoisse.

— Qui ?

— Esther Brandeau. C'est une jeune femme juive qui s'est déguisée en homme pour s'établir au Québec, en 1738.

— Oh ! Pourquoi elle a fait ça ?

— Selon les écrits, pour être libre et indépendante ! Mais on n'a pas le temps de jaser d'elle, on va arriver en retard. Je te raconterai son histoire une autre fois, si tu veux ! Allez, dépêchons-nous ! J'ai une réputation de ponctualité à maintenir moi, contrairement à toi !

Autour d'eux, les étudiants des différentes facultés se pressaient en les évitant. Ce jour de rentrée signifiait pour plusieurs le début de leur vie adulte. Ils étaient jeunes, rêveurs et même si les hommes étaient bien évidemment majoritaires, dans certaines cohortes, les femmes commençaient à être bien représentées.

Gabriel prit le bras de son amie et la tira pour qu'elle presse le pas. Marie-Camille jeta un regard à sa nouvelle montre avant de sentir sa gorge se serrer. Le grand jour était arrivé. Plaquant un large sourire sur son visage, elle cacha son anxiété en suivant son ami, qui grimpait rapidement les marches jusqu'à la grande porte lourde.

~ ~ ~

— Messieurs, veuillez donc prendre place derrière l'une des grandes tables devant vous, clama le professeur.

Dans la salle de classe anonyme, ils étaient une quinzaine de personnes : des directeurs funéraires qui œuvraient déjà sur le terrain, mais qui désiraient se perfectionner, et d'autres, plus jeunes, qui venaient apprendre un nouveau métier. Puis, il y avait Marie-Camille. Assise dans le coin près de la large fenêtre, elle avait posé sagement ses mains sur ses genoux pour éviter que ses pairs ne remarquent ses tremblements.

— Hum… hum…

Un raclement de gorge suivi d'une interjection fit lever la tête de Marie-Camille. Dès le premier moment, dans ce cours d'anatomie, elle avait senti les regards des étudiants l'observer, de ses chaussures noires à ses cheveux blonds, en s'attardant sur son corps athlétique. Des coups d'œil goguenards, quoique appréciateurs, pour la plupart. L'homme, qui venait de réagir au vieil enseignant au costume étriqué, était grand et très costaud. Comme un lutteur qui tentait de cacher ses muscles, il portait un veston brun, un col roulé beige et un pantalon de la même couleur. Le professeur, debout devant le long tableau noir, le fixa avec impatience :

— Oui, monsieur… ?

— Gagné. Stéphane Gagné.

— Il y a un problème, monsieur Gagné ?

Le châtain aux cheveux très courts leva un œil rieur avant de pointer Marie-Camille, qui rougit aussitôt jusqu'à la racine des cheveux.

— C'est juste que vous avez oublié mademoiselle ici.

Marie-Camille fit un geste timide pour enjoindre à l'autre de laisser tomber. L'imbécile ! Comme si elle avait besoin que monsieur Delamontagne se soucie d'elle. La nouvelle étudiante avait été bien heureuse qu'il ne lui adresse pas la parole et qu'il ne semble même pas se préoccuper de sa présence dans la salle de cours. Mais voilà que cet énergumène se mêlait de ce qui ne le regardait pas ! Elle tenta de rester stoïque devant la réponse sèche du vieil homme.

— Je n'ai oublié personne. Je ne pense juste pas qu'il vaille la peine que je m'attarde à une… à quelqu'un qui ne finira pas la première semaine de cours !

Sous l'affront, les mains de Marie-Camille serrèrent la table devant elle. Tous les yeux étaient à présent tournés vers la petite femme. Elle respirait fort, trop fort, mais elle ne s'en souciait guère. Elle fixa le professeur à l'air rébarbatif de son regard fâché et répondit fermement :

— Je vois pas de quoi vous parlez, monsieur.

— Parce que vous voulez me faire croire que vos collègues accepteront de vous passer les sels chaque fois que vous vous évanouirez ? J'en doute.

Gabriel, installé aux côtés de son amie, voulut prendre sa défense, mais Marie-Camille ne lui en laissa pas le temps. Elle s'avança au-dessus de son pupitre, alors que les autres s'échangeaient des coups d'œil moqueurs.

— Vous saurez, monsieur Delamontagne, que j'ai pas l'intention de perdre connaissance. Jamais, ne vous en déplaise. Je suis ici pour rester. Mais soyez sans crainte, j'ai pas besoin de traitement de faveur. Vous pouvez continuer à donner votre cours sans vous soucier de ma présence. Ça fait très bien mon affaire!

L'homme vint pour répliquer, mais après l'avoir observée quelques secondes, il sembla juger que Marie-Camille n'en valait pas la peine. Il reprit donc son monologue, pendant que le jeune Gagné jetait un regard surpris à l'étudiante. Cette dernière l'ignora, préférant se concentrer sur le bocal qui venait d'être déposé devant elle. Malgré son air indifférent, il lui fallut beaucoup de courage pour garder ses yeux fixés sur le pied découpé qui baignait dans un liquide jaunâtre. L'odeur qui se dégagea du pot lorsque le professeur donna aux étudiants l'ordre de l'ouvrir fit frémir même les plus endurcis dans la salle.

— Bon, vous avez tous devant vous une partie de corps différente à des niveaux variables de putréfaction*. Si vous avez décidé de suivre cette formation, il est préférable que vous sachiez dès maintenant dans quoi vous vous aventurez. Bien sûr, messieurs, vous n'avez pas le cœur fragile. Certaines personnes, par contre, ne résisteront pas, soyez-en assurés.

Le vieux professeur à la dentition jaunie par la cigarette lança un regard perçant du côté de Marie-Camille, qui tenta de conserver un air digne. Gabriel, qui avait placé sa main sur son nez, à l'instar de la plupart des autres étudiants, eut un haut-le-cœur en voyant le « morceau » qu'avait reçu sa partenaire.

— Ouf, je me trouve chanceux, alors. Yark ! murmura-t-il, en scrutant la petite oreille qui baignait dans son bocal.

Il ferma les yeux et tira la langue. Marie-Camille faisait tout pour éviter de rendre son déjeuner sur la table devant elle. Surtout que l'ensemble de ses pairs suivaient attentivement tous ses faits et gestes. Les embaumeurs d'expérience ne semblaient guère désarçonnés par le contenu des bocaux disposés devant eux. Les néophytes, par contre, avalèrent leur salive en reportant leur attention sur le professeur, qui continua de parler.

Marie-Camille tenta de faire abstraction des émanations pestilentielles qui s'échappaient de son cadeau empoisonné. En regardant autour d'elle, la jeune femme se rendit compte que deux ou trois fanfarons avaient eux aussi blêmi à la vue du contenu de leur pot. Tout au long du discours soporifique du vieil homme, la future embaumeur serra ses doigts comme des pinces sur la table afin de tenir jusqu'au bout du cours. Lorsque enfin l'homme se tut, elle crut sa délivrance venue. Mais mal lui en prit, car il lui tendit une paire de gants de plastique et demanda :

— Maintenant, mademoiselle, je vous prie de bien vouloir sortir le contenu de votre bocal pour l'exposer à la vue de tous.

— Oh, ne vous inquiétez pas, ricana un grand maigre frisé du nom de Philémon Trudeau, on le voit très bien !

Le regard perçant de monsieur Delamontagne fit taire l'impertinent, qui rougit en reportant son attention sur les mains tremblantes de Marie-Camille. Celle-ci inspira profondément, avant de glisser ses doigts gantés dans le liquide de préservation pour sortir l'affreux pied, qu'elle déposa rapidement sur le papier ciré que lui pointait l'homme.

— Bien. Maintenant, qui peut me dire depuis combien de temps cette partie a été détachée du corps auquel elle appartenait ?

Tous gardèrent les yeux fixés sur l'infect pied, avant que Gabriel n'ose avancer une réponse :

— Au moins quelques mois ?

— Hum… une autre idée, quelqu'un ?

— Plus que ça. À mon avis, ça doit être le pied de Toutankhamon qu'on a là ! rigola Stéphane Gagné, en échangeant un regard rieur avec Marie-Camille, qui ne pouvait elle non plus retenir son amusement.

Monsieur Delamontagne ne partageait pas leur hilarité lorsqu'il remit de nouveau le jeune homme à sa place. Cette fois-ci, les choses furent bien claires : quiconque venait au Collège des embaumeurs pour s'amuser se verrait montrer la porte assez vite ! Après cette mise au point, plus personne n'osa se prononcer sur la chose et, lorsque la leçon se termina, nul n'avait fourni la réponse exacte à la question posée au début. Monsieur Delamontagne fit signe à Marie-Camille de remettre le pied dans le liquide, puis précisa sèchement :

— Ça fait exactement trois ans que ce morceau est détaché du corps du défunt. Bonne fin de journée.

Après cette première expérience en salle de classe, Marie-Camille se demanda si elle réussirait à passer à travers une année complète de pareilles expériences. S'il fallait que tous les enseignants la ciblent de cette façon, elle risquait de ne pas manger durant toute la durée de sa formation ! Elle avait suivi plusieurs cours sur l'anatomie lors de ses études pour devenir infirmière, mais ce matin, la jeune femme avait bien l'impression que le but premier du professeur avait été de décourager les étudiants les moins convaincus. Pourtant, rares étaient ceux qui venaient suivre la formation au Collège des embaumeurs sans avoir déjà un pied dans un salon. Ils étaient généralement fils, neveu ou frère d'un directeur funéraire.

C'est ce qu'en avaient conclu Gabriel et Marie-Camille, après la brève présentation faite en début de matinée.

— Tu penses que tous nos cours seront dans le même genre ? demanda la jeune femme à Gabriel, une fois qu'ils furent parvenus dans le corridor.

Le jeune homme haussa les épaules et se tassa pour laisser passer un groupe d'étudiants.

— Je me dis que ça ne peut pas être pire que le cadeau que t'a fait monsieur Delamontagne ! répondit-il en riant.

Marie-Camille souffla sur une mèche de cheveux qui s'était déplacée, avant de murmurer :

— En effet !

Les deux amis s'éloignèrent vers la sortie pour aller dîner à l'extérieur sous l'un des arbres géants qui magnifiaient le talus devant le pavillon. La femme prit une grande respiration dès qu'ils eurent mis les pieds dehors.

— On dirait que je retiens mon souffle depuis trois heures ! éclata-t-elle, en se dirigeant rapidement de l'autre côté du petit stationnement.

— Moi aussi ! Je ne peux pas dire que j'aie très faim… maugréa Gabriel, avec une grimace de circonstance.

Marie-Camille acquiesça, et les amis parcourent la courte distance en silence, chacun perdu dans ses pensées. Auraient-ils la force et la persévérance pour poursuivre leur parcours au Collège des embaumeurs? Même si ce premier cours avait été pénible sur le plan olfactif, la jeune femme ne craignait pas le contenu des autres leçons. Elle se savait assez forte pour supporter les odeurs et la vue des cadavres. Mais elle se demandait si sa présence dérangerait autant dans quelques jours. Elle espérait de tout cœur que les autres futurs embaumeurs s'habitueraient à la côtoyer chaque semaine, car s'il fallait que les commentaires et les regards dénigrants se poursuivent toute l'année, Marie-Camille se demandait où elle puiserait la force pour résister!

— En tout cas, j'ai bien hâte de rencontrer les autres professeurs. On verra s'ils sont aussi rétrogrades que monsieur Delamontagne et monsieur Lalonde! marmonna Marie-Camille, en tentant un sourire. Mais disons que pour l'instant, j'ai pas trop d'espoir!

CHAPITRE 6

Pendant les premières semaines de leur formation, Marie-Camille et Gabriel vécurent à plusieurs reprises des moments de découragement. La première parce que les enseignants et les autres étudiants la traitaient comme une sous-personne, et le second, parce qu'il se demandait si la médecine était un domaine pour lui, point à la ligne.

— Je n'ai jamais été passionné par le travail auprès des patients à l'hôpital, expliqua-t-il à Alice, un soir de la mi-octobre, alors qu'ils soupaient tous les deux chez Marie-Camille. Ça fait que j'ai pensé que je me plairais plus dans l'environnement mortuaire. C'est certain que j'apprécie les exposés sur les techniques de restauration même si je doute de mon talent en maquillage ! Mais disons que je n'apprends pas grand-chose de nouveau dans les cours de médecine ou d'anatomie. Et que dire de nos enseignants ! Me semble que ceux-ci sont encore plus ennuyants que nos sujets de travail !

Il éclata d'un rire bref et désabusé. Le jeune homme savait très bien que jamais son père n'accepterait un autre changement de carrière, sauf si ce n'était pour retourner à la pratique de la médecine. Marie-Camille, qui l'écoutait en brassant sa crème fouettée, hocha la tête pour lui donner raison.

— Sauf pour monsieur Buisseau. Il est moins pire que les autres, non ?

Gabriel approuva.

— Au moins, il n'a pas déjà un pied dans la tombe.

— Et son cours d'embaumement est tout de même intéressant, je trouve, continua la jeune étudiante, sans remarquer le regard curieux de son ami.

Elle allait continuer à vanter les mérites de l'homme lorsque Gabriel fit une blague qui la fit rougir :

— Dis donc, je n'avais pas remarqué qu'il était si fascinant ! Je vais m'y attarder au prochain cours, promis !

— Arrête, idiot ! Au moins, siffla Marie-Camille sèchement, pour changer de sujet, toi, on te demande ton avis sur à peu près tout. Moi, c'est comme si j'étais invisible. As-tu entendu le professeur Berger hier matin quand il a dit : « Bon comme personne d'autre ne semble savoir la réponse, je vais devoir vous écouter, mademoiselle Gélinas » ? Le pire, c'est que je suis bonne, en plus. Vraiment bonne, hein Gabriel ?

En disant ces paroles, la femme renifla pour éviter de laisser couler ses larmes. Le jeune homme hocha la tête :

— Je dirais que tu es vraiment la meilleure pour l'instant. C'est certain que ça dérange encore plus. Ils auraient bien aimé que tu pleurniches ou que tu t'évanouisses.

— JAMAIS ! lança Marie-Camille sur un ton dramatique. Plutôt mourir !

Elle continua à raconter à Alice différentes interventions auxquelles elle avait eu droit de la part des enseignants et des autres étudiants.

— Dans le cours de médecine, quand le docteur Marcoux a admis que j'avais raison, on aurait dit qu'il avait avalé un gallon de poison. Je suis rendue que j'apprends toutes mes notes de cours par cœur pour être certaine de pas me faire crucifier sur la place publique!

Un hoquet d'étonnement s'échappa de la gorge d'Alice, qui demeurait pratiquante, malgré les soubresauts de son existence. Elle n'avait jamais entendu son amie s'exprimer ainsi, Marie-Camille fréquentant elle aussi l'église assez assidûment. La rousse se leva en titubant légèrement, elle qui avait abusé du vin que son amie leur avait servi. Avec son grand cœur, elle s'approcha pour prendre cette dernière dans ses bras. Les deux femmes restèrent enlacées quelques secondes, puis Alice plaqua un bec sur la joue de l'autre.

— Moi... je vais aller leur... leur dire qu'ils sont... méchants! grogna Alice d'une voix hésitante. Ces maudits universitaires attardés! Ils... savent pas le bijou que tu es, ma belle Marie!

Elle laissa échapper un rot, avant de s'excuser en riant. Gabriel, de sa place, laissa ses yeux errer sur les deux amies. La plus jeune, studieuse, réfléchie et enjouée, et la seconde, au comportement parfois erratique et plus impulsif. Il se demandait souvent comment il se faisait qu'elles s'entendaient si bien. Même s'il ne voyait pas Alice autant que Marie-Camille, l'homme savait qu'elle aimait bien faire la fête. De plus, les rares fois où ils avaient abordé le sujet de leurs familles respectives, la rousse avait vite esquivé le sujet, en mentionnant seulement que son jumeau était bien différent d'elle. Gabriel avait appris de la bouche de Marie-Camille que les parents d'Alice étaient décédés plus de dix ans auparavant, alors qu'elle avait tout juste vingt ans. Il éprouvait parfois de la pitié envers la femme, qui semblait en quête d'affection. Marie-Camille repoussa gentiment Alice, en lui donnant un bec sur le bout du nez.

— Je pense que tu as assez bu, ma chère ! Une chance que tu habites juste en dessous !

La grande rousse éclata d'un rire un peu niais et rejoignit Gabriel pour l'enserrer dans ses bras à son tour. Elle posa sa tête sur son épaule et appuya sa poitrine voluptueuse contre le torse du jeune homme. Ce dernier déglutit, mal à l'aise devant de telles démonstrations d'affection, et il lança un appel à l'aide muet à Marie-Camille, qui s'approcha, avec son dessert prêt à servir.

— Allez, Alice, laisse-le tranquille !

— Quoi ? Je suis certaine qu'il aime ça, avoir des câlins. Hein, mon beau Gabriel ?

Avant que l'interpellé ne puisse répondre, Alice pencha sa tête vers l'avant pour plaquer ses lèvres pleines sur celles entrouvertes de l'homme. Abasourdie, Marie-Camille resta stoïque deux secondes avant de réagir.

— Voyons Alice, contrôle-toi un peu !

Gabriel repoussa brusquement sa chaise pour s'éloigner de cette étreinte subite. Ses yeux noirs fixaient Alice, qui riait innocemment en le regardant, d'un air amusé. C'était la première fois que Marie-Camille, plus pudique que son amie, la voyait agir ainsi en sa présence. Pour se donner une contenance, Gabriel replaça sa kippa sur le dessus de sa tête, puis il lissa sa barbe. Il se sentait tiraillé entre sa foi et son corps, qui répondait intuitivement aux caresses d'une femme. Alice haussa ses épaules dénudées par deux trous formés sur le dessus de son chandail rose et se glissa jusqu'à la porte du petit appartement.

— Bon, vous… vous êtes trop ennuyants, je vais me trouver d'autres amis !

— Voyons donc, Alice, arrête de dire des niaiseries! Viens prendre ton dessert puis un grand café. Ça devrait te remettre les idées en place.

Gabriel s'était placé devant la fenêtre et préférait ne pas se mêler de la conversation. Il n'était pas amoureux d'Alice. Par contre, chaque fois qu'il sentait l'odeur un peu florale de sa chevelure, il sentait monter en lui une poussée de désir, qu'il se devait d'éteindre du mieux qu'il le pouvait. Âgé de vingt-cinq ans depuis une semaine, il était encore vierge, et n'aurait certainement pas de relation sexuelle avant de se marier. Quand il observait les liens qui existaient entre les autres hommes de son âge, surtout les Québécois d'origine, et les femmes, il s'apercevait bien que le fait de n'avoir jamais connu les émois d'un premier vrai baiser en faisait un être à part. Il aurait préféré ne pas avoir à côtoyer Alice et s'éviter ainsi de telles tentations. Toutefois, comme il s'agissait de la meilleure amie de Marie-Camille, leurs contacts étaient inévitables. Il la regarda donc s'éclipser par la porte avec un grand soulagement.

— Au revoir, cher Gabriel ! cria-t-elle en rigolant.

Le jeune homme n'eut pas le temps de répondre qu'elle avait refermé bruyamment. Marie-Camille sourit à son ami, en secouant sa tête frisottée.

— Je te dis, elle, c'est pas un cadeau ! Je suis désolé, Gabriel !

— Pas de ta faute, voyons. Bon, on fait la vaisselle avant le dessert ? répondit l'homme pour éviter de s'attarder sur la question.

— Bonne idée ! En tout cas, j'espère juste qu'elle va se coucher aussitôt qu'elle sera rendue chez elle. Je me demande même si on aurait pas dû l'accompagner dans l'escalier ! Si madame Vadeboncœur la croise comme ça, je vais en entendre parler pendant des semaines !

Marie-Camille fit un clin d'œil moqueur à Gabriel, puis entreprit de remplir son évier d'eau bouillante.

~~~

Alice avait changé d'idée, une fois la clé de son appartement glissée dans la porte.

— Fait trop beau, je vais marcher un peu… marmonna-t-elle, en replaçant son chapeau cloche sur sa chevelure indisciplinée.

Mettant son sac en bandoulière, elle entreprit de descendre les marches qui la menaient vers l'extérieur de l'immeuble à logements de la rue de la Roche. La soirée était encore jeune, elle trouverait bien quelque chose à faire pour s'occuper l'esprit ! Une fois sur le trottoir, elle leva la tête et observa durant quelques secondes la lumière émanant du salon de son amie. Elle supposait que Marie-Camille et Gabriel discutaient encore de leur formation, et ses paupières se gonflèrent de larmes. Elle se sentait vide à l'intérieur. Pourtant, elle désirait seulement être aimée, même si son attitude désinvolte pouvait parfois laisser présager le contraire.

« Ils sont chanceux, quand même, de partager une telle passion », pensa-t-elle avec envie.

Un coup d'œil à droite, puis vers la gauche, la décida. Les rues de la ville se vidaient tranquillement, et Alice aimait
~~~

bien les sillonner en réfléchissant à ce que pourrait être son avenir. Elle profita de l'anonymat que lui procurait la noirceur pour sortir une cigarette de cannabis de son sac à main. Se glissant dans une ruelle déserte, elle s'empressa de l'allumer, avant de la fumer rapidement. La femme courait le risque d'être arrêtée si un passant en reconnaissait l'odeur et en informait les autorités.

— Tant pis, marmonna-t-elle. Qui n'ose rien, n'a rien! De toute manière, qui saurait faire la différence entre la fumée d'une vraie cigarette et celle-ci?

Elle jeta le mégot sur le sol, décolla son dos du mur de briques sur lequel elle s'était appuyée et tenta de sortir dignement de la ruelle.

~ ~ ~

Le puissant sentiment d'injustice qui montait en Marie-Camille depuis le début de l'automne culmina le 9 novembre. Même si elle tentait de paraître neutre au collège, le soir, dans son lit, elle rageait et pleurait de plus en plus souvent. Quand elle parlait à son père, la jeune femme réussissait à cacher son désarroi, même si celui-ci la questionnait habilement.

— Tout va bien, papa, je te le dis.

— Ah bon? Je suis surpris que les hommes de ton programme soient si accueillants.

— En fait, ils me parlent peu. Mais ça me va ainsi. De toute manière, j'ai mon ami Gabriel à mes côtés, et ça me suffit.

Lorsque Florie se tenait proche de son frère, afin de prendre à son tour le téléphone pour jaser avec sa nièce,

Marie-Camille et son père discutaient de choses et d'autres, sans mentionner la formation d'embaumeur que suivait la jeune. Car malgré toute sa bonne volonté, cette dernière n'avait toujours pas réussi à avouer à sa tante le métier qu'elle apprenait. Pourtant ce n'était pas faute de vouloir !

— Je fige chaque fois que je viens pour lui en parler, avait-elle expliqué à sa tante Adèle, qui l'incitait à se débarrasser de ce fardeau.

— Je comprends, Mimi. Je connais assez ma sœur pour savoir que sa réaction risque d'être explosive. Mais j'ai peur que ce soit bien pire quand elle apprendra que nous le savions tous depuis quelques mois.

Marie-Camille préférait étaler dans le temps ses appels à Sainte-Cécile, plutôt que de courir le risque de tomber sur sa tante lorsqu'elle téléphonait. Elle s'en voulait d'obliger son père à mentir de la sorte.

— Si tu veux, je vais lui en parler, moi, avait-il proposé, la semaine précédente. Parce qu'il vaudrait mieux qu'elle soit au courant quand tu viendras nous voir dans le temps des fêtes, ma chérie !

— Non, non, papa. C'est à moi de le faire. Et je le ferai bientôt, promis.

Pourtant, même si la réaction éventuelle de Florie tracassait Marie-Camille, il n'en demeurait pas moins que l'attitude de ses enseignants et de ses pairs était bien plus préoccupante pour la jeune femme. À ce sujet, elle ne s'était confiée à personne, mais elle savait que Gabriel était inquiet.

— Si tu veux que j'aille avec toi voir le directeur, lui avait-il offert, le matin même, ça me ferait plaisir.

Marie-Camille avait secoué sèchement la tête. Elle savait qu'il lui fallait endurer les moqueries et l'indifférence pour prouver que sa place se trouvait bien au sein de cette cohorte d'hommes, tous plus archaïques de pensées les uns que les autres.

En cette soirée sombre et grise, la pauvre était assise sur son divan, les genoux repliés contre son torse, et elle pleurait à chaudes larmes.

— J'en ai assez, murmura-t-elle, en prenant Israël à témoin. Je me vois toujours reléguée à la dernière rangée. On me demande jamais mon avis, puis la seule raison pour laquelle on m'adresse la parole, c'est pour me dire des niaiseries comme ce matin.

Quand l'enseignant avait soulevé le drap qui couvrait le corps décharné d'un vieil homme, pour la première fois depuis le début de leur formation, les étudiants avaient tous eu un petit rire nerveux. L'excitation avait été à son comble à l'idée qu'enfin, ils plongeraient dans les entrailles d'un véritable défunt. Depuis septembre, ils avaient tâté et manipulé différentes parties d'un corps humain. Ils en avaient vu au complet, mais n'avaient pas encore touché ni embaumé de corps. La fébrilité était dans l'air depuis le début de la semaine, lorsque le professeur les avait avisés que lors du prochain cours, ils commenceraient à mettre en pratique la théorie apprise au cours de l'automne. Monsieur Buisseau s'était retourné pour prendre la boîte contenant les masques chirurgicaux et la déposer sur la table près de lui. C'est ce moment qu'avait choisi le grand dadais de Philémon Trudeau pour s'approcher de Marie-Camille et lui chuchoter :

— Tu pourrais peut-être lui mordre l'orteil comme dans le temps des croque-morts* ? Tout d'un coup qu'il est encore vivant ! Me semble que tu pourrais te dévouer pour la cause, hein, la belle ?

La jeune femme aurait voulu le tuer sur place et l'envoyer rejoindre la dépouille sur la table. Elle s'était plutôt pincé la main très fort pour s'empêcher de le gifler de toutes ses forces et avait répliqué, entre ses lèvres pincées :

— Dégage !

Le maigrichon s'était écarté en riant et s'était caché derrière un autre étudiant, avant de placer le masque sur sa bouche et son nez. Marie-Camille avait rajouté, en tournant la tête vers lui :

— Vous êtes vraiment innocent, monsieur Trudeau !

Malheureusement, le professeur Jean-Luc Buisseau avait levé la tête au même moment et l'avait fixée froidement. C'était un homme au teint basané et au regard expressif. Depuis le début de l'année, il s'agissait du seul enseignant qui ne l'avait pas dépréciée. Une fois, il l'avait même interrogée longuement sur ses connaissances en matière de liquides de conservation. Marie-Camille appréciait donc son cours, dans lequel elle se sentait mieux acceptée. Parfois, le quadragénaire posait ses yeux un peu trop longuement sur le visage concentré de la jeune étudiante et celle-ci ressentait un trouble qu'elle n'arrivait pas à expliquer. Et voilà qu'à cause de Philémon Trudeau, elle avait attiré l'attention non désirée du formateur.

— Si vous n'êtes pas intéressée ou trop dérangée par la procédure, mademoiselle Gélinas, vous pouvez toujours quitter la pièce.

Marie-Camille avait balbutié :

— Non, non, c'est pas le cas, c'est juste que…

L'homme ne l'avait pas laissée terminer sa phrase et avait repris sa place, sans plus un regard pour la perturbatrice. La jolie blonde s'en était voulu de s'être laissé ébranler ainsi. L'enseignant, à la moustache bien taillée et aux cheveux poivre et sel élégamment placés, avait toujours été assez poli avec elle. C'était la première fois qu'il lui parlait aussi sèchement. Stéphane Gagné, qui avait tenté de la charmer durant tout le mois de septembre, s'était à présent acoquiné avec l'étudiant Trudeau pour lui faire des misères. S'il ne pouvait la fréquenter, il préférait la faire damner!

En se remémorant sa matinée, les yeux baissés sur Israël, Marie-Camille essuya les larmes qui coulaient le long de ses joues. Elle avait éprouvé un malaise tout le long du cours, non pas à cause de la dépouille qui leur était présentée, mais plutôt parce qu'elle avait senti le regard scrutateur de l'enseignant posé sur elle. Quand la femme s'était avancée enfin pour toucher la rigidité cadavérique à son tour, les yeux de tous les hommes l'avaient fixée. Marie-Camille avait regardé Gabriel, qui lui avait souri pour l'encourager.

— Pour confirmer la mort, vous devez observer deux groupes de signes. Sauriez-vous nous en nommer un, mademoiselle Gélinas? avait demandé Jean-Luc Buisseau en pointant le défunt.

Encore une fois, des ricanements goguenards avaient suivi la question du professeur.

— Messieurs! Silence! avait tout de même avisé l'enseignant, en faisant un signe de la main vers son étudiante.

Marie-Camille avait beaucoup lu sur la mort et le métier d'embaumeur avant même de s'inscrire au collège. Elle avait ensuite étudié avec assiduité toutes les leçons enseignées depuis le premier jour de classe. Elle avait donc puisé dans ses souvenirs, déplacé le masque pour libérer sa bouche et dit, sur un ton légèrement vacillant, en replaçant ses lunettes qui glissaient sur son nez:

— Évidemment, il y a l'arrêt du cœur, le refroidissement du corps… heu… la pâleur…

Elle n'avait pu poursuivre, car un commentaire désobligeant sur son aspect physique l'avait figée sur place.

— J'ai l'impression que mademoiselle Gélinas a l'allure d'une morte, non?

En cette journée d'automne, Marie-Camille avait perdu le peu de bronzage que sa peau pouvait absorber en l'espace d'un été. La jeune femme rougissait, puis redevenait blanche, sans passer par l'étape habituelle d'un hâle doré. Ce qui l'avait toujours bien fait rire. Puis, voilà que durant quelques secondes, ce qu'elle n'avait jamais considéré comme un défaut de son apparence lui était reproché.

Elle avait fermé les yeux une fraction de seconde trop longtemps et l'ambiance dans le laboratoire s'était alourdie. Lorsqu'elle les avait rouverts, Marie-Camille avait vu dans le regard de plusieurs la confirmation qu'ils attendaient depuis le début du mois de septembre: une femme n'était pas faite pour ce métier, comme si, devant la mort, elle perdait tous ses moyens. Monsieur Buisseau avait-il eu pitié d'elle? Avait-il voulu la sauver des fauves ou tout simplement la remettre à sa place? Toujours est-il que l'homme avait baissé son masque chirurgical à son tour et avait poursuivi, à la place de la jeune femme.

— Il y a aussi des signes positifs de la mort: raideur, lividité et refroidissement du corps.

Marie-Camille avait reculé à l'arrière de la salle et avait secoué son bras lorsque Gabriel avait voulu la réconforter.

Même si l'affront était subtil, elle avait eu l'impression que l'homme, qui était l'un des plus influents de la province en ce qui avait trait à la corporation, l'avait désavouée devant tous. Elle se sentait discréditée devant ses pairs, qui la toisaient à présent d'un air goguenard. Monsieur Buisseau était l'un des dix directeurs, membres réguliers de la corporation, qui en administraient les affaires. Pendant le reste de la journée, elle avait entendu les remarques, les blagues sur son manque de connaissances et sa faiblesse lorsqu'elle était placée devant une dépouille.

Alors, depuis son retour dans son appartement, elle broyait du noir et se demandait si elle devait poursuivre sa formation. Pour la première fois depuis son inscription, Marie-Camille remettait en doute le bien-fondé de sa décision. Et si elle s'astreignait à tout cela pour rien? Si aucun salon funéraire n'était disposé à l'embaucher par la suite? Jetant un regard las sur son assiette de spaghettis qui refroidissaient sur la table du salon, la jeune femme sursauta lorsque la sonnerie du téléphone se fit entendre.

Peu désireuse de discuter, Marie-Camille laissa sonner longtemps. Cela devait être Gabriel, qui voulait la réconforter. Mais elle ne voulait parler à personne, pas même à lui. L'interlocuteur se lassa et la sonnerie se tut… durant deux minutes. Le même manège se répéta trois fois avant que la jeune femme ne soupire et ne s'empare de l'appareil à ses côtés.

— OUI!

Elle écouta quelques secondes la personne au bout du fil, avant de réaliser la portée des mots prononcés.

— Comment ça, à l'hôpital? Pourquoi personne m'a informée avant?

En parlant, Marie-Camille sauta sur ses pieds et glissa ceux-ci dans ses pantoufles de laine. Elle repoussa distraitement Israël, qui tentait de s'emparer d'un morceau de fromage trônant dans son assiette, puis laissa tomber, trop perturbée par les paroles entendues.

— OK, mais mononcle, elle va être correcte, hein ?

La voix de Laurent prit un ton hésitant. L'homme de quarante-sept ans, qui vivait toujours à la maison familiale, avec sa sœur aînée et son frère, n'avait jamais été très volubile. Il n'avait pas parlé directement à Marie-Camille depuis son installation à Montréal, se contentant des nouvelles données par Édouard ou Florie.

— Bien je pense que oui, répondit-il, en hésitant un peu. Mais, tu sais moi… En tout cas, j'essaye de rejoindre Adèle depuis hier soir, puis comme j'y arrive pas, je me suis dit que toi, tu pourrais peut-être aller chez elle ?

— Oui, oui. Elle doit être chez Jérôme, marmonna Marie-Camille. Comment ça se fait que matante Florie soit tombée ? Veux-tu bien me dire ce qu'elle a fait ?

Laurent entreprit de relater l'accident de sa sœur aînée, qui avait trébuché dans l'escalier extérieur de la maison.

— Elle a dit qu'il y avait sûrement des cochonneries qui l'ont fait glisser, grommela Laurent, mais je pense pas, moi ! Elle doit passer le balai dix fois par jour dans ces marches-là ! Même en hiver ! Je pense plus qu'elle a été distraite. Elle devait regarder une machine qui passait sur le chemin pour voir c'était qui.

Marie-Camille connaissait bien sa tante et savait que rien ne la ferait changer d'idée. Jamais elle n'admettrait que sa chute pouvait avoir été causée par sa faute. Elle promit à Laurent de passer le message à Adèle.

— Papa serait pas avec toi, mononcle? demanda-t-elle aussi avec espoir.

Si Édouard était à la ferme, il aurait sûrement plus de détails. Puis, entendre la voix de son père lui ferait du bien, en cette fin de journée morose. Mais elle déchanta bien vite.

— Bien non, il est allé avec Florie. C'est lui qui a passé la nuit à l'hôpital avec elle. Moi, il fallait que je m'occupe des vaches. Ça fait que je l'ai appelé quand elle est tombée et il a fermé la beurrerie plus tôt.

— Tes vaches auraient pu rester toutes seules une couple d'heures, mononcle, franchement!

Marie-Camille avait momentanément oublié ses préoccupations précédant l'appel. Elle aimait beaucoup Laurent, même si elle le trouvait assez étrange, avec cette obsession qu'il avait de ses animaux. L'homme n'avait jamais été marié lui non plus, quoiqu'il aurait probablement pu le faire, comme son père, ou avoir une fréquentation, comme sa tante Adèle. Mais la jeune femme avait toujours senti qu'une grande partie de ce qui constituait le blond costaud resterait mystérieuse. Petite, elle l'avait longtemps suivi pas à pas, jusqu'au moment de partir pour le collège de Saint-Jovite. Son oncle était patient et aimait avoir la petite à ses côtés, car elle le distrayait de ses angoisses face à sa vie. Marie-Camille savait bien qu'il n'aimait pas l'idée de quitter le village de Sainte-Cécile, mais pour une fois, il aurait pu conduire jusqu'à l'hôpital. Sur un ton bourru, Laurent répondit:

— Bof, de toute manière, Florie trouve que je conduis mal!

— Pfff, quelle surprise! marmonna Marie-Camille. Écoute mononcle, je rejoins Adèle et je lui demande de te rappeler. Je suis certaine qu'elle va vouloir descendre au village.

— Oui, oui. Si je réponds pas, c'est juste parce que…

— Tu vas être dans la grange ou dans l'étable ! Je le sais !

Marie-Camille salua Laurent et raccrocha. Elle sortit son petit calepin et s'empressa d'appeler chez l'amoureux de sa tante Adèle. Comme elle l'avait bien deviné, cette dernière s'y trouvait.

— Marie ? Tout va bien ? Qu'est-ce qui se passe ?

— C'est Florie. Elle est tombée et a passé la nuit à l'hôpital !

— Oh non !

— J'ai parlé avec mononcle Laurent. Les dernières nouvelles sont les suivantes : un pied cassé, un coude foulé et une grosse ecchymose sur le côté du visage. Ils attendaient des nouvelles d'une radiographie pour être certains qu'il y a pas de blessures internes.

— Hé misère ! Pauvres Laurent et Édouard ! Elle sera pas du monde !

— En effet. Mais pauvre matante aussi ! Avec son poids, ce sera pas évident de se déplacer sur un plâtre. Et elle doit souffrir !

— Il va bien falloir qu'on aille à Sainte-Cécile bientôt, conclut la femme, sans laisser le temps à l'autre de répliquer.

Adèle termina l'appel en promettant à sa nièce de la rappeler dès qu'elle aurait joint son père.

~ ~ ~

La décision n'avait pas été facile à prendre, mais Marie-Camille savait qu'elle n'avait pas le choix. Intimidée, elle alla cogner à la porte du directeur du collège le lendemain matin, juste avant le premier cours de la journée. Quand la secrétaire lui fit signe d'entrer dans la pièce austère, la pauvre n'en menait pas large. Pourtant, le sourire rassurant du sexagénaire la ravit et elle prit place devant lui comme il le lui proposait, un peu moins crispée. Marie-Camille n'eut pas le temps de parler que l'homme demanda :

— Alors vous êtes arrivée à la même conclusion que nous tous, mademoiselle Gélinas ?

La jeune cessa de sourire et replaça méthodiquement ses gants de cuir sur ses genoux. Elle releva la tête et murmura :

— Pardon ?

— Vous avez finalement constaté que le cours n'était pas pour vous, j'imagine ? J'ai entendu parler de votre... malaise lors du cours d'embaumement d'hier matin.

Marie-Camille sauta sur ses pieds, offusquée. Elle ne prit même pas la peine de ramasser ses gants tombés au sol.

— Mais pas du tout, monsieur ! Et je n'ai pas eu de malaise, comme on vous l'a faussement rapporté. J'ai répondu à une insulte, comme je le fais chaque semaine depuis le mois de septembre. Mais ça, j'imagine que personne ne vous en a parlé ?

Le sourire de l'homme s'effaça aussitôt. Il passa une main sur sa tête chauve et grogna, sans répondre à la question de Marie-Camille :

— Alors que voulez-vous ?

— Vous demander une faveur.

— Une faveur ? Vous voyez bien que vous n'êtes pas taillée pour ce programme ! Que désirez-vous ? Une bouteille de parfum pour vaporiser vos poignets avant les embaumements ? Une chaise pour vous reposer en cas de faiblesse…

Marie-Camille fronça les sourcils devant tant de mauvaise foi. Elle releva son menton volontaire et articula froidement :

— Simplement une permission afin de m'absenter pour la journée de demain, vendredi.

— Vous devez aller faire les magasins ? demanda le directeur sur un ton ironique.

De plus en plus outrée par cette mauvaise volonté démontrée par le responsable du collège, l'étudiante inspira, afin de prendre le temps de lui répondre, tout en restant respectueuse :

— Vous savez très bien, monsieur Lalonde, que je ne suis pas ce genre de femme.

— Ah bon ? Je croyais que toutes l'étaient !

— Eh bien non ! Si je vous demande une telle permission, c'est simplement pour me rendre au chevet de ma tante, qui s'est blessée. Elle a subi une fracture importante, et comme c'est la femme la plus importante de ma vie…

— Très gentil pour votre mère !

— Ma mère est morte lorsque j'avais six mois, monsieur. Pas que ce soit de vos affaires, par contre !

Marie-Camille en avait assez ! Déterminée à ne pas se laisser intimider par cet homme condescendant, elle termina sa demande.

— Si vous refusez, je viendrai en cours demain, mais cela m'obligerait à prendre le train de nuit plutôt que de faire la route avec une autre parente. Si vous craignez que les autres étudiants ne le voient comme un passe-droit…

Marie-Camille laissa sa phrase en suspens avant de poursuivre, sur un ton insidieux :

— … comme lorsque monsieur Gagné s'est absenté deux jours, la semaine passée, je pourrai expliquer la situation à mes collègues de classe.

Le directeur se leva à son tour et posa ses larges mains sur le dessus de son bureau de bois. Offusqué, l'homme éprouvait de la difficulté à parler tant il était en colère :

— Monsieur Gagné n'a pas obtenu de traitement de faveur, jeune femme ! Il était malade.

— Ah bon ? Pourtant, il semblait en grande forme mercredi.

Regrettant ses paroles impulsives, Marie-Camille voulut les rattraper :

— Je ne doute pas de sa sincérité. Toutefois, ce que je voulais dire, c'est que je ne m'attends à aucune faveur de votre part. Juste à un peu de bienséance. Ma tante est souffrante. Je voudrais simplement être rassurée sur son état de santé. Ah et puis, laissez faire, je prendrai le train de nuit ! Merci de votre écoute.

Marie-Camille se pencha, ramassa prestement ses gants et s'élança vers la porte pour cacher sa rage. Alors qu'elle tournait la poignée, le directeur donna son accord d'un ton froid.

— Prenez votre journée, mademoiselle. Arrangez-vous toutefois pour vous faire expliquer la matière que vous aurez manquée.

— Vous en êtes certain ? Je ne voudrais pas vous mettre dans l'embarras, répondit Marie-Camille, en tentant de ne pas adopter un ton ironique.

— Certain.

Même si elle savait que l'accord avait été donné à contrecœur, l'étudiante n'en avait cure. Au moins, elle pourrait visiter Florie. Dans les moments malheureux, la famille Gélinas se retrouvait pour panser les plaies des moins chanceux. Dans ce cas-ci, l'aînée méritait bien que sa sœur et sa nièce se déplacent pour aller la réconforter. Après tout, Florie en avait pris soin comme une mère, même si, parfois, son jugement était plus fort que la raison.

« Il me reste juste à trouver quelqu'un pour prendre soin d'Israël pour trois jours », pensa la femme en grimpant dans son autobus à la fin de sa journée de cours.

CHAPITRE 7

Après être allée sonner chez Alice, sans succès, la jeune femme rentra chez elle et entreprit de faire sa valise, tout en s'inquiétant du sort de son chat, qu'elle laisserait seul pour la première fois. Plus tard, Marie-Camille prit son téléphone et tenta une fois de plus de joindre Alice.

— Mautadine, elle est pas encore rentrée, il faut croire! marmonna la blonde.

Désemparée à l'idée d'être obligée de demander l'aide de mademoiselle Vadeboncœur, la vieille femme d'à côté, Marie-Camille fut drôlement soulagée lorsque son appareil sonna, quelques minutes plus tard, et qu'elle entendit la voix de son amie. Elle aimait bien sa voisine, mais préférait qu'elle ne vienne pas trop fouiner dans son appartement.

— Oui?

— Allô, Marie-Camille. C'est moi. J'étais dans l'escalier quand j'ai entendu sonner et je me demandais...

— Oui, oui, Alice! Oh je suis contente de t'entendre. Imagine-toi donc que Florie s'est blessée et que je dois aller à Sainte-Cécile d'urgence. Je me demandais si tu pouvais prendre soin d'Israël jusqu'à dimanche soir?

— Heu... c'est juste que je travaille toute la journée demain et samedi!

Sans remarquer l'hésitation dans la voix de son amie, Marie-Camille insista, en précisant qu'il ne s'agissait que d'ouvrir une conserve, d'en vider le contenu dans le plat du chat et de donner un peu d'eau fraîche à Israël. Une fois par jour! Même pas besoin de l'amener chez elle! Après une courte discussion, Alice accepta la demande et l'étudiante raccrocha avec soulagement.

— Une bonne chose de réglée!

~ ~ ~

— Me voilà, matante Adèle! cria Marie-Camille en sortant en courant de l'immeuble à logements, le lendemain matin.

Elle leva la tête vers le petit balcon d'Alice et continua sur le même ton, à l'intention de son amie, qui avait ouvert la fenêtre de son salon pour les saluer:

— Oublie pas Israël! Puis perds pas ma clé, surtout! Sinon, il va mourir de faim, le pauvre amour! Je reviens dimanche soir.

— Pars tranquille! répondit Alice en se penchant un peu, tout en serrant le haut de sa jaquette sur son cou.

Engoncée dans son nouveau manteau d'hiver bleu pâle fabriqué dans une laine douce avec un motif à chevrons discrets, Marie-Camille avait beaucoup de style. Doté d'une fermeture éclair asymétrique, le vêtement était complété par une écharpe assortie qui seyait très bien au teint de la jeune femme. Sa tante siffla en la voyant:

— Tu es toute belle et chic, Mimi!

— Merci, répondit-elle en rosissant. J'ai décidé de me gâter un peu. Tu trouves pas que c'est trop clair comme couleur? J'ai hésité longtemps, mais quand il a été offert en spécial chez Morgan's, j'ai plongé!

Adèle secoua la tête en la rassurant, et les deux femmes s'installèrent côte à côte sur les sièges avant de la voiture de Jérôme. La route jusqu'à Sainte-Cécile se fit dans un silence quasi complet. Adèle n'éprouvait jamais le besoin de parler de banalités et, de toute manière, la jeune étudiante désirait prendre de l'avance dans ses lectures.

— J'ai eu une permission pour m'absenter, mais je veux m'assurer que ça me nuira pas pour mes prochains cours. Je vais donc en profiter pour lire un peu, si ça te dérange pas, matante. Gabriel m'a promis de noter tout ce que vont dire les enseignants aujourd'hui. Alors, j'aurai du travail à faire à mon retour pour retranscrire le tout.

La quinquagénaire sourit affectueusement, en tapotant la cuisse de sa nièce.

— Ça ne me dérange pas du tout. Je dois réfléchir à la conclusion de mon prochain livre. J'ai de la difficulté avec la chute de mon avant-dernier chapitre. Je vais donc y consacrer mon esprit pendant notre périple, ma chérie.

Depuis la publication de son premier roman, en 1940, Adèle Gélinas en avait écrit deux autres, bien accueillis par la critique. Elle travaillait aussi à mi-temps au journal *Le Devoir*. Entre Montréal et leur village des Laurentides, les femmes échangèrent très peu de mots. Seule la vue d'un couple de chevreuils sur le bord de la route juste après Saint-Jovite fit réagir les deux parentes.

— Oh, regarde matante !

— Te rappelles-tu quand Florie fabriquait des clôtures qu'elle espérait infranchissables autour de son jardin ? rigola Adèle.

— Ouiiii ! Elle était certaine que ça empêcherait ces bêtes-là de manger ses carottes. Puis chaque année, on l'entendait chicaner et maugréer, parce qu'un faon ou un lapin avait réussi à se faufiler par un trou.

Les voyageuses éclatèrent de rire au partage de ce souvenir. Cinquante minutes plus tard, quand elles arrivèrent en haut de la côte du village, Adèle inspira profondément, avant de se tourner vers sa nièce. La vue était magnifique, avec les champs déjà couverts d'une neige d'une blancheur éclatante, et le clocher de la petite église qui pointait vers le ciel clair.

— Prête, ma belle ?

— Oui. Je suis contente de venir faire un tour, même si les circonstances sont pas les meilleures, répondit Marie-Camille. Au moins, depuis que j'ai parlé à papa, hier soir, on sait que Florie va s'en remettre sans trop de séquelles.

— Une chance pour Édouard et Laurent ! ajouta Adèle en soupirant. Mais en attendant, je pense qu'ils seront bien heureux d'avoir une petite pause de quelques jours !

En tournant sur le chemin des Fondateurs, les deux femmes observèrent la nouvelle affiche de la beurrerie Gélinas avec fierté. Plus grande que celle qu'avait installée Édouard, près de vingt ans auparavant, l'enseigne était maintenant éclairée par un large néon jaunâtre. Mais la grande nouveauté était surtout l'ajout du mot « Boucherie ».

— Mononcle Laurent doit être fier de pouvoir participer à ce beau projet ! supposa Marie-Camille.

— Je pense que oui. Mais tu sais, mon frère est pas le plus bavard.

— À qui le dis-tu ! rigola la plus jeune, tout à coup bien fébrile.

Chaque fois qu'elle remettait les pieds à Sainte-Cécile, une grande émotion l'étreignait. Même si sa mère n'y avait pas vécu, c'est tout de même ici qu'elle se sentait le plus proche d'elle. L'amour que son père et la jeune journaliste avaient partagé s'était développé ici, à la ferme familiale. Lorsque Adèle avait amené pour la première fois chez elle son amie Clémentine, Édouard avait tout de suite su qu'il ne pourrait respecter la promesse faite à sa mère sur son lit de mort.

— Promettez-moi de jamais vous marier ni avoir d'enfants, avait demandé Rose Gélinas à ses quatre descendants, quelques heures avant de rendre l'âme, en 1922.

Déterminés à la laisser partir en paix, tous avaient juré, malgré leur jeune âge. Si Florie avait été la plus sérieuse envers son engagement, Adèle et Édouard, eux, n'avaient pu se résigner à mettre l'amour de côté. Ils avaient tous les deux passé outre les remontrances et la colère de leur sœur aînée, la journaliste en fréquentant Jérôme Sénéchal, sans toutefois l'épouser, et Édouard, en courtisant en cachette Clémentine Lortie. Puis, il l'avait mariée, malgré la répudiation de son aînée, qui avait alors promis de ne plus jamais lui reparler. Ce n'était qu'à la naissance de Marie-Camille que Florie avait trouvé le chemin du pardon. Son cœur avait fondu devant le poupon, elle qui avait tant d'amour à offrir.

— Regarde, le magasin général a changé sa porte, s'exclama Marie-Camille. Houlala, Florie doit trouver ça bien trop coloré !

Louisette Marquis, l'épicière et meilleure amie de sa tante, vivait maintenant au-dessus du magasin. Son fils Ludovic, revenu de la guerre en 1942, avait repris les rênes de l'épicerie à la mort de son père. Il était toujours célibataire et partageait le logement avec sa mère. Chaque matin, Florie se faisait conduire au magasin, où elle avait tenu la caisse durant trois années, et les deux femmes partageaient quelques beignets autour d'un café, dans la cuisine du logement. Elles en profitaient pour commérer sur les Cécilois et Céciloises, même si les amies considéraient leur bavardage comme étant très respectueux ! En revanche, il y avait bien longtemps que les villageois ne faisaient plus de confidences aux placoteuses ! Adèle posa son regard sur sa nièce en riant de son commentaire.

— Bon, espérons qu'ils sont revenus de l'hôpital, dit-elle. Quand j'ai parlé à Laurent, ce matin, il m'a confirmé que Florie avait obtenu son congé et qu'Édouard était parti la chercher parce qu'elle voulait ne pas passer une minute de plus dans ce lieu plein de germes et de microbes !

L'écrivaine salua deux fillettes qui sautillaient sur le bord du chemin des Fondateurs et tourna enfin dans l'entrée de la maison grise. Heureuse de cette escapade, qui lui ferait peut-être oublier durant trois jours la lourdeur de son programme scolaire, Marie-Camille n'attendit même pas que l'automobile soit complètement garée avant d'ouvrir la porte et d'en sortir en vitesse.

— Voyons, fille ! Calme-toi un peu ! la sermonna Adèle, en prenant le temps de vérifier son maquillage discret dans le rétroviseur.

Elle rajouta un peu de vaseline sur ses lèvres pour les faire briller, puis suivit sa nièce en soupirant. Adèle avait toujours entretenu une drôle de relation avec sa sœur aînée, qui avait huit ans de plus qu'elle. Les reproches et remontrances que lui avait servis Florie tout au long de son adolescence avaient miné le lien entre les deux sœurs, jusqu'au jour où la cadette avait choisi de fuir son joug pour s'installer à Saint-Jovite. L'aînée aurait tellement voulu qu'Adèle reste à la ferme plutôt que de chercher à tout prix un épanouissement dans un métier typiquement masculin! Mais même lorsqu'elle était enfant, celle-ci avait entretenu des ambitions démesurées aux yeux de sa sœur: vouloir monter dans un avion, parcourir le monde, fréquenter l'université… Lorsque Florie avait appris l'agression sexuelle subie par sa cadette, en 1932, les deux s'étaient rapprochées et cela avait permis à leur relation de mieux s'épanouir. Mais il n'en demeurait pas moins que les deux parentes ne pouvaient être plus dissemblables l'une de l'autre, et la brunette soupirait déjà d'ennui à la pensée des plaintes et exigences que ne manquerait pas d'exprimer Florie, maintenant qu'elle était blessée. Agrippant son sac de voyage sur la banquette arrière, elle suivit sa nièce, qui avait déjà ouvert grand la porte de la maison:

— Florie, surprise! cria Marie-Camille, en s'engouffrant rapidement dans la cuisine d'été.

Dès qu'elle eut mis les pieds dans la cuisine surchauffée, la blonde sut que leur séjour ne serait pas de tout repos.

— Voyons donc, qu'est-ce que tu fais ici toi? Je suis pas en train de mourir! s'exclama Florie, assise au fond de sa chaise berçante. À moins que ton père me cache la vérité?

La voix de la femme au chignon gris vacilla un peu. Elle avait le côté du visage bleuté, un bras en écharpe et un long plâtre qui couvrait sa jambe gauche.

— Oh, matante! Qu'est-ce que t'as fait là! répondit la jeune femme en s'avançant vers la plus âgée sans prendre la peine de se déchausser. Inquiète-toi pas, on voulait juste te donner un petit coup de main, ça fait qu'on est venues!

Florie plissa ses yeux en fixant sa nièce, puis, satisfaite de son explication, elle reprit:

— Enlève tes souliers, ma petite bonyenne! sermonna-t-elle, en pointant les bottines de cuir de Marie-Camille. Bon, voilà l'autre! Veux-tu bien me dire ce qui vous prend d'arriver ici sans prévenir? J'ai rien préparé à manger, moi!

Dans le sillage de Marie-Camille venait d'apparaître Adèle, qui eut juste envie de tourner les talons et de retourner à Montréal en entendant son aînée grogner ainsi. Le regard suppliant de Laurent l'en empêcha. Le cadet avait toujours été plus fragile psychologiquement et Adèle avait compris depuis longtemps que l'alcool lui permettait d'oublier son quotidien. Après avoir passé quelques années à cacher une bouteille dans sa chambre, Laurent avait réussi à se débarrasser de cette accoutumance. Quelques heures passées auprès d'une Florie convalescente étaient assez pour rendre fou n'importe quel être humain, alors que lui, il devrait passer les prochaines semaines à l'endurer. Adèle lui serra le bras et lui fit un clin d'œil affectueux. Puis, elle prit le temps de retirer ses chaussures.

— Salut ma grande sœur! Comme ça, tu t'es lancée dans des acrobaties? dit gentiment Adèle, en s'avançant pour embrasser la femme au visage fermé.

— Arrête de dire des niaiseries! Laurent a dû laisser quelque chose traîner dans les marches, puis regarde-moi ça comment je suis rendue arrangée! marmonna la femme en pointant sa jambe puis son bras.

— Ça doit faire mal, pauvre matante! compatit Marie-Camille, en s'approchant pour embrasser à son tour la femme sur sa joue épargnée.

Aussitôt, Florie se radoucit. Elle n'avait jamais pu résister à la fille d'Édouard, sur laquelle elle avait reporté tout l'amour qu'elle aurait eu pour les enfants que sa promesse l'avait empêchée d'avoir. Même si son frère et sa sœur ne s'étaient pas privés d'aimer, Florie, elle, n'avait pas pu passer par-dessus l'engagement solennel fait à sa mère le jour de sa mort. Mais Dieu qu'elle aimait Marie-Camille et les siens ! Ce qui fait que lorsque la blonde se blottit contre sa lourde poitrine, comme un chaton, elle ne put se retenir de l'enlacer affectueusement et de lui planter un bec sur le bout du nez. Florie grimaça toutefois, en sentant sa joue élancer.

— Ils t'ont donné congé de ton travail à l'hôpital ? demanda-t-elle à sa nièce.

— Heu oui.

Heureusement pour Marie-Camille, la porte s'ouvrit de nouveau pour laisser entrer son père Édouard. Pour le moment, elle pouvait continuer à éviter le sujet de son emploi de garde-malade. Mais Adèle, qui avait entendu la question, la fixait sévèrement. Elle murmura, sans que les mots sortent de sa bouche : « Dis-lui ! » Pourtant, la blonde fit semblant de ne rien percevoir. Elle était loin d'avoir trouvé le courage d'affronter sa tante ! Une horde d'étudiants au Collège des embaumeurs, ça pouvait toujours aller, mais Florie et ses idées bien arrêtées… Ouf ! Juste à l'idée de la réaction qu'aurait sans doute cette dernière à l'annonce de sa nouvelle, Marie-Camille avait envie de se rouler en boule dans un petit coin. Elle espérait que Florie accepterait éventuellement son choix, mais elle savait aussi que celle-ci avait carrément écarté son père de sa vie lorsqu'il avait choisi d'épouser sa mère. Marie-Camille n'avait pas la force d'Adèle ni la même relation avec Florie qui avait une grande emprise sur la jeune femme, dont elle avait en partie forgé le caractère. L'étudiante n'avait jamais supporté de la décevoir et elle savait fort bien que son annonce risquait de peiner Florie, qui était drôlement fière de claironner à tous les habitants du village que sa nièce était une garde-malade très savante!

— Papa! s'exclama Marie-Camille en courant pour se jeter dans les bras du bel homme brun qui venait de se glisser dans la cuisine.

— Salut, ma belle Mimi! Quelle bonne surprise! Je suis donc content de te voir. Tu vas bien?

— Super!

— Super! grommela Florie. Super! La voilà qui parle comme les Français de l'autre bord, asteure!

Laurent, Édouard, Adèle et Marie-Camille éclatèrent d'un rire simultané devant la mauvaise foi évidente de l'aînée!

— Mautadine que je t'aime, matante Florie! rigola la plus jeune, en plissant le visage de plaisir.

Elle se sentait bien dans cette cuisine, où le gros poêle à bois avait été remplacé par une belle cuisinière au gaz, malgré les réticences de l'aînée lorsque Édouard avait proposé ce changement. Par la suite, elle n'avait pas cessé de clamer que SA décision de se débarrasser du gros poêle avait été l'une des meilleures qu'elle avait prises dans sa vie. Ce qui avait fait grommeler ses frères, mais, habitués à son caractère, aucun d'eux n'avait eu envie de s'obstiner avec elle. En posant ses yeux noirs sur sa fratrie et sa nièce, Florie sourit malgré elle. Quand ils étaient tous les cinq réunis ainsi, elle respirait toujours un peu plus librement.

— Bien coudonc, ça a bien l'air que ça prend un accident bête de même pour vous avoir tous autour de moi! Aussi bien en profiter!

Ce commentaire lancé sur un ton guilleret remplit le cœur de Marie-Camille d'espoir à l'idée d'un séjour reposant. Les visiteuses prirent leurs sacs de voyage pour les monter dans la chambre située face à celle de Laurent, au deuxième étage. Elles y partageraient l'ancien lit d'Adèle. Dans l'escalier patiné par le temps, elles pouffèrent en voyant qu'une photo de Florie avec été installée dans un gros cadre doré. La femme, au sourire flamboyant et à la poitrine bien relevée, tenait le ruban de première place – le seul qu'elle ait jamais reçu en vingt ans – gagné à la foire de Saint-Jovite, en 1957. Un concours de circonstances avait mené à un certain mélange dans les inscriptions, et l'artisane, comme elle se plaisait à se définir – avait été l'une des deux seules à voir son travail retenu pour la compétition.

— Je suis pas mal sûre de gagner un prix ! avait fièrement prédit la corpulente Florie à son frère Laurent, qui n'avait pas eu le choix de l'accompagner à cette foire, puisqu'elle ne conduisait pas.

À l'annonce des résultats, elle avait appris que sa courtepointe rose et orangée, au centre de laquelle un oiseau bleu avait été maladroitement brodé, avait remporté le premier prix. Elle était revenue en extase au village de Sainte-Cécile et avait proposé à son amie Louisette d'exposer l'œuvre dans sa vitrine pendant tout l'été. La sexagénaire avait acquiescé, en vantant à tous le grand talent de Florie Gélinas. Aux côtés de cette photo qui fit rire la tante et sa nièce, la vue de Clémentine tenant dans ses bras une minuscule Marie-Camille dans un décor fort solennel les figea sur place.

— J'ai mon voyage ! murmura Adèle.

— Pour moi, Florie voit plus clair pour accepter une photo de maman ici, renchérit Marie-Camille, en s'approchant à quelques pouces de l'image.

Lorsque son père avait rencontré sa mère, il avait bien essayé de s'éloigner de la tentation. Mais l'amour avait été plus fort et ils avaient convolé en justes noces quelques mois après leur rencontre. Puis, plusieurs années plus tard, quand Marie-Camille avait choisi de quitter le village pour s'installer à Montréal, le maître-beurrier avait succombé aux pressions de sa grande sœur. Il avait vendu la résidence dans laquelle il vivait pour s'installer avec Laurent et elle dans la maison familiale, qu'eux n'avaient jamais quittée. Celle-ci était bien assez grande pour tout le monde, avait admis Édouard. S'il pouvait économiser sur les frais d'habitation, Édouard pourrait peut-être agrandir son commerce, comme il le souhaitait depuis longtemps.

— Elle était belle, n'est-ce pas ? chuchota Marie-Camille avec tristesse, les yeux posés sur l'image de sa mère.

— Oui. Magnifique. Tu lui ressembles beaucoup, ma chérie. Pas seulement physiquement. Tu as la même joie de vivre, le même enthousiasme que Clémentine.

Adèle mit sa main sur celle de sa nièce, et les deux poursuivirent leur ascension des marches.

Pendant l'après-midi, les visiteuses firent un tour au village avec Édouard. Les deux femmes s'arrêtèrent d'abord chez le ferblantier Jeremiah Holland, qui avait repris l'atelier de son père Henry Stromph après la mort de ce dernier. Marié à l'ancienne institutrice, Béatrice, Jeremiah avait à présent deux adolescents.

— Tiens, tiens, de la belle visite ! sourit l'homme à la tête poivre et sel. Un petit week-end de tranquillité ?

— Tranquillité, je ne sais pas, rigola Adèle avec un clin d'œil. Florie blessée, ce n'est jamais tranquille !

— Blessée ? Comment ça ?

L'homme, qui avait espéré il y avait très longtemps fréquenter l'aînée des Gélinas, avait toujours conservé une grande affection pour la femme, malgré son caractère parfois acide. Adèle, qui avait deviné autrefois la relation embryonnaire entre les deux, le rassura aussitôt.

— Un pied cassé, un coude amoché... Mais rassurez-vous, Jeremiah, elle est plâtrée et tout est sous contrôle.

— À part son caractère rigola Marie-Camille, avant de mettre sa main sur sa bouche pour s'excuser.

L'homme maigre respira un peu mieux. Arrivé au village plus de vingt-cinq ans auparavant, il avait quand même conservé son accent anglais, tout en parlant un français plus qu'adéquat.

— Oh, alors j'irai peut-être la voir cette semaine.

— Ça lui fera certainement plaisir. À bientôt monsieur Holland ! répondit Marie-Camille en s'éloignant.

Ensuite, les deux femmes déambulèrent lentement sur le trottoir, passant devant le presbytère et la belle église blanche, sans s'y arrêter. Il y avait longtemps qu'Adèle avait délaissé la religion. Toutefois, la femme prit la main de sa nièce pour la mener vers l'arrière du bâtiment, sur la tombe enneigée de Rose Gélinas, sa mère. L'air froid n'empêcha pas Marie-Camille et Adèle d'admirer le paysage. Leur village avait beau ne compter que quelques rangs et un chemin principal, les habitants avaient toujours pris soin de bien entretenir leurs maisons et leurs bâtiments de ferme. Les toits de fer-blanc tapissés d'une fine couche de neige ravissaient le regard, tout comme les volutes de fumée qui montaient vers le ciel clair. Elles s'attardèrent quelques minutes dans le cimetière, sans plus. Le temps n'était plus au passé. Quand elles arrivèrent devant le magasin général, les femmes n'eurent pas le temps de grimper les quelques marches que, déjà, Louisette Marquis ouvrait la porte, les bras ouverts devant elle.

— Oh, Seigneur, dites-moi pas que ça s'est aggravé? demanda-t-elle d'une voix tremblante.

— Pardon?

Adèle jeta un coup d'œil vers sa nièce et s'avança pour toucher le bras de la commerçante. Cette dernière avait conservé sa chevelure rousse avec coquetterie. Dès l'ouverture de la pharmacie en 1941, au cœur du village, Louisette avait été une fidèle cliente. Lorsque le pharmacien avait mis en vente les nouvelles crèmes colorantes de Clairol, elle s'était empressée d'en acheter. Même si personne au village n'était dupe, madame Marquis restait persuadée que cette couleur pourtant trop orangée faisait bien naturelle.

— Florie, oh mon doux, dis-moi pas que…

Marie-Camille retint un éclat de rire en voyant le visage décomposé de l'imposante commerçante. Louisette Marquis représentait à elle seule l'emblème du village de Sainte-Cécile, avec ses tenues toutes plus extravagantes les unes que les autres. D'ailleurs, dans son manteau de fourrure de forme trapèze avec des manches raglan resserrées aux poignets, elle ne passait pas inaperçue.

— Oh non, non! répondit rapidement Adèle sur un ton encourageant.

Cette dernière se dépêcha d'expliquer en détail la fracture ainsi que la foulure subies par Florie, et s'assura que la femme ne colporterait pas de ragots qui feraient croire aux villageois que sa sœur était au seuil de la mort.

— Ah bien tu me rassures, mon amie, souffla Louisette en semblant se dégonfler aussitôt, comme si elle avait retenu son souffle depuis le début de la discussion.

Il fallut encore quelques minutes avant que les promeneuses ne puissent quitter le magasin général, où elles s'étaient réfugiées avec Louisette. En riant, Adèle et Marie-Camille se pressèrent enfin vers la beurrerie et s'y engouffrèrent en vitesse.

— Mon Dieu! J'oublie chaque fois ce que c'est que de vivre au village! dit Adèle à son frère Édouard, qui était sorti de l'arrière-boutique quand il avait entendu la porte d'entrée s'ouvrir.

La femme secoua ses boucles brunes, où s'accrochaient des flocons tenaces. Marie-Camille, elle, enleva son chapeau de feutre gris et le lança sur le banc à côté de la porte. Elle s'approcha de son père, en levant le nez vers lui:

— Tu aurais pas un petit morceau de Camilien pour ta gentille fille? demanda-t-elle, charmeuse.

— Hum… laisse-moi voir!

Retournant derrière le comptoir, l'homme sortit un petit plateau de bois où était posé le fromage à pâte molle qu'il avait créé en l'honneur de sa fille. Comme un chaton qui ronronne, Marie-Camille ferma les yeux et se lécha les lèvres avec gourmandise. Quand le maître-beurrier coupa l'objet de son désir pour lui en glisser un gros morceau dans la main, elle le déposa sur sa langue avec un grand bonheur.

— J'ai l'impression qu'il est meilleur chaque fois que je viens au village, papa! Comment tu fais?

— C'est un mystère, ma chérie. Tu voudrais pas que je dévoile tous mes secrets, hein?

La jeune secoua la tête et prit place sur le banc, pendant que sa tante et son père passaient derrière, où Adèle ferait provision de produits à rapporter en ville. Chaque fois qu'elle s'installait à cet endroit, Marie-Camille fermait les yeux et se revoyait, enfant, aider son père et James, son employé, dans la beurrerie. Édouard lui avait permis d'avoir une enfance bien heureuse, malgré la perte de sa mère.

~ ~ ~

À Montréal, Alice tournait en rond depuis son retour du travail. Elle était allée nourrir Israël, tel que promis, mais à présent, elle regardait la télévision avec ennui. Sur la table à ses côtés, son petit sac contenant sa marijuana était vide depuis la veille.

«Je pourrais peut-être aller voir Josh. J'achèterais juste de quoi me rouler un petit joint», pensa-t-elle.

Avant de changer d'idée, elle sauta sur ses pieds et remit ses bottillons de cuir verni. Même s'il était presque 22 heures 30, la femme savait qu'elle trouverait le revendeur chez lui. Josh avait beaucoup de «visites» le vendredi soir et, s'il sortait, il attendait après minuit, pour être certain de satisfaire ses clients. Au moment où elle prit la décision de sortir, Alice sentit une fébrilité l'envahir. Elle tenta de ne pas écouter sa petite voix intérieure qui lui soufflait que son excitation à l'idée de fumer un joint était malsaine.

— J'ai bien le droit de me faire plaisir, marmonna-t-elle en mettant les pieds sur le trottoir. Il y en a qui vont voir leur famille pour se ressourcer, moi, j'ai trouvé une autre façon moins achalante d'avoir du fun !

Satisfaite, elle partit en direction sud avec un petit sourire en coin au visage. Sa soirée s'annonçait meilleure.

CHAPITRE 8

Gabriel avait promis à son amie de noter tout ce que diraient les enseignants en son absence.

— Tout d'un coup que les professeurs donnent de la matière difficile, avait marmonné la jeune femme avec inquiétude. Je me vois mal aller voir monsieur Marcoux pour qu'il m'offre un peu de rattrapage. Il y a peut-être juste monsieur Buisseau qui serait plus compréhensif…

La jeune étudiante s'était ensuite tue avant d'en dire trop. Elle avait bien remarqué que l'enseignant du cours d'embaumement n'était pas aussi revêche avec elle que les autres. Par contre, elle espérait que ses pairs ne s'en aperçoivent pas, pas même Gabriel, pour éviter qu'ils ne soupçonnent un passe-droit de la part de celui-ci.

Gabriel lui avait assuré qu'il serait ses yeux et ses oreilles tout au long de sa journée d'absence. Alors, assis dans son local de classe, en ce début de matinée, il relisait les notes qu'il avait prises jusqu'à maintenant en attendant l'arrivée de monsieur Berger, le professeur de restauration. D'une oreille distraite, il écoutait la conversation entre Philémon Trudeau et un dénommé Donald Leclerc quand un commentaire acrimonieux l'interpella.

— … maudits immigrants. À côté de chez nous, peux-tu croire ça ?

— Pauvres vous ! Tes parents ont laissé faire ça ?

— Pas le choix, qu'est-ce que tu veux qu'ils fassent? Ils sont partout, et ils sont riches à part ça. Bien plus que tous les francophones du Québec, à ce que mon père m'a dit!

Philémon, le maigrichon roux qui prenait plaisir à embêter Marie-Camille à la moindre occasion, se mit à expliquer à voix haute l'évènement qui le perturbait autant:

— La maison voisine vient d'être vendue à des Juifs.

Gabriel tressaillit au son de ces mots crachés avec dédain. Il aurait préféré s'éloigner de ce groupe d'hommes, mais l'enseignant devait arriver dans les prochaines minutes et il ne voulait pas manquer le début de son cours.

— Ils ont l'air d'être cinquante, je vous mens pas! Je sais pas combien de personnes vont s'installer là, mais lors du déménagement, la fin de semaine passée, j'ai vu au moins trois bonshommes à petites calottes.

— À petites calottes? répéta en rigolant un des étudiants qui participait à la conversation.

Philémon traça un cercle imaginaire avec son index sur le dessus de sa tête avec un air goguenard.

— Tu sais, le petit chapeau idiot que les Juifs se mettent sur les cheveux. J'ai jamais trop su pourquoi ils...

— C'est une kippa, coupa Gabriel, en s'en voulant aussitôt.

Il plongea le nez sur son cahier de notes en espérant que personne n'avait entendu son intervention. Mais pour son plus grand malheur, l'étudiant Trudeau se tourna complètement sur sa chaise pour mieux le voir. Il plissa son visage de fouine en questionnant:

— Une quoi?

— Le chapeau des Juifs s'appelle une kippa.

— Ah.

Soulagé de voir que la conversation semblait se terminer ainsi, Gabriel abaissa sa garde. Or, mal lui en prit, car au lieu de continuer à se lamenter, l'autre se mit à l'observer, avec les yeux à demi fermés.

— Comment ça se fait que tu sais le nom de ce truc ridicule-là ? s'informa suspicieusement l'étudiant maigre.

Gabriel sentait son cœur battre rapidement dans sa poitrine. Il pensa à sa kippa profondément enfouie dans son sac et eut, l'espace d'un moment, l'envie de la sortir pour la montrer au groupe et en finir avec cette conversation désagréable. Mais les commentaires moqueurs qui suivirent l'en dissuadèrent aussitôt.

— Ouin, comment ça se fait que tu connaisses ça, les Juifs ? répéta Donald Leclerc, un gros garçon à peine sorti de l'adolescence qui avait la chance d'être un membre de la famille du doyen. Dès leur première semaine de cours, Marie-Camille et Gabriel s'étaient rendu compte que le plus jeune de leur cohorte n'était pas un génie, loin de là.

— Peut-être qu'il fait partie de cette race-là, pointa Philémon en regardant Gabriel d'un air suspicieux.

Ce dernier se sentit rougir devant les regards curieux de tous les jeunes gens autour. Car avec tous les efforts que déployait Philémon Trudeau pour être le centre de l'attention, les autres étudiants avaient cessé de parler pour suivre la scène. Même les hommes plus âgés, qui, généralement, discutaient entre eux, avaient cessé leurs conversations et hochaient de la tête pour approuver le fanfaron. Gabriel secoua ses boucles foncées sans rien dire, et l'impertinent en rajouta une couche.

— À bien y penser, les trois Juifs à côté de chez nous avaient une grosse barbe dans ton genre. Nous cacherais-tu quelque chose, mon cher ami ?

Le grand maigre se leva pour s'avancer vers le Juif, tout en remontant son pantalon, qui peinait à rester sur ses hanches trop étroites. Sans même réfléchir, Gabriel souffla entre ses lèvres sèches :

— Bien non, voyons, je ne suis pas juif. Je n'ai rien à faire avec cette race-là.

— Une chance ! approuva Philémon, parce que mon père dit que c'est toute de la racaille, ce monde-là. Je pense même qu'il va mettre notre belle maison à vendre plutôt que d'être pogné avec des voisins de même.

L'étudiant retourna s'asseoir sans remarquer la pâleur de Gabriel, qui venait, en l'espace de quelques secondes, de renier sa foi, sa culture et son héritage. Complètement démonté, le pauvre ne réussit pas à suivre le cours de monsieur Berger et lorsque ce dernier mit fin à la leçon, le jeune homme jeta un regard découragé à sa page presque vierge. Marie-Camille devrait se débrouiller pour demander ses notes à quelqu'un d'autre. Comment pourrait-il expliquer son manque de rigueur, lui qui avait promis à la jeune femme d'être ses yeux et ses oreilles lors de cette journée d'absence ?

~ ~ ~

Au moment du souper à Sainte-Cécile, Marie-Camille dut se rendre à l'évidence : elle avait déjà hâte au dimanche. Assise dans sa berçante, le pied posé sur une caisse de lait, Florie commença à donner des ordres à sa sœur et à sa nièce dès la fin de l'après-midi.

« Coupe pas tes patates petites de même, franchement ! »

« Arrose plus souvent la viande, sinon on va manger un ragoût sec comme du cuir. »

« Adèle, Adèle ? Veux-tu bien me dire qu'est-ce que tu fais ? Il faut aller chercher des oignons dans le caveau. »

Adèle, installée dans la salle de bain, fumait une cigarette en soufflant la fumée par la fenêtre grande ouverte. Elle n'avait jamais pu se résoudre à avouer à sa sœur qu'elle avait ce vice. Soupirant avec désespoir, elle se prit à rêver de refaire sa valise pour aller retrouver son amoureux, aussitôt le souper terminé.

— J'arrive, Florie, cria-t-elle, en fermant la fenêtre et en espérant que l'odeur ne s'incrusterait pas dans ses vêtements.

Quand Édouard et Laurent rentrèrent du travail, Adèle et Marie-Camille étaient sur le point d'exploser et, l'une comme l'autre, visualisaient sans difficulté une manière de balancer leur façon de penser à la blessée malcommode !

— Salut, les femmes, vous avez passé une belle…

— NON ! répondirent simultanément Adèle et sa nièce, alors qu'un puissant « OUI » émanait de la chaise berçante.

— Heu…

Florie regardait ses victimes d'un air si innocent que les deux femmes se sentirent un peu coupables. Jusqu'à ce que la plus âgée dise :

— Ça devrait être prêt dans une demi-heure. C'est certain que ça goûtera pas comme d'habitude, j'ai dû leur faire confiance. Mais qu'est-ce que tu veux, elles ont fait de leur mieux !

~ ~ ~

De retour chez lui, après cette journée de classe qui lui avait paru interminable, Gabriel voulait juste s'enfermer dans sa chambre sans manger. Maria Joseph prit son manteau, l'accrocha dans le placard de l'entrée et invita son fils à passer à la cuisine. Ce dernier secoua la tête et se dirigea plutôt vers l'escalier.

— Je pense que j'ai attrapé un virus, expliqua-t-il à sa mère, qui l'accueillait comme toujours avec un doux sourire.

Devant le refus de son garçon, la femme fronça les sourcils. L'une de ses préoccupations premières, depuis la naissance de ses enfants, était de s'assurer qu'ils se nourrissaient convenablement. Elle ne pouvait contrôler ce que mangeaient ses deux aînés, loin d'elle, quoique la présence de bonnes épouses juives auprès d'eux la rassurait. Alors, elle ne laisserait pas son cadet s'en tirer ainsi.

Au collège, Gabriel avait eu l'impression d'étouffer, plus la journée avait avancé. Les regards des autres étudiants lui semblaient suspects – comme s'ils savaient – mais surtout, la honte qu'il ressentait face à son déni ne l'avait pas quitté depuis le matin.

— Viens manger un peu, ça ira mieux ensuite, proposa gentiment Maria.

— Je te dis que je ne file pas, maman, riposta Gabriel. Je suis assez grand pour savoir si j'ai faim, quand même !

Sa voix claqua sèchement dans la maison et une moue blessée remplaça le sourire d'accueil. Gabriel était déjà au milieu de l'escalier, la main sur la rampe, lorsque la question de sa mère le figea sur place.

— Où est ta kippa, mon garçon ?

Sans se retourner, Gabriel passa une main dans ses boucles noires en se maudissant intérieurement. Toute la journée, il avait eu l'impression que son couvre-chef brûlait le fond de son sac de cuir. Toute la journée, il avait craint qu'un des étudiants fouille ses affaires et l'expose à la vue de tous. D'habitude, dès qu'il était sorti de l'université, le jeune homme s'empressait de remettre sa kippa avant de grimper dans l'autobus. Pas aujourd'hui.

— Oh, c'est vrai, je l'ai échappée dans la neige et j'ai oublié de la remettre.

— Comment ça, dans la neige ?

Le jeune homme mordit sa lèvre avant de se retourner pour faire face à sa mère, qui le regardait avec cet éternel air de douceur. Il mentit sans vergogne pour éviter une longue confrontation avec son père, lorsque ce dernier reviendrait. Car s'il y avait une chose que Gabriel avait comprise depuis longtemps, c'était que sa mère n'avait aucun secret pour Edmond. Pour son paternel aux valeurs traditionnelles, le port de la kippa juive n'était pas un choix. Il fit donc un léger sourire et expliqua :

— Quand j'ai mis mon chapeau d'hiver, ma kippa s'est déplacée et je l'ai enlevée pour mieux la replacer. Mais un de mes collègues de classe m'a bousculé par inadvertance et je l'ai échappée. Comme elle était mouillée, j'ai voulu attendre d'être dans l'autobus avant de la remettre et j'ai oublié. Voilà. Bon, je vais m'étendre un peu. Je descendrai plus tard.

— Mais tu dois manger.

Gabriel redescendit quelques marches pour rejoindre Maria, qui le fixait d'un regard chargé d'inquiétude. Puis, il se pencha pour baiser sa joue et chuchota :

— Ne te soucie de rien, mère. Ce fut juste une longue semaine. Je vais seulement me reposer quelques minutes.

Malgré ces mots qu'il voulait rassurants, il sentit pourtant les yeux dardés sur lui tout au long de sa montée et, lorsqu'il referma la porte de sa chambre, il poussa un profond soupir de soulagement.

— Enfin !

Il fouilla son sac, en sortit l'objet de la discussion et s'assit sur son lit. Il baissa les yeux sur la kippa noire, où sa mère avait cousu une feuille d'érable, en honneur de leur pays. Gabriel pensa à la loi orale, le Talmud, qui expliquait que la kippa se voulait un rappel que Dieu était l'Autorité suprême « au-dessus de nous ». Ce geste symbolique de placer un objet tangible sur la tête devait rappeler que Dieu était omniprésent. L'étudiant avait l'impression d'avoir failli à sa foi.

— Quelle honte ! chuchota-t-il, désespéré. Si papa savait ce que j'ai fait, les paroles que j'ai prononcées, comme il serait choqué et peiné !

Se pressant vers la fenêtre, l'homme ouvrit le tiroir de sa table de chevet et en sortit son voile de prière. Se couvrant les épaules, Gabriel se tourna vers Jérusalem et, dans un balancement de son corps d'avant en arrière, il se mit à prier Dieu afin qu'Il lui accorde son pardon.

~ ~ ~

— Enfin ! souffla Adèle au moment où elle sortait la voiture de la cour de la maison familiale. Un peu plus et je l'étouffais, je te jure !

— Matante ! rigola Marie-Camille, sans toutefois lui donner tort.

Les deux femmes avaient passé la fin de semaine à la merci de Florie, qui n'en avait jamais fini de se lamenter.

« Oh, mon doux, peux-tu m'apporter mon tricot, Marie ? Je l'ai oublié au salon. »

« Je pense que je pourrai pas dormir. Un petit thé m'aiderait sûrement, Adèle. Je vais le prendre dans mon lit. Tu viendras me le servir là. »

Sans arrêt, dès que sa sœur ou sa nièce se posaient quelques minutes, l'accidentée se découvrait un nouveau besoin. Au moment où elle s'était enfin retirée dans sa chambre sous l'escalier, le samedi soir, Adèle avait souri béatement.

— On devrait pouvoir jouer aux cartes tranquilles maintenant ! À croire qu'elle s'est fracturé les deux mains, en plus du reste ! En tout cas, je peux vous dire que son coup sur la joue l'empêche pas de critiquer tous nos faits et gestes ! avait grogné l'écrivaine.

Laurent n'avait rien rétorqué, se contentant de se bercer dans la chaise enfin délaissée. En l'observant discrètement, Marie-Camille avait eu envie de savoir, de questionner son oncle sur ces tourments qui semblaient l'envahir lorsque la noirceur venait. L'homme costaud avait le cou d'un taureau, les épaules larges et musclées, et des mains usées par le travail de la terre. Son visage, hâlé par l'air et le soleil, portait maintenant les traces de ses sacrifices. Deux profondes rides entre les sourcils, des plis amers sur le côté de sa bouche. Il souriait peu, sauf parfois, lorsqu'il allait passer quelques heures en compagnie de son ami, François-Louis Beaulieu. Avec ce pharmacien, il partageait quelques moments privilégiés. Si Laurent avait su à quel point sa nièce était curieuse, nul doute que ses inquiétudes seraient remontées à la surface.

— Elle fait pitié, quand même, je trouve, l'excusa Marie-Camille, en saluant de la main son père qui se tenait sur le balcon pour observer leur départ.

— T'es trop bonne avec elle, Mimi, je te l'ai toujours dit! grogna Adèle, qui se rappelait à chaque visite pourquoi elle avait fui le village, quinze ans plus tôt. Moi, j'étouffe quand je reste ici trop longtemps.

L'écrivaine aimait sa sœur, mais à petites doses seulement. Si Adèle était demeurée à Sainte-Cécile, elles auraient fini par s'entredéchirer, tant leurs convictions divergeaient. Adèle laissa glisser sa main gantée sur le menton de sa nièce, qui inspira longuement avant d'appuyer sa tête contre le dossier de la voiture. Au coin du chemin des Fondateurs et du rang Latraverse, Marie-Camille envoya la main à Jeremiah Holland et à son épouse Béatrice, qui marchaient rapidement vers l'église.

— Tu ne penses pas que tu aurais dû avouer à Florie que tu avais laissé ton travail à l'hôpital? demanda Adèle une fois le village derrière elles. Me semble qu'il est temps qu'elle sache que tu étudies au Collège des embaumeurs, non? Ton père va finir par s'échapper devant elle. Puis, à ce compte-là, tu auras terminé ta formation avant même qu'elle apprenne que tu l'avais commencée! N'attends pas à Noël, parce qu'on risque de passer des fêtes aussi pénibles que ce qu'on vient de vivre!

La femme pencha sa tête vers sa nièce, qui grimaça avant de répondre:

— Je vais lui dire bientôt, mais je pense que je vais le faire par téléphone. C'est lâche, mais au moins, je serai pas à ses côtés pour l'entendre ronchonner.

— Hum, je pense que tu as raison, ma belle. Mais ne tarde pas trop, parce que le jour où elle va savoir qu'on était au courant avant elle, je ne donne pas cher de ta petite vie!

Adèle éclata de rire en se moquant de sa grande sœur, au caractère parfois si difficile.

~ ~ ~

Quand Marie-Camille ouvrit la porte de son appartement, Israël arriva aussitôt en se lamentant. Le chat caramel s'enroula autour des jambes de sa maîtresse en miaulant son mécontentement. La jeune déposa rapidement sa valise, avant de se pencher pour le prendre contre elle. Mais la bête continuait de se plaindre.

— Voyons donc, mon minou, tu t'es ennuyé tant que ça!

Satisfaite d'être enfin chez elle, Marie-Camille inspecta son petit appartement, après s'être déchaussée. Elle se pressa dans sa cuisinette pour vérifier que son chat avait encore de la nourriture.

— Pauvre Israël! T'as plus rien à manger! Oh, t'as pas d'eau non plus. Coudonc, Alice a oublié de venir te voir ou quoi?

Un peu contrariée, la jeune se dépêcha d'ouvrir le réfrigérateur et s'exclama aussitôt:

— Mais là! Elle t'a pas nourri!

La conserve qu'avait laissée Marie-Camille avec des consignes claires affichées sur le réfrigérateur n'avait pas été donnée à l'animal. La femme sortit la pâtée au poulet et se pressa d'en déposer une grosse portion dans le bol du chat, qui s'y attaqua voracement. En colère, elle réenfila ses bottes et descendit l'escalier. En moins d'une minute, elle était devant la porte d'Alice. Elle y cogna fortement quelques coups. Marie-Camille colla sa bouche contre le bois et lança d'une voix forte :

— Alice Thibault, ouvre tout de suite !

Il fallut encore quelques minutes de patience à la blonde avant qu'enfin, la porte ne s'entrouvre. Dans l'entrebâillement, le visage ensommeillé de son amie apparut.

— Wô les moteurs ! C'est quoi l'affaire de crier comme ça à cette heure-là ?

La rousse était échevelée et portait une robe de chambre en ratine usée. Elle avait les yeux rouges, comme quelqu'un qui avait trop pleuré.

— D'abord, Alice, il est 2 heures de l'après-midi. Ensuite, peux-tu me dire pourquoi tu t'es pas occupée d'Israël ?

— Israël ?

— Mon chat.

— Je sais que c'est ton chat, franchement. Mais… oh rentre donc, on est pas pour parler ici, l'écornifleuse va sortir dans deux minutes.

Alice pointa le palier du dessus où vivait Albertine Vadeboncœur, l'octogénaire qui n'avait rien d'autre à faire que de se préoccuper de la protection des âmes des jeunes femmes. Du moins de l'avis d'Alice. Marie-Camille, elle, appréciait la vieille, qui la faisait rire avec les histoires de son passé. Elle hésita, pressée de retourner dans son logement, mais se glissa tout de même à l'intérieur pour écouter les explications de son amie.

— Ouache, ça pue donc bien chez vous, Alice !

— Merci ! J'ai… j'ai été un peu malade. Ça fait que…

La femme referma sa robe de chambre avant de lever le bras pour pointer son évier et son comptoir débordant de vaisselle sale. Son amie fit une moue de dégoût.

— Ça a pas de bon sens !

— OK, es-tu venue me faire la morale ? Je pensais qu'on parlait de ton chat.

Marie-Camille se retourna et leva sa tête vers l'autre, qui, en taille, avait quelques pouces de plus. Depuis l'été, à quelques occasions, la blonde avait eu d'étranges altercations avec son amie. Comme si cette dernière lui taisait un pan de sa vie. Les dernières fois où Marie-Camille avait invité Alice à venir souper chez elle, celle-ci avait soit refusé sous un prétexte quelconque ou elle avait mangé rapidement avant de dire qu'elle devait partir rencontrer un ami. Si la plus jeune tentait de connaître l'identité de la personne qu'elle rejoignait, Alice s'empressait de lancer un prénom inconnu, avant de changer de sujet. Marie-Camille décida d'en avoir le cœur net et la prit par la main pour l'attirer vers son divan de velours noir légèrement défoncé. Quand Alice prit place à ses côtés, Marie-Camille l'observa longuement sans dire un mot. Elle prit sa main, la porta à son cœur et murmura :

— Es-tu malade pour vrai, Alice ? Je suis inquiète. T'as les yeux rouges comme quand on a le rhume.

La femme porta son autre main à son front et détourna son regard. Elle se racla la gorge en reculant vers l'accoudoir. Elle tentait de réfléchir, pour éviter d'avoir à trop mentir.

— Non, non, je suis correcte. C'est juste une mauvaise journée. Hier, au restaurant il y a un client qui reniflait et éternuait sans précaution. J'ai dû attraper son rhume.

Aussitôt, Marie-Camille reprit un ton plus sec.

— Alors, dis-moi pourquoi t'as pas pris soin d'Israël comme tu me l'avais promis ? Il a pas mangé depuis deux jours, Alice !

— Oh ! J'ai... j'ai... oublié, hier. Mais vendredi soir, j'y suis allée quand même ! Il est toujours pas mort !

— Oublié ? Oublié ? J'ai mon voyage !

Offusquée d'un tel manque de sens des responsabilités, Marie-Camille oublia sa compassion envers son amie et se leva d'un mouvement brusque. Elle croisa ses bras sur sa poitrine menue et fixa Alice, qui fuyait son regard.

— C'est pas comme si je te demandais ça chaque semaine. Je te faisais confiance.

— Justement, j'y ai pas pensé parce que ça arrive jamais. Mais c'est pas la fin du monde câline, reviens-en !

Marie-Camille vint pour riposter, mais l'air insolent sur le visage de son amie la figea. Depuis trois ans, depuis qu'elles travaillaient ensemble au restaurant de la rue Saint-Denis, elles étaient devenues inséparables. Auparavant, toutes les fins de semaine, tous leurs moments libres, Alice et elle les passaient à faire des activités ou juste à jaser de tout et de rien. Parfois, elles cuisinaient quelques ragoûts et des tartes, qu'elles se partageaient. Les vendredis, à l'occasion, Alice accompagnait même Marie-Camille chez sa tante Adèle, où les trois femmes soupaient ensemble. Mais depuis septembre, l'étudiante avait été tellement occupée que ses temps libres avaient été consacrés à l'étude. « Alice m'en veut peut-être ? » songea-t-elle. Mais ce n'était pas une raison pour négliger son chat Israël. Sur un ton blessé, Marie-Camille murmura donc :

— Tu sais, si tu voulais pas me rendre service, t'avais juste à me le dire, je me serais arrangée autrement. Madame Vadeboncœur me l'avait offert, mais je voulais pas la déranger. J'aurais peut-être dû ! En tout cas, bye !

Alice ne répondit pas et regarda son amie s'éloigner d'un pas énergique vers la porte. Elle aurait voulu, elle aurait pu la retenir, mais pour lui dire quoi ?

« Excuse-moi, j'ai trop fêté en fin de semaine et j'en ai perdu des bouts. »

Marie-Camille ne comprendrait pas. Dans son petit village natal des Hautes-Laurentides, entourée de sa famille poule, la jeune femme avait été choyée et protégée toute son existence. Depuis quelque temps, lorsqu'elle passait quelques heures à ses côtés, Alice s'apercevait des différences qui existaient entre elles. Elle en voulait presque à la jeune Gélinas de ne pas avoir connu les mêmes embûches qu'elle. La femme préférait oublier que Marie-Camille avait perdu sa mère quelques mois après sa naissance.

— Toujours à faire la morale aux autres, murmura-t-elle, en rattachant ses boucles sur le dessus de sa tête, avant de s'emmitoufler dans la grosse couverture rouge qui traînait tout près.

Sans plus une pensée pour Marie-Camille, Israël ou quiconque, elle sombra de nouveau dans un sommeil profond, en aspirant seulement à retourner chez Josh le plus rapidement possible. Quand elle consommait de la marijuana, toute sa vie lui semblait plus réussie. Momentanément, du moins.

CHAPITRE 9

Le lendemain matin, Marie-Camille était fébrile au moment de sauter du lit pour se rendre à l'université. Lors du trajet de retour, la veille, sa tante Adèle lui avait conseillé de ne pas se préoccuper des imbéciles qui étudiaient à ses côtés.

— Si ça se trouve, lui avait-elle dit, ces hommes se sentent probablement inférieurs à toi, puisque tu as de meilleures notes.

— Hum, j'en doute.

— Non, non, je suis sérieuse, ma chérie. Tu as les compétences et les capacités de faire de grandes choses, et ça dérange la gent masculine. Tu sais, même si on a le droit de vote depuis vingt ans, il y en a beaucoup qui auraient préféré nous laisser derrière nos fourneaux, une guenille à la main.

Marie-Camille avait ri. Tout en réfléchissant aux paroles de sa tante, elle se leva, en ce lundi matin, bien décidée de se montrer plus forte que jamais. Le premier pas qu'elle ferait serait de cesser de se vêtir pour ressembler aux autres étudiants. Car depuis le début de sa formation, en septembre, la jolie blonde avait tout fait pour se fondre dans la masse : elle portait pantalon sombre, chemisier sobre, cheveux bien noués à la nuque. Si on avait pu la confondre avec un homme, elle en aurait été satisfaite. Mais en discutant avec Adèle, l'étudiante en était venue à un constat.

— De toute manière, peu importe ce que je fais, ils vont trouver à redire. Aussi bien leur en donner pour leur argent ! Hein Israël, qu'en dis-tu ?

Le chat, bien allongé sur le calorifère à l'eau, n'ouvrit même pas l'œil lorsque sa maîtresse exhiba se tenue : collant à rayures sous une tunique orangée et foulard coloré au cou. Elle hésita à enfiler ses bottines en plastique qui lui allaient à mi-mollet en se disant que le directeur du collège risquait l'infarctus s'il la croisait.

Dès qu'elle eut mis les pieds dans la salle de classe, toutes les conversations cessèrent et les regards, dont certains étaient admirateurs, se tournèrent vers la porte.

— Tiens, tiens, on pensait que vous aviez abandonné, mademoiselle ! ricana Philémon Trudeau, en reniflant avec dédain.

— Et vous empêcher de copier sur moi ? Jamais mon cher.

L'étudiant rougit de colère avant de sortir un mouchoir de coton blanc de sa poche et de cracher à l'intérieur. Il prit tout son temps pour s'assurer que la femme voyait l'expectoration. Marie-Camille ne détourna pas le regard, se contentant de saluer les autres hommes d'un geste sec de la tête. Elle chercha Gabriel des yeux et fut déçue de constater son absence. Le jeune arriva en même temps que l'enseignant et ne sembla pas remarquer le petit signe de main qu'elle lui faisait. Avant que l'étudiante ne puisse se rapprocher de son ami, monsieur Marcoux commença sa leçon. C'était un homme corpulent qui parlait souvent les yeux à demi fermés, tout en marchant dans la salle de classe. Ce qui faisait ricaner quelques-uns des jeunes gens, qui le trouvaient d'un ennui mortel et qui ne se gênaient pas pour faire de mauvais jeux de mots à cet égard. « Le croque-mort s'endort » ; « C'est vrai que c'est ennuyant, les enterrements ». La voix monocorde amorça son monologue :

— Ce matin, nous allons parler de la préparation du corps pour l'exposition. Il faut se rappeler que la toilette mortuaire doit être faite avec tendresse et respect. C'est un geste de purification afin de rendre hommage à un être qui a été aimé. Il est important que le défunt arrive à son nouveau destin dans les meilleures conditions, ne l'oubliez jamais.

~ ~ ~

Épuisée par cette journée harassante, Marie-Camille se glissa dans un bain chaud, dans lequel elle jeta quelques sels aromatisés. Fermant les yeux, elle repensa au regard qu'avait posé sur elle Jean-Luc Buisseau lorsqu'il était arrivé dans la salle d'embaumement, en après-midi. Elle attendait Gabriel, parti se chercher un café, et en profitait pour se mettre à jour avec les notes de son ami, tout en grommelant sur son manque de rigueur.

— Deux pages seulement pour quatre heures de cours ! Je veux bien croire que Marcoux est ennuyant, mais il y a quand même des limites !

Soucieuse de ne rien manquer de la matière vue en son absence, Marie-Camille transcrivait mot à mot les informations dans son propre cahier lorsque monsieur Buisseau était entré en coup de vent sans la voir. Il avait lancé sa serviette de cuir noir sur son bureau, avant de plonger sa tête entre ses mains. Mal à l'aise, la femme installée au fond de la classe avait attendu quelques instants, mais comme l'homme restait dans sa position, elle s'était sentie obligée de donner un signe de vie.

— Heu… hum…

Jean-Luc Buisseau avait sursauté et levé un regard hésitant. Puis, il s'était redressé aussitôt en l'apercevant.

— Mademoiselle Gélinas, qu'est-ce que vous faites ici ?

— Heu, j'attends mon ami.

— Vous êtes d'avance. En principe, ces locaux ne sont pas accessibles aux étudiants en dehors des heures de classe.

Le ton sec inhabituel avait fait rougir Marie-Camille, qui s'était empressée de ramasser son sac sur le sol et d'y ranger les cahiers de notes. Elle s'était relevée maladroitement et s'était avancée vers la porte. Lorsqu'elle était passée près de l'homme, ce dernier lui avait mis la main sur le poignet.

— Je suis désolé, mademoiselle, c'est que j'ai des choses à préparer.

L'homme avait laissé glisser ses doigts jusqu'à son coude. Il avait donné une légère pression, pour se faire pardonner, et leurs regards s'étaient soudés pendant quelques secondes de trop. L'étudiante était alors sortie en vitesse, espérant que les battements de son cœur ralentiraient une fois qu'elle serait hors de la salle de classe. Pourtant, près de cinq heures après cet intermède, elle se demandait encore ce qui s'était produit en elle.

« Je suis pas pour trembler chaque fois qu'un professeur va s'approcher d'un peu trop près », pensait-elle.

Dans son bain, elle leva ses mains moites qui reposaient de chaque côté de ses hanches pour les monter à sa bouche. En se traitant d'idiote, elle ne put s'empêcher de les déposer sur ses bras pour tenter de revivre la sensation éprouvée lorsque Jean-Luc Buisseau avait posé ses doigts sur elle.

Dans ce simple geste, elle avait senti une émotion qu'elle n'avait jamais éprouvée auparavant. Les quelques amoureux que la femme avait fréquentés depuis son arrivée à Montréal s'étaient tous contentés des chastes baisers qu'elle avait bien daigné leur accorder. Se secouant avec colère, Marie-Camille s'enfonça la tête sous l'eau pour faire s'envoler les idées et les images qui envahissaient son esprit.

— Franchement, murmura-t-elle, qu'est-ce qui me prend de penser comme ça à un vieux bonhomme sûrement marié ? Je manque certainement de sommeil...

~ ~ ~

Deux semaines après son retour de Sainte-Cécile, Marie-Camille se vit contrainte d'avouer son changement de carrière à sa tante Florie un samedi après-midi. Gabriel et elle tentaient depuis le matin d'étudier les termes techniques sur lesquels ils seraient interrogés durant l'examen final du cours de monsieur Marcoux. Les deux avaient la tête lourde, à force de répéter les mêmes informations. « Histoire de la mort depuis l'Antiquité » n'était que théorie et dates à retenir, pour leur plus grand malheur.

— Ça se peut pas qu'il nous oblige à savoir tout ça par cœur, se plaignit Marie-Camille pour la centième fois en soupirant.

Elle laissa tomber sa tête sur son cahier de notes.

— Je serai jamais capable ! poursuivit-elle.

Son ami sourit gentiment, avant de lever son cahier devant ses yeux.

— Mais si, allez, que peux-tu me dire sur les Égyptiens ?

— Heu, qu'ils ont construit de belles pyramides !

— Marie ! Franchement, un peu de sérieux !

La jeune femme prit une gorgée de son café tiède et récita, les yeux à demi fermés :

— Les Égyptiens avaient une technique qu'on suppose dérivée d'un procédé de conservation des viandes dans la saumure. La dépouille devait être éviscérée et salée, puis on la laissait en attente pendant près de soixante jours ou jusqu'à sa déshydratation totale.

Alors qu'elle allait poursuivre, le téléphone sonna.

— Sauvée ! ricana la femme, en décrochant le combiné.

Un regard sur les horloges de son mur lui fit réaliser qu'ils étudiaient depuis quatre heures sans avoir pris le temps de dîner. La voix aiguë à l'autre bout de l'appareil la fit sourire au travers de sa fatigue.

— Oh, allô, matante Florie. Comment vont tes blessures ?

— Pas si pire. J'ai hâte de faire enlever mon plâtre, mais ça ira pas avant Noël, ça a bien l'air. Bon, je me demandais si tu pouvais amener mon amie Louisette au marché du Nord vendredi prochain.

— Heu, Louisette ?

— Elle s'en va chez son frère à Montréal puis je lui ai dit : mon amie, il faut que tu voies ce marché-là ! Marie-Camille va se faire un plaisir de t'y amener. Ça fait qu'elle va être prête vers 9 heures. Je lui ai dit que tu l'appellerais pour savoir où la rejoindre.

Désespérée, la blonde jeta un regard affolé à son ami, qui fronça les sourcils.

— Ça va ? chuchota Gabriel.

Marie-Camille secoua sa tête en marmonnant.

— Hum, ça sera pas vraiment possible vendredi, matante.

— Comment ça ?

Le ton intransigeant de Florie fit grincer les dents de sa nièce.

— Tu m'as dit quand t'es venue il y a deux semaines que tu travaillais jamais les jeudis et les vendredis. Ça fait que j'ai tout organisé avec Louisette. Laisse-moi pas tomber, ma fille. J'ai assez fait ma fraîche avec ce marché-là, elle va penser que je lui ai raconté des menteries.

La voix fit tressaillir Marie-Camille, qui eut l'impression de revenir à l'âge de six ans, lorsqu'elle était rentrée de l'école avec les cheveux pleins de colle blanche. Sa tante lui avait lavé la tête à grande eau, la bouche pincée, sans vouloir écouter ses explications. Fermant les yeux, la future embaumeur prit tout son courage pour livrer l'aveu qu'elle préparait mentalement depuis quelques semaines déjà. Elle comprit que le moment était arrivé, et elle inspira profondément avant de s'élancer, sachant qu'elle n'aurait pas le choix de tout déballer :

— Je peux pas vendredi parce que j'ai des cours, matante Florie.

Il y eut un léger flottement dans l'air, et Gabriel leva le pouce pour montrer à son amie qu'il l'appuyait. Il s'approcha d'elle, avec Israël dans les bras. Il entendit la tante de son amie réagir avec incompréhension lorsqu'il appuya sa tête contre le combiné :

— Comment ça, des cours ? Des cours de quoi ?

— Hum, je... je suis une formation à l'université.

Espérant en finir ainsi avec le sujet délicat, Marie-Camille croisa les doigts. Mais elle savait bien qu'une salve de questions suivrait son affirmation.

— L'université encore ? T'es pas tannée ? T'es bien comme Adèle, toi, à vouloir être trop savante. Des cours pour faire quoi ?

— … em… bau… meur, chuchota la jeune.

— Quoi ?

Gabriel fixa ses yeux noirs sur le visage tremblant, puis mit sa main sur celle de son amie. Il la serra pour lui transmettre un peu d'aplomb. Marie-Camille hocha imperceptiblement la tête, puis affirma d'un ton plus ferme, en espérant ne pas être interrompue par sa tante :

— Pour devenir embaumeur, matante Florie. J'ai commencé en septembre et je savais pas comment te le dire. Je travaille plus à l'hôpital. Ça fait que vendredi, je peux pas, ni jeudi, parce que j'ai des cours au Collège des embaumeurs. J'aurais voulu t'en parler avant, mais j'avais peur que tu sois fâchée. Mais tu sais, infirmière, c'est vraiment pas pour moi. J'espère que tu comprends…

Pinçant ses lèvres de toutes ses forces, Marie-Camille attendit le hurlement qui ne manquerait pas de suivre cet aveu.

— Ah bon. Très bien. Je vais le dire à Louisette. Bonne journée.

Florie raccrocha et Marie-Camille fit de même, un air confus sur le visage. Il lui semblait impossible que la situation reste ainsi ! Sa tante Florie devait déjà être dans le train pour la ramener à Sainte-Cécile par une oreille ! Et pourtant, quelques jours plus tard, alors que Marie-Camille et Gabriel marchaient vers le pavillon principal, la jeune femme fit part de son inquiétude à son ami :

— Je te le dis, Gabriel, c'est pas normal. Depuis que j'ai parlé à Florie, j'ai pas encore eu droit à un discours moralisateur.

Je sais pas si elle attend ma venue le 25 décembre pour m'enfermer dans ma chambre, mais c'est inhabituel de sa part.

— Peut-être que tu t'es trompée sur sa réaction? Tout d'un coup que Florie est heureuse pour toi?

Le barbu remonta le gros foulard qu'il portait jusqu'à ses yeux et accéléra le pas. Mais Marie-Camille secouait la tête.

— Impossible! Hier, mon père m'a téléphoné pour me demander comment j'allais. Il m'a dit que ma tante lui avait parlé de rien, mais je suis sûre qu'il me raconte des menteries.

Elle l'avait bien entendu, au son de la voix d'Édouard, quand il avait susurré: «Ah, Florie est au courant? Non, non, elle m'a pas posé de questions.» Marie-Camille avait eu beau insister, son père n'avait pas changé son discours.

— C'est louche. Très louche! compléta la jeune femme en courant derrière Gabriel, tout en se disant qu'elle allait peut-être réussir à éviter un esclandre.

~ ~ ~

Au restaurant Pop Poulet, les clients se faisaient rares en cette soirée de décembre. La neige qui tombait sans arrêt depuis le midi était certainement une importante contrainte aux sorties des Montréalais. Assise sur une banquette près de Jacques, le propriétaire, Alice fumait cigarette sur cigarette depuis deux heures.

— S'il te plaît Jacques! Tu sais bien qu'il y aura pas un chat ce soir. Je veux juste que tu me laisses partir un peu plus tôt. Je vais travailler tout le temps des fêtes, me semble que je mérite une petite pause avant!

Le gros homme au visage rougeoyant secoua la tête pour la troisième fois. Marie-Camille et Alice s'étaient rencontrées à son restaurant, trois ans auparavant, alors que la première venait poser sa candidature à propos d'une offre d'emploi affichée dans la vitrine. Quand elle avait vu la petite jeunesse confiante qui s'avançait vers la caisse, Alice avait écouté sa réplique lorsque Jacques avait dit :

— Je suis désolé, mademoiselle, je cherche quelqu'un avec de l'expérience !

— Comment voulez-vous que je m'en fasse, de l'expérience, si personne m'engage ! s'était exclamée Marie-Camille. Ça me choque tout le temps quand j'entends ça ! Voir si c'est facile de se pratiquer quand il y a pas un employeur qui te donne une chance.

Elle avait pris Alice à partie, et cette dernière s'était empressée de renchérir :

— Elle a raison, la petite, Jacques. Tu devrais au moins la prendre à l'essai. Depuis que Marthe a démissionné, tu cherches quelqu'un pour la remplacer. C'est pas comme s'il y avait une foule qui se pressait aux portes pour venir travailler ici, hein ?

L'homme de soixante ans avait hésité, mais les yeux bleus des deux femmes qui le fixaient l'avaient rendu mal à l'aise. Il avait essuyé ses mains à plusieurs reprises sur son tablier blanc qui enrobait son gros ventre. Marie-Camille en avait profité pour trouver la force d'insister :

— Je vous en prie, monsieur. J'en ai assez ! Ça fait trois semaines que je cherche un travail et personne semble comprendre que je dois commencer quelque part. Je vous promets que j'apprends vite et j'ai même de l'expérience à la caisse, car mon papa a une beurrerie dans les Laurentides et j'y ai travaillé toutes les fins de semaine quand j'habitais là.

Elle avait senti l'hésitation du propriétaire et l'avait fixé, une prière muette sur le visage. En soupirant profondément, il avait abdiqué, avec un doigt levé bien haut dans les airs:

— D'accord. Je vous offre une semaine d'essai non payé.

— Wô Jacques, t'es bien *cheap*! avait lancé la rousse plantureuse en fronçant son nez avec dédain.

— Si tu fais l'affaire, je te rembourserai la moitié des heures que tu auras faites, avait poursuivi l'homme en ignorant sa serveuse. C'est ça ou rien!

Marie-Camille n'avait pas hésité et quand, en plus, Alice l'avait informée, quelques semaines plus tard, qu'un petit logement se libérait dans l'immeuble où elle habitait, elle avait jubilé:

— Enfin je vais pouvoir quitter l'appartement de matante Adèle! Elle est bien gentille, mais je sais qu'elle a hâte de retrouver son intimité.

Les choses s'étaient donc rapidement placées pour Marie-Camille. Elle s'était rendu compte du grand cœur de Jacques Croteau lorsqu'il lui avait donné une somme correspondant au total de ses heures travaillées, à la fin de sa première semaine. Quand elle l'avait regardé en hésitant, après avoir vu les billets de banque qu'il avait insérés dans la petite enveloppe, il lui avait fait signe de la main avant de marmonner sur un ton bourru:

— Tu as fait une bonne *job,* tu mérites toute ta paye.

Avec les années, Marie-Camille avait réalisé à quel point l'homme, veuf depuis dix ans, était généreux. Elle s'était aussi rendu compte que son amie avait tendance à ambitionner. Comme en cette soirée glaciale, alors qu'Alice souhaitait quitter son poste avant la fermeture.

— Je vais me retrouver dans le trouble, Alice, si j'ai pas de serveuse ce soir. Tout d'un coup qu'un groupe arrive. Je vais faire quoi tout seul, hein?

— Bien voyons donc, personne va sortir pour manger dans une tempête de fou de même! Tu pourrais même fermer et personne s'en apercevrait!

— Mais…

Le pauvre restaurateur frottait ses doigts boudinés les uns contre les autres avec embarras. Il jeta un regard autour et, devant l'unique client qui se trouvait sur place, il songea effectivement que les probabilités qu'une foule se presse aux portes durant la soirée étaient assez minces.

— Bon, mais reste au moins jusqu'à 6 heures. Si c'est pas trop achalandé, tu pourras t'en aller.

— Merci, Jacques.

Alice plaqua un bec sur la joue rouge de son patron. Le matin même, le frère de la jeune femme avait annoncé sa venue pour le lendemain. Embêtée à l'idée de l'héberger, même pour une ou deux nuits, la serveuse avait été de plus en plus anxieuse, au fur et à mesure que la journée avait progressé. Toutes ses rencontres avec Raoul se ressemblaient: il était jovial, enthousiaste et il tentait de l'encourager à prendre sa vie en main. Elle se sentait comme une moins que rien devant la réussite de son jumeau, et le bonheur contagieux qu'il répandait auprès de tous ceux qui le côtoyaient… sauf elle. Parce qu'Alice avait toujours entretenu cette rancœur injustifiée envers son frère. Pourtant, il n'était pas coupable des paroles blessantes et dénigrantes de leurs parents à son égard. La femme s'était éloignée de

Trois-Rivières dès qu'elle avait atteint l'âge de dix-huit ans. Elle voulait mettre le plus de distance possible entre sa famille et elle, et éviter d'assister de trop près à la réussite professionnelle de Raoul. Alice avait téléphoné à Josh lors de sa pause de 15 heures.

— En as-tu reçu ? avait-elle chuchoté en tournant le dos à la caisse enregistreuse où se tenait Jacques.

— Reçu ?

— Niaise-moi pas, avait grogné la femme, en adressant en même temps un sourire à son patron, afin d'éviter de l'inquiéter.

— Oui, oui. Mais me semblait que tu arrêtais ? s'était moqué son interlocuteur.

— Achale-moi pas !

Alice avait en effet annoncé à Josh en grande pompe, quelques jours plus tôt, qu'elle prévoyait cesser de consommer. La femme savait que cette habitude nuisait à sa relation avec Marie-Camille et à son fonctionnement quotidien. Mais c'était avant que Raoul n'annonce sa visite ! Le revendeur s'était mis à rire, comme si la rousse avait fait la blague du siècle, avant de préciser :

— Mais si tu viens trop tard, il m'en restera pas.

D'où l'importance pour la serveuse rousse de pouvoir quitter le restaurant avant la fin de son quart de travail, prévu à 22 heures. Alice poussa un profond soupir de soulagement quand la grande aiguille arriva sur le neuf.

— Bon, dit-elle en enfilant son manteau, sans prendre la peine d'ôter son tablier, je file, moi.

— Il est même pas encore 6 heures, répliqua Jacques en pointant l'horloge au mur.

— Franchement, quinze minutes de plus ou de moins! Hein, mon petit comique! Je reviens lundi. Oublie pas, demain, c'est Marie-Camille qui me remplace pour que je puisse m'occuper de mon frère.

Alice était à la porte quand le chauve lui lança:

— Tu pourrais venir me le présenter, ton frère! Ça fait cinq ans que tu travailles ici, puis t'as jamais amené personne.

Alice enfila ses grosses mitaines de laine grise encore mouillées et poussa la porte en criant:

— On aura pas le temps, il reste juste une journée. Mais une autre fois, promis. Bye, bye.

Dès qu'elle eut mis le pied sur le trottoir, la femme sentit la frénésie l'envahir. Comment en était-elle venue à avoir besoin à ce point de fumer du cannabis chaque semaine, presque tous les jours? Alice se rappela la première fois qu'on lui avait offert un joint, un an plus tôt. Ennuyée par un rhume, elle n'arrivait pas à dormir et c'est en se promenant au parc Molson, vers 22 heures, qu'un homme s'était approché d'elle pour lui offrir de partager cette étrange cigarette. Lasse de ses nuits sans sommeil, de ses journées sans attrait, elle qui avait toujours refusé de consommer plus qu'une bière ou deux s'était vue tendre la main.

— Oh et pourquoi pas? avait-elle murmuré en posant ses lèvres sur le papier humide.

Depuis, à quelques reprises dans des soirées, Alice s'était laissée tenter. Elle aimait la sensation de légèreté qui accompagnait la consommation de cannabis. Lorsque la drogue pénétrait dans son corps, tout son être se détendait. Elle voyait la vie d'un autre angle, ne comparait plus la sienne avec celle de Marie-Camille, qui avait eu la chance d'avoir une famille aimante et encourageante, malgré la mort de sa mère. Elle ne pensait plus aux siens, qui l'avaient toujours sous-estimée et dépréciée. Son frère Raoul n'était pas méchant, mais il avait été tellement valorisé par leurs parents qu'il n'avait jamais compris les difficultés que vivait sa jumelle. À l'école, c'était un premier de classe, alors qu'Alice peinait à apprendre à écrire. Quand elle avait cessé son parcours scolaire, à quinze ans, personne ne s'en était inquiété. Son père s'était contenté de dire :

— C'est une bonne chose, ça ! Tu vas pouvoir rapporter de l'argent.

La réaction de sa mère ne s'était pas non plus fait attendre. Elle lui avait bien fait part de sa déception.

— Évidemment, quand on se force pas...

Pourtant Alice avait essayé très fort de suivre les leçons de ses enseignants. Mais depuis qu'elle était petite, son esprit s'égarait quand les adultes devant la classe commençaient leur monologue. Comme Raoul réussissait sans même ouvrir un livre, il lui était bien difficile de partager les tourments de sa sœur jumelle. Maintenant qu'il était responsable d'une grande compagnie d'ingénierie de Trois-Rivières, Alice se sentait encore plus misérable en sa présence. Sous la neige qui tombait de plus en plus dru, la serveuse se mit à courir, pressée d'arriver à l'appartement de la rue Saint-Christophe.

— Pourvu que Josh m'en ait gardé. J'ai besoin d'un petit joint pour oublier la visite de Raoul, moi, murmura-t-elle enfin lorsqu'elle appuya sur la sonnette de la porte d'entrée du revendeur.

L'homme l'accueillit au haut des marches, les bras ouverts pour la serrer contre son torse. Alice grimaça lorsque son odeur un peu rance chatouilla ses narines, et elle s'empressa de se défaire de son étreinte. Même s'il avait toujours été correct avec elle, la femme savait bien que Josh n'aurait pas dit non à une relation entre eux. Mais il respectait cette distance qu'elle avait instaurée dès leur rencontre. Pour le moment, du moins…

— Rentre donc, belle fille.

— Heu, en fait, je pensais pas rester, Josh. Mon frère arrive demain matin et je dois passer la soirée dans le ménage. Si tu pouvais juste me vendre un peu de mari… De toute manière, j'en prends plus vraiment… C'est juste pour m'aider à passer à travers la fin de semaine.

L'air goguenard du moustachu la mit mal à l'aise et elle tritura ses mitaines, avant de les glisser dans les poches de son manteau vert foncé. Ses grands yeux se fixèrent sur Josh, qui se tassa pour l'inviter à entrer dans l'appartement, où la chanson *Jailhouse Rock* d'Elvis Presley jouait à tue-tête. Chaque visite chez le locataire de cet appartement confirmait à Alice l'amour qu'il avait pour ce chanteur américain au déhanchement caractéristique.

— Oui, oui, c'est ça. T'en prends plus, tu me l'as dit ! C'est pas si mal, tu as tenu cinq jours. J'ai vu pire. Rentre avant que la Police des liqueurs vienne cogner ! On sait jamais, peut-être qu'ils nous espionnent !

Il éclata d'un rire gras en voyant l'air catastrophé sur le visage rond de la femme, qui grimpa les deux dernières marches pour se faufiler à l'intérieur. Elle avait beau être frondeuse, Alice ne voulait imaginer la réaction des gens autour d'elle s'ils apprenaient son secret. La rousse s'apercevait bien que, depuis quelques mois, elle s'éloignait de Marie-Camille, de Gabriel et des quelques joueuses de son équipe de softball avec lesquelles elle avait toujours aimé sortir boire un verre. Plus rien ne semblait avoir autant d'importance pour elle que ces moments où elle se permettait d'oublier le vide de son existence.

— Ça se pourrait vraiment qu'on nous espionne?

Josh éclata de rire devant la crainte évidente de son acheteuse et, quand elle réalisa que l'homme se jouait de sa peur de se faire arrêter, Alice mit les mains sur ses hanches et clama:

— Vraiment brillant! Arrête de niaiser et donne-moi donc ce que je veux!

— Non, ma belle. Ce soir, je te sors!

Alice projeta sa tête vers l'arrière en claquant sa langue de déplaisir. Tout ce qu'elle voulait, c'était un petit sachet contenant l'herbe qui lui permettrait de planer toute la soirée en prévision de sa dure journée du lendemain. Mais autant son patron que Josh semblaient déterminés à lui rendre la vie dure, ce soir-là. Elle détacha son manteau, le lança sur le divan à la propreté douteuse et abdiqua. Après tout, qu'avait-elle de mieux à faire? Tant pis pour son ménage!

— Sais-tu quoi Josh, je dis pas non! Ça va me faire du bien de voir du monde de bonne humeur, pour faire changement. J'ai besoin de nouveaux amis.

CHAPITRE 10

Alice ne regretta pas sa décision, même si, à la fin de la soirée, lorsque son partenaire vint la reconduire chez elle, la femme avait les facultés pour le moins diminuées. Josh gara sa vieille voiture rouillée devant la porte de l'immeuble à logements de la rue de la Roche à près de 2 heures du matin. La femme s'extirpa de l'habitacle avec peine et remercia le chauffeur.

— Mer… ci… Josh, bébé. J'ai… j'ai… je suis bien… contente que tu sois… mon ami.

Alice se redressa sans remarquer le visage caché derrière le rideau du salon au deuxième étage. Elle passa la tête par la fenêtre de la voiture, qu'avait descendue le revendeur, et marmonna sur un ton inaudible :

— J'aime ça, ta nouvelle affaire. J'aime bien ça.

— Je suis bien content de savoir ça, ma belle. Attention de pas débouler l'escalier.

Alice riait encore niaisement quand la voiture tourna au bout de la rue. Sa soirée passée à la Casa Loma, sur la rue Sainte-Catherine, avait été toute une réussite. Josh et elle avaient dansé, bu et consommé différentes substances qui avaient permis à la femme de se sentir enfin à sa place quelque part.

— J'aurais… zuste… juste aimé ça… avoir une… del… belle robe pour sortir, marmonna Alice, dont la chevelure pendouillait maintenant du côté gauche de sa tête. Une robe à pois. Oui… une belle robe à pois. M'en… vas m'en… acheter une à… prochaine paye.

Elle prit quelques minutes pour trouver sa clé et autant à la glisser dans la serrure de sa porte. Quand elle pénétra dans son petit appartement en désordre, Alice se rappela l'arrivée de son jumeau le lendemain matin. Aussitôt, une pression désagréable se fit sentir dans son crâne.

— M'a toujours donné mal à la tête, le têtard ! chuchota-t-elle, en se tortillant sur place pour se débarrasser de son collant couleur chair.

Sans plus une pensée pour son frère Raoul, elle s'affala sur son divan, mit un coussin sur sa tête pour cacher la lueur du lampadaire qui s'infiltrait par la large fenêtre et tomba dans un profond sommeil. La journée avait été longue et la nuit serait courte pour Alice.

Pendant ce temps, au-dessus de chez elle, il y avait bien longtemps que Marie-Camille dormait, son bras enroulé autour de son chat. Elle avait tenté de lire un peu, mais l'épuisement l'avait vite gagnée, elle qui fréquentait l'université trois à quatre jours par semaine, en plus de travailler au restaurant une quinzaine d'heures. Elle aurait aimé avoir la possibilité de faire comme Gabriel et n'occuper un emploi à temps partiel que durant l'été. Mais même si la beurrerie de son père fonctionnait bien, la famille Gélinas ne roulait pas sur l'or, et jamais Marie-Camille n'aurait osé demander plus d'argent à Édouard pour lui permettre de poursuivre son rêve.

~ ~ ~

À 14 heures, le lendemain, Marie-Camille revint du restaurant avec une seule idée en tête : voir de quoi avait l'air le frère d'Alice. Depuis qu'elles se connaissaient, son amie avait toujours été évasive à propos de cette relation. Elle mentionnait ne pas s'ennuyer de Raoul, même quand elle ne le voyait pas pendant un an. Pour la blonde, qui adorait sa famille, cette situation la rendait plus que perplexe. Elle aurait tant aimé avoir un frère ou une sœur. Et même si la vie auprès de Florie n'avait pas toujours été facile, Marie-Camille se languissait souvent des siens, et ce, malgré leurs défauts et le caractère difficile de sa tante. À chaque occasion où elle avait tenté de soutirer des informations sur Raoul, Alice lui avait sorti une banalité du genre :

— Il est parfait dans tout.

En se pressant de monter l'escalier de leur immeuble, Marie-Camille fit un arrêt au premier étage pour appuyer sur la sonnette. L'étudiante profita de l'attente pour déboutonner son gros manteau de laine et enlever ses mitaines de cuir. Même si elle n'avait marché que de son arrêt d'autobus sur la rue Saint-Denis à l'appartement de la rue de la Roche, elle avait les joues cramoisies. L'hiver était rude. Quand ce n'était pas les tempêtes de neige qui accablaient les Montréalais, c'était le froid intense qui sévissait, comme aujourd'hui. La porte de chez Alice s'ouvrit à toute volée et elle recula sous la surprise.

— Oui ?

— Heu, bonjour, vous êtes Raoul ?

— Oui, madame, lui-même pour vous servir. Et vous êtes ?

Marie-Camille retint un fou rire devant la révérence du grand gaillard blond, dont l'apparence physique lui fit tout de suite penser à son oncle Laurent. Mais le frère de son amie semblait démontrer une joie de vivre qui faisait assurément défaut au frère de son père, comme elle s'en aperçut bien vite.

— Marie-Camille, l'amie d'Alice.

— Entrez, chère dame. Ma sœur se fait belle.

L'homme de trente ans laissa passer la jeune femme qui lui arrivait tout juste aux épaules, avant de la fixer droit dans les yeux.

— Vous êtes mariée ?

— Heu, non.

— Fiancée ?

— Non.

— Amoureuse ?

Marie-Camille éclata de rire et secoua la tête. Elle enleva son chapeau et rougit devant le coup d'œil appréciateur de l'homme au visage rond. Elle retrouvait dans le regard bleu le même éclat qu'avait parfois son amie. Mais à bien y penser, depuis un an, Alice n'avait pas souvent cette brillance dans les yeux. Raoul prit la main de la visiteuse et la tira pour l'amener vers la table de la cuisine. À l'instar de sa jumelle, il aimait charmer les gens.

— Alors chut, parlons pas trop fort, pour avoir le temps de faire connaissance.

— Raoul, peux-tu… Oh, Marie, qu'est-ce que tu fais ici ?

Alice sortait de sa chambre, la main tenant ses longs cheveux auburn gonflés comme la nouvelle muse du cinéma français, Brigitte Bardot. Marie-Camille ne put s'empêcher de remarquer le rictus d'inconfort que son amie fit en la voyant chez elle. Mais refusant de croire que sa présence dérangeait, elle se leva pour aller attacher la fermeture éclair au dos de la blouse blanche de sa copine.

— Bien, puisque tu m'as jamais présenté ton frère, j'ai décidé de venir voir s'il existait vraiment ! rigola Marie-Camille.

— Franchement, comme si j'avais inventé Raoul !

Le ton sec et cassant ne sembla pas perturber le jumeau. Mais la visiteuse déglutit, mal à l'aise, et reprit son manteau sur le divan. Elle se dirigea vers la porte et l'ouvrit en disant :

— Bien contente d'avoir fait ta connaissance, Raoul. À une autre fois, peut-être !

Avant que le frère et la sœur ne puissent réagir, la jeune femme était déjà sortie de l'appartement et grimpait les marches qui la menaient jusqu'à chez elle en rageant.

— Veux-tu bien me dire ce qui lui prend, de me traiter comme ça ? grogna Marie-Camille, en insérant la clé dans sa serrure. Je commence à manquer de patience. Me semble qu'une amie agit pas comme ça !

Un grincement derrière elle la fit grimacer.

— Vous arrivez, mademoiselle Gélinas ?

— Comme vous le voyez, madame Vadeboncœur.

Marie-Camille se retourna en tentant de garder un visage neutre devant la longue robe qui frôlait le sol que portait sa rondelette voisine. Adorant tout ce qui avait trait aux starlettes d'Hollywood, la vieille femme prenait le temps de se vêtir et de se maquiller de manière excentrique chaque jour que le Bon Dieu lui permettait de voir. Elle trottina jusqu'à sa voisine de palier.

— Je pense qu'il y a un homme chez votre amie. J'aime pas beaucoup ça, des affaires de même.

— Pas besoin de vous inquiéter, madame Vadeboncœur, c'est son frère jumeau.

L'autre ouvrit la bouche, puis s'approcha encore plus près de la jeune.

— Ah, me semblait aussi qu'ils se ressemblaient. Il va rester longtemps ?

— Aucune idée.

Marie-Camille se retourna pour mettre fin à la conversation, mais la vieille dame n'avait pas fini de partager ses commérages. Sur un ton de confidence, elle chuchota :

— En tout cas, à l'heure que votre amie est rentrée cette nuit, je doute qu'elle soit en forme pour veiller ce soir !

Albertine Vadeboncœur ne dormait pas beaucoup et la nuit précédente, le bruit de la portière claquée par Alice l'avait dérangée alors qu'elle sommeillait dans son salon. La vieille s'était empressée de se diriger vers la fenêtre, et elle avait observé la femme rousse, qui avait titubé jusqu'à la porte. Albertine attendit quelques instants pour voir si Marie-Camille se retournerait pour en savoir plus. Or, c'était mal connaître sa jeune voisine, qui ne fit que la saluer en levant la main, avant de se faufiler chez elle. Appuyée contre la porte pour enlever ses grosses bottes de poil, la femme murmura :

— Je reconnais plus mon amie, mautadine ! Il va falloir que je lui parle. Je sais pas ce qui se passe avec elle, mais elle est visiblement toujours fâchée ou marabout.

~ ~ ~

— Je pense que matante Florie me parlera plus jamais ! annonça Marie-Camille à Gabriel sur un ton dramatique.

— Bien voyons donc! Pourquoi tu dis ça? Toujours pas de nouvelles?

L'homme poussa son assiette, avant de se reculer sur la chaise qu'il occupait près des fenêtres en demi-cercles. Les deux amis s'étaient installés au restaurant Chez Vito, sur le chemin de la Côte-des-Neiges, avant un long après-midi de classe. Les yeux de Gabriel scrutèrent l'intérieur de leur restaurant favori. Ouvert depuis peu, il accueillait les étudiants, qui s'y pressaient afin de déguster les pizzas à 1,95 $ préparées par Vito Vosilla, le chef propriétaire. L'atmosphère plaisait aux jeunes, qui riaient et inséraient des pièces de monnaie dans le juke-box doré afin d'écouter les succès à la mode. Les deux complices s'y étaient réfugiés en courant, à cause du froid qui sévissait sur la métropole depuis quelques jours. Depuis l'incident de la kippa, Gabriel préférait s'éclipser de l'école dès qu'il en avait la possibilité. Car Stéphane Gagné, Philémon Trudeau et compagnie semblaient l'observer plus attentivement chaque fois qu'il ouvrait la bouche. Comme si un doute persistait quant à son origine. Il se trouvait ridicule d'avoir peur, à vingt-cinq ans, d'affronter des étudiants niais, mais c'était plus fort que lui. Il sentait comme une boule s'installer au creux de son estomac chaque fois que le regard de l'un d'eux se posait trop longtemps sur lui. L'homme reposa son regard noir sur son amie, qui attendait son attention avant de poursuivre:

— Non. Rien. Puis papa me dit que tout est correct, précisa Marie-Camille. Mais quand je lui demande pourquoi je peux pas parler à matante quand j'appelle, il y a toujours une raison: elle dort, elle se douche…

— Hum, réfléchit Gabriel à voix haute, peut-être qu'elle a juste accepté ton changement de carrière?

Marie-Camille grimaça en secouant la tête.

— Tu rêves, mon ami ! Non, non, c'est pas possible ! J'ai assez peur de la voir débarquer chez nous encore une fois... Hé, coudonc, est-ce que tu m'écoutes, Gabriel ?

— Hein ? Oui, oui.

Mais le jeune homme avait soudainement de la difficulté à suivre la conversation. Il avait aperçu un groupe de Juifs hassidiques qui marchaient rapidement sur le trottoir d'en face. Les quatre hommes, tous vêtus d'un long manteau noir identique, avançaient tête baissée. Les papillotes de chaque côté de leur visage dépassaient de leur shtreimel, ce grand chapeau de fourrure qu'ils portaient avec fierté. Gabriel avait l'impression que cette démonstration de loyauté lui rappelait à quel point il était lâche. Marie-Camille, qui se rendait bien compte qu'elle monologuait, suivit le regard de son ami.

— Beau costume ! rigola-t-elle.

— Franchement, Marie !

La femme rougit devant l'exclamation outrée de Gabriel. Elle avait simplement voulu détendre l'atmosphère.

— Câline, veux-tu bien me dire ce que tu as depuis quelques semaines ? On dirait que tu as avalé de la vache enragée ! Déjà qu'Alice est pas parlable, je commence à en avoir assez de me faire rabrouer constamment !

Sans qu'elle s'en rende compte, les grands yeux de l'étudiante se remplirent de larmes. Elle étira la main pour prendre ses gants sur le coin de la table et les enfouit dans son sac de cuir. Elle vint pour se lever, afin de revêtir son manteau, quand Gabriel l'en empêcha.

— Attends, Marie ! Je suis désolé.

La blonde mordilla ses lèvres pour évaluer le niveau de sincérité de son ami. Après être restée debout un long moment, Marie-Camille reprit sa place, en affichant une moue attristée.

— Je m'excuse, répéta le jeune barbu. C'est juste que je m'en veux tellement !

— De quoi ?

Alors, pour la première fois depuis l'évènement survenu à la mi-novembre, alors que Marie-Camille était au chevet de Florie à Sainte-Cécile, Gabriel relata les faits et gestes absolument immoraux et punissables qu'il avait posés, la tête baissée. La blonde mit sa main sur celle de son ami en la pressant fortement.

— Arrête un peu, Gabriel ! T'as pas tué personne, franchement ! Qu'est-ce que ça fait que tu aies fait semblant d'être catholique ? Je le sais que c'est pas facile d'être différent, fie-toi sur moi !

Marie-Camille avait écouté, estomaquée, le flot de mots qui s'étaient encore échappés d'entre les lèvres tremblantes de son ami. Il s'avança pour poser ses bras croisés sur la table et pointa les hommes sur le trottoir, à l'origine de cette conversation, qui patientaient au coin de la rue pour la traverser.

— Regarde eux autres ! Ils sont fiers d'être juifs. Ils ne cachent rien, puis ils ne se préoccupent pas du jugement des autres. Moi, j'ai fait semblant d'être avec Philémon et Stéphane quand ils ont ri de ses voisins. Quel bon Juif fait ça, hein ? Si mon père m'avait entendu ! Déjà qu'il me questionne chaque semaine pour être certain que je ne m'autorise pas vos libertés, à vous, les Québécois francophones ! S'il savait que j'ai renié ainsi ma foi…

Les larmes qui s'échappaient des yeux noirs de Gabriel roulèrent sur ses joues pâles pour finir dans sa barbe. Comme elle était arrivée, la colère de Marie-Camille disparut aussitôt. Elle tira sa chaise pour se rapprocher de son ami.

— Voyons Gabriel, t'as rien fait de bien grave.

— Oh non ? Enlever ma kippa pour éviter de montrer ma race, c'est renier ma culture, ma religion, Marie. Pour mon père, il n'y a rien de pire. Je devrais me tenir debout, porter fièrement les signes de mes origines. Moi, qu'est-ce que je fais, à la place ? Je fourre ma kippa au fond de mon sac en priant chaque matin pour ne pas oublier de l'enlever en descendant du bus. Je me moque de mes semblables au lieu de les défendre. J'ai honte, tellement honte !

Marie-Camille entoura le jeune homme de son bras trop court pour faire le tour des épaules larges. Elle passa affectueusement un index sur le visage de son ami pour effacer les traces de larmes et se rapprocha, pour lui chuchoter avec espoir :

— Et si tu leur faisais un pied de nez, Gabriel ? Si tu affirmais haut et fort que tu es juif ? On en a déjà parlé. Depuis quelques années, il y a une plus grande ouverture de notre part, non ?

Mais au moment où ses paroles franchissaient ses lèvres, Marie-Camille n'eut qu'à voir les mains serrées l'une contre l'autre et le petit hochement de tête de son vis-à-vis pour savoir que son ami n'était pas prêt à affronter la horde de vautours. Alors, elle se pencha pour l'embrasser sur la joue et murmura :

— Tu sais quoi, mon Gabriel ? Quand tu voudras le faire, je serai là pour t'aider. Comme tu l'es pour moi depuis le début de cette formation. Je te dis que le jour où on va l'avoir, notre diplôme, on sortira fêter ça, hein ?

L'homme lui fit un sourire triste en songeant que jamais, il n'aurait le courage qu'elle lui supposait. Il n'était qu'un lâche. Il ne savait pas comment Marie-Camille faisait pour endurer les quolibets qu'on lui soufflait depuis le début de leurs études au Collège des embaumeurs. S'il avait la moitié de son courage, peut-être qu'il réussirait à affronter les autres étudiants.

~ ~ ~

— Ohhh, je vais encore être en retard ! grogna Marie-Camille en prenant son sac pour se préparer à sortir en courant de la toilette de l'université. Jacques va finir par me mettre dehors ! Déjà que je lui donne juste une couple d'heures par semaine…

Coquette, elle jeta un regard rapide dans le miroir, replaça son béret rouge sur ses cheveux raccourcis depuis sa visite chez la coiffeuse, ouvrit la porte et détala en vitesse dans le large corridor. Évidemment, comme rien n'était simple, elle échappa son foulard, voulut le reprendre sans s'arrêter et fonça tête première dans une personne qui venait dans sa direction.

— Ouch !

— Wô !

Le souffle coupé, Marie-Camille replaça ses lunettes qui étaient presque tombées et se releva, en espérant que les souliers qu'elle contemplait n'appartenaient pas à la personne qu'elle supposait. Les yeux à demi fermés, elle attendit d'être complètement redressée pour s'attarder sur le visage ironique qui la dévisageait, une main sur la hanche.

— Des lions à vos trousses, mademoiselle Gélinas? demanda Jean-Luc Buisseau ses sourcils levés bien haut.

— Oh... monsieur, je suis désolée. Je... suis... retard... restaurant... travaille... baragouina la jeune femme en se traitant d'idiote de ne pouvoir aligner trois mots sans bafouiller.

Son enseignant lui décocha un sourire moqueur et la fixa droit dans les yeux. Marie-Camille eut l'impression que ses genoux fléchissaient sous l'émotion. Comme si l'homme pouvait lire en elle. Elle n'avait jamais remarqué la petite cicatrice qu'il arborait au coin de la lèvre. Maladroitement, elle replaça son foulard autour de son cou et remit son sac en bandoulière.

— Je m'excuse encore, mais je veux pas manquer mon bus! Je suis déjà en retard pour mon travail, répéta-t-elle de manière plus compréhensible.

— Vous allez où?

— Saint-Denis. Au revoir.

— Venez, je vous embarque, je vais par là.

Marie-Camille secoua vivement la tête et commença à marcher.

— Non, non, je vous remercie. Si je me dépêche, je vais attraper celui de midi.

— Vraiment? Il est 11 heures 57. J'avoue que vous courez vite, mais je pense que malgré ça, vous aurez de la difficulté. Suivez-moi.

Ne sachant comment se défaire de cette situation inconfortable, la blonde resta sur place quelques secondes, avant de se décider à suivre l'homme de grande taille. Elle marchait quelques pas derrière, encore incertaine de la conduite à suivre.

— Heu, je vous assure que je peux prendre le bus.

— Puisque je vous dis que cela ne me cause pas de soucis. Cessez de vous comporter comme une enfant. Vous voulez arriver le plus rapidement possible, non ? Puis, on en profitera pour faire le point sur votre situation.

— Ma situation ?

Marie-Camille sentit aussitôt monter une causticité en elle. Elle perdit toute sa gêne et se hâta pour arriver à la hauteur de l'homme aux cheveux foncés.

— Qu'est-ce que vous voulez dire ?

Le professeur Buisseau ne s'arrêta pas, se contentant de frotter sa moustache en allongeant le pas. L'homme avait un visage étroit aux pommettes bien sculptées, un regard sombre et sérieux. En le dévisageant, Marie-Camille réalisa que son enseignant était attirant. Ce qui la rendit encore plus mal à l'aise. Quelle drôle de pensée elle avait envers un « vieux » de l'âge de son père ! Déterminée à ne pas se laisser intimider, elle arriva à sa voiture à bout de souffle. Son enjambée n'avait pas la même envergure que celle de l'homme de six pieds ! Monsieur Buisseau ouvrit la portière du côté passager, sous le regard interloqué de l'étudiante. Elle pouffa dans sa main.

— C'est votre auto, ça ?

— Oui. Il y a un problème ?

— Non, non. Je me demande juste comment vous faites pour y tenir assis, répondit impertinemment Marie-Camille, en se glissant prestement sur la banquette de la Coccinelle vert foncé de Jean-Luc Buisseau.

Le professeur fit le tour rapidement et vint prendre place à ses côtés. Il démarra la voiture et mit la chaufferette au maximum, en remarquant que la passagère soufflait dans ses mains.

— Ça ne devrait pas être long. La voiture est petite, alors elle se réchauffe rapidement.

— C'est à vous ? répéta Marie-Camille.

Le conducteur fronça les sourcils, avant de reculer pour sortir de son stationnement. Il prit la route descendant vers le boulevard Édouard-Montpetit avant de réagir :

— Bien sûr. À qui d'autre ? Je vous rassure, je ne l'ai pas volée.

Marie-Camille se sentit rougir et posa ses yeux sur les mains dénudées de son enseignant. Elle était certaine qu'un homme de cet âge jouissant de son statut professionnel devait être marié. Mais elle ne pouvait suggérer qu'il s'agissait de l'automobile de son épouse sans donner l'impression d'être en quête de confidences. Elle garda donc le silence, en serrant ses mains sur ses genoux. Alors qu'ils roulaient depuis près de dix minutes et qu'elle avait baissé sa garde, Jean-Luc demanda :

— Vous pensez encore être à votre place au collège, mademoiselle Gélinas ?

CHAPITRE 11

— Qu'est-ce que t'as répondu ? s'enquit Adèle, en riant de voir sa nièce aussi offusquée.

Comme c'était parfois le cas le vendredi, les deux parentes soupaient ensemble, puisque Marie-Camille ne travaillait pas. Par le passé, à l'occasion, Alice s'était jointe à elles. Mais depuis qu'elle disparaissait sans lui dire où elle allait, Marie-Camille ne tentait même plus de l'inviter. Elle avait l'impression qu'Alice était toujours trop occupée ou peu intéressée à nourrir leur amitié. Marie-Camille avait donc été surprise de l'appel de la rousse, un peu plus tôt dans la journée. Les deux amies avaient même convenu de se retrouver durant la soirée pour aller boire un verre. Si Alice ne changeait pas d'idée encore une fois !

Assise aux côtés d'Adèle, dans le salon de cette dernière, Marie-Camille aimait bien broder et papoter sur leurs vies respectives. La plus jeune avait attendu cette rencontre avec impatience toute la semaine, après son entretien du mardi avec Jean-Luc Buisseau, qui s'était vite transformé en confrontation. Elle parla d'un ton ferme pour répondre à la question de sa tante :

— Que j'y étais certainement à ma place ! Moi qui pensais qu'il était mieux que les autres ! Non, mais tu parles d'un rétrograde ! Tu sais, le genre de bonhomme qui serait bien mieux si toutes les femmes du Québec faisaient chauffer les pantoufles de leur mari en attendant leur retour? Je lui ai dit que non seulement je finirais ma formation, mais qu'ensuite, je m'empresserais de me faire embaucher par la première maison funéraire qui me ferait confiance.

— Qu'a-t-il répondu à ça?

Adèle cessa son mouvement d'aiguille pour lever la tête vers sa nièce. La jeune femme avait appris de sa tante Florie à coudre et à tricoter. Comme l'aînée des Gélinas, elle n'avait aucun talent manuel, mais à la différence de cette dernière, elle le savait! Comme elle disait: « Même si je suis pas bonne, ça me détend, les travaux de couture. C'est à peu près le seul moment où mon cerveau est capable de se calmer un peu! »

— Il m'a dit qu'il serait surpris qu'une maison engage une femme pour faire cet ouvrage-là. Il m'a ensuite fortement suggéré de changer de domaine d'études pour devenir garde-malade, par exemple. Je me suis fait un plaisir de lui clouer le bec en lui mentionnant que j'étais déjà infirmière, puis que je m'étais ennuyée à mort...

— Ha ha ha! la coupa Adèle en éclatant de rire devant le choix des mots de Marie-Camille.

Les femmes échangèrent un regard rieur et complice. Comme toujours, Marie-Camille savait qu'elle pouvait s'appuyer sur sa tante pour compatir à ses malheurs. Si Florie avait toujours été là pour la consoler après une chute ou une blessure, c'était vers Adèle que la plus jeune se tournait pour soigner les tourments de son âme. Toutes deux avaient cette ambition de se réaliser pleinement, sans attendre après les autres. Marie-Camille rigola à son tour, mais continua néanmoins:

— … tellement ennuyée qu'au bout de trois mois à faire des piqûres et à écouter les ordres de médecins condescendants, j'en ai eu assez. D'où mon inscription dans sa chère école ! Que si, en plus d'avoir à endurer des étudiants innocents, il me fallait défendre mon choix auprès de mes enseignants, bien, je le ferais !

— Bravo, mademoiselle Gélinas !

La voix de Jérôme, l'amoureux de sa tante, claqua dans l'appartement. L'homme revenait du travail et les deux femmes ne l'avaient pas entendu entrer. Il se tenait dans l'entrebâillement de la porte du salon et fixait les deux femmes avec affection. Depuis qu'il fréquentait Adèle, le rédacteur en chef était encore plus solidaire de la gent féminine. Fréquemment, cette dernière lui faisait part d'une situation qui la révoltait concernant le sort de ses congénères. Jérôme s'approcha pour embrasser sa douce, puis se dirigea vers la cuisine pour se servir une bière.

— Je suis content de voir que tu ne te laisses pas marcher sur les pieds, Marie-Camille ! Dis-leur, à tous ces croque-morts, que tu as ta place parmi eux !

Le quinquagénaire lui adressa un sourire gentil, avant de s'installer en face des deux femmes, sa pile de journaux sur la table devant lui. Marie-Camille en profita pour se lever et se préparer à partir.

— Bon, je te laisse, matante. Je commence à avoir des fourmis dans les jambes, à force d'être assise aussi longtemps à broder ! Tu sais que c'est pas ma position préférée ! Surtout après une journée sur les bancs d'école !

— J'espère que ce n'est pas moi qui te chasse ? s'inquiéta Jérôme en levant les yeux de sa lecture.

La jeune femme secoua la tête en riant. Elle fourra son ouvrage manuel dans son sac, se pressa de se vêtir chaudement et expliqua :

— Non, non. Je voulais surtout être rassurée sur ma discussion avec mon enseignant et matante a réussi à le faire. Comme toujours ! Puis je me demandais aussi si elle avait eu des nouvelles de Sainte-Cécile.

Jérôme leva un sourcil interrogateur.

— Depuis que ma tante Florie a appris que je suivais une formation pour devenir embaumeur, elle m'en a pas reparlé. Elle s'est même pas fâchée. Elle a rien dit. En fait, elle m'a juste répondu : « Ah bon, très bien. Bonne journée ! » Me semble que c'est pas normal. Elle m'a pas appelée depuis deux semaines et ça non plus, c'est pas habituel. Mais, tu me promets, Adèle, que j'ai pas à m'en faire ? demanda-t-elle en se tournant vers celle-ci. C'est bien vrai que tu lui as parlé cette semaine et qu'elle t'a pas chicanée ni blâmée ?

Adèle mentit avec assurance, alors que son amoureux se détournait pour cacher son embarras, lui qui avait été témoin de la discussion houleuse entre les deux sœurs, qui avait eu lieu deux semaines plus tôt, lorsque Florie avait appelé Adèle pour lui dire sa façon de penser. Il faut dire que la Céciloise n'avait jamais accepté de gaieté de cœur de voir sa nièce suivre sa sœur cadette dans la métropole. Selon elle, Adèle aurait dû la convaincre de conserver son travail de garde-malade, au lieu de « s'embarquer dans une affaire folle de même ». Mais la journaliste avait la couenne solide et elle avait rabroué sèchement sa sœur en lui disant que Marie-Camille avait une tête sur les épaules et n'avait besoin de personne pour prendre ses décisions.

— C'est comme je t'ai expliqué, Mimi, répliqua gentiment Adèle. Florie a juste dit: «Me semble que c'est pas pour une femme un métier de même.» C'est tout.

— Tant mieux! Je vais essayer de l'appeler demain d'abord. Je pourrais peut-être même lui expliquer un peu en quoi consiste ma formation.

— Hum...

Adèle fit mine d'enlever un fil sur son collant gris pour éviter de regarder sa filleule. La conversation avec Florie avait été à sens unique pendant une bonne dizaine de minutes et avait contenu surtout des mots comme: irresponsable, ridicule, monde d'hommes, pareille comme elle, irréfléchie, impossible de lui faire confiance... Bref, Florie n'acceptait pas du tout le nouveau parcours de sa nièce, et elle ne s'était pas gênée pour reprocher à Adèle son manque d'encadrement. Celle-ci espérait que Florie était revenue à de meilleures dispositions, mais elle en doutait. Si le contact se faisait entre la future embaumeur et sa tante de Sainte-Cécile, Marie-Camille saurait qu'elle lui avait menti. Adèle tenta donc d'éviter une confrontation entre les deux en affirmant:

— Je crois que Florie allait à Saint-Jovite avec Louisette demain, ma chérie.

— Ah? Tant pis, ça ira à un soir de la semaine prochaine alors, parce que je travaille dimanche. Bon, je me dépêche. Je suis censée rejoindre Alice. Les occasions se font rares depuis un moment. Je suis très occupée avec mes cours et elle est beaucoup au restaurant. Mais ce soir, elle finit à 8 heures, puis on voulait aller prendre un verre au Mocambo. C'est une boîte de nuit, précisa-t-elle, en calant son chapeau profondément sur son front.

Adèle, qui ne voulait surtout pas agir comme sa sœur aînée, ne put toutefois s'empêcher de faire les recommandations d'usage à sa nièce :

— Soyez prudentes, les filles.

— T'inquiète pas, matante. Tu sais bien que je suis sage. Ça fait un bon bout de temps que j'ai pas passé une soirée avec Alice. Ça va nous faire du bien de jaser un peu !

Adèle hocha la tête et lui souffla un baiser. La porte se referma sur Marie-Camille, qui se dépêcha de descendre les marches escarpées qui menaient à l'avenue de Lorimier. Elle était contente de savoir que Jérôme partageait le même avis que sa tante sur la question de sa formation au Collège des embaumeurs. La jeune femme s'empressa de se rendre chez Alice, qui lui ouvrit la porte à moitié vêtue. La grande rousse était outrageusement maquillée, à un point tel que Marie-Camille hésita sur le seuil avant de s'avancer.

— Heu… tu es…

— C'est beau, hein ? Je me suis acheté ce nouveau fard bleu pâle. Veux-tu que je te maquille ?

Marie-Camille refusa l'offre, avant de s'avancer dans le logement, toujours autant à l'envers.

— T'es prête ? Pour une fois que tu m'attends pas !

— Presque ! Laisse-moi juste me changer. De toute manière, il y a rien qui se passe au Mocambo avant 10 heures ! Puis attends de voir ma nouvelle robe !

La blonde s'installa près de la fenêtre, pour jeter un coup d'œil à la rue, en plaignant les piétons qui se faisaient fouetter par la poudrerie. Quand Alice revint dans le salon, quinze minutes plus tard, Marie-Camille ouvrit les yeux bien grand.

— Wow, t'es donc bien belle !

— N'est-ce pas ?

Dans la robe grise argentée qui moulait le corps plantureux de la femme, rien n'était laissé à l'imagination. Alice avait le dos nu jusqu'à la taille, une large bande de tissu brillant nouait le vêtement derrière la nuque. Ses cheveux auburn attachés sur le dessus de la tête lui donnaient presque un port royal.

Lorsqu'elles arrivèrent au club Mocambo, la salle n'était pas encore remplie, mais tous les clients jetèrent un regard sur la belle rousse qui venait d'entrer. À ses côtés, Marie-Camille avait l'impression d'avoir quinze ans, corsetée dans sa sage robe chemisier verte. Elle avait aussi orné sa tenue d'une fine ceinture dorée, mais c'était peu pour compétitionner avec la femme à ses côtés. Alice regarda autour d'elles et se pressa de commander un verre.

— Gin tonic pour moi. Marie ?

— Heu... un Coke.

La blonde pencha un peu la tête pour éviter le regard de son amie, mais celle-ci ne semblait pas se préoccuper de son choix de boisson. Marie-Camille sourit donc avec joie, avant de crier pour couvrir le son de la musique :

— Ça fait du bien, un peu de distraction ! J'ai l'impression qu'on fait juste travailler ou étudier, dans mon cas. Et en plus, ça fait un bon bout de temps qu'on a pas passé une soirée toutes les deux. Je suis vraiment contente qu'on soit ensemble !

— Oui, tu as bien raison. Puis, qu'est-ce que... JOSH, JOSH ! s'interrompit soudainement Alice en sautant sur ses pieds pour aller rejoindre le grand moustachu à la carrure d'un joueur de football.

Surprise, Marie-Camille, qui ne connaissait pas cet individu, vit sa copine traverser la piste de danse sur ses talons aiguilles pour aller retrouver l'homme et disparaître vers le corridor des toilettes.

— Ah bien mautadine ! C'est qui, ce gars-là ? Elle m'avait pas dit qu'on retrouverait un de ses amis. Moi qui pensais qu'on pourrait parler un peu ! Depuis le début de mon cours, on passe de moins en moins de temps ensemble, marmonna la blonde en tirant distraitement une couette.

Marie-Camille haussa les épaules et prit sa boisson gazeuse pour se donner une contenance. Dans le fond, peut-être qu'elle pourrait enfin rencontrer les nouveaux copains d'Alice ? La jeune femme prit donc son mal en patience, en tentant d'apprécier la musique qui jouait à tue-tête. Elle n'avait jamais été très à l'aise dans ces boîtes de nuit qui fleurissaient aux quatre coins de la métropole. Elle gigota du pied au son de *Be-Bop-A-Lula* en espérant le retour d'Alice pour aller danser sur la piste.

— Voyons, murmura Marie-Camille, les yeux fixés sur le corridor enfumé. Veux-tu bien me dire ce qu'elle fait ?

Au bout de trente minutes, quand son amie revint vers leur table, Marie-Camille l'accueillit avec une mine boudeuse.

— T'aurais pu me le dire que tu t'en allais pour une heure ! J'avais l'air d'une belle tarte, assise toute seule. J'ai même pas pu aller danser sur ma chanson préférée ! Avoir su, j'aurais demandé à Gabriel de nous accompagner ! Au moins, j'aurais eu de la compagnie.

Alice, le regard brillant et le sourire flamboyant, se pencha vers son amie et hurla, pour enterrer la musique de Little Richard :

— Une heure ! Exagère pas ! Puis Gabriel a pas le droit de venir dans des places de même, tu le sais bien ! Il est couvé comme un petit bébé, ton ami, se moqua Alice, sans remarquer le rictus d'inconfort de Marie-Camille devant son choix de paroles. Tu vas voir, je vais être capable de te faire perdre ta mauvaise humeur, marabout ! Je t'aurais bien présentée, mais Josh est déjà parti. C'est lui qui m'a suggéré de venir ici ce soir, il a eu raison, hein ?

— J'imagine.

Marie-Camille hésita quelques secondes, mais sa curiosité prit le dessus :

— C'est qui Josh, au fait ? Tu l'as connu comment ?

— Oh, c'est un gars qui travaille dans une compagnie de déménagement. C'est Jeannette qui me l'a présenté.

— Ah bon ? C'est ton amoureux ? questionna Marie-Camille, en fixant le visage souriant d'Alice, qui s'agitait sur sa chaise.

La rousse éclata de rire avant de répliquer :

— Pas du tout. Juste un ami.

Étonnée de l'état d'excitation dans lequel se trouvait sa partenaire de sortie, Marie-Camille plissa le front en la voyant se relever à moitié et en continuant de rire aux éclats. Pourtant, elle n'avait pas l'impression d'avoir dit quelque chose de si comique ! Tout le reste de la soirée, les deux amies se trémoussèrent sur la piste de danse avec enthousiasme. Heureuse de constater la bonne humeur d'Alice, Marie-Camille décida d'attendre avant de lui demander si tout allait bien dans sa vie. Car si sa copine avait toujours eu le rire facile, ses sautes d'humeur et son état apathique des derniers mois étaient inhabituels. Marie-Camille fut toutefois étonnée du nombre de verres commandés par celle-ci. Lorsque le serveur lui apporta son quatrième gin de la soirée, elle attendit son départ pour se pencher vers Alice:

— Tu devrais ralentir un peu, sinon tu vas être saoule avant minuit!

La blonde lui fit un clin d'œil affectueux pour que ses paroles paraissent moins moralisatrices, mais malheureusement, Alice les perçut ainsi.

— Arrête donc! On dirait ma grand-mère. Veux-tu bien te laisser aller un peu? Prends une bière.

Marie-Camille allait répliquer lorsqu'un grand maigre vint inviter Alice pour un twist et que celle-ci s'éclipsa sans un regard pour son amie. La délaissée haussa les épaules en les suivant des yeux. Quand un brun costaud l'invita à son tour pour danser, elle décida de ne plus se préoccuper des écarts de son amie. Après tout, à son âge, Alice devait bien savoir ce qu'elle faisait. Marie-Camille sauta sur ses pieds et suivit l'homme sur la piste de danse.

~ ~ ~

Après cette soirée, les jeunes femmes reprirent toutes deux leur routine: la première le nez plongé dans ses livres de thanatologie et la seconde, au restaurant et chez Josh, qui était devenu son ami, en plus d'être son fournisseur hebdomadaire. Même si Marie-Camille avait prévu de téléphoner à sa tante Florie pour s'assurer qu'elle allait bien, ce fut l'appel au secours d'Édouard qui précipita la chose. Contente d'entendre la voix profonde de son père, la femme poussa Israël pour s'asseoir à sa place sur le fauteuil. Le chat miaula son mécontentement, puis alla se coucher sur la petite table.

— Comment vas-tu, Marie-Camille ?

— Très bien.

— Écoute, je pense qu'il faudrait que tu parles à ta tante.

— À matante Florie ? questionna la femme.

Édouard ne répondit pas tout de suite. Dans le salon, le tic-tac des horloges donnait un rythme que Marie-Camille n'entendait plus vraiment après toutes ces années.

— Oui. Depuis qu'elle sait que tu suis un cours d'embaumeur, elle se traîne dans la maison comme une âme en peine. Elle arrête pas de marmonner qu'on a dû faire quelque chose pour qu'un tel malheur nous arrive ! Je pense qu'elle va rendre Laurent fou ! J'aurais voulu t'épargner, Mimi, mais j'arrive pas à la raisonner ! Elle a recommencé à lire la Bible pour chercher des réponses.

Marie-Camille soupira profondément. Ainsi donc, sa tante Adèle ne lui avait pas avoué la vérité. Ni son père, d'ailleurs. Probablement pour la protéger de la colère de Florie ! En culotte blanche avec les bas rouges remontés jusqu'aux genoux, elle avait l'air d'une petite fille. Elle portait à présent ses cheveux courts comme Elizabeth Taylor dans le film *La Chatte sur un toit brûlant*, ce que ne manquerait pas de décrier sa tante Florie lorsqu'elle la verrait à Noël.

— Des réponses à quoi ? demanda-t-elle, même si elle devinait de quoi il en retournait.

— Où nous avons manqué dans ton éducation !

Dans la voix d'Édouard, la jeune crut entendre un soupçon de rire. Mais les propos sérieux qu'il lui tint par la suite lui enlevèrent le goût de s'amuser.

— Je te jure, Marie-Camille, que Laurent risque de la faire taire définitivement si elle arrête pas. Il dit qu'elle se plaint du matin au soir. Moi, je l'entends moins, vu que je suis à la beurrerie toute la journée. J'ai essayé de lui parler, mais elle fait juste me regarder avec son air de mère supérieure en me répétant: « C'est de ta faute aussi! Tu l'as laissée partir dans une ville de débauche sans supervision! »

— Voyons donc, je suis quand même pas toute seule à Montréal! Matante Adèle vit ici depuis longtemps! objecta Marie-Camille.

Édouard éclata de rire.

— Justement, à son avis, ma sœur est le pire modèle qu'il y a pour faire de toi une jeune femme de bonne famille.

— Oh la la! soupira Marie-Camille en jetant un coup d'œil à ses horloges. Elle remarqua que les aiguilles de la ronde étaient arrêtées. Encore. Il lui faudrait de nouveau changer les piles. La voix d'Édouard se fit pressante:

— Tu sais que je te demanderais pas ça si je pensais qu'elle arrêterait d'en parler. Mais je crois que la seule personne qui pourrait lui remettre les idées en place, c'est toi. J'ai beau essayer de la rassurer, de lui dire que tu finiras pas dans le fond d'un sous-sol entourée de cadavres...

— Bien c'est un peu ça quand même, rigola la jeune femme.

— Je sais, mais dans ce cas-ci, je pense qu'un mensonge pieux ferait l'affaire. Moi, tout ce que je veux, c'est ton bonheur, tu le sais. Mais Florie, elle, veut ton bonheur, tout en espérant qu'un jour, tu deviennes une parfaite petite fermière, comme elle.

Le père gloussa alors qu'il énonçait ce fait. Alors Marie-Camille promit de téléphoner à sa tante le lendemain.

— Bien, tu serais mieux en après-midi, commenta Édouard, parce que le matin, elle va à l'église pour le salut de ton âme!

— D'accord, t'en fais pas, je vais tenter d'adoucir la situation.

Le duo père-fille poursuivit sa conversation quelques minutes en discutant des dernières nouvelles de part et d'autre, puis Édouard mit fin à l'appel:

— Alors, c'est parfait. À bientôt, Mimi.

— Bye, papa. On se voit dans dix jours pour les vacances de Noël. J'ai hâte de te voir.

— Moi aussi, ma chérie. Et ce serait bien que cette situation soit réglée d'ici là, n'est-ce pas?

— Oui, oui, promis!

Marie-Camille raccrocha en souriant, un peu désespérée à l'idée de devoir convaincre sa tante que sa vie n'était pas perdue.

La jeune femme attendit finalement le mercredi soir pour téléphoner à Sainte-Cécile. Elle se prépara un bon thé et une assiette de biscuits, et prit son courage à deux mains. Allongée sur son divan, la femme sourit lorsque la voix aiguë de sa tante répondit:

— Allô!

— Matante, c'est moi!

— Oh. Bonsoir, Marie-Camille. Attends, je te passe ton père.

— Non, non… matante, c'est à toi que je veux parler.

— Ah bon.

«Le ton protocolaire de Florie n'augurait rien de bon», songea Marie-Camille, qui visualisait très bien sa bouche pincée.

— Comment va ton pied ? C'est mieux ? demanda gentiment la jeune femme en flattant Israël qui ronronnait sur la moquette.

— Oui.

— Vous avez beaucoup de neige ? Ici, il y en a pas encore.

— Oui.

Se tournant sur le dos, Marie-Camille tira la langue vers le plafond de manière enfantine. Quand Florie décidait de battre froid à un membre de sa famille, on avait l'impression qu'elle retournait à l'école primaire ! Alors, l'étudiante prit le taureau par les cornes et s'élança bravement :

— Je voulais t'expliquer ma décision pour mon cours d'embaumeur.

— T'es pas obligée. Ça a l'air que ce que je pense, c'est pas important.

— C'est pas ça, matante. C'est juste que...

— Que quoi ?

Marie-Camille réfléchit quelques secondes pour être certaine que ses paroles seraient interprétées de la bonne façon.

— Je voulais pas te décevoir. J'ai vraiment essayé d'être infirmière, mais je te jure que je serais devenue folle si j'étais restée plus longtemps auprès des malades. Tu sais pas comment c'est long, une journée à entendre le monde se plaindre de douleurs, d'ennui...

— Ça fait que tu t'es dit que la meilleure solution, c'était de t'en aller travailler avec des morts ? Je peux pas croire que t'as pas pensé devenir secrétaire ou maîtresse d'école. Sérieusement, qui veut devenir embaumeur à vingt ans ? J'ai jamais entendu parler de ça !

Marie-Camille se retint pour préciser son âge, sachant que Florie le connaissait très bien. Elle ajouta :

— Bien en tout cas, dans ma cohorte, on est une quinzaine. Et il y a plusieurs jeunes.

— Est-ce qu'il y a d'autres femmes ?

— Hum, hein ?

À l'autre bout de la ligne, Florie lança un petit pfff qui fit comprendre à sa nièce qu'elle n'était pas dupe de son stratagème pour gagner du temps.

— Non, pas d'autres femmes. Mais il faut bien qu'il y en ait une première, non ?

— Bien oui, puis il fallait que ce soit toi, évidemment ! T'es bien pareille comme Adèle. Ça doit être elle qui t'a mis ça dans la tête, hein ? Deux têtes de cochon !

— Matante Florie !

— Excuse-moi, ma fille, mais je pensais pas recommencer à m'inquiéter à mon âge ! Déjà que ma sœur m'en a fait voir de toutes les couleurs quand elle a décidé de devenir journaliste, voilà que toi aussi, tu veux me mener à ma tombe ! Remarque qu'au moins, tu pourras me mettre belle avant de me sacrer dans une boîte de bois ! ironisa Florie sur un ton perfide.

Les larmes montèrent aux yeux de Marie-Camille, qui renifla sans discrétion. Ce fut assez pour faire taire sa tante, qui n'avait jamais supporté de la voir pleurer. Le ton se radoucit un peu :

— Bon, en tout cas, c'est trop tard pour te faire changer d'avis, j'imagine ? Ça finit quand, cette niaiserie-là ?

— Il me reste deux semaines jusqu'aux fêtes et ensuite, une autre session d'études.

— Puis tu vas faire quoi après ?

La blonde tira distraitement un fil de sa jaquette et le bord se mit à se découdre. Elle répondit sur un ton morne :

— Me trouver un travail.

— Dans une maison funéraire ? Vraiment ?

Comme la voix de Florie était de nouveau sarcastique, Marie-Camille en eut assez. Elle explosa :

— Oui, matante, dans une maison funéraire. Vraiment ! Puis je suis tannée d'être obligée de me défendre parce que j'ai choisi de faire quelque chose que j'aime. Je suis bonne, à part ça, parce que les hommes et le maquillage, c'est deux mondes. En plus, je suis précise et minutieuse, et c'est essentiel pour faire ce travail. Ça fait que j'aimerais ça que tu acceptes mon choix. Si tu peux pas, bien je vais avoir beaucoup de peine, mais je vais quand même continuer dans cette voie-là, parce que ça me rend heureuse.

Un long silence suivit son intervention. Marie-Camille ferma les yeux en priant pour que sa tante ne lui raccroche pas au nez. Dire que son père lui avait demandé d'arrondir les angles avec Florie, elle venait probablement d'empirer gravement les choses. Pourtant, quand sa tante reprit la parole, Marie-Camille fut surprise.

— Bon. Moi, tu sais, tout ce que je veux, c'est ton bonheur. Si tu me dis que les autres étudiants te traitent bien et t'acceptent, je veux bien essayer de comprendre. Mais si jamais il y en a un qui te fait du trouble, dis-le-moi tout de suite…

Marie-Camille éclata d'un rire de soulagement en la coupant :

— … Et tu vas faire quoi ?

— Je vais m'en venir à Montréal lui parler dans le casque !

La blonde, hilare, salua sa tante en la rassurant et en lui disant qu'à sa prochaine visite à Sainte-Cécile, elle prendrait le temps de lui expliquer ce que son futur métier lui apportait au quotidien.

CHAPITRE 12

Quand la nouvelle année commença, Marie-Camille décida d'inviter Alice et Gabriel à venir souper chez elle pour célébrer le début de 1961. Pendant le temps des fêtes, elle avait passé quelques jours à Sainte-Cécile et n'avait pas eu l'occasion de les voir. Les cours reprendraient le lundi suivant et ce rythme effréné se poursuivrait jusqu'au mois d'avril. Curieuse de savoir comment s'étaient déroulées ses vacances, Marie-Camille avait téléphoné à son amie l'avant-veille, dès son retour en ville.

— Ça te dit, un petit souper avec Gabriel ? Ça fait longtemps qu'on s'est pas vus les trois ensemble, et on pourrait en profiter pour parler de nos vacances.

Marie-Camille avait fait mine de ne pas remarquer le manque d'enthousiasme d'Alice envers son invitation. Elle souhaitait vraiment qu'elles puissent retrouver leur complicité d'antan. Déçue ensuite par le refus de Gabriel de se joindre à elles, car il avait une obligation familiale, la blonde songea que c'était finalement aussi bien ainsi.

— On va pouvoir jaser entre femmes.

Excitée comme une puce, Marie-Camille choisit le menu qui plairait le plus à son amie, déterminée à commencer la nouvelle année sur de bonnes bases. Elle voulait aussi lui parler de leur inscription à l'équipe de softball pour l'été. Quand elle avait déballé le gant de cuir brun offert par

Adèle et Jérôme le matin de Noël, Marie-Camille avait ri pendant dix minutes en voyant la tête de sa tante Florie. Mais celle-ci n'avait rien répliqué sur la participation de sa nièce à un jeu si peu convenable. Elle s'était contentée de prendre sa bourse sur le crochet derrière la porte de la maison et d'ordonner à Laurent de la conduire à l'église. Marie-Camille songeait à proposer son vieux gant à Alice, puisque cette dernière avait perdu le sien à la fin de la saison précédente.

La table ronde était dressée avec une jolie nappe brodée, des assiettes ornées d'une bordure dorée et une belle corbeille remplie de pain frais. Le rôti de porc cuisait depuis une heure lorsque Marie-Camille put enfin prendre quelques minutes pour se vêtir convenablement. Elle enfila sa robe ajustée marine à col Claudine et ses grands anneaux, maquilla même ses yeux de fard bleu et ses lèvres de rouge éclatant. Postée devant son miroir, la future embaumeur parlait à son image :

— Elle pourra pas dire que j'ai l'air d'une petite fille, habillée comme ça. Mais si matante Florie me voyait, elle m'enverrait me coucher sans manger ! rigola-t-elle en déposant ses pinceaux de maquillage dans le petit contenant au-dessus du lavabo. Bon, allez, arrive, ma belle Alice !

Il était 17 heures 45 lorsque Marie-Camille commença à s'impatienter.

— Me semble qu'elle pourrait être à l'heure ! C'est pas comme si elle devait marcher des milles !

Un dernier regard sur ses horloges la décida. Marie-Camille prit le téléphone et composa le numéro de son amie. Elle laissa sonner plusieurs fois avant de raccrocher.

— Bien voyons ! Elle doit s'en venir, alors.

Portant seulement des chaussettes, la femme alla ouvrir la porte de son appartement. Délicatement, pour éviter que sa voisine de palier ne l'entende et ne sorte à son tour de chez elle. Après cinq minutes, Marie-Camille dut se rendre à l'évidence, Alice n'était pas en train de monter les marches. Alors, elle enfila ses bottes en plastique noir et décida d'aller cogner chez son amie. Sans succès. Malgré les coups répétés et les appels contre sa porte, celle-ci demeura fermée. La femme remonta chez elle avec indignation.

— J'ai mon voyage ! Elle est même pas là !

Outrée, Marie-Camille enleva ses boucles d'oreilles qui lui tiraient les lobes et les lança sur la table de salon. Elle tenta un autre appel, au restaurant cette fois-ci.

— Allô, Jacques ? C'est Marie-Camille. Est-ce que tu as demandé à Alice de rentrer ce soir à la dernière minute ? Non ? OK, merci… Non, non, tout va bien.

La jeune femme déposa l'appareil, puis la mine crispée, alla fermer le four.

— Il y a toujours bien des limites à faire rire de moi ! Si elle veut plus être mon amie, bien tant pis !

Ce soir-là, Alice ne rentra pas chez elle, pas plus qu'elle ne téléphona pour expliquer son absence. Marie-Camille en fut quitte pour manger seule avec Israël. Pour une rare fois, elle se permit deux verres de vin pour faire passer sa frustration. En se couchant, elle décida de prendre ses distances par rapport à Alice. Elle sentait bien qu'elle était la seule à vouloir poursuivre cette relation amicale. Même si son cœur se gonflait de peine à l'idée de perdre la belle complicité qu'elles avaient avant, Marie-Camille devait se rendre à l'évidence : Alice avait un nouveau groupe d'amis et ne désirait plus passer de temps avec elle.

— Si elle veut traîner dans les clubs et les boîtes de nuit, bien c'est son problème. Elle est assez vieille pour savoir ce qu'elle veut, j'imagine. Moi, j'ai envie d'avoir un avenir plus intéressant. Quel beau début d'année ! Mes deux meilleurs amis sont trop occupés pour partager une simple soirée avec moi !

~ ~ ~

Dans la classe, les étudiants étaient concentrés plus que jamais. Les enseignants s'étaient montrés catégoriques.

— Il n'y aura pas de place à l'erreur. Si vous vous trompez à l'examen final, il faudra revenir faire le cours. En entier.

Depuis cette annonce, lancée au début du mois de février, Gabriel et Marie-Camille passaient presque toutes leurs soirées le nez dans les livres. La formation d'une durée de huit mois se terminait dans un peu plus de deux mois, à la mi-avril, avec les examens pratiques, et il n'était pas question pour personne de reprendre une session à l'automne. Toutes leurs autres préoccupations étaient passées au second rang. La honte de Gabriel, la peine d'amitié de Marie-Camille, les appels fréquents d'une Florie inquiète pour sa nièce...

En ce matin d'hiver, les fenêtres de l'université étaient givrées à un point tel que les étudiants ne voyaient que le ciel dans la partie du haut.

— Ils annoncent de la pluie toute la journée, marmonna un jeune homme en pointant les nuages qui s'amoncelaient depuis l'aube.

— C'est pas normal ! On devrait avoir de la neige à cette période de l'année.

Assis autour d'une très longue table rectangulaire dans une salle de cours, tous faisaient passer leur nervosité en discutant distraitement de choses et d'autres. Gabriel gardait la tête penchée sur son cahier de notes et ignorait le brouhaha qui s'agitait autour de lui. Mais il se figea en entendant le commentaire lancé par un de ses camarades de classe :

— Psst… Pour moi, il cache sa bible juive dans son livre, ricana Philémon en le pointant du doigt.

Marie-Camille, qui était elle aussi silencieuse, suivit le geste du regard. Puis, elle cracha sèchement :

— Imbécile !

— Quoi ? riposta le grand sec. Ton ami a besoin de toi pour le défendre ?

La jeune femme secoua la tête, alors que Gabriel rougissait en levant la sienne. Il vit tous les yeux des étudiants tournés vers lui et sentit son cœur se mettre à cogner fortement dans sa poitrine.

— Je… je lis mes notes, justifia le jeune homme, en levant son cahier.

— T'es bien certain que c'est pas du *yiggish* ? se moqua un autre idiot.

Marie-Camille s'interposa, avant que le barbu ne puisse répondre :

— D'abord, les Juifs lisent pas la Bible, mais la Torah. Puis, leur langue, c'est du yiddish ou de l'hébreu, certainement pas du *yiggish* ! Avant de vous moquer du monde, essayez donc de vous cultiver un peu. J'ai jamais vu une telle bande d'innocents !

— Mademoiselle Gélinas !

La voix sèche de Jean-Luc Buisseau claqua dans le dos de Marie-Camille, qui ferma les yeux momentanément. Pourquoi fallait-il que ses moments les moins glorieux se déroulent en présence de cet enseignant ? Ses paumes s'humidifièrent et elle les frotta contre le bas de sa jupe. L'homme s'avança vers l'avant du local et posa son sac de cuir sur la table. Il fixa la jeune femme d'un air sévère et elle déglutit avant de tenter un faible sourire.

— Les insultes n'ont pas leur place dans ma salle de classe. Vous m'avez bien compris ?

L'enseignant sortit une pile de documents de son sac brun, passa sa main dans ses cheveux pour les replacer et attendit la réponse de son étudiante. Celle-ci voulut se justifier :

— Je m'excuse, monsieur Buisseau. Par contre, vous devez savoir que mess…

— Non ! Je ne veux rien savoir. C'est clair ? Nous ne sommes pas à la petite école. Vos conflits d'enfants, laissez-les sur le trottoir !

Frustrée, Marie-Camille inspira profondément, en sentant tous les regards des étudiants se poser alternativement sur elle et l'homme qui la réprimandait. Elle vint pour ouvrir de nouveau la bouche, mais Gabriel lui intima :

— Arrête, Marie-Camille !

Déçue de constater le manque de solidarité du jeune homme, alors qu'elle le défendait devant cette bande de vautours, l'étudiante pinça ses lèvres fortement l'une contre l'autre pour éviter de riposter. Sans plus un regard vers elle, monsieur Buisseau annonça :

— Comme vous le savez, c'est aujourd'hui l'examen théorique. Vous aurez donc deux heures pour compléter cette étude de cas. Pas une minute de plus. Suis-je bien clair ?

Tous hochèrent la tête, anticipant déjà la lourdeur de l'évaluation. Depuis le début de leur formation, trois étudiants avaient abandonné. Cette nouvelle série d'examens signifierait peut-être une autre débâcle pour certains d'entre eux. La voix ferme de l'enseignant lança :

— Bonne chance à vous tous, messieurs, et à vous, mademoiselle Gélinas.

~ ~ ~

Depuis le début de l'année, Marie-Camille n'avait pas vraiment eu le temps de s'attarder à sa relation – inexistante, dans les faits – avec Alice. Elles se croisaient de temps en temps, au restaurant ou dans les escaliers de leur immeuble. Mais si elles restaient polies, toutes les deux avaient pris leurs distances. Alice n'avait pas apprécié les reproches de sa jeune amie lorsqu'elle avait raté son souper, le mois précédent.

— Il y a toujours bien des limites à se prendre pour ma mère ! avait-elle marmonné, après que sa copine lui eut fait part de son ingratitude. Un oubli, c'est pas la fin du monde !

Les 25 et 26 février, une énorme quantité de pluie s'était abattue sur Montréal, accompagnée de rafales de vent atteignant parfois les quatre-vingts milles à l'heure. Sur la rue de la Roche, les jeunes femmes avaient manqué d'électricité pendant vingt heures, tout comme Adèle et Jérôme. Un important verglas s'était ensuite mêlé à la pluie, et si la métropole avait évité une panne généralisée, il n'en demeurait pas moins que tous avaient été touchés de près ou de loin par l'épisode météorologique.

Assise à sa table de cuisine, au lendemain de cet étrange cocktail tombé du ciel, Marie-Camille fixait depuis quelques minutes ses horloges au mur, sans arriver à se concentrer sur la matière à réviser. Pourtant, dans deux jours aurait lieu l'examen tant craint de monsieur Delamontagne. Mais la jeune femme n'arrivait pas à oublier la scène à laquelle elle avait assisté le matin même au collège. Comme souvent, elle était arrivée en courant et à bout de souffle devant l'université. Surprise, elle avait remarqué la voiture facilement reconnaissable de Jean-Luc Buisseau passer devant elle en trombe.

— Pas besoin de me presser, avait-elle murmuré, même le professeur est en retard.

Alors, elle s'était assise un instant sur un gros bloc de ciment pour tendre son visage vers le soleil. Elle avait toujours été morose à cette période de l'année, quand la lumière naturelle était déficiente. En ce dernier jour de février, le mercure près de zéro rendait l'atmosphère si douce qu'elle n'avait pu s'empêcher de fermer les yeux. Des cris l'avaient fait sursauter.

— J'en peux plus! Toujours la même chose… garde… promesses…

La voix aiguë d'une femme avait éclaté dans le silence. Comme les cours commençaient dans moins de cinq minutes, les lieux étaient déserts. Marie-Camille, curieuse, avait tourné la tête pour s'apercevoir que la dispute émanait de la voiture de Jean-Luc Buisseau. La femme, une grande blonde d'une quarantaine d'années, tenait la porte ouverte et était penchée vers l'habitacle. L'étudiante avait vaguement entendu la réponse de son enseignant :

— … faire de plus… jamais heureuse… sais pas, moi !

— Imbécile !

Puis, la femme avait fait claquer la portière, avant de s'éloigner d'une démarche rapide. Mal à l'aise, Marie-Camille avait voulu fuir les lieux avant que Jean-Luc Buisseau ne l'aperçoive, mais malheureusement, l'homme était sorti prestement de sa voiture, le visage ravagé. Elle l'avait vu s'avancer dans la rue et avait fait mine de fouiller dans son sac d'école. Quand il était passé devant elle, la blonde avait prié pour qu'il ne l'invective pas, mais à sa grande surprise, l'homme ne l'avait même pas remarquée. Il s'était pressé d'entrer dans le bâtiment, et Marie-Camille avait compté jusqu'à dix avant de le suivre en courant. Quand elle avait mis les pieds dans la salle de classe, à son grand désespoir, il s'était permis un commentaire déplaisant :

— Toujours aussi ponctuelle, mademoiselle. Bon, messieurs, au travail.

Tout au long de la journée, la scène de la dispute avait tourné en boucle dans le cerveau de la jeune étudiante. Qui était donc cette femme qui osait parler ainsi à Jean-Luc Buisseau ? Marie-Camille avait été troublée à un point tel qu'elle avait oublié de téléphoner à Jacques pour lui demander de la remplacer au restaurant de 4 à 7 heures.

— Puis là, mautadine, je vais être obligée d'étudier toute la nuit parce que je m'occupe trop des affaires des autres au lieu des miennes !

Quand Marie-Camille avait enfin joint Jacques, celui-ci lui avait répondu que personne ne pouvait la dépanner. L'étudiante avait supplié, mais son patron, quoique désolé, s'était montré inébranlable. Elle aurait dû lui téléphoner avant ! Alors, lorsque son quart de travail avait été terminé, la blonde s'était dépêchée de rentrer chez elle.

— Et si je continue à rêvasser comme je le fais, je passerai jamais à travers mon étude, maugréa la femme en serrant sa robe de chambre en ratine sur son corps.

Glissant une main lasse dans ses boucles courtes, elle jeta un regard découragé sur le gros livre qu'elle devait consulter pour être prête pour son examen.

— Une chance que j'aime ça comme je l'imaginais, parce que je pensais pas que ce serait autant de travail ! murmura-t-elle en étirant le bras pour prendre son cahier de notes.

~ ~ ~

En arrivant en cours, le lendemain matin, Marie-Camille croisa Stéphane Gagné et Philémon Trudeau dans le hall de leur pavillon. Ils ne purent s'empêcher de remarquer l'air épuisé de la jeune femme, qui s'était couchée à 4 heures, après avoir terminé son étude.

— Petite mine chiffonnée ce matin, mademoiselle Gélinas. Auriez-vous des problèmes à dormir ? demanda Philémon en ricanant bêtement comme à son habitude. La matière de monsieur Delamontagne vous tourmente, peut-être ?

Désireuse de ne pas se laisser ébranler par leurs moqueries, l'étudiante voulut passer tout droit. Mais le grand blanc-bec s'interposa et l'empêcha d'avancer. Son haleine matinale fétide fit grimacer Marie-Camille lorsqu'il murmura :

— Vous savez que vous ne réussirez jamais à faire ce métier ? Pourquoi ne pas vous trouver un gentilhomme qui voudrait vous épouser ? Vous pourriez lui cuisiner de bien bons repas et réchauffer son lit. Qu'en dites-vous, ma jolie ?

— Surtout que les candidats ne doivent pas manquer, hein ? rajouta niaisement Stéphane Gagné, qui avait bien espéré être l'un d'entre eux en début de parcours, avant de s'apercevoir que la jeune femme n'avait pas l'intention de se laisser distraire durant sa formation.

Avant que Marie-Camille ne puisse les remettre à sa place, une voix retentit derrière elle :

— Vous avez certainement autre chose à faire que de vous préoccuper de l'état matrimonial de mademoiselle Gélinas, n'est-ce pas, messieurs ?

Figés, les deux compères se redressèrent et perdirent leur air goguenard. Jean-Luc Buisseau venait d'apparaître dans le champ de vision de Marie-Camille. Vêtu d'un manteau de cuir de style aviateur, l'homme fixait les impertinents d'un regard sévère. Ceux-ci marmonnèrent une vague excuse et s'éclipsèrent sans plus un mot. L'étudiante et le professeur gardèrent le silence durant quelques secondes, avant que la jeune femme n'explose :

— Bravo ! Maintenant, ils vont encore plus penser que j'ai besoin d'un homme pour prendre soin de moi. Laissez donc faire vos gestes héroïques, monsieur Buisseau. On est plus en 1930 !

Marie-Camille replaça son sac sur son épaule pour s'éloigner en vitesse, afin de cacher son inconfort. Elle ferma les yeux à moitié en réalisant que son éclat risquait de lui faire perdre sa place au collège. Jean-Luc Buisseau n'attendrait pas longtemps avant d'aller voir le directeur Lalonde pour l'informer de l'impolitesse de l'étudiante. Pendant le reste de la matinée, la jeune ne leva guère la tête de ses notes de cours, pour éviter les regards posés sur elle. À tout moment, lorsque la porte de la classe s'ouvrait, elle s'attendait à ce qu'on vienne lui annoncer qu'elle était expulsée du Collège des embaumeurs. La dernière heure du cours de monsieur Buisseau venait de se terminer, et Marie-Camille avait tout fait pour éviter de croiser le regard de l'enseignant pendant les trois heures de sa leçon.

— Ça va, Marie-Camille? lui avait demandé Gabriel à quelques reprises durant la journée.

— Hum, un peu mal à la tête, t'en fais pas.

Quand le professeur déposa sa craie blanche sur le bureau devant lui pour annoncer que la journée était terminée, Marie-Camille s'empressa de remettre tous ses objets personnels dans son sac de cuir. Elle voulait se dépêcher de quitter la pièce pendant que monsieur Buisseau était occupé avec deux étudiants anxieux. Mais pour son plus grand malheur, alors qu'elle avait un pied dans le corridor, la voix puissante de l'enseignant se fit entendre:

— Mademoiselle Gélinas, attendez, je vous prie.

Sans se retourner, elle répondit:

— Je dois vraiment quitter, je suis désolée.

— Ce n'est pas une suggestion que je vous fais. Je suis à vous dans cinq minutes.

Embêtée, la pauvre revint à sa place en haussant les épaules, devant le regard inquiet de Gabriel.

— Tu veux que je t'attende? murmura celui-ci.

Elle hocha la tête négativement. En voyant tous les yeux curieux se poser sur eux, Marie-Camille eut envie de crier:

— Pouvez-vous vous occuper de vos affaires, gang de commères!

À croire que tous ces hommes n'avaient rien de mieux à faire un vendredi en fin d'après-midi que d'attendre pour assister à une conversation privée entre une étudiante et un professeur. Elle replaça son foulard autour de son cou, vérifia que son chemisier bleu était bien boutonné et déposa finalement son manteau sur la longue table rectangulaire, qui trônait au centre de la pièce. Autour d'elle, quelques étudiants prenaient leur temps pour ramasser leurs effets, espérant assister à une humiliation en direct de la femme qui prenait la place d'un des leurs. Car outre le fait que Marie-Camille devrait, de l'avis de la plupart, occuper un emploi typiquement féminin, il y avait aussi le fait que la blonde réussissait très bien, et même mieux que plusieurs d'entre eux. Comme Philémon et Stéphane avaient réécrit l'altercation du matin à leur bénéfice, il était facile de croire que monsieur Buisseau servirait une sérieuse mise en garde à l'étudiante.

— Pressez-vous, je vous prie, messieurs, ordonna la voix sèche du professeur, qui n'était pas dupe du manège des étudiants.

Piteux, ceux-ci sortirent de la salle de classe un après l'autre, sans négliger de jeter un coup d'œil narquois à Marie-Camille, assise bien stoïque sur la chaise de bois.

— À la revoyure, chère, murmura Philémon en passant à ses côtés.

Quand enfin la porte se fut refermée sur le dernier étudiant, la femme poussa un profond soupir de soulagement. Mais pour peu de temps, car elle comprit qu'il lui faudrait convaincre l'enseignant qu'elle était désolée de son impertinence du matin. Alors, Marie-Camille tourna la tête vers l'homme distingué qui la fixait de son regard foncé sans dire un mot.

— Je m'excuse, monsieur, commença bravement la jeune femme, même si chacune de ces paroles lui arrachait le cœur.

Car tout au fond d'elle-même, Marie-Camille avait envie de hurler sa rage d'être toujours celle qui devait faire des compromis. Comme Adèle le lui avait souvent expliqué, au fil des années, pour gagner la guerre, il fallait affronter une bataille à la fois. Elle voulut continuer son petit laïus, mais elle stoppa net lorsque Jean-Luc Buisseau se déplaça lentement vers elle. Il prit la chaise à ses côtés et s'y installa. Puis, il tourna son corps pour lui faire face et posa sa main sur son genou. Marie-Camille se sentit frémir et dut se retenir de partir en courant. Comme s'il avait été touché par un surplus d'électricité, l'enseignant retira sa main rapidement. Son visage tendu se pencha vers l'avant et il inspira profondément, pour camoufler l'émotion qui l'envahissait devant les grands yeux clairs fixés sur lui derrière ses lunettes noires. Il regardait Marie-Camille en tant que femme et non en tant qu'étudiante. Songeur, il répliqua calmement :

— Vous n'avez pas à vous excuser. Même si vous croyez que je suis un homme des cavernes…

Marie-Camille sourit malgré elle à l'image que faisaient naître en elle les paroles de son enseignant.

— … sachez que je ne cherche qu'à vous protéger, depuis le début de l'année, de ces remarques et paroles déplacées. Si j'avais une fille de votre âge, je ne voudrais pas qu'elle vive le quart de ce que vous avez enduré au collège. Car, croyez-moi, nous savons que votre place ici dérange les autres étudiants.

— Ils devraient pourtant être habitués, il me semble.

Le visage de l'homme se fit souriant. Mais ses yeux bruns restèrent sérieux lorsqu'il poursuivit sans se préoccuper de l'interruption de Marie-Camille.

— Toutefois, je connais le milieu, et je sais que vos attentes seront déçues, car les embaumeurs de métier vous feront la vie encore plus dure que les jeunes gens que vous côtoyez depuis septembre dernier. Il est de mon devoir de vous prévenir. Par contre, je constate que vous avez un caractère qui ne tolère guère les injustices.

— Vous connaissez beaucoup de personnes qui aiment l'injustice ? demanda impertinemment Marie-Camille, avant de grimacer. Excusez-moi.

— Cessez donc de vous excuser ! Puisque vous semblez déterminée à poursuivre cette formation jusqu'à la fin, je vous confirme que je tenterai de vous faciliter la tâche pour que les situations fâcheuses comme celles d'hier cessent.

Marie-Camille sauta sur ses pieds. Elle se retint de donner une gifle à l'homme qui lui parlait ainsi, comme s'il s'agissait là d'un geste d'une grande générosité. Ses yeux le foudroyèrent et Jean-Luc, perplexe, se tut et lissa distraitement sa fine moustache entre le pouce et l'index.

— Voyez-vous, monsieur Buisseau, votre attitude condescendante est encore pire, je crois, que les commentaires de ces idiots. Tout ce que je veux, c'est qu'on me laisse étudier sans se préoccuper de me protéger, de me consoler, de me fragiliser. Je peux me défendre contre les Gagné et Trudeau de ce monde, soyez sans crainte. Tous les jours, je dois repousser des hommes qui pensent avoir le droit de me toucher physiquement quand je suis au travail, sous prétexte que je suis une femme. Alors si vous désirez m'aider, traitez-moi comme vos autres étudiants et non pas comme une petite fille délicate ! Bon, c'est tout ?

Estomaqué par la fougue qu'il percevait derrière les paroles de la jeune femme, l'homme de quarante ans hocha la tête sans parler. Ce qu'il ressentait devant le visage aux joues rosies par l'émotion n'était pas du tout de l'ordre filial. Jean-Luc Buisseau préféra donc mettre un terme à cette rencontre plutôt que de se trouver seul avec l'étudiante encore plus longtemps. Il fit un signe de la main à Marie-Camille pour l'amener à disposer. Alors, celle-ci ramassa son manteau, son chapeau et son sac, et se dépêcha de fuir la pièce avant de s'humilier encore plus.

CHAPITRE 13

Depuis que Gabriel avait commencé sa formation, ses parents semblaient de mieux en mieux accepter son nouveau plan de carrière. Le jeune homme était donc plus détendu à la maison. Un soir du début du mois de mars, quand on sonna à la porte, un peu après la fin du souper familial, sa mère Maria l'enjoignit d'aller ouvrir.

— Bonsoir, Gabriel.

— Bonsoir, monsieur Chelli, répondit le barbu avec surprise.

Le collègue de son père se tenait sur le balcon, avec son épouse et ses filles. Il les invita à pénétrer dans la maison, avant de dire :

— Je vais prévenir mon père.

Mais Gabriel n'eut pas le temps de retourner dans la salle à manger ; Edmond avait surgi derrière lui, la main tendue.

— Bienvenue, mon cher David. Nous sommes heureux que vous puissiez vous joindre à nous pour le café.

Les parents de Gabriel le regardaient en souriant avec affection. Le pauvre, qui se sentait pris en embuscade, n'eut d'autre choix que de saluer poliment leurs invités, qui venaient de faire irruption chez eux.

— Et voici notre fille aînée Béthanie, présenta l'homme de haute taille.

Cette dernière, qui avait la jeune vingtaine, pencha légèrement sa tête frisée noire pour saluer Gabriel. Il fit de même, tout en se disant que sa soirée d'étude venait sans doute de tomber à l'eau.

Le jeune homme tenta de cacher sa déception. Il était déjà 19 heures et il ne pourrait s'éclipser du salon sans avoir l'air impoli. Or, Gabriel ne montra pas sa contrariété et sourit à son tour aux visiteurs.

Béthanie Chelli était de la même taille que lui. Mince, avec des traits fins, sa bouche trop grande détonnait un peu dans son visage pâle. Depuis leur présentation, elle gardait les yeux baissés sur ses mains, et Gabriel échappa un soupir discret. La soirée serait longue. Quant à l'autre fille Chelli, Myriam, elle devait être âgée d'une quinzaine d'années, et semblait encore plus timide que Béthanie.

Ses sœurs cadettes Mazal et Kayla étaient chez leur fiancé respectif et ne devaient revenir qu'à 21 heures. Gabriel souhaita de tout son cœur qu'elles reviennent un peu plus tôt, afin de le remplacer auprès de la visite. L'étudiant mit de côté sa frustration et s'intéressa à la discussion qui avait lieu entre son père et monsieur Chelli lorsqu'il entendit le nom de René Lévesque. La veille, au collège, plusieurs étudiants avaient fait part de leur étonnement face à l'arrivée de ce nouveau joueur sur la scène politique.

— Je n'aime pas ce qu'il représente, exprima David Chelli, en déposant sa tasse de café sur la nappe blanche.

— Pourtant, j'ai regardé son entrevue à la télévision la semaine dernière et je pense que l'homme a des qualités indéniables. Il désire redonner aux francophones la place qui leur revient dans la province, répondit Edmond, en remerciant du regard son épouse, qui déposait un plateau de biscuits au centre de la table. Il a même tenté de rassurer la communauté à Ahuntsic, la semaine dernière*. Il a bien précisé sa pensée : qu'un individu soit d'origine anglaise, italienne ou juive, s'il est un Québécois, il a les mêmes droits que les francophones de souche.

— Hum, je ne sais pas. Quand j'entends les discours sur l'importance de redonner aux francophones leur place, je suis toujours inquiet.

Le silence dura quelques secondes avant que Gabriel ne décide de se mêler à la conversation.

— Vous saviez que c'est un ancien journaliste ? informa-t-il ses interlocuteurs. Il a même été correspondant de guerre. C'est d'ailleurs un des premiers à être entré à Dachau*.

Sachant que le sujet des camps de concentration n'était jamais approprié, Gabriel se sentit rougir comme un enfant devant le regard courroucé de son père. Sa mère tenta aussitôt de changer de sujet. Elle posa sa main sur celle de son époux et se tourna vers leurs jeunes invitées :

— Alors, Béthanie, parle-nous un peu de ton travail avec la Croix-Rouge.

— Oui, madame. Je m'occupe de recruter des bénévoles.

— Aimes-tu cette occupation ?

— Oui, madame.

Un peu embêtée par le manque de coopération évidente ou la gêne importante de la jeune femme, Maria lança un appel à l'aide muet vers son mari. Mais ce fut David Chelli qui réagit le premier :

— Voyons, Béthanie, élabore un peu, veux-tu ?

Alors, la jeune femme releva la tête et, pour la première fois, plongea son regard noir dans celui de Gabriel, qui crut y voir une lueur de colère. Elle replaça le châle pâle qui recouvrait ses épaules et dit d'une voix plus forte :

— J'y travaille trois jours par semaine, madame. J'aime beaucoup la gestion des banques de sang. Depuis quelques semaines, la ville de Québec a aussi sa propre réserve. Ce qui fait que maintenant, le service de transfusion sanguine est complet à l'échelle du pays.

La conversation se poursuivit durant quelques minutes sur le même sujet. Chaque fois que Béthanie prenait la parole, son père l'encourageait du regard et sa mère, toute menue, souriait avec fierté. Seule Myriam semblait détachée de la conversation, qu'elle trouvait trop sérieuse. Elle mangeait un biscuit du bout des lèvres en posant ses yeux sur les autres convives, sans s'y attarder. Au bout d'une quinzaine de minutes, Edmond se tourna vers son fils et lui demanda sur un ton ferme :

— Tu pourrais montrer à Béthanie notre collection de toiles, mon garçon.

— Bien sûr, Myriam vous accompagnera, compléta Maria, en faisant ainsi comprendre à tous que le jeune couple ne serait pas seul.

À ce moment, Gabriel jeta un regard vers son père et comprit ses intentions. Béthanie Chelli était chez lui ce soir dans le but de créer un premier contact avec un homme en âge de se marier. Ce n'était pas la première fois que ses parents tentaient de le diriger vers une jeune femme afin de les réunir. À chacune des autres occasions, il avait déjoué les tentatives en prétextant ne pas avoir le temps de se consacrer aux jeunes filles, avec ses études de médecine. Quant à Béthanie, ni son père ni sa mère ne l'avaient avisée de leur souhait. Furieux, Gabriel se leva de table en repoussant brusquement sa chaise, qui percuta le mur. Tous les yeux se tournèrent vers lui.

— Je m'excuse, marmonna-t-il, je reviens.

Sans un autre mot, il sortit de la salle à manger et grimpa l'escalier deux marches à la fois. Il se pressa dans sa chambre et inspira profondément à plusieurs reprises pour retrouver ses esprits. Même s'il savait que ses parents voulaient qu'il épouse une jeune Juive de bonne famille, il ne pouvait empêcher cette colère de gronder en lui. Un regard jeté par la fenêtre, où une pluie forte venait de débuter, lui donna envie de s'enfuir. S'il avait pu se rendre au salon en toute discrétion, Gabriel aurait téléphoné à Marie-Camille pour lui demander conseil. Mais ce n'était pas une possibilité. Alors, il reprit le contrôle de son corps, releva sa tête, y replaça sa kippa grise et alla retrouver les deux familles. Il ferait ce qu'il pourrait pour passer à travers cette soirée sans être trop désagréable. Après tout, Béthanie Chelli ne devait pas faire les frais des projets de leurs parents respectifs.

— Le jour où je me marierai, murmura le jeune homme en descendant l'escalier, c'est parce que j'aurai trouvé la femme qu'il me faut. Juive ou non!

Gabriel aurait voulu avoir le courage d'affronter ses parents sur ce sujet, mais il savait que ce n'était pas le moment. Alors, il releva ses épaules, replaça sa chemise dans son pantalon et prit un air neutre. Il rejoignit le groupe dans le salon et évita le regard inquiet de sa mère. Au fond de lui, Gabriel savait que la tradition des mariages arrangés par les parents ne passerait pas tout droit devant lui. Il ne pourrait y échapper encore très longtemps...

~ ~ ~

Malgré ses études et son travail, Marie-Camille décida de tenter une nouvelle réconciliation avec Alice au début du mois d'avril. Sa tante Adèle, à qui elle avait brièvement raconté ses derniers échanges avec son amie, l'avait fortement encouragée à mettre cartes sur table :

— Vous avez été trop complices pour que votre amitié finisse ainsi, il me semble, Mimi, non ?

— Hum. Je sais bien, mais si elle veut pas me parler, qu'est-ce que je peux faire, matante ?

Adèle avait regardé sa nièce, avant de faire un clin d'œil et de répondre :

— Insister ! D'habitude, tu laisses pas ta place quand tu veux obtenir quelque chose. Je te dis ça comme ça, mais moi, je lui donnerais une autre chance.

Heureuse de voir les jours rallonger, en ce début de printemps, Marie-Camille décida de passer outre le malaise qu'elle ressentait devant cette « nouvelle » Alice. Même si elle l'avait appelée à deux reprises au cours des dernières semaines, la grande rousse ne semblait jamais disponible pour une rencontre.

— Mais là, j'accepterai pas un refus ! grogna Marie-Camille en s'habillant. J'ai l'excuse parfaite : je vais aller lui demander franchement si elle veut venir s'inscrire au softball pour cet été. Si elle veut pas, je vais insister au moins pour lui parler. Il faut que je comprenne ce qui se passe avec elle. Même Jacques est inquiet !

En effet, le mois précédent, leur patron avait cherché à savoir pourquoi Alice n'était plus aussi disponible qu'avant. Il avait aussi mentionné le changement de comportement de la serveuse d'expérience. Avec retenue et sans émettre de reproches, le gros cuisinier avait tenté de tirer les vers du nez de Marie-Camille. Celle-ci s'était retenue de lui dire qu'elle ne côtoyait plus vraiment Alice.

Assise sur son lit pour enfiler ses bas, la blonde parlait toute seule :

— Je vais lui demander de me parler de son Josh. Si c'est lui qui a pris tant de place dans sa vie, elle pourrait me le présenter.

Marie-Camille revêtit son nouveau pantalon qui lui tombait à la cheville et un chandail bien ajusté gris au col montant. Glissant ses pieds dans ses espadrilles blanches, elle descendit les marches en courant, bien déterminée à attraper Alice avant qu'elle ne sorte. Elle cogna quelques coups à la porte de l'appartement du dessous. Après quelques essais, l'étudiante fit la moue.

— Mautadine ! marmonna Marie-Camille en tirant sur son foulard rouge, elle est encore pas là. Veux-tu bien me dire où elle disparaît tout le temps ? Je sais qu'elle travaille pas, Jacques me l'a dit hier soir. C'est moi qui la remplace ce soir.

Piteuse, la jeune femme descendit l'escalier jusqu'à la rue.

— Tant pis ! Je vais quand même profiter de mon après-midi. Il fait si bon aujourd'hui. J'ai bien le droit de prendre une pause de mon étude ! Je vais marcher un peu et peut-être me rendre sur la Plaza.

Levant le nez vers le ciel, Marie-Camille inspira pour emplir ses poumons d'air frais. La neige avait fondu sur la plupart des trottoirs et, s'il restait des amas sur les terrains, la population montréalaise espérait de tout cœur que les tempêtes étaient maintenant choses du passé. Quand un couple d'amoureux la croisa, la blonde se retourna pour regarder les jeunes gens s'éloigner en se serrant l'un contre l'autre.

«Je me demande quand j'aurai le temps de rencontrer quelqu'un…» songea-t-elle.

Depuis sa dernière relation avec Marcel le comptable, la vie sentimentale de Marie-Camille était inexistante, faute de temps et de prétendants intéressants. Ce qui l'amena étrangement à repenser à Jean-Luc Buisseau et à cette femme aperçue un jour dans la voiture du professeur. Même si elle ne les avait jamais revus ensemble, à deux reprises, Marie-Camille avait croisé la grande blonde, qui était secrétaire au département d'optométrie de l'université. Curieuse, elle avait tenté de connaître la situation matrimoniale de son enseignant lors d'une discussion avec Gabriel.

— Juste pour savoir, s'était-elle justifiée quand elle lui avait demandé s'il savait qui était la femme de monsieur Buisseau.

— J'ai entendu les autres parler d'une secrétaire. Mais peut-être que je me trompe.

— Elle travaille à l'université?

Gabriel avait regardé son amie d'un air étrange, avant de pousser une légère exclamation.

— Pfff, aucune idée. Tu peux toujours demander à Philémon, il semble tout savoir à propos de tout un chacun.

— Bien oui, compte sur moi! Avant que je discute de quelque chose avec cet innocent-là, les poules vont avoir des dents! De toute manière, ça a pas d'importance. Je faisais juste une Florie de moi! avait rigolé Marie-Camille.

Son ami avait ri à son tour, en comprenant l'allusion. Il aurait bien aimé connaître la tante de sa complice, mais l'occasion ne s'était pas encore présentée. De toute manière, comme lui avait dit son amie, il devrait se préparer à répondre à un long questionnaire sur son drôle de chapeau et son étrange religion. Alors, pour l'instant, Gabriel n'en avait pas trop envie ! Les tourments qui l'envahissaient souvent à cause de son judaïsme ne résisteraient pas à un assaut d'interrogations. De toute manière, il avait de la difficulté à justifier une absence de la maison de quelques heures, il lui serait impossible de partir dans les Laurentides en catimini. Et il savait que jamais son père n'accepterait qu'il accompagne son amie dans son village natal. Surtout que, pour l'instant, il ne l'avait toujours pas présentée à sa famille.

Marie-Camille laissa glisser son doigt le long des murs de briques des édifices. Elle évitait les lignes sur les trottoirs, sans même s'en rendre compte.

« Ouf, ça fait du bien. Tout ce que je fais, depuis le mois de janvier, c'est étudier. Je vais marcher jusqu'au parc, m'asseoir un peu, puis je vais rentrer. Il faut que j'appelle Gabriel pour qu'il m'explique l'origine de la sépulture. Je comprends même pas mes notes ! » pensa-t-elle.

Au coin de la rue de Bellechasse, la jeune femme se pressa de traverser et repéra un banc libre dans le parc Père-Marquette. Elle s'y effondra en évitant un dégât canin, étalé à quelques pas de l'endroit.

« Yark ! songea Marie-Camille en plissant son nez. Il y a des propriétaires qui manquent de savoir-vivre. C'est eux autres que la Ville devrait embarquer pour la fourrière. »

Elle se tassa complètement au bout du banc pour éviter des effluves malodorants et déposa ses gants à ses côtés.

— Ah qu'on est bien ! murmura-t-elle, en souriant devant les enfants qui couraient en ce vendredi après-midi qui annonçait le début de la fin de semaine.

Les écoliers, heureux de ne plus avoir à s'engoncer dans leur gros habit de neige depuis quelques jours et, l'espéraient-ils pour longtemps, criaient et jouaient avec leurs cartables sur le dos. Quand l'un d'eux passa trop près de Marie-Camille, il mit le pied dans un trou d'eau et éclaboussa le bas du pantalon de la femme.

— Oh pardon m'dame! hurla le gamin sans s'arrêter.

La blonde haussa les épaules. De toute manière, elle n'allait nulle part. Après une vingtaine de minutes, l'étudiante, peu pressée de rentrer, décida de faire le tour du parc. Elle pourrait peut-être même s'arrêter chez le maître glacier de l'autre côté de l'espace vert, ou se rendre jusqu'à la Plaza Saint-Hubert, à une quinzaine de minutes de marche. Il faisait si doux en ce début d'avril qu'elle n'avait guère envie de rentrer pour étudier. Avec ses espadrilles un peu mouillées, elle évitait d'empirer la situation et accomplissait toutes sortes de simagrées pour ne pas marcher dans la neige et les trous d'eau. Elle se dit qu'elle aurait peut-être dû porter ses bottes de pluie au lieu de faire sa coquette. C'est un rire bien reconnaissable qui lui fit lever la tête.

« Tiens, tiens, j'ai retrouvé mon amie, on dirait! » sourit Marie-Camille en se dirigeant vers le centre du parc, où était assise Alice sur la bordure de ciment de la fontaine vidée pour l'hiver.

Heureuse de pouvoir avoir un peu de compagnie, la blonde partit d'un bon pas dans cette direction, puis hésita lorsqu'elle s'aperçut, rendue à une dizaine de pieds de son amie, que celle-ci était avec un groupe de gens qu'elle ne connaissait pas. Intimidée, Marie-Camille décida de tourner les talons, mais le cri d'Alice l'arrêta:

— MARIE! MARIE! Viens donc nous voir!

Surprise par l'enthousiasme contenu dans l'exclamation, Marie-Camille revint vers le groupe. Deux hommes, dont ce Josh qu'elle avait vu au Mocambo, quelques mois plus tôt, avaient le pied posé sur le rebord de la fontaine. L'autre femme, une brunette maquillée comme pour sortir, était installée près d'Alice, avec qui elle partageait une cigarette.

— Je vous présente ma meilleure amie, Marie-Camille, s'exclama Alice, avant d'éclater de rire.

La nouvelle venue fronça les sourcils devant l'hilarité générale provoquée par les quelques mots prononcés par sa voisine. Surtout qu'elle n'avait pas l'impression qu'Alice la considérait encore comme telle. Elle sourit timidement, puis attendit la suite.

— Je te présente Violaine, Josh, que tu connais déjà...

— Heu, connais, c'est un bien grand mot! coupa Marie-Camille en hochant la tête pour saluer le costaud, qui l'observait d'un air goguenard.

— Et lui, bien c'est... Comment tu t'appelles déjà?

De nouveau, un éclat de rire général rendit la blonde mal à l'aise. Elle regarda au sol, gênée, car elle avait l'impression qu'Alice n'était pas dans son état normal. Pourtant, aucune bouteille ne traînait près d'eux.

— Viens t'asseoir, Marie-Camille. Mon amie ici est la personne la plus savante que vous allez rencontrer de toute votre vie, commença Alice en posant des yeux légèrement rougis sur Marie-Camille. Elle est déjà garde-malade et là, elle étudie encore pour devenir...

Cette dernière voulut l'interrompre, mais l'autre ne lui laissa pas le temps.

— Oui, messieurs et madame, elle étudie pour devenir un embaumeur... heu une embaumeuse... Coudonc, on dit ça comment pour une femme ? rigola Alice sans s'apercevoir du malaise grandissant de Marie-Camille.

— Embaumeur. Pour l'instant.

La jeune voulut se lever pour repartir, mais le quatrième membre du groupe, qui ne lui avait pas été présenté, la retint par le bras en s'exclamant :

— Embaumeur ! Voyons donc ! Ça s'occupe des morts, ce monde-là ! C'est pas une affaire de fille.

— Bien non, répliqua sèchement Marie-Camille, parce que tout le monde sait qu'il y a juste les hommes qui meurent. Bon, sais-tu Alice, je dois rentrer. Il faut que j'aille appeler Gabriel, puis ce soir, je te remplace au restaurant parce que tu es occupée, ça a l'air. À bientôt.

Sans attendre la réponse de son amie, Marie-Camille se releva et se dirigea vers la sortie du parc. Elle n'avait plus envie d'aller marcher sur la Plaza Saint-Hubert. Pourtant, depuis que Réal Giguère avait vanté l'endroit durant son émission de télévision, pas une semaine ne passait sans que Marie-Camille aille y faire un tour. Les vedettes comme Claude Blanchard, Fernand Gignac et Suzanne Lapointe s'y produisaient régulièrement, et la jeune femme s'était promis d'assister au spectacle de Michèle Richard, qui devait avoir lieu au courant du mois de mai.

« Tant pis, pensa-t-elle avec tristesse, je vais aller étudier. Peut-être que Gabriel pourrait venir faire un tour. »

Cette drôle de rencontre avec Alice lui laissait un goût amer. Quelque chose n'allait pas avec son amie et elle se sentait dépassée par la situation.

Comble de malheur, lorsque Marie-Camille mit les pieds sur son palier, trente minutes plus tard, mademoiselle

Vadeboncœur l'entendit. Sa clé était même insérée dans sa porte lorsque celle à droite s'ouvrit en vitesse.

— Oh, ma chère Marie-Camille, que je suis contente de te voir !

— Ah bon ?

La jeune femme retint un soupir de découragement, avant de se retourner. La pauvre vieille ne passait pourtant pas une journée sans attraper un ou l'autre des locataires de l'immeuble pour une longue jasette. Préférablement, sa jeune voisine, qui réussissait rarement à rentrer chez elle sans qu'Albertine l'accroche au passage. La plupart du temps, Marie-Camille était compatissante et se prêtait à la discussion avec l'octogénaire. Mais en cet instant précis, la blonde n'avait guère le cœur à la conversation futile :

— Oui, souffla Albertine Vadeboncœur d'un ton de conspiration. Je dois te parler. C'est TRÈS important.

— Maintenant ?

La femme trottina vitement jusqu'à la jeune, qui sourit faiblement. Albertine portait un maquillage bien élaboré, en cette fin d'après-midi. Sur le seuil de son appartement, l'étudiante n'avait guère envie de discuter de cinéma ou de maquillage avec l'aînée. Alors elle chuchota :

— Je peux aller vous voir demain ? Parce que là, j'allais étudier avant de me rendre au travail.

— Non, non. Ça presse. C'est très urgent ! Vite !

Sans attendre, Albertine prit la main de la jeune et la tira dans son appartement en jetant un regard dans l'escalier, comme si un danger s'y trouvait. Ne voulant pas être impolie, Marie-Camille la suivit donc et se résigna à écouter le discours de sa voisine sur le manque de respect des enfants du bloc d'à côté et sur les rénovations que le propriétaire devait faire, mais négligeait depuis un an.

— Il faut que tu parles avec ton amie.

— Mon amie ?

Albertine pointa son menton rond vers la porte de son logement. Elle prit un air entendu en tapotant le divan fleuri, pour que Marie-Camille vienne s'y installer. Elle déposa son manteau sur le dossier de la chaise berçante et retint une légère grimace d'inconfort en remarquant que la quantité de fleurs en plastique avait encore augmenté dans l'appartement. Sa voisine était absolument convaincue qu'elle trompait ses quelques visiteurs avec ses imitations de roses et de fougères. Mais à part un surplus de poussière qui s'accumulait sur les fausses feuilles, ces ajouts n'apportaient rien au décor surchargé de la femme, qui n'avait probablement rien jeté depuis cinquante ans !

— Je pense que la petite Thibault a un problème, murmura la vieille en se penchant pour être bien certaine de n'être entendue par personne d'autre.

Ce qui aurait bien fait rire Marie-Camille, si son inquiétude n'avait pas de nouveau monté en flèche.

— Pourquoi vous me dites ça ? s'informa-t-elle plutôt.

— Prends un bonbon. Gêne-toi pas, sont là pour mes visiteurs. J'ai lu dans mon *Téléradio Monde* que Billie aussi avait toujours un plat de gâteries pour ses invités.

La vieille femme se plaisait à répéter que dans son jeune temps, on la comparait souvent à Billie Burke, cette actrice américaine dont elle conservait quelques photos sur les murs de son appartement.

— Qui ? avait questionné distraitement Marie-Camille, la première fois que l'aînée lui avait fait part de cette grande révélation.

Un silence avait suivi son interrogation et, lorsque la jeune avait relevé la tête de sa tasse de thé, elle avait vu l'air estomaqué sur le visage ridé d'Albertine Vadeboncœur.

— Ma fille, il va falloir que tu laisses tes livres et ton football un petit peu.

— Softball, avait murmuré Marie-Camille sans grand espoir.

— Parce que si tu sais pas qui est Billie Burke, avait continué l'autre sans se préoccuper du sport en jeu, bien laisse-moi te dire que ta culture générale est loin d'être complète !

La femme s'était alors lancée dans un long monologue sur cette vedette « internationale » qui avait tous les hommes à ses pieds, mais qui avait choisi d'épouser l'amour de sa vie.

— J'avais les cheveux de la même couleur qu'elle, puis tu sauras que c'était pas mal rare, un rouge comme ça, en 1920 !

Marie-Camille avait voulu répliquer qu'à moins de l'avoir vue en vrai, il était bien difficile de savoir si sa chevelure était aussi flamboyante qu'on le mentionnait. Mais elle s'était retenue de commenter, préférant sourire innocemment en hochant la tête.

La jeune femme aurait préféré éviter de toucher à l'un de ces roudoudous qui devaient être dans leur coquille depuis sa naissance. Mais Albertine insista, en déposant dans sa main deux sucreries rouges et en lui faisant signe de les manger. Alors, souhaitant ne pas avaler trop de poussière,

Marie-Camille acquiesça et mit le bout de sa langue sur le sucre en gelée.

— Vous disiez, madame Vadeboncœur ?

— Tu sais que je veux pas faire ma commère, mais depuis quelques semaines, je vois souvent ton amie arriver au milieu de la nuit. Je te rassure, je surveille pas le monde dans le bloc, mais je dors peu la nuit, alors je regarde par la fenêtre pour passer le temps. Puis, avant-hier, j'avais l'impression que mademoiselle Thibault tenait à peine sur ses jambes.

Un nœud se forma dans la poitrine de Marie-Camille. Elle savait que son amie lui cachait des choses. Elle en avait maintenant la confirmation, avec les dires de sa voisine.

— Heu, elle devait travailler tard, j'imagine, tenta la blonde, en cherchant où déposer la coquille de son bonbon.

— Mets-le sur la table. À moins que votre restaurant ferme à 3 heures du matin, je dirais que non.

Ne sachant trop quoi répondre, Marie-Camille hocha la tête, en souhaitant s'éclipser au plus vite pour aller réfléchir tranquillement. Elle s'avança donc sur le bout des fesses, mais l'autre mit sa main sur son genou.

— Je pense qu'elle a peut-être un problème de boisson.

Albertine chuchota le dernier mot en mettant sa main sur le côté de sa bouche. Pour le moment, Marie-Camille devait faire semblant que tout était correct si elle ne voulait pas que la réputation d'Alice ne vole en éclats. Car si madame Vadeboncœur n'était pas méchante volontairement, il lui était impossible de ne pas partager ses pensées avec tous ceux qui avaient le malheur d'arriver à sa porte : livreur, propriétaire, vendeur… Se penchant vers l'avant,

Marie-Camille plaqua donc un large sourire sur son visage et lança :

— Faites-vous-en pas, chère Albertine, je pense que notre patron a fait des changements dans les heures de fermeture du restaurant. Elle a de plus grandes responsabilités et s'occupe maintenant de la comptabilité. Vous voyez, soyez pas inquiète !

— Mais elle avait de la misère à marcher ! rétorqua la femme avec une petite mine déçue.

Car Albertine avait vraiment cru dévoiler un grand secret. Marie-Camille se leva et prit son manteau pour s'éloigner vers la porte.

— Je pense qu'elle devait être très fatiguée. C'est épuisant, tous ces nouveaux apprentissages. Bon, je dois vous quitter. Mais je vais m'assurer qu'Alice va bien, soyez sans crainte.

— Ah bon.

Albertine Vadeboncœur vint pour émettre une nouvelle opinion, mais la porte se referma en vitesse sur les couettes blondes de sa jeune voisine. Piteuse, la femme plongea la main dans le plat de roudoudous.

— La comptabilité. Me semble que c'est pas si fatigant !

CHAPITRE 14

Quand Marie-Camille et Alice travaillèrent enfin ensemble, une semaine plus tard, au restaurant, la première s'informa, sur un ton incertain :

— On prend notre pause ensemble tantôt ? Me semble que ça fait longtemps qu'on a pas jasé !

— Oui, bonne idée, répondit l'autre serveuse.

— J'ai tellement d'étude à faire ces temps-ci que j'ai pas eu une minute pour aller te voir après notre rencontre au parc, continua innocemment Marie-Camille sans regarder son amie.

Alice ne répondit pas, mais sourit gentiment. Pendant un moment, Marie-Camille douta de ses inquiétudes. Peut-être qu'elle s'était imaginé des choses ? Après tout, Alice avait droit à son jardin secret. Si Josh était un homme qu'elle fréquentait, il se pouvait qu'elle n'ait pas envie de partager son bonheur. Car à bien la regarder, Alice semblait en pleine forme et pas du tout fatiguée. Heureuse de ce constat, Marie-Camille se dirigea vers un client qui venait de s'installer sur une banquette près de l'entrée. Elle replaça le col de sa blouse blanche et vérifia qu'elle était bien boutonnée. Tête penchée, elle sortit son calepin de commandes et plaqua un sourire sur son visage. Travailler lui faisait du bien, car cela lui permettait de sortir de chez elle et de voir du monde.

— Bonsoir, monsieur, je peux… oh, heu… bonsoir.

— Mademoiselle Gélinas. Bonsoir.

Assis sur la banquette, se trouvait son enseignant, Jean-Luc Buisseau. Marie-Camille retint difficilement un geste de dépit. Le restaurant était le seul endroit où elle réussissait à mettre ses études sur pause. Si les professeurs ou les étudiants de sa cohorte se mettaient à fréquenter le lieu, elle aurait bien de la difficulté à réussir à avoir la paix quelques heures par semaine. Que faisait-il ici ? D'autant plus que le commerce se situait à une bonne distance de l'université. Le ton de Marie-Camille se fit plus sec lorsqu'elle demanda :

— Pourquoi êtes-vous ici ?

Le quadragénaire lissa sa fine moustache, puis répondit sérieusement :

— Comme tout le monde, j'imagine. Je viens manger !

Marie-Camille se sentait ridicule, mais elle eut envie de piocher sur le sol de désespoir. Cet homme la troublait et elle n'avait pas envie de réfléchir à ce que cette émotion voulait dire. Elle pianota avec le bout de son crayon sur son calepin :

— Vous avez choisi ? s'informa-t-elle avec trop de rudesse, en prenant soin de ne pas le regarder.

— Non. Pas encore. Dites-moi, ça fait longtemps que vous travaillez ici ? interrogea l'homme en allumant une cigarette.

Il appuya le haut de son dos sur la banquette de cuirette orangée. Pour un instant, Marie-Camille se prit à se demander ce que ce serait que d'embrasser les lèvres entre lesquelles il venait de glisser la cigarette. Elle sentit ses joues rougir et tenta de détourner son regard des yeux bruns qui la fixaient. Les seuls amoureux qu'elle avait eus ne l'avaient jamais troublée autant que cet homme. Pourtant, il tenait des propos qui la fâchaient et ne la prenait pas au sérieux, ce qui la faisait généralement rager.

— Presque quatre ans, marmonna-t-elle.

Elle fit mine de retourner vers la cuisine, mais l'homme la retint par le poignet.

— Je me suis dit que je viendrais l'essayer en vous y déposant l'autre jour. Vous connaissant, j'ai conclu que vous ne travailleriez pas ici si la qualité de la nourriture était mauvaise.

— En effet. Bon je vous laisse quelques minutes pour décider ce que vous allez manger.

Sans plus attendre, Marie-Camille tourna les talons pour se diriger vers un groupe installé le long de la grande fenêtre. Elle sentait le regard de son enseignant sur son dos et tenta de reprendre le contrôle de ses émotions. Pourquoi cet homme plus âgé la rendait-il si mal à l'aise ? Lorsqu'elle retourna derrière le comptoir, elle demanda à Alice, qui fumait en jasant avec Jacques :

— T'occuperais-tu de la 2 ? J'ai quatre clients à la 3, et je pense que monsieur doit être prêt à commander. Il faut que je remplisse leurs verres. Tant qu'à le faire attendre...

Alice hocha la tête avant d'inspirer longuement et d'écraser son mégot dans le gros cendrier disposé sur le comptoir, à côté de la cloche à gâteaux. Jacques retourna à la cuisine pour préparer la commande que lui tendait sa serveuse. Restée seule derrière le comptoir, à remplir des verres de boissons gazeuses, Marie-Camille suivit discrètement la conversation qui avait lieu entre la grande rousse et Jean-Luc Buisseau. Quand son amie revint, elle affichait un sourire moqueur :

— Wow, beau monsieur ! En plus, il semble bien intéressé par ta petite personne.

— Arrête donc, c'est un vieux. C'est juste parce que c'est mon professeur au collège.

Au moment où les paroles sortirent de sa bouche, Marie-Camille les regretta. Les yeux bleus d'Alice se reportèrent aussitôt vers le professeur, et un petit air carnassier apparut sur ses traits pâles.

— Hein ? Ton prof ? Wow !

Alice descendit du tabouret où elle s'était assise pour se retourner vers Jean-Luc Buisseau. Elle alla même jusqu'à s'avancer vers lui pour mieux l'observer.

— Tu veux dire que cet homme-là est un embaumeur ? pointa-t-elle, alors que l'autre se penchait sur le comptoir pour lui tirer le bras.

— Franchement ! Un peu de discrétion, Alice ! Oui, c'est un embaumeur. Bon, tu vas porter sa commande à Jacques ou j'y vais ?

— Tiens, vas-y. Moi, je vais plutôt observer sa belle nuque.

— T'es donc bien niaiseuse ! se choqua Marie-Camille, en s'éloignant pour rejoindre son patron à la cuisine.

Le rire moqueur d'Alice la poursuivit derrière la porte battante. Le cœur de l'étudiante battait si fort qu'elle eut l'impression qu'elle était au bord d'une crise cardiaque. Sans dire un mot, elle tendit la commande à Jacques, qui leva à peine la tête.

— Tu veux que je t'aide ? demanda-t-elle.

— Non, non. C'est pas le *rush.* Va jaser avec Alice.

À contrecœur, Marie-Camille retourna dans la salle à manger. Le gros juke-box hurlait un rock'n'roll endiablé, et les jeunes gens de la table 3 s'étaient levés pour danser en attendant leur repas. Alice était retournée auprès de Jean-Luc Buisseau et riait à gorge déployée.

— C'est sûrement pas lui qui est comique comme ça, maugréa Marie-Camille, de mauvaise foi, en ramassant la vaisselle laissée devant elle par un couple passé en vitesse avant d'aller au cinéma.

Elle dut faire preuve de contrôle pour ne pas jeter bruyamment assiettes et ustensiles dans le grand évier. Ce n'est qu'au moment où Jacques sortit de la cuisine avec l'assiette de *hot chicken* dans la main qu'Alice revint vers eux. Elle prit le plat, agrippa une bouteille de ketchup et retourna aussitôt porter le repas à son client. Marie-Camille resta figée sur place en observant le manège de son amie.

— Pour moi, elle va s'asseoir avec lui, ma foi du Bon Dieu ! marmonna-t-elle en passant un linge humide sur la cloche à gâteau.

— Qu'est-ce que tu dis, Marie-Camille ? s'informa Jacques, en délaissant le lavage des verres quelques secondes.

La blonde secoua la tête sans répondre et alla plutôt vérifier que ses autres clients ne manquaient de rien. Lorsque Jean-Luc Buisseau se leva pour quitter le restaurant, Marie-Camille fit semblant d'être bien occupée à nettoyer les tables du fond. L'homme la regarda longuement et sembla hésiter. Puis, il fit un petit geste de la main, qu'elle lui retourna. Ils restèrent immobiles quelques secondes de trop, les yeux dans les yeux. Quand la porte se referma sur la longue silhouette élancée, la serveuse respira à fond pour la première fois de la soirée.

« Heureusement que la session tire à sa fin. Je me sens de plus en plus mal à l'aise en sa présence », pensa la femme.

Par la suite, plusieurs personnes entrèrent dans le petit restaurant dans un flot continu et les deux serveuses n'eurent plus une minute à elles jusqu'à leur pause de 20 heures. À partir de là, les clients se feraient plus rares et l'une d'elles s'occuperait de ceux qui arriveraient tardivement. Car le restaurant Pop Poulet fermait ses portes à 21 heures 30, et les serveuses pouvaient enfin prendre un peu de repos une fois la période du souper passée. Alice s'affala en grimaçant sur la chaise bistro, devant une petite table ronde au fond du restaurant.

— Enfin ! Veux-tu bien me dire comment ça se fait qu'il y a eu tout ce monde-là ce soir ?

— Un nouveau film d'épouvante est sorti au cinéma Dauphin, expliqua Marie-Camille.

— D'épouvante ?

Marie-Camille enleva sa chaussure pour frotter son pied. Elle précisa :

— Bien le film *Psychose,* le drame d'horreur. Tous les étudiants du collège l'ont vu et disent que c'est le meilleur de tous les temps.

— C'est certain que si une bande de futurs embaumeurs vantent un film d'horreur, ils doivent savoir de quoi ils parlent ! rigola Alice.

Pour la première fois de la soirée, Marie-Camille se détendit. Elle éclata de rire et les deux amies se mirent à discuter à bâtons rompus. Un sujet était pour le moment écarté de la conversation. Comme si, chacune de son côté, savait que le climat entre elles s'assombrirait si elles abordaient les nouvelles amitiés d'Alice. Mais au bout d'un moment, Marie-Camille n'y tint plus.

— Dis-moi, Alice, c'était qui le monde avec qui tu étais au parc ? Ils avaient l'air étranges.

Comme elle le craignait, Marie-Camille vit aussitôt le visage de son amie se fermer. La rousse déposa les ustensiles dans son assiette, reprit son tablier noir pour le nouer à sa taille et vérifia que sa blouse était bien détachée à son goût. À l'inverse de son amie, Alice aimait bien laisser le haut de sa poitrine visible. Parfois, Marie-Camille se disait qu'elle ferait tout pour que sa tante Florie ne rencontre jamais sa meilleure copine !

— Pourquoi ce jugement ? cracha Alice.

— Je juge pas. C'est juste que tu m'en as jamais parlé et vous aviez l'air d'avoir bu. En plein jour. Puis comme t'as toujours l'air occupée depuis quelque temps, j'imagine que c'est parce que tu as rencontré de nouveaux amis. J'aimerais juste les connaître aussi.

— D'abord, je t'ai présenté Josh au Mocambo...

— Pas vraiment, ne put s'empêcher de répliquer sèchement Marie-Camille. Tu es allée le rejoindre sans le laisser m'approcher. Tu m'as juste dit son nom. Mais si c'est ton chum, ça me ferait plaisir de le connaître.

— Et deux, poursuivit Alice, en se levant et sans éclaircir sa situation amoureuse, c'est pas parce que tu refuses d'avoir du fun dans la vie qu'on doit tous faire pareil. Il y a autre chose que les études et le travail.

Sur ce, la femme disparut dans la cuisine, sans laisser le temps à Marie-Camille de renchérir. En soupirant, cette dernière ramassa leur vaisselle et retourna derrière le comptoir. La discussion ne s'était pas déroulée comme elle l'aurait voulu. Elle n'en savait pas plus sur ces nouveaux amis dans la vie d'Alice. D'où venaient-ils ? Où donc les avait-elle rencontrés ? Quand sa copine revint dans la salle à manger, elle fit tout pour éviter de se retrouver seule avec Marie-Camille. Les deux serveuses ne poursuivirent donc pas leur conversation, et une tension évidente s'installa entre elles.

Lorsque vint le moment de retourner à la maison, après leur quart de travail, Marie-Camille enfila son léger manteau à chevrons gris et son béret bleu, qu'elle enfonça profondément sur ses yeux. Du coin de l'œil, la jeune femme surveillait Alice pour voir si elle avait l'intention de marcher avec elle. Marie-Camille se rapprocha de son amie et lui fit un sourire contraint.

— Tu viens, Alice ?

— Hein ? Oh non, je sors.

— Tu sors où ?

Mettant ses mains sur ses hanches généreuses, Alice inspira avant de lancer, sur un ton provocateur :

— Je sais pas encore. D'abord chez Josh. Puis, on verra bien.

— Ah.

— Quoi ah ?

— Rien. Bon, alors je vais y aller, moi. Bye, Jacques ! cria Marie-Camille en retenant ses larmes.

Comme elle mettait la main sur la poignée de la porte du restaurant, Alice l'apostropha plus gentiment.

— Marie-Camille ?

— Quoi ?

— Demain, si tu veux, on soupe ensemble ?

Alors Marie-Camille hocha la tête avec un soulagement au fond de la poitrine. Elle se retint de faire promettre à son amie de ne pas lui faire faux bond, cette fois-ci. Mais Alice avait beau avoir changé, la jeune serveuse se disait qu'il était impossible qu'elle lui manque de respect à ce point. Une fois, ça passait, mais si Alice lui refaisait le coup de l'absence injustifiée, Marie-Camille ne lui pardonnerait pas. Elle sourit avant de répondre :

— Oui, bonne idée. Je te rejoins chez toi à 17 heures si tu veux. On ira sur la rue Saint-Denis.

— Parfait. À demain !

C'est le cœur plus léger que Marie-Camille sortit sur le trottoir. Les passants autour d'elle marchaient rapidement, pour éviter les rafales de vent. Elle se pressa jusqu'au coin de Saint-Denis et Sauvé, en espérant ne pas avoir raté l'autobus de 22 heures 30.

— J'ai pas le goût de marcher jusqu'à l'appartement ! Il fait froid ce soir, marmonna la femme en se retournant vers le sud. Ouf, le voilà !

Soulagée, Marie-Camille grimpa dans le véhicule en remerciant le Ciel d'avoir bien chronométré sa sortie du restaurant. Elle était lasse en cette fin de session.

~ ~ ~

Heureusement pour Marie-Camille, le souper avec Alice eut lieu comme prévu. Les amies finirent la soirée chez elle, où les deux jeunes femmes discutèrent de la belle saison qui était à leurs portes.

— On s'inscrit au softball cet été encore ? s'informa Marie-Camille, en se levant pour mimer un coup frappé.

— Oh… je sais pas trop. Je suis pas en forme.

— Justement ! Ça va nous remettre en forme, Alice. Allez, laisse-moi pas tomber !

Marie-Camille joignit les mains pour supplier l'autre, qui éclata de son rire contagieux. Levant les bras dans les airs, Alice hocha la tête :

— OK, OK !

— Parfait ! Puis j'ai pas pu te donner mon cadeau en janvier, mais regarde ce que j'ai pour toi !

Marie-Camille partit en vitesse dans sa chambre et se jeta à plat ventre pour tirer une longue boîte de bois qu'elle gardait sous son lit. Elle y plongea la main pour en ressortir son gant de l'année précédente. Quand elle revint dans le salon, Alice avait fini son café et s'était allumé une cigarette. Malgré le plaisir que les deux femmes venaient d'avoir, la trentenaire aspirait à se retrouver chez elle pour savourer un petit joint avant d'aller dormir.

— Tiens, ma chère ! dit Marie-Camille, en tendant un paquet emballé dans du papier aux couleurs de Noël.

— Pourquoi tu me donnes un cadeau ?

Alice fronça les sourcils en pointant l'objet. Elle écrasa son mégot dans le cendrier sur pied, et sur l'insistance de Marie-Camille, entreprit de le déballer.

— C'est pas grand-chose, Alice.

— C'est pas ta *mite,* ça ? questionna la rousse.

Elle plongea sa main dans le gant de cuir et posa ses yeux bleus sur l'autre femme.

— Oui. Mais tu as perdu la tienne et matante Adèle m'en a offert une nouvelle aux fêtes.

Le visage d'Alice montra son émotion devant le geste généreux de son amie. Elle était allée chez son frère, le soir de Noël, et, malgré la gentillesse dont avait fait preuve ce dernier et son épouse, la femme n'avait pu éviter de se rendre compte à quel point son jumeau et elle se connaissaient peu : il lui avait offert un livre de tricot et un sac de balles de laine. Pourtant, Alice n'avait jamais tenu d'aiguilles à tricoter. Elle avait remercié Raoul, qui lui avait fait promettre de lui confectionner un foulard. Les larmes affluèrent sous les paupières d'Alice, qui tenta de les retenir.

— Bien voyons, pleure pas, Alice ! chuchota Marie-Camille, déboussolée par la réaction de son amie.

— Merci. Moi, j'ai rien pour toi.

Marie-Camille secoua ses boucles en riant :

— Pas grave, voyons ! Je te donne même pas un cadeau neuf !

— Mais tu y as pensé.

Marie-Camille ferma les yeux quelques secondes, en se demandant si elle devait profiter de la vulnérabilité démontrée par Alice pour reprendre la conversation sur ses amis et ses nouvelles activités. Mais comme si elle l'avait senti, la visiteuse se releva pour prendre congé de son amie.

— Je vais y aller, Marie-Camille. Je suis épuisée et tu as des cours demain.

Les femmes se quittèrent sur une note d'espoir pour la jeune blonde :

« C'est la première fois depuis un long moment qu'elle me donne pas une excuse pour éviter de passer du temps avec moi », songea-t-elle, en ramassant leurs deux tasses et le cendrier.

— Yark, marmonna-t-elle en jetant un coup d'œil sur les mégots de son amie. J'aimerais ça qu'elle perde cette mauvaise habitude !

Puis, elle soupira en se dirigeant vers sa chambre.

~ ~ ~

Le lendemain matin, Gabriel était assis dans le corridor devant le local de classe quand un groupe d'étudiants passa près de lui. Les jeunes hommes lui jetèrent d'abord un premier regard désintéressé, avant que l'un d'eux ne s'exclame, en le pointant :

— Oh ! le barbu, tu t'es rasé !

— Bien oui, toi, regardez donc ça ! Monsieur Joseph en avait assez d'avoir l'air d'un Juif !

Sans répondre, le jeune homme ne fit que hocher la tête en tentant un sourire innocent. Pourtant, derrière cette façade désinvolte, son cœur battait fort dans sa poitrine. Il savait que ce changement ferait réagir ses pairs, et il espérait que les discussions sur son apparence se limiteraient à une ou deux blagues. Mais c'était sans compter sur Philémon Trudeau, qui arrivait derrière le groupe. En peu de temps, un attroupement se forma devant Gabriel.

— Bon, raconte-nous ça ! Pourquoi donc as-tu décidé d'enlever ta belle barbe noire ? se moqua le jeune Gagné.

Il prit place aux côtés de Gabriel et plaça son bras autour des épaules de l'autre, comme s'ils étaient de grands amis. Quand Philémon s'avança à son tour, le pauvre jeune homme sentit ses mains devenir moites.

— Heu, j'étais tanné, c'est tout.

— Hum, t'es bien certain que tu nous caches rien, hein ? s'informa Philémon d'un ton inquisiteur.

— Non, non. Voyons donc, pourquoi vous pensez ça ?

Se traitant d'idiot de se laisser intimider de la sorte, Gabriel redressa ses épaules. Pourquoi se sentait-il comme un enfant quand ces abrutis étaient dans les parages ? Les yeux à moitié fermés, Philémon pencha la tête devant lui et le fixa longuement.

— OK. J'imagine que si tu l'as enlevée, c'est que tu es bien un Québécois. Parce que je suis pas mal certain que dans cette religion-là, la barbe, ça doit être quelque chose de sacré. En tout cas, si je me fie à tous ces idiots habillés en noir qui marchent avec une barbe qui leur descend jusqu'aux pieds ! ricana le roux, avant de balancer une forte tape sur l'épaule de Gabriel.

Philémon se releva au moment où Marie-Camille s'avançait à son tour dans le couloir. Elle avait espéré voir Gabriel avant leur entrée en cours, mais il n'était pas devant le pavillon principal quand elle y était arrivée. Il faut dire que la jeune femme avait pris un peu de retard, en se changeant trois fois avant de se décider à revêtir sa tunique orange. Elle avait eu une pensée furtive pour Jean-Luc Buisseau au moment de glisser ses jambes dans son collant rayé. « Remarquera-t-il que ma tenue est plus féminine ? » se demanda-t-elle. Se secouant vivement, elle s'était aperçue de son retard et c'est en courant qu'elle avait grimpé les quelques marches.

Devant l'attroupement d'étudiants, Marie-Camille grimaça et tenta de longer le mur pour les dépasser. Puis, elle aperçut un jeune homme, assis sur l'une des chaises, encerclé par Philémon et Stéphane. Curieuse, elle jeta un regard à cet étudiant inconnu, pour s'apercevoir avec stupeur qu'il s'agissait de Gabriel.

— Ah ben mautadine ! ne put-elle s'empêcher de s'exclamer.

Tous les regards se tournèrent aussitôt vers elle et elle vira au cramoisi. Il ne restait que deux semaines avant la fin de leur formation et Marie-Camille aurait espéré ne plus faire de vagues d'ici là. Trop tard ! Philémon Trudeau projeta sa grande silhouette dégingandée vers elle et s'approcha pour mettre sa main au-dessus d'elle sur le mur.

— Eh oui, ma chère, ton ami a décidé de raser ses poils de Juif.

— Hein?

Surprise de constater que les autres étudiants étaient au courant du judaïsme de Gabriel, elle allait renchérir, quand le regard affolé de ce dernier accrocha le sien. Ne sachant quoi en déduire, elle murmura:

— Bon, tu viens, Gabriel. On voulait étudier un peu avant l'examen.

— Oui.

Soulagé, le jeune homme voulut prendre son sac, mais Stéphane Gagné l'avait fait avant lui. Autour d'eux, les sourires étaient goguenards ou gênés. Les autres étudiants se considéraient chanceux de ne pas avoir été le bouc émissaire de ce duo depuis le début de l'année. Plutôt que de prendre la défense de Gabriel, ils préféraient tous s'acoquiner avec Philémon et son acolyte. C'était moins courageux, mais plus rassurant d'être du côté des intimidateurs. Les hommes plus âgés, eux, ne se préoccupaient pas de leurs jeunes collègues. C'est donc Marie-Camille qui mit fin à la confrontation en crachant:

— Veux-tu bien t'en venir, Gabriel, on a du travail!

Alors, le jeune homme arracha son sac des mains de Gagné et poussa deux de ses pairs pour se frayer un passage vers Marie-Camille. Ils marchèrent côte à côte sans dire un mot jusqu'à un local vide, où ils choisirent de s'installer pour étudier.

— Pourquoi tu as rasé ta barbe? s'informa enfin la femme.

— Parce que j'en ai assez de me faire traiter de Juif.

— Voyons donc !

— Quoi, Marie ?

Les grands yeux noirs se tournèrent vers l'étudiante. Avec son visage ainsi dénudé, Gabriel avait l'air à peine sorti de l'adolescence. Il portait la même tenue que les autres membres masculins de leur cohorte. Chemise blanche, veston noir et pantalon gris. Tous s'assuraient de se vêtir de manière respectable au moment de fréquenter l'université. Marie-Camille répondit :

— Mais TU ES juif Gabriel ! Pourquoi tu leur dis pas, une fois pour toutes ?

— Il reste deux semaines. Après, je les verrai plus jamais de ma vie. C'est pas de leurs affaires !

— Eux autres peut-être, mais tu vas toujours en rencontrer, des Philémon et des Stéphane ! Si tu te laisses faire une fois, tu seras jamais capable de te défendre contre les idiots de ce monde. Tu sais, Gabriel, je pense que c'est l'ignorance qui les fait parler ainsi. Je t'ai déjà raconté les premiers moments de notre ami James Jackson à Sainte-Cécile ?

— Non.

— Tu sais que James est noir, hein ?

L'autre hocha sa tête frisée.

— Bien quand il a mis les pieds au village, en 1931[3], j'étais pas encore née, mais mon père m'a raconté à quel point ça a fait jaser. Tout le monde s'était mis à craindre LE Noir. Pourtant, c'est l'homme le plus gentil, le plus pacifique qui existe. Il lui a fallu du temps pour amadouer les villageois,

---

3 De la même auteure, *La promesse des Gélinas*, tome 1.

mais quand ils ont pris la peine de le connaître, ils se sont bien rendu compte qu'il était comme tout le monde!

«Sauf Alcide Constantin et ses fils», songea Marie-Camille. Mais elle n'avait pas l'intention d'en parler. Gabriel ne répondit pas. Déjà, à l'école primaire et secondaire, le jeune homme avait préféré rester dans son coin plutôt que de se mêler aux autres enfants. Le fait d'être obligé de fréquenter une école anglophone, alors qu'il ne parlait pas cette langue au début, n'avait fait que l'isoler davantage. À quelques reprises, il avait dû faire face à certains élèves plus belliqueux, mais comme il était plus costaud que les autres, ceux-ci choisissaient souvent une proie plus facile. Marie-Camille continua sur sa lancée:

— Comment ton père a pris ça, pour ta barbe?

Gabriel mordit sa lèvre en haussant les épaules sans répondre. Edmond ne l'avait pas encore vu, car l'étudiant s'était levé à l'aurore pour accomplir cette tâche, après avoir passé la nuit à tourner la question dans sa tête et à se tourmenter. Il savait que la formation tirait à sa fin. Pourtant, l'anxiété qui l'envahissait dès le réveil à l'idée d'affronter ses pairs ne disparaissait pas. Alors, il avait pris le rasoir et entrepris d'effacer le dernier signe qui le distinguait des autres. Posant sa main sur celle de son amie, le jeune homme lui fit un sourire et demanda:

— Bon, on étudie? Me semble que c'est pour ça qu'on est arrivés de bonne heure, non? Pas pour parler de ma pilosité faciale!

— Oui, oui.

Les deux amis se sourirent et plongèrent la tête dans leur cahier de notes. Ils espéraient chacun de son côté que la fin de leur formation signifierait pour eux le début d'une vie nouvelle et stimulante. Sans intimidation.

CHAPITRE 15

Les deux semaines qui suivirent cet évènement se déroulèrent à la vitesse de l'éclair pour Marie-Camille et Gabriel. Déterminés à réussir avec brio leurs examens pratiques aussi bien que ceux théoriques de février, ils passèrent toutes leurs soirées le nez plongé dans leurs manuels et leurs notes de cours. Jacques avait donné congé à Marie-Camille pour qu'elle puisse se concentrer sur ses études et Florie avait téléphoné trois fois pour s'assurer que sa nièce se nourrissait bien, malgré la lourdeur de ses occupations scolaires. Après son dernier appel, la jeune femme avait supplié son père de calmer sa sœur aînée.

— Elle va me rendre folle, papa ! Je t'en prie, explique-lui que je peux pas lui parler tous les soirs. Je l'ai jamais vue comme ça, veux-tu bien me dire ce qui lui prend ?

Son père avait retenu son rire avant d'expliquer à sa fille que Florie était à présent déterminée à montrer à sa nièce qu'elle la supportait dans ce nouveau domaine. Gabriel, qui avait assisté à l'une des discussions entre Florie et Marie-Camille, s'était écroulé de rire en entendant son amie énumérer à sa tante la liste des aliments qu'elle mangeait.

La dernière journée de la formation au Collège des embaumeurs arriva enfin. Fébriles, les étudiants attendaient de voir les résultats de leurs examens finaux affichés à l'entrée d'une des classes. Marie-Camille n'était pas trop inquiète, car elle savait qu'elle avait réussi le cours de monsieur Delamontagne haut la main. La jeune femme avait tellement travaillé pour apprendre toutes les données par cœur qu'elle aurait pu, si on le lui avait demandé, enseigner les leçons à la nouvelle cohorte. Jean-Luc Buisseau apparut à ses côtés et aussitôt, la femme sentit ses jambes faiblir. Dès qu'elle voyait cet homme en dehors d'une salle de classe, elle perdait ses repères et ne savait plus comment agir.

— Mademoiselle, vous avez enfin terminé ! Vous devez être satisfaite de vos résultats ?

La gorge trop sèche pour répondre, Marie-Camille ne fit que hocher la tête en cherchant Gabriel des yeux. Jean-Luc Buisseau se tenait à moins d'un pied à sa gauche. Une odeur musquée de lotion après-rasage se dégageait de l'homme, et quand il mit sa main dans son dos pour la pousser contre le mur, afin de céder le passage à un groupe d'étudiants turbulents, elle frémit en se détachant vitement.

— Je voudrais vous laisser la carte d'un ami, renchérit l'homme, qui fit mine de ne pas s'apercevoir de l'inconfort de son étudiante, même si lui aussi ressentait une émotion spéciale en sa présence.

— Pourquoi ?

Sa voix avait un son coassant et elle mit ses mains dans les poches de son pantalon capri pour éviter qu'il ne voie les tremblements. Elle mit son trouble sur le compte de la fatigue des dernières semaines, avec les soirées d'étude ininterrompues. Les yeux sombres et chaleureux de l'homme se posèrent sur le visage ovale.

— Parce que vous êtes la meilleure étudiante de cette cohorte. J'avoue que j'ai longtemps eu des doutes, mais je pense que vous pourriez être une candidate intéressante pour un emploi dans ce salon.

— M… merci, murmura Marie-Camille, en tendant la main pour prendre la carte.

— Vous êtes chanceuse, continua l'enseignant, c'est un domaine en pleine expansion. Il y a quelques années, l'exposition à la maison était encore la norme dans bien des régions du Québec.

— Chanceuse, répéta-t-elle la bouche trop sèche.

Heureusement pour Marie-Camille, le directeur du collège, monsieur Lalonde, sortit à ce moment de son bureau pour afficher les derniers résultats. Un brouhaha s'ensuivit et Jean-Luc Buisseau lui fit un signe de la tête avant de s'éloigner dans le large corridor. Gabriel arriva au même moment à bout de souffle.

— Alors ?

— Il vient juste de les afficher. J'attends que les vautours aient terminé et me cèdent leur place, ricana Marie-Camille, qui avait l'impression que l'air recommençait à circuler dans ses poumons. Dis donc, tu te lâches lousse !

La jeune femme se moqua de son ami en pointant la veste de laine moutarde qui avait remplacé son veston.

— On a fini !

— Tu as bien raison !

Elle se retint pour lui dire qu'ainsi vêtu et sans sa barbe, il avait encore plus l'air d'un Québécois de souche. Marie-Camille savait que son ami était torturé depuis quelques mois par rapport à sa religion. Avant leur entrée au Collège des embaumeurs, elle n'avait pas partagé ses journées avec Gabriel et se demandait parfois s'il avait toujours été aussi ambivalent face à son judaïsme. Étaient-ce les réflexions et commentaires de Philémon et ses complices qui l'avaient à ce point confondu ? Malgré leur complicité, Marie-Camille savait que sur certains sujets, son ami préférait ne pas se confier. Sa religion en était un. Quand elle l'avait questionné de nouveau sur la réaction de son père face à son visage imberbe, il avait juste répondu :

— Mauvaise. Je préfère ne pas en parler, Marie.

Dans les faits, Edmond était tellement fâché que Gabriel se demandait si un jour il s'en remettrait. Pourtant, le jeune homme avait tenté de lui expliquer que ce n'était que temporaire, qu'il l'avait fait sur un coup de tête, pour imiter les autres étudiants, qu'il ne reniait pas le judaïsme... Peu importe les explications fournies, son père avait froidement répliqué :

— Je pense que tu manques d'orientation, mon fils. Peut-être est-il temps que je t'envoie passer un moment chez tes frères. Lorsque tu auras fini cette formation, tu prépareras tes valises. Je vais demander à Ibrahim et Norbert de te recevoir chez eux.

— Papa...

Edmond avait secoué la tête et levé la main pour l'empêcher de poursuivre. Depuis, il ne s'adressait à son fils que du bout des lèvres et surtout pour s'informer s'il avait fait sa prière du matin. Sa mère, attristée de la situation tendue, ne disait pas un mot, se contentant de lui tendre son assiette ou ses vêtements propres, un air peiné sur le visage. Gabriel vint pour avouer à Marie-Camille qu'il avait presque hâte de quitter le Québec pour se rendre chez ses frères lorsque Stéphane Gagné lâcha :

— On sait bien ! Si j'avais eu des formes plus arrondies, j'aurais pu l'avoir, la meilleure note.

Tout en disant cela, il fixa la poitrine de Marie-Camille, moulée dans son col roulé blanc. Choquée par ce regard audacieux, la femme ne détourna pas le sien, déterminée à ne pas montrer sa fragilité. Son ami s'avança vers la liste affichée et sourit à l'étudiante :

— Bravo, mon amie ! Tu finis donc première de notre promotion. Tu le mérites !

La jeune femme ne tenta même pas de s'approcher des babillards pour le rejoindre, pressée de sortir de cet environnement où l'ambiance était assombrie par la frustration d'un groupe d'hommes convaincus que seule sa féminité lui avait valu les meilleures notes. Sa grande fierté d'avoir terminé première cohabitait avec un sentiment de mécontentement devant le manque d'ouverture du milieu funéraire. Car Marie-Camille n'était pas sans savoir que plusieurs de ses pairs avaient déjà reçu des offres afin de faire partie de l'équipe des salons de renom. Les hommes ne s'étaient pas gênés pour le laisser savoir durant les derniers jours. Elle avait envie de crier à tous ceux qui la dénigraient parce qu'elle était une femme : « Vous avez étudié tous les soirs jusqu'à 1 ou 2 heures du matin depuis trois mois ? »

Gabriel la regardait avec affection et tentait de la supporter, malgré ses propres tourments. Car la menace de son père planait au-dessus de sa tête : serait-il obligé de quitter la province quelque temps afin de rejoindre ses frères aux États-Unis ? Il n'était pas sans savoir que si cette situation s'avérait, Ibrahim et Norbert ne se gêneraient pas pour lui faire la morale. L'étudiant était conscient que son père allait de déception en déception avec lui, et cela lui brisait le cœur. Pourtant, au contact de Marie-Camille, d'Alice et des autres jeunes Québécois francophones, Gabriel s'apercevait de sa difficulté à suivre les diktats de sa religion. Coincé entre les règles établies dans sa famille et l'envie de prendre son envol, il ressentait parfois une lourdeur au fond de sa poitrine, qui peinait à se dissiper. Pour le moment, il ne voulait pas y penser. Marie-Camille prit la main tendue de son ami et, bras dessus, bras dessous, les deux sortirent pour la dernière fois du pavillon de médecine dentaire de l'Université de Montréal. La vraie vie pouvait commencer !

~ ~ ~

Quand Florie avait appris que sa nièce était arrivée première de sa cohorte, la nouvelle avait fait le tour du village de Sainte-Cécile à la vitesse de l'éclair. À tous ceux qu'elle rencontrait, la grosse femme s'enorgueillissait :

— C'est bien pour ça que je t'ai autant encouragée, mentionna Florie à Marie-Camille quelques jours après la fin de ses cours.

La nouvelle embaumeur avait retenu un éclat de rire. En ce vendredi 5 mai, elle avait bien hâte de voir Alice pour lui donner l'horaire de leurs parties de softball de l'été. Marie-Camille arriva au restaurant de bonne humeur. Même si sa formation était terminée depuis un peu plus d'une semaine, elle n'avait pas encore contacté de salon funéraire.

— Je veux prendre mon temps, avait-elle expliqué à sa tante Adèle. J'ai tellement étudié durant les derniers mois que je me donne quelques semaines de pause !

Marie-Camille savait que son amie serait au Pop Poulet et arriva en courant, cinq minutes avant le début de son quart de travail. Par la grande vitrine, elle remarqua quelques clients et une autre serveuse, mais pas Alice. Sous son imperméable beige, Marie-Camille avait revêtu sa blouse blanche et sa jupe noire, comme toujours. Sa chaînette avec la bague de sa mère dansait sur le haut de sa poitrine. Elle poussa la porte avec vigueur.

— Allô, Jacques! lança-t-elle avec bonne humeur, en apercevant son corpulent patron tout en sueur. Mon doux, tu vas bien?

— Oui, mais l'évier est bouché et ça fait une demi-heure que je suis couché sur le plancher à défaire des tuyaux. Tout ça en tentant d'expliquer à la nouvelle la différence entre un club sandwich familial et individuel. Je suis bien content de te voir, tu vas pouvoir t'en occuper.

Marie-Camille tourna sa tête en fronçant les sourcils. Assise sur un tabouret, une jeune brunette trop maquillée lui jetait un regard de biche effarouchée.

— Une nouvelle?

— Oui! Pour remplacer Alice.

Marie-Camille aurait reçu une gifle au visage qu'elle n'aurait pas été plus estomaquée. Elle se dirigea tout près de son patron, en détachant son imperméable. Elle fourra le foulard carré qu'elle avait sur sa tête dans la poche de son manteau.

— Comment ça, remplacer Alice? Tu l'as congédiée? demanda-t-elle sur un ton fâché.

Le gros moustachu croisa les bras sur son ventre.

— Pas du tout! C'est elle qui est partie.

— Bien voyons, quand ça?

— Dimanche! Elle a fini son quart, puis elle m'a dit: «En passant, j'ai trouvé un autre travail, Jacques. Je vais plus pouvoir revenir.» Comme ça! Après six ans. Sans même me laisser le temps de me revirer de bord! Je te dis qu'elle me laisse dans le trouble, avec le beau temps qui arrive. Surtout que toi aussi, tu risques de partir bientôt. Je sais pas trop comment je vais m'en sortir…

L'homme, qui avait toujours été si bon pour les deux amies, affichait maintenant un air blessé sur son visage rougeaud. Il ouvrit ses bras, laissant voir les ronds de sueur sous ses aisselles. Le pauvre ne rajeunissait pas et s'occuper seul d'un restaurant n'était pas une mince affaire. Marie-Camille avait pâli et ses yeux bleus se remplirent de larmes.

— Mais… je comprends pas. Elle m'a rien dit quand on a soupé ensemble l'autre jour !

— Ah bon ?

Jacques s'approcha pour tenter de consoler sa serveuse. Maladroitement, il mit son bras sur les épaules de la jeune femme.

— Elle t'a dit où elle allait travailler ?

— Dans une affaire de déménagement.

— Hein ?

— Bien un de ses amis, John ou Josh, avait besoin d'une réceptionniste pour sa compagnie. Tu le connais ?

Marie-Camille se pencha pour ôter ses bottillons et glisser ses pieds dans ses ballerines noires. Elle hocha la tête de haut en bas, omettant de mentionner qu'elle ne connaissait plus grand-chose de la vie d'Alice.

— Alors, tu penses que tu peux aider Ginette ?

— Ginette ?

— C'est moi ! lança la nouvelle serveuse en se levant.

Debout, elle devait faire tout juste cinq pieds, et Marie-Camille retint un soupir en voyant qu'elle portait des talons aiguilles de trois pouces, des chaussures bien peu appropriées à l'emploi. Elle sourit, leva son index devant son visage et suivit son patron dans la cuisine.

— Tu l'as trouvée où, mautadine, dans un cirque ambulant ? Elle s'est tellement maquillée qu'elle a l'air d'un clown !

— C'est la fille d'une petite-cousine que j'ai rencontrée par hasard.

— Oh, désolée !

— Non, non. Pas de trouble, je l'avais pas vue depuis des lustres. Elle m'a dit que sa fille était débrouillarde et travaillante.

— J'ai hâte de voir ça ! murmura Marie-Camille, qui doutait un peu des capacités de l'autre, étant donné le jeune âge de la nouvelle serveuse.

Ce fut de loin la soirée la plus éprouvante que Marie-Camille passa au restaurant depuis son embauche. Ginette était si maladroite que Jacques dut recommencer trois plats qu'elle n'avait pas réussi à apporter intacts jusqu'à la table des clients. La vaisselle s'accumulait sur le comptoir près de l'évier, puisque le cuisinier n'avait pas réussi à le déboucher. Quand Ginette partait vers une table avec deux bols de soupe, la blonde s'élançait pour la suivre de près et s'assurer que les aliments se rendent sans être renversés. Alors, Marie-Camille passa la soirée à faire des miracles, en s'occupant à la fois de ses propres clients et de ceux que sa collègue aurait dû servir.

— Le seul point positif, expliqua-t-elle à sa tante Adèle, le lendemain au téléphone, c'est que j'ai pas pensé à Alice de la soirée. Mais juste à l'idée que je vais encore être prise avec Ginette ce soir, j'ai envie de pleurer !

À l'autre bout de la ligne, Marie-Camille entendit sa tante rire. Puis, Adèle reprit son sérieux :

— Mais, pour Alice ?

— Je sais rien. Je comprends juste pas, matante. Il me semble qu'on s'était enfin rapprochées il y a trois semaines, quand elle est venue à la maison. Mais j'imagine que je me suis trompée ! Quelle sorte d'amie fait ça, hein ? Changer de job sans m'aviser ! On travaillait au même restaurant depuis quatre ans. Me semble que ça se fait pas. Et pour vrai, j'essaierai pas de savoir. Il y a toujours bien des limites à me laisser traiter comme ça ! Si Alice veut me reparler, elle sait où me trouver. Bon, je te laisse, je dois me préparer pour aller jouer à la gardienne d'enfants !

C'est avec l'éclat de rire de sa tante dans les oreilles que Marie-Camille raccrocha l'appareil. L'arrivée de cette remplaçante au restaurant l'aiderait sûrement à prendre le taureau par les cornes. Il lui fallait trouver un emploi dans son domaine.

« Je pense que je devrais téléphoner au numéro que monsieur Buisseau m'a donné. Ça peut peut-être déboucher sur un travail intéressant. Au diable l'orgueil ! Personne court après moi pour m'offrir un poste, alors je vois pas pourquoi j'utiliserais pas ce contact ! »

~ ~ ~

Depuis la fin de ses études, Gabriel anticipait le moment où son père l'obligerait à faire sa valise pour aller visiter ses frères aînés. Quand Edmond lui demanda de rester dans la cuisine après le déjeuner, un jour vers la mi-mai, il sut que le moment était venu. Le jeune homme passa une main dans son visage et grimaça au contact des poils durcis sur son menton. Il n'avait évidemment pas réutilisé le rasoir et déjà, une toison foncée se formait. Parfois, ça le démangeait tellement qu'il regardait avec envie l'instrument servant à couper sa barbe. Pourtant, il ne referait pas le geste. D'abord, il ne côtoyait plus Philémon et Stéphane ; ensuite, il voulait respecter sa religion et la remettre au premier plan dans sa vie, comme il l'avait toujours fait. Il songeait, à l'occasion, que son amitié avec Marie-Camille nuisait certainement à sa foi et qu'il serait peut-être préférable d'y mettre fin. Mais il avait trop d'affection pour la jeune femme pour cesser de la fréquenter. Ses questionnements en lien avec les exigences du judaïsme s'étaient peu à peu éclipsés, même si, parfois, il demeurait longtemps assis à la fenêtre de sa chambre pour observer les jeunes couples déambulant sur le trottoir devant chez lui. Il savait qu'il n'aurait jamais cette possibilité de courtiser une femme de son choix, de la sortir sans chaperon, mais il l'avait accepté. À quelques reprises, Béthanie Chelli et sa famille étaient venues les visiter. L'homme aurait aimé éprouver auprès de la jeune Chelli les mêmes émois que le contact avec le corps voluptueux d'Alice lui avait fait ressentir.

— Tu veux me parler, père ? demanda-t-il sur un ton hésitant.

Le soleil qui pénétrait par les grandes fenêtres arrondies de la cuisine promettait une belle journée, après une courte période nuageuse. Dans la cour, les arbres matures et les arbustes montraient des signes de bourgeonnement et déjà, les sœurs de Gabriel avaient installé leurs deux chaises sous le pommier.

— Alors que comptes-tu faire ?

Gabriel tourna la tête vers son père assis face à lui à la table. Le ton adouci d'Edmond le surprit.

— Que veux-tu dire?

— Maintenant que tu as terminé ton cours, as-tu l'intention de reprendre ta médecine?

Le jeune ferma les yeux pour cacher sa déception. Alors pendant tout ce temps, son père n'attendait que cela? Il n'avait donc jamais accepté son choix. Appuyant son dos large contre la chaise, Gabriel secoua la tête.

— Non, papa, je ne reprendrai pas ma médecine. Il n'en a jamais été question. Je pense me trouver un travail.

— Où?

La question que craignait Gabriel avait été posée. Car depuis la fin de sa formation, il se la posait jour et nuit. Les cours du Collège des embaumeurs étaient principalement axés sur les valeurs catholiques et, pour respecter celles du judaïsme, Gabriel aurait aimé travailler au sein de sa communauté. Mais à sa connaissance, il y avait très peu de salons funéraires juifs, et il n'avait pas encore commencé à faire les démarches auprès de ces établissements. Son père croisa ses mains sur la table. Les deux hommes se ressemblaient beaucoup, malgré la tête blanche de l'aîné. Pour la première fois depuis quelques semaines, le fils tenta une réconciliation: il mit la main sur celle de son père.

— Je sais que je te déçois, papa, que tu aurais aimé que je termine ma formation de médecin. Mais je ne peux pas. Je sais que je ne serai jamais un bon docteur, la maladie me chagrine trop. La souffrance des malades m'indispose à un point tel que je ne pourrai jamais être efficace…

— Avec le temps, tu aurais appris à composer avec cette souffrance, suggéra Edmond sur un ton doux.

— Je ne crois pas, souffla le jeune. Ce que j'apprécie du domaine funéraire, c'est de faire du bien aux familles qui ont perdu un être cher. Devant le drame, je peux offrir du réconfort. La frontière entre les deux disciplines est mince, je le concède, mais elle est là. À l'hôpital, je suis impuissant devant la douleur, alors que seul avec le défunt, mon principal objectif est de lui rendre une dignité perdue. Je sais que tu peux difficilement le comprendre…

Pourtant, le père avait suivi le raisonnement de son garçon. Lentement, une acceptation de ce parcours inusité se fraya un chemin dans sa tête. Il hocha celle-ci doucement, puis un léger sourire apparut sur son visage barbu. Edmond aimait ses enfants plus que tout. S'il était sévère et rigide, c'est qu'il désirait le meilleur pour eux. Après son exil, l'homme avait craint de sombrer dans la dépression en constatant le clivage entre sa religion, ses valeurs et celles de son pays d'accueil. S'il ne désirait pas fréquenter des goys, il n'en demeurait pas moins qu'il respectait la ténacité et la résilience des Québécois. Toutefois, il comprit, en voyant le visage sérieux de son fils, qu'il devait l'accompagner dans sa démarche pour éviter que Gabriel ne fasse le saut chez les catholiques.

— Alors si c'est ce que tu désires, je vais parler au rabbin David pour savoir s'il ne peut pas nous diriger vers un établissement de deuil.

— Vraiment ?

Gabriel ne s'attendait tellement pas à ce dénouement que ses yeux se remplirent de larmes. Après des mois difficiles à cacher à sa famille le harcèlement dont il avait été victime, à taire sa honte devant les gestes posés pour cacher sa religion, il voyait enfin la lumière au bout du tunnel. Il osa même poser la question qui le taraudait depuis quelques semaines.

— Et pour les États-Unis ?

Edmond se releva pour cacher son visage. Il regarda par la fenêtre et sourit en voyant ses deux filles se taquiner près des plants de tulipes, au fond de la cour. Vêtues de leurs longues jupes marine, avec les cheveux tressés en couronne autour de leur tête, Mazal et Kayla se ressemblaient comme des jumelles, malgré leur année d'écart. L'homme d'âge mûr croisa ses bras contre sa poitrine et répondit sans se retourner :

— Si tu le désires. Seulement.

— Ah.

Un grand soulagement envahit Gabriel, qui remercia Dieu de faire revenir la paix dans sa vie. Il se releva à son tour, sans voir sa mère dans l'embrasure de la porte. Le jeune homme s'approcha de son paternel, posa la main sur son épaule et souffla :

— Merci, père.

Dans cette famille traditionnelle, même si l'amour était présent, rares étaient les mots qui le définissaient. Les regards, les gestes étaient doux, mais les paroles étaient tues. Pourtant, à ce moment, pour la première fois depuis l'enfance, Gabriel murmura avec tendresse :

— Je t'aime.

CHAPITRE 16

— Bon, ce matin Marie-Camille, tu prends le taureau par les cornes! Ça va faire. T'es pas pour faire la serveuse toute ta vie! Hein, Israël?

Allongé sur le lit de sa maîtresse, le chat caramel n'avait guère d'opinion sur le sujet. Marie-Camille se coucha contre son animal et enfouit son nez dans sa douce fourrure. Les yeux tournés vers la fenêtre, elle appréciait la légère brise qui faisait valser ses rideaux à pois. Depuis la fin de ses études, elle avait travaillé tous les jours au restaurant. Elle n'avait pas croisé une seule fois Alice dans l'immeuble et n'avait pas été surprise lorsque madame Vadeboncœur lui avait dit, la veille:

— Il y a longtemps que j'ai pas vu la petite Thibault. Pour moi, elle travaille trop fort.

— En effet.

— Donc elle travaille beaucoup?

Marie-Camille avait soupiré et n'avait pas répondu. Qu'aurait-elle pu dire sans choquer la voisine?

«Je pense que mon amie fait des mauvais choix.»

«Je pense qu'elle doit vivre chez son amoureux la plupart du temps!»

Des plans pour qu'Albertine fasse une syncope sur le palier! Marie-Camille avait donc haussé les épaules et prétexté un appel important à passer. Chaque jour, la femme se promettait de téléphoner au salon funéraire Gouin ; chaque soir, elle se couchait en se reprochant de ne pas l'avoir fait. Elle ignorait le lien qui existait entre son ancien enseignant et cette maison. Et si ce dernier y travaillait de temps en temps ? Si elle risquait de le revoir trop souvent ? Sachant que la confusion qu'elle ressentait en sa présence n'était pas saine, Marie-Camille aurait préféré éviter tout contact avec lui. Mais elle allait le faire pour vrai, cet appel. Sans plus attendre, en ce matin de mai, la blonde plaça deux peignes pour retenir sa frange, mit ses lunettes noires sur le bout de son nez et se dirigea vers le salon. La carte donnée par Jean-Luc Buisseau était posée à côté de l'appareil depuis trois semaines.

— C'est pas comme si on se bousculait pour m'offrir un emploi de directrice funéraire ! marmonna-t-elle pour se donner du courage.

Prenant le carton dans sa main, elle jeta un coup d'œil au mur : 9 h 05. Elle composa le numéro. Quelques secondes passèrent avant qu'une voix féminine ne réponde.

— Bonjour, j'aimerais parler à monsieur Guy Pépin s'il vous plaît.

— De la part de qui ?

— Marie-Camille Gélinas. Dites-lui que je suis recommandée par monsieur Jean-Luc Buisseau, je vous prie.

Après quelques instants, une autre voix retentit dans le combiné. Une voix plus âgée que celle de son enseignant, supposa Marie-Camille. Le ton était froid, mais respectueux lorsque le propriétaire lui donna un rendez-vous pour l'après-midi même, à 15 heures.

— J'y serai sans faute.

— Je l'espère, mademoiselle, car je ne tolère pas les retards.

Marie-Camille raccrocha en grimaçant. Elle devrait donc s'assurer que son pire défaut ne vienne nuire à l'obtention de ce futur emploi. Comme la matinée était peu avancée, elle décida d'aller à la pépinière sur le boulevard Rosemont pour acheter quelques semences. Ce qui lui manquait le plus, depuis qu'elle vivait à Montréal, était le travail dans le jardin, qu'elle adorait faire autrefois avec sa tante Florie. Sautant dans son vieux pantalon gris et enfilant une blouse défraîchie, Marie-Camille se hâta vers la porte. Arrivée au premier étage, elle fit un arrêt devant l'appartement d'Alice. Prise d'une impulsion subite, elle frappa avant même d'avoir réfléchi. Elle regrettait déjà son geste, mais au bout d'un moment, elle supposa que celle-ci n'était pas chez elle.

— C'est aussi bien! murmura-t-elle en mettant le pied dans l'escalier pour continuer sa descente.

Toutefois, la porte s'ouvrit et son amie marmonna:

— Oh, Marie! Coudonc, il est quelle heure?

— Neuf heures et demie.

— Déjà?

Alice avait les cheveux dénoués et tellement ébouriffés qu'elle semblait avoir une crinière de lion. Ses yeux cernés ne lui donnaient pas très bonne mine et Marie-Camille sentit un pincement au fond de son cœur.

— Tu veux entrer? demanda à contrecœur la femme encore en jaquette.

— Heu non, non. Je voulais juste te demander si tu avais envie de venir à la pépinière avec moi, comme l'année dernière. On pourrait en profiter pour jaser. Il y a tellement de changement dans nos vies en ce moment!

En prononçant ces paroles, Marie-Camille réalisa à quel point la dernière année avait modifié leur relation. Sans qu'elle sache précisément pourquoi, une distance inimaginable semblait s'être créée entre les deux amies d'autrefois. L'ennui apparut sur le visage rousselé d'Alice et la visiteuse haussa les épaules pour se détourner.

— C'est juste que c'est ma première journée de congé depuis un bout. Tu sais, mon nouveau travail est pas mal demandant.

— Non justement, je sais pas… répondit doucement Marie-Camille. Tu m'as rien dit pour cet emploi. J'ignorais que tu voulais quitter le restaurant.

« En fait, aurait-elle voulu ajouter, j'ignore tout de toi. Qui tu vois ? Où tu travailles ? Où tu sors ? » Ressentant une immense lassitude devant cette relation qui tirait à sa fin, Marie-Camille poussa ses lunettes sur son visage pour se donner une contenance et se détourna.

— Retourne te coucher, dit-elle.

— OK, mais on soupe ensemble bientôt, d'accord ?

Marie-Camille hocha la tête, tout en sachant fort bien qu'elles n'en feraient rien. Alice ne lui avait même pas demandé comment s'étaient déroulés ses examens et la fin de sa formation. La jeune femme se retrouva dans la rue avec une profonde peine d'amitié au fond du cœur.

— Je peux plus continuer à être déçue comme ça, murmura tout bas Marie-Camille, en marchant sous un soleil radieux.

Peut-être qu'un jour, Alice et elle pourraient se retrouver, mais pour le moment, elles étaient à des années-lumière l'une de l'autre.

~ ~ ~

Quand Adèle Gélinas ouvrit la porte de son appartement, sa nièce lui sauta dans les bras. Tout échevelée après sa course sur la rue, Marie-Camille avait tellement hâte de narrer sa rencontre qu'elle s'était tout de suite dirigée chez Adèle. Son premier choix aurait peut-être été Alice, mais après la rencontre du matin, elle n'y avait même pas pensé.

— Je l'ai eu, matante Adèle ! Je suis maintenant une vraie embaumeuse.

— Embaumeuse ?

— J'ai décidé que je féminiserais le titre. En tout cas, en privé, avec les gens que j'aime. Parce que je suis peut-être la première, mais sûrement pas la dernière ! En tout cas, je l'espère !

Adèle ouvrit grand la porte de son appartement en riant. Elle mit son manuscrit de côté pour participer à la joie de sa nièce.

— Entre, ma chérie, et raconte !

— Je vais commencer à travailler trois jours par semaine, à partir de la semaine prochaine. Monsieur Pépin a dit que si je fais l'affaire, il y aurait du travail pour moi à temps plein cet été.

— Et il est comment, ce monsieur Pépin ?

Marie-Camille réfléchit les yeux à demi fermés à l'homme austère qui l'avait accueillie au salon du boulevard Gouin, près de la rivière des Prairies.

— Comme on imagine un embaumeur ! éclata-t-elle de rire.

— Ah bon. Il sera un bon guide alors.

— Il a ouvert ce salon il y a dix ans, mais déjà, c'est un des plus occupés de l'île. Monsieur Buisseau m'avait pas mentionné ce détail en me donnant sa carte.

— Monsieur Buisseau ?

— Mon enseignant. Celui qui m'a recommandée.

Adèle fronça les sourcils en remarquant une légère rougeur apparaître sur les joues de sa nièce à cette évocation. Elle la tira vers le petit salon aux murs tapissés de fleurs et demanda :

— Tu te sens bien ?

— Oui, oui. Il fait chaud dehors et j'ai couru.

— Alors, tu crois que tu te sentiras bien dans cet endroit ?

Marie-Camille hocha la tête avec fierté.

— Et le salaire est intéressant quand même, c'est plus que le salaire minimum. Je vais recevoir 1,25 $ l'heure, tu t'imagines ?

La nouvelle employée du salon funéraire Gouin continua à s'extasier sur cet emploi qui lui permettrait enfin de s'épanouir. Sa tante l'écoutait en souhaitant de tout son cœur que sa route soit moins parsemée d'embûches que la sienne ne l'avait été.

Pourtant, la pauvre Marie-Camille s'aperçut assez vite que le travail qu'on lui offrait ne correspondait pas tout à fait à ses attentes.

— J'espère que vous avez bien compris, mademoiselle ? s'informa monsieur Pépin le premier matin.

Dans la pièce sans fenêtre au sous-sol du salon funéraire, Marie-Camille écoutait religieusement les consignes de son employeur.

— Pour l'utilisation du formaldéhyde[4], serez-vous à mes côtés ? Car même si les enseignements ont été fort adéquats au collège, il en demeure pas moins que je préfère pas être seule lorsque j'inciserai mes premiers défunts.

Dans la vaste pièce blanche éclairée par des lumières vibrantes au plafond, tous les instruments servant au travail de l'embaumeur étaient bien ordonnés. Au mur, des tablettes sur lesquelles reposaient des dizaines de bouteilles contenant différents liquides. Au centre, deux tables de travail semblables à d'étroits lits d'hôpital sur lesquels reposaient les défunts. Au-dessus de ces tables blanches en porcelaine, une hotte d'aspiration pour chasser les émanations des produits toxiques utilisés dans la salle. C'est tout près d'un de ces lits que la nouvelle employée et son patron discutaient des tâches que Marie-Camille accomplirait. Le vieil homme jeta un regard surpris à la jeune femme, qui se tenait bien droite dans son long sarrau blanc.

— Incisions ? Un instant, jeune fille ! Pour le moment, vous vous contenterez de maquiller et de coiffer les morts. Je pense qu'en qualité de femme, vous pourrez réussir cette tâche adéquatement.

— Ben voyons !

Les yeux de Marie-Camille allaient des liquides dans les bocaux au mur au vieil embaumeur qui lui faisait face. Lors de son entrevue d'embauche, Guy Pépin lui avait pourtant paru sympathique :

— Moi, mademoiselle, j'approche de soixante-quinze ans et ma femme commence à trouver que je me fais vieux

4 Couramment appelée formol, cette solution sert à la conservation des corps.

pour travailler aussi fort ! Avant d'être directeur funéraire, j'ai été laitier pendant quarante ans.

— Ah bon ?

Marie-Camille avait été étonnée : comment passait-on du lait aux morts ? Devant son regard interrogateur, l'homme avait poursuivi :

— À soixante ans, j'ai hérité de cette grande maison sur le bord de la rivière des Prairies. Comme ma femme et moi vivions désormais seuls, j'ai eu envie d'utiliser l'endroit à des fins commerciales. C'est mon fils Antoine qui m'a proposé d'ouvrir un salon funéraire. Je lui ai dit que je connaissais rien dans les morts, mais mon gars a la fibre de l'entrepreneur, je vous le dis !

La nouvelle ressource apprit qu'Antoine Pépin avait en effet pris en charge tout le côté public du salon. Il avait convaincu son père d'aller se former, ce que Guy avait fait auprès d'un embaumeur de la région de l'Ontario. Sa femme Gisèle, un peu découragée à l'idée de vivre au-dessus d'une telle entreprise, n'avait finalement accepté qu'à une condition :

— Arrangez-vous pour que les morts passent pas par la même porte que moi !

Quelques ajustements avaient été apportés à l'immense maison et, en 1953, les Pépin avaient ouvert le premier salon funéraire du nord de l'île de Montréal. Antoine ne descendait jamais dans la salle de préparation des corps. Il s'occupait de rencontrer les familles et de leur proposer différents arrangements respectant leur budget. À présent marié et père de jumeaux de six ans, l'entrepreneur travaillait d'arrache-pied pour s'assurer qu'un jour, il léguerait à ses enfants une entreprise en santé. C'était un homme honnête et, comme l'avait compris Marie-Camille lors de leur première rencontre, un bon ami de Jean-Luc Buisseau. D'où la recommandation.

Devant le choix de paroles de Guy Pépin concernant son rôle dans la salle d'embaumement, Marie-Camille eut un léger rictus, puis elle insista :

— Mais vous savez que j'ai appris toutes les étapes de l'embaumement au collège, n'est-ce pas ? Vous pourriez vérifier auprès de monsieur Buisseau. Je peux même vous les expliquer pour vous rassurer.

Sans lui laisser le temps de répliquer, la femme inspira profondément, puis se lança :

— Il faut d'abord désinfecter le corps soigneusement. Puis, pour éviter l'écoulement de fluides non désirés, on aspire les liquides corporels. On ferme la bouche, on fait les incisions afin d'injecter le liquide par la carotide. Ensuite, on draine la jugulaire et à la fin, on colle les orifices du visage et on ferme les incisions. On hydrate la peau afin de conserver son aspect naturel le plus longtemps possible sans qu'elle se dessèche.

— Mademoiselle Gélinas…

Sans s'arrêter, Marie-Camille poursuivit, en mimant les gestes à poser.

— Par la suite, on injecte un liquide de conservation dans le corps à partir de l'artère carotide, située près de la clavicule. Le sang se trouve repoussé par ce liquide et est évacué par la veine jugulaire qui a été incisée. Voilà ! Je pense que je peux faire plus que juste maquiller les défunts, vous croyez pas ?

Le vieil homme hésitait entre l'exaspération et l'amusement. Il avait beaucoup tergiversé lorsque son fils lui avait fait cette étrange proposition :

— Je pense que tu devrais engager quelqu'un pour t'aider dans la salle d'embaumement. Les demandes augmentent et tu pourrais prendre un peu plus de temps pour te reposer. Tu rajeunis pas, papa !

— J'ai pas besoin de me reposer.

— Je pense que maman aimerait bien que tu diminues un peu le rythme. De toute manière, il faut penser à former une relève.

— On a les jumeaux.

— Papa, les jumeaux seront encore à l'école pour quinze ans. Non, Jean-Luc m'a parlé d'un étudiant…

Antoine Pépin avait déformé la vérité, sachant que son paternel aurait d'abord refusé s'il avait précisé le genre de l'étudiant en question. Pas qu'il était contre l'emploi d'une femme au salon funéraire. Mais comme réceptionniste, comme secrétaire… dans un travail taillé pour elle. Alors quand il avait finalement accepté la proposition et que son fils lui avait transmis le nom du « candidat », le vieil homme avait sursauté.

— Tu m'as jamais parlé d'une femme, Antoine ! avait-il grogné.

Mais son fils avait été très convaincant et monsieur Pépin avait accepté de la rencontrer. Il avait quand même précisé à Antoine qu'une femme dans une salle d'embaumement n'arriverait pas à contrôler ses émotions, il en était persuadé. Toutefois, en fixant sévèrement la jeune femme qui se tenait debout, les mains sur les hanches, il avait presque envie de changer d'avis.

— J'ai fini première de ma cohorte, monsieur Pépin. Donnez-moi une chance et vous verrez que vous le regretterez pas, insista Marie-Camille, en faisant tout pour que son ton ne soit pas trop larmoyant.

Pourtant, elle commençait à se demander si elle avait fait le bon choix ! L'homme qui lui faisait face ne semblait pas très avant-gardiste. Elle avait pensé que Jean-Luc Buisseau avait préparé le terrain. Mais elle devait se rendre à l'évidence : le vieil embaumeur ne voyait pas d'un si bon œil l'arrivée d'une femme dans son monde souterrain !

— Je veux pas juste maquiller des morts, moi, monsieur Pépin. Je veux apprendre et on m'a dit que vous étiez un des meilleurs à Montréal.

— N'essayez pas la flatterie, jeune femme, grogna l'aîné en reculant jusqu'à une chaise droite installée près du mur.

Il devait avouer que la rigueur et le professionnalisme de Marie-Camille le surprenaient. De prime abord, il avait décidé de l'engager surtout pour faire plaisir à sa femme Gisèle et à son fils. Mais s'il avait espéré que sa nouvelle employée ne soit pas trop dérangeante, les paroles de la jeune femme lui donnaient envie de lui faire confiance. Dans le fond, peut-être que l'idée qu'il puisse se retirer de la pratique d'ici un an ou deux n'était pas si folle ? Marie-Camille rongeait son frein, en se balançant d'avant en arrière. Elle avait envie de quitter la pièce en arrachant sa blouse de travail. Si monsieur Pépin lui opposait un refus, elle y songerait à deux fois avant de revenir le lendemain. Finalement, alors qu'elle commençait à croire que l'homme s'était endormi, il se releva lentement, une main sur la hanche.

— C'est d'accord, jeune fille. Mais vous allez d'abord me regarder faire, puis si vous êtes capable d'observer sans parler…

Monsieur Pépin laissa passer quelques secondes pour bien montrer son doute. Marie-Camille hocha la tête.

— Aujourd'hui, nous avons deux défunts. Un mort d'une maladie grave et l'autre, de vieillesse ! Nous allons débuter avec l'homme. Venez, vous allez m'aider à l'installer sur la table de travail.

Enfilant des gants de plastique, le duo prit ensuite le défunt sur la civière pour le glisser sur la surface de porcelaine émaillée. Le nom, l'âge et la cause du décès étaient notés sur la feuille que tendit monsieur Pépin à sa jeune employée. Habituée à la rigidité des cadavres, Marie-Camille manipula fermement le corps. Même si elle connaissait les gestes à poser, la jeune embaumeuse tremblait, car elle se sentait observée par son employeur. Empreinte de sollicitude pour cette première dépouille, la femme répondit à la perfection aux demandes de monsieur Pépin.

— Vous pouvez me passer le savon désinfectant ?

— Sauriez-vous raser le défunt, mademoiselle ?

— Nous allons coller les mâchoires. Évitons que les lèvres soient trop serrées.

Si monsieur Pépin passa les premiers moments à regarder Marie-Camille par-dessus ses lunettes, il s'aperçut bien vite que la jeune ne s'émouvait pas à l'idée de pomper le liquide d'embaumement dans la carotide afin de faire circuler le sang par les veines pour qu'il s'élimine par la jugulaire. Très attentive à ses tâches, Marie-Camille ne vit pas la journée passer et, lorsqu'elle ressortit du salon, à 18 heures, c'est avec un grand sourire qu'elle se mit en marche vers son arrêt d'autobus. Ce travail la passionnerait, elle en était convaincue.

~ ~ ~

— Tu aurais dû voir la tête de mon père quand le rabbin a loué mon choix de métier. Je pense qu'il aurait préféré que Yossef Rambam ne m'encourage pas trop dans cette voie. Il m'a gentiment offert de me présenter le propriétaire du salon Paperman & fils* dans Côte-des-Neiges. Je te le dis, Marie-Camille, on dirait un collège ou une université tellement l'édifice est grand!

La jeune femme écouta son ami, enthousiaste comme elle ne l'avait pas vu depuis longtemps, lui narrer, sa première rencontre avec Lazar Paperman, le fondateur de l'entreprise.

Gabriel et Marie-Camille s'étaient retrouvés pour dîner. Ce qu'ils aimaient tous les deux de leur travail était aussi l'horaire, qui pouvait varier. Ils ne devaient retourner à leur salon funéraire respectif que vers 14 heures, ce qui leur laissait amplement le temps pour partager un léger repas. Les rayons de soleil de la fin de mai permettaient aux amis de s'installer à une petite table ronde sur le trottoir devant la Bakery Muffet, sur la rue Saint-Urbain. Au-dessus de leur tête était installé un gigantesque panneau réclame pour les cigarettes Export A, « les préférées des vrais fumeurs ! » De l'autre côté, sur Saint-Denis, c'était la marque Sweet Caporal qui était en vedette, se vantant d'être la plus vendue au pays. Les deux amis partageaient des confidences sur leur nouveau travail, leurs deux têtes appuyées l'une contre l'autre.

— En tout cas, ricana Marie-Camille, on est loin des cours soporifiques de monsieur Delamontagne.

— Par contre, tu dois admettre qu'il ne mentait pas en parlant des bruits que faisaient les défunts.

La blonde éclata d'un rire franc en se reculant sur la chaise de métal. Elle était heureuse comme jamais auparavant, étonnamment satisfaite au milieu des dépouilles.

— Tu aurais dû me voir sursauter la première fois! approuva-t-elle. J'avais la tête tournée pour prendre un pinceau et le mort a fait un si gros pet que j'ai vraiment cru qu'il était vivant. Même monsieur Pépin est resté étonné.

Les amis se mirent à comparer les sons émis par les cadavres lorsqu'ils se trouvaient sur la table d'embaumement. Cela allait du petit soupir au râle qui s'étirait en longueur. Même si leurs enseignants les avaient avisés de ces sons, aucun des deux ne s'attendait à autant de bruits dans une salle silencieuse. Gabriel allait faire part d'un fait inusité qui lui était arrivé la semaine précédente lorsqu'il vit Marie-Camille se figer. Les lèvres de son amie se fermèrent l'une contre l'autre jusqu'à devenir blanches et il mit sa main sur la sienne.

— Ça va, Marie-Camille? Tu es pâle comme la mort, rigola-t-il.

— Hum, oui, oui, chuchota la jeune femme en tentant de se fondre contre le mur de briques.

Derrière Gabriel arrivait un duo qu'elle n'avait pas envie de voir. Mais encore moins le jeune Juif, qui figea en entendant la voix tant détestée de Philémon Trudeau.

— Tiens, tiens, de belles retrouvailles! ricana le grand roux en s'approchant d'eux lentement.

À quelques pas dans le dos de Gabriel, l'homme donna un coup de coude à Stéphane Gagné et leurs yeux méchants ne quittèrent pas la kippa brodée sur la tête du Juif. Ils continuèrent d'avancer, alors que Marie-Camille empilait leur vaisselle pour rentrer.

— Bonjour vous deux. Bon, tu viens Gabriel? C'est venteux, on va rentrer.

— Attendez, mademoiselle Gélinas, vous avez oublié un napperon!

Et avant que quiconque ne puisse réagir, Stéphane avait arraché la kippa des boucles noires de Gabriel, qui blêmit de honte, de rage et de colère. Leurs anciens collègues de classe se mirent à se lancer le chapeau du jeune homme. Impuissante, leur victime restait assise, tournant le dos aux deux abrutis qui utilisaient l'objet comme un Frisbee. Ils se passaient la kippa sans aucun respect et c'est Marie-Camille qui déposa bruyamment les assiettes sur la table pour tenter de la récupérer.

— Ça va faire, maudits innocents!

— Mademoiselle Gélinas, votre langage! ricana Stéphane, non sans jeter un regard d'appréciation sur les jambes dénudées par la robe bicolore noire et rose de la jeune femme.

— Alors comme ça, vous nous avez menti? questionna méchamment Philémon. Vous êtes bien un de ces sales chiens bâtards! On le savait tellement!

Tressaillant sous l'insulte, Gabriel fixait ses doigts sans parler. Il ne s'était même pas retourné pour voir ce que faisaient les deux jeunes hommes. Autour d'eux, les regards avaient commencé à se poser sur le quatuor.

— Imbéciles ! cracha Marie-Camille. Pourquoi être aussi méchants ?

La blonde aurait voulu sauter sur le dos de ces intimidateurs et ne savait comment réagir devant le stoïcisme de son ami. Elle lui poussa l'épaule :

— Gabriel, dis quelque chose !

— Oui, le Juif, répéta Philémon sur un ton encore plus cruel que dans les souvenirs de Marie-Camille et Gabriel, dites quelque chose, ne laissez pas une fille vous défendre. Remarquez que j'imagine que c'est comme ça que vous faites, ceux de votre race ! Des lâches qui viennent voler les *jobs* des Québécois, ça doit manquer de courage !

Figé, Gabriel était incapable de bouger. Il avait l'impression que ses pieds s'étaient enfoncés dans le ciment et que son torse s'était soudé à la chaise. Marie-Camille posait ses yeux humides sur lui, puis sur les nouveaux venus, qui continuaient de lancer la kippa.

— Ça fait que non seulement tu nous as menti toute l'année, le *Jew,* continua Philémon en se mettant à tutoyer Gabriel, mais en plus, tu as fait pire ! Tu as renié ta religion en cachant ton petit capot, puis en te rasant la barbe. Faut le faire !

— Plus lâche que ça, c'est rare ! enchaîna Gagné.

Plus les intimidateurs parlaient, plus Gabriel avait l'impression d'étouffer. Il sentait les battements de son cœur augmenter de cadence et il pensait sérieusement être sur le point de perdre connaissance. Il tenta de parler, mais sa bouche était tellement sèche que le son qui en sortit fut à peine inaudible :

— Mar... rie...

— Marie, Marie, sauve-moi ! ironisa Philémon.

Puis, comme ils avaient commencé, les idiots se lassèrent. « Quel plaisir y avait-il à humilier un être qui ne tentait même pas de se défendre ? » semblèrent-ils se dire. Ils étaient juste contents de savoir qu'après tous les soupçons qu'ils avaient entretenus, ils avaient vraiment raison. Gabriel Joseph était un sale Juif ! C'est avec jubilation qu'ils partageraient cette nouvelle avec leurs anciens camarades du Collège des embaumeurs. Philémon avait même l'intention de se plaindre officiellement auprès de l'institution, qui avait laissé Gabriel voler la place d'un « vrai Québécois ». Las de leur petit jeu, Stéphane tendit la kippa vers Marie-Camille, qui s'avança avec rage.

— Tiens, prends le p'tit chapeau de ton amoureux ! Oups, il est tombé dans l'eau !

En ricanant, le jeune Gagné le lança plutôt dans la rue, où une voiture ne put l'éviter. Rouge de colère, Marie-Camille voulut pousser l'homme, mais il se tassa et elle se retrouva sur les genoux devant lui.

— Vous voyez, ma chère, vous avez enfin compris que votre place est à nos pieds, non pas à nos côtés. Bon, c'était bien agréable, mais nous devons retourner au travail. À bientôt, jeune Juif ! Vous avez bien fait de vous tenir ensemble. C'est ainsi que doivent le faire les êtres inférieurs.

Sans un autre mot, ils dépassèrent la table où Gabriel était toujours assis sans bouger et, chacun leur tour, ils accrochèrent l'épaule du barbu. Après plusieurs semaines le bas de son visage était de nouveau recouvert de poils comme avant son rasage. Marie-Camille sentit les larmes couler sur son visage devant l'impuissance qu'elle ressentait. Elle s'approcha derrière son ami et l'enlaça par le cou pour se serrer contre lui.

— Je suis désolé, Gabriel.

— Laisse-moi ! siffla enfin le jeune homme.

Avant qu'elle ne puisse réagir, il sauta sur ses pieds, prit son sac sur le sol et partit en courant vers la rue Saint-Urbain. Gabriel n'avait jamais eu aussi honte de toute sa vie.

— GABRIEL ! cria Marie-Camille. GABRIEL !

Mais le jeune ne s'arrêta pas avant d'être tout en sueur et à bout de souffle. Il en voulait à la Terre entière.

CHAPITRE 17

Marie-Camille retourna au travail, envahie par la peine. Si elle en voulait à Philémon et Stéphane, elle ne comprenait pas davantage la réaction de son ami. Pourquoi ne pouvait-il pas répliquer, se défendre contre ses attaquants ? Tout l'après-midi, elle réfléchit en posant les gestes sur le défunt devant elle de manière automatique. Pour la première fois, son esprit était ailleurs. À 18 heures, monsieur Pépin descendit dans la salle d'embaumement pour constater le résultat de son œuvre.

— Parfait mademoiselle.

Satisfait, l'homme salua sa jeune employée, qui retourna chez elle sans avoir de réponses à ses questionnements concernant Gabriel. Une fois son souper terminé, assise par terre, la tête posée sur son divan, Marie-Camille sirotait un café, songeuse. Elle cherchait à qui confier son chagrin quand elle songea à son père, qui avait vécu la même chose avec son ami James. Elle se dit qu'Édouard saurait peut-être l'aider à trouver comment agir avec Gabriel.

Chaque fois qu'elle téléphonait à la maison de Sainte-Cécile, c'était Florie qui monopolisait la conversation avec sa nièce. Alors si Marie-Camille voulait parler seulement à son père, il était préférable qu'elle appelle de jour, à son travail. Se relevant à moitié, elle agrippa le téléphone et composa le numéro de la beurrerie.

— Beurrerie Gélinas, bonjour !

— Papa, allô, c'est Marie !

— Oh ! Marie-Camille, tout va bien ?

Le ton inquiet de son père pressa la jeune femme à le rassurer.

— Oui, oui, tout va bien, t'en fais pas. J'avais juste besoin d'un conseil. Tu as un peu de temps pour me parler ?

Édouard regarda les meules de fromage qu'il devait emballer pour une commande urgente, mais hocha tout de même la tête.

— Absolument. Alors, comment se déroule ton nouveau travail ?

— Bien. J'aime beaucoup ça.

— Pourquoi ta voix a pas l'air de le savoir ? s'informa le maître-beurrier avec une légère suspicion.

— C'est pas mon emploi qui me cause des soucis.

Hésitante, Marie-Camille décida de relater l'évènement survenu une heure plus tôt. Elle se souvenait d'une situation semblable qui avait eu lieu au village de Sainte-Cécile lorsque James s'y était installé. Des villageois racistes lui avaient mené la vie dure jusqu'à le blesser et le forcer à quitter l'endroit. Depuis, le grand Jamaïcain vivait au sud de l'île de Montréal. La jeune femme avait soupé avec lui et sa famille avec plaisir à quelques reprises au cours des dernières années. Marie-Camille savait que son père avait épaulé son ami durant tout le temps qu'avait duré son calvaire.

— Qu'en penses-tu, papa ? Je dois lui parler ou je le laisse seul gérer cette situation ?

— Qu'est-ce que Gabriel a dit après leur départ ? demanda Édouard, soucieux.

— Rien. Il est parti sans me parler. Et je sais pas quoi faire pour l'aider.

— Hum, c'est pas évident. En même temps, ces deux jeunes-là, vous risquez de les croiser souvent ?

— Eux non. Mais ce qui me tracasse, c'est la réaction de Gabriel devant ces intimidateurs. On dirait qu'il remet en question sa religion, sa culture… Dès le début de notre formation, moi je pensais qu'il devait rester lui-même. Mais il a préféré cacher ses origines. Alors, il s'est retrouvé honteux de ça et malheureux quand même.

Édouard se souvenait trop bien de la période pendant laquelle Alcide Constantin et ses garçons avaient harcelé James à cause de la couleur de sa peau. Il avait eu beau tenter de limiter les dégâts, lui dire de ne pas se préoccuper du fermier, son ami lui avait fait comprendre que jamais il ne pourrait réaliser à quel point cette discrimination basée sur la race pouvait miner un homme. Édouard était peiné pour le jeune Gabriel, qu'il n'avait pas eu la chance de rencontrer. Soudain, il eut une idée :

— Peut-être que tu pourrais organiser une rencontre entre James et lui ? Un souper un peu impromptu où notre ami pourrait lui faire part de son expérience.

— Hum…

Marie-Camille hésitait. Elle ignorait même si Gabriel voudrait reparler de cet évènement après sa fuite de la journée. La douleur et la honte qu'elle avait lues dans ses yeux lui faisaient craindre le pire. Mais les paroles, la voix de son père apaisèrent un peu son tourment, et elle l'en remercia.

— À bientôt, papa. Je t'aime.

— Moi aussi, ma fille. Tiens-moi au courant.

— Promis. J'ai prévu d'aller passer une fin de semaine à Sainte-Cécile d'ici la fin de juillet. Je le ferai savoir à Florie. Dis-lui pas que tu m'as parlé aujourd'hui, hein?

Après quelques paroles affectueuses, le père et la fille raccrochèrent et Marie-Camille fixa le mur.

— Entre Alice qui est disparue de ma vie et Gabriel qui va peut-être se cacher dans un trou, il va bientôt me rester juste madame Vadeboncœur comme amie! ronchonna-t-elle, en laissant tomber sa tête sur le sofa derrière elle.

~ ~ ~

L'été s'était faufilé comme à la sauvette, après quelques jours de mauvais temps. Marie-Camille s'était promis de parler à monsieur Pépin avant la fin de la journée du 22 juin. Elle désirait prendre une journée de congé pour se rendre à Sainte-Cécile. Malgré sa gêne face à cet homme austère, elle le savait juste et pensait qu'il accéderait à sa demande sans qu'elle ait à déployer trop d'efforts. La tête penchée sur la revue qu'elle feuilletait en grignotant son sandwich, dans un coin de la petite cuisine réservée aux employés du salon, Marie-Camille ne réagit pas en entendant la porte de côté s'ouvrir. Il lui arrivait à l'occasion de croiser madame Pépin, une charmante vieille dame qui sillonnait les rues de la ville pour venir en aide aux personnes dans le besoin. Sachant qu'elle viendrait la saluer, la blonde tritura un morceau de pain en s'étonnant de l'insipidité de l'article qu'elle lisait à mi-voix:

— *Le désir d'être belle; les petits ennuis de l'été...*

Elle en était rendue à s'informer de comment la journaliste, Rollande St-Germain*, expliquait l'importance de ne plus avoir un poil sur la peau des jambes en cette saison de baignade qui débutait. Marie-Camille soupira en s'apercevant qu'elle n'était sûrement pas à jour concernant les nouvelles techniques pour enlever toute pilosité déplaisante sur son corps.

— C'est un article intéressant?

La voix la fit sursauter et elle referma *La Revue Moderne* brusquement. Marie-Camille se leva en vitesse.

— Monsieur Buisseau, que... qu'est-ce que vous faites ici?

— Je suis venu voir mon ami. Et en passant, je voulais vérifier comment vous vous acclimatiez au travail. Alors, cet article?

L'homme pointa en souriant le magazine qui brûlait la main de la jeune femme. Elle le replaça dans le porte-journaux en secouant ses cheveux. Comme chaque fois qu'elle était en sa présence, Marie-Camille ne savait comment se tenir et avait l'impression d'être une enfant idiote. Elle ne l'avait pas vu depuis la fin de ses études et pourtant, la même émotion intense l'envahit. Elle éprouvait une envie irrésistible de lui toucher, de sentir son odeur.

— Vous vous plaisez ici? s'informa gentiment l'homme, en s'avançant vers elle.

— Hum, hum.

Se rendant compte que les semaines qui s'étaient écoulées depuis leur dernière rencontre n'avaient pas fait partir le malaise qu'elle ressentait en sa présence, Marie-Camille reboutonna son sarrau et lui décocha un sourire incertain.

— Bon, je dois retourner au travail.

— Attendez donc! Venez faire un petit tour au jardin avec moi. J'ai bien hâte de savoir comment mon ancienne étudiante se débrouille dans ce cadre austère. Après tout, vous êtes la première femme au Québec à accomplir cette tâche.

— C'est que j'ai pas vraiment le temps!

— Mais si. Sans vouloir faire de mauvais jeux de mots, je pense que votre client au sous-sol peut attendre.

Jean-Luc lui fit un clin d'œil rieur et Marie-Camille sentit son cœur battre de manière affolée. Un regard de côté lui apprit que monsieur Pépin n'était pas encore descendu de ses appartements, puisque sa blouse de travail était toujours accrochée au mur, près de l'escalier qui menait au sous-sol. Elle n'avait guère d'excuse plausible pour refuser de sortir discuter avec monsieur Buisseau, alors elle haussa les épaules dans un signe d'assentiment.

— D'accord, mais pas trop longtemps. J'ai beaucoup de travail.

L'homme la laissa passer devant lui et, encore une fois, l'odeur musquée qu'il dégageait chavira la jeune femme, qui se reprocha son idiotie. L'homme était beaucoup plus vieux qu'elle, marié et surtout pas du tout intéressé par une banale étudiante. Lorsqu'il mit la main à la base de son dos pour la diriger, un long frisson parcourut l'échine de Marie-Camille, qui sentit ses jambes ramollir.

Derrière l'édifice, une fois qu'ils eurent dépassé les places réservées aux deux corbillards du salon, ils se retrouvèrent dans l'énorme jardin qui descendait jusqu'à la rivière des Prairies. L'embaumeuse s'y était rendue à quelques reprises lors de ses pauses pour contempler cette nature qui s'épanouissait chaque jour un peu plus. Les canards revenus du sud avaient élu domicile sur les berges et ne se gênaient pas pour criailler à la vue des humains qui osaient s'approcher.

Un long banc de bois installé dans l'herbe invitait à la détente.

— Venez, dit Jean-Luc Buisseau. Allons nous asseoir quelques instants, vous pourrez terminer votre pomme.

La blonde jeta un regard au fruit qu'elle tenait. Juste à la pensée de manger devant son ancien enseignant, elle sentit sa gorge se nouer. Assise bien droite sur le banc, elle attendit sagement les questions, qui ne tardèrent pas.

— Donc, parlez-moi de votre apprentissage. Vous ne regrettez pas votre choix ?

— Non.

— Mais encore ?

— Je... c'est...

Marie-Camille secoua faiblement la tête en remerciant le Ciel d'avoir fait couper ses boucles enfantines au début du mois. Au moins, avec sa nouvelle tête à la mode, elle n'avait d'enfant que le comportement ! Sa frange blonde lui cachait un peu les yeux et le reste de sa chevelure frisottait joliment. Prenant sur elle, la jeune inspira profondément et tourna son regard franchement vers Jean-Luc.

— Ça me plaît beaucoup. Monsieur Pépin est très conciliant. Je vous remercie pour cette opportunité. Sans vous, je serais probablement encore serveuse au restaurant.

— Je dois vous dire que j'ai hésité, commença l'homme. Il m'a fallu convaincre Antoine que vous étiez la meilleure praticienne que j'avais vue depuis longtemps. Mais dites-moi, vous n'avez pas eu de mauvaises expériences, j'espère ?

Marie-Camille eut une image en tête et pouffa dans sa main.

— À part un dentier trop bien accroché, je m'en sors assez bien, je crois. Mais vous me posez toutes ces questions, est-ce que mon employeur s'est plaint de mon travail ? demanda-t-elle en redevenant sérieuse.

L'homme posa une main rassurante sur le genou de Marie-Camille, qui frémit. Emportée par le désir qu'elle ressentait au contact de ce toucher, elle posa ses doigts fins sur ceux de Jean-Luc Buisseau. Avant même de réaliser ce qu'elle faisait, sous le coup d'une impulsion qui lui était venue devant le regard chaud posé sur ses lèvres, elle prit les doigts dans les siens et les porta à sa bouche. Puis, horrifiée par son geste, elle se releva et partit en courant vers la maison de briques. Elle pénétra en vitesse dans le salon, traversa la salle d'exposition et se réfugia au sous-sol, où elle ferma la porte en s'y adossant pour permettre à son cœur de reprendre un rythme régulier.

Jamais elle n'avait eu aussi honte de sa vie !

— Mais qu'est-ce qui t'est passé par la tête ! se dit-elle pour elle-même en jetant un coup d'œil vers la table, où se trouvait une vieille femme décédée l'avant-veille.

Tentant de mettre de côté le geste posé dans un moment d'inconscience, Marie-Camille enfila des gants, mit un masque de papier sur sa bouche et s'avança vers le corps frêle de la dame. Elle posa sa main sur le front ridé et laissa glisser ses doigts le long de la joue trop creuse.

— Laissez-moi prendre soin de vous, chère dame.

Comme chaque fois qu'elle préparait un corps pour l'exposition, la jeune mettait toute son attention dans les détails. Elle traitait les défunts comme des êtres chers, s'attardait aux cheveux, aux traits du visage. Elle prit la photo de la dame vivante dans sa main pour observer attentivement chaque parcelle de sa physionomie. Marie-Camille s'assurait de créer une attitude naturelle, la plus ressemblante possible à la personne vivante. Même si elle avait insisté auprès de monsieur Pépin dans ses débuts au salon pour s'occuper de l'embaumement complet des défunts, il n'en demeurait pas moins que la partie qu'elle préférait était de redonner un visage paisible à ces dépouilles. Avec sa palette de couleurs posée sur une petite table près d'elle, l'embaumeuse se prépara à poudrer la vieille femme lorsque la porte s'ouvrit derrière elle.

— J'ai commencé, monsieur Pépin. J'espère que vous ne m'en… oh…

Même si elle n'attendait que cela, qu'elle n'espérait que cela, Marie-Camille sursauta lorsque le corps de Jean-Luc Buisseau se lova contre le sien et que ses bras la serrèrent fortement.

— Mais… vous… pouvez pas… être ici !

— Chut…

L'homme retourna la jeune femme, leva son menton, baissa son masque et plongea ses lèvres contre les siennes. Marie-Camille n'était pas prude, loin de là, mais jamais elle n'était allée bien loin dans l'échange de caresses avec ses anciennes fréquentations. Elle s'empressa d'enlever ses gants pour les jeter sur le sol. La langue qui cherchait la sienne, les mains qui attiraient ses hanches la chaviraient et l'empêchaient de réfléchir. Délaissant le pinceau qu'elle tenait, Marie-Camille se hissa sur la pointe des pieds pour entourer le cou de Jean-Luc Buisseau et l'embrasser passionnément. L'homme et la femme ne prononcèrent pas un mot, alors que leurs mains se caressaient, se cherchaient à l'aveuglette. Puis, réalisant où ils se trouvaient, la blonde repoussa difficilement son ancien professeur. Elle avait les lèvres écarlates d'avoir été ainsi baisées, les joues brûlantes, comme le reste de son corps.

— Qu'est-ce que vous faites ? Vous êtes marié, non ?

— C'est compliqué… Mon épouse…

Et au moment où les paroles franchirent sa bouche, Marie-Camille réalisa l'ampleur de l'erreur qu'elle avait commise.

— Vous êtes marié ! répéta-t-elle avec colère. Allez-vous-en, je vous en prie ! Monsieur Pépin doit arriver sous peu. Partez.

Jean-Luc passa une main tremblante dans ses cheveux foncés. Sa petite cicatrice au coin de sa bouche semblait encore plus visible. Son regard fiévreux se posa sur la jeune femme, qui s'était reculée jusqu'au comptoir où se trouvait une grande cuve. Elle avait mis la défunte entre eux, comme un rempart contre la folie qu'ils venaient de faire.

— Vous n'avez pas le droit de faire ça. C'est défendu par l'Église et moi, je…

Incapable de poursuivre, Marie-Camille se tourna et ouvrit les robinets pour se donner une contenance. Elle prit un verre qu'elle remplit et, comme une assoiffée, le vida en espérant que l'homme aurait quitté la pièce lorsqu'elle se retournerait. Mais à son grand désespoir, le quadragénaire n'avait pas bougé.

— Peut-on se retrouver pour parler un peu plus tard ce soir ? demanda Jean-Luc en mettant une main devant lui, comme pour l'inciter à accepter.

Mais la jeune femme, tremblante sous son long sarrau blanc, ne fit que murmurer :

— C'est inutile. C'est une erreur. Vous êtes marié, martela-t-elle pour la troisième fois.

L'image de cette grande secrétaire blonde qui partageait la vie de l'enseignant s'insinua dans son esprit, et elle secoua la tête pour redire fermement :

— Partez !

Jean-Luc s'avança vers elle. Il était grand et très mince, le dos un peu voûté. Sans être un homme d'une grande beauté, il avait une prestance indéniable. Marie-Camille s'appuya fortement contre le comptoir, alors qu'il levait la main vers son visage. Il glissa ses doigts sur la joue de la femme et murmura affectueusement :

— Nous devrons nous revoir… À bientôt.

~ ~ ~

En cette soirée du 8 juillet, Béthanie Chelli et les membres de sa famille étaient attendus chez les Joseph pour la troisième fois en moins d'un mois. Quand sa mère l'avait avisé de leur venue, Gabriel avait retenu un geste de dépit. Il avait tout de même dit :

— Je suis censé aller prendre un café avec un collègue de travail.

— Je suis désolée, mon chéri. Papa a décidé.

Ce qui voulait dire « décommande ta soirée », le jeune homme le savait très bien. Il savait que les visites rapprochées de la timide noiraude n'avaient qu'un but : l'amener à fréquenter le fils de la famille Joseph. Il s'agissait de l'étape suivante dans l'évolution de cette relation. Même s'il trouvait Béthanie jolie, Gabriel n'avait pour l'instant pas du tout envie de s'embarquer dans une relation amoureuse, encore moins avec une femme qui avait de la difficulté à aligner trois mots sans bafouiller de gêne. Pourtant, il connaissait les traditions, savait que ses parents commenceraient à insister pour qu'il se case avec une gentille Juive d'ici peu. Gabriel savait que son père craignait qu'il ne se mette à fréquenter une goy, comme certains fils de leurs compatriotes. Edmond en avait parlé à plusieurs reprises, lui qui considérait inadmissible que l'un de ses enfants se marie avec une personne qui ne pratiquait pas la religion juive. Depuis sa rencontre avec Philémon et Stéphane, Gabriel n'avait pas reparlé à Marie-Camille. Elle avait bien téléphoné deux fois, mais il avait fait dire à sa jeune sœur qu'il était absent.

— C'est une certaine Miss Gill, avait dit Kayla, en le regardant avec curiosité.

— Oh oui ! C'est une secrétaire du collège. Je dois aller chercher un document.

Mal à l'aise, Gabriel avait jeté les messages à la poubelle avec une grande tristesse. Comment pouvait-il expliquer les sentiments qui l'habitaient lorsqu'il songeait à toute cette situation ? Marie-Camille ne pourrait jamais comprendre à quel point il s'était senti lâche et impuissant devant les insultes de ses deux anciens collègues de classe. Alors, il préférait attendre un peu avant de revoir son amie. Laisser retomber la poussière pour comprendre de quelle manière il pouvait retrouver sa fierté. Assis sur une chaise dans sa chambre, il lisait un passage de la Torah, même si cette lecture avait été faite pas plus tard que ce matin-là, en famille, comme tous les samedis.

— Gabriel, la visite est là, dit doucement sa mère en cognant contre la porte de la chambre.

— J'arrive.

Le jeune homme se positionna devant le miroir et replaça sa kippa noire sur le dessus de sa tête. Son pantalon de toile bleu et son chandail à manches courtes blanc auraient dû laisser place à un habit plus sobre, comme son père l'aurait souhaité. Il s'agissait d'un geste enfantin, Gabriel en était bien conscient, pour montrer sa dissidence face au choix de promise que ses parents avaient fait, mais il était déterminé à ne pas se laisser complètement dominer par son père. Il referma la Torah, la glissa dans le tiroir de la table de chevet et sortit dans le couloir. Sa sœur Mazal était à quelques pas devant lui et elle se retourna en souriant.

— Je pense que nos parents ont trouvé ton épouse.

Les yeux foncés de son frère se posèrent sur le visage rond de la cadette. Celle-ci, tout comme sa sœur, n'avait jamais pensé à se rebiffer contre les choix parentaux. Ibrahim et Norbert, bien qu'ils avaient choisi de s'établir dans l'État de New York, n'en demeuraient pas moins de bons Juifs, qui fréquentaient assidûment la synagogue. Ils avaient tous les deux attendu la bénédiction de leur père avant de proposer le mariage à leurs fréquentations. Gabriel sentait au fond de sa poitrine la lourdeur de devoir à son tour se conformer à toutes les obligations de sa religion, et il n'eut pas l'énergie pour répondre à sa sœur. Il pénétra dans le salon, la mine sérieuse, et salua les invités sans s'attarder sur la jeune femme, vêtue d'une longue jupe noire et d'une blouse blanche.

— Bonsoir à vous tous, énonça-t-il sur un ton détaché, avant d'aller prendre place près de sa mère dans une causeuse.

Il aperçut le regard que s'échangèrent les deux pères. Les hommes étaient satisfaits et considéraient qu'une union entre leurs familles était un excellent partenariat, tant d'un point de vue religieux que professionnel. S'ils avaient pu lire les pensées qui défilaient dans le cerveau de Gabriel, les aînés auraient assurément déchanté. Car le jeune homme n'avait aucune envie de discuter avec Béthanie, même si celle-ci entreprit de le questionner de manière douce :

— Vous aimez toujours votre travail, Gabriel ?

En soupirant discrètement, ce dernier confirma son intérêt pour sa nouvelle profession et se résigna à passer le reste de la soirée à discuter de manière polie et respectueuse. Il était loin de la relation enjouée qu'il entretenait avec Marie-Camille ou même Alice, avant qu'elle ne s'éloigne d'eux.

~ ~ ~

Installée sur une chaise de bois derrière un petit bureau, Alice, elle, regrettait parfois les matins où elle pouvait dormir sans régler le réveil. Car malgré la hausse de salaire que son emploi de réceptionniste lui procurait, elle s'ennuyait de ses matinées passées en jaquette et pantoufles. La secrétaire du patron lui fit signe de répondre au téléphone qui sonnait, alors qu'elle bayait aux corneilles.

— Transport JVL bonjour ! Je suis désolée, il est absent. Puis-je prendre le message ?

Coinçant l'appareil entre son oreille et son épaule, la femme nota le nom de son interlocuteur, sous le regard hautain des deux autres employées, qui travaillaient depuis longtemps à la compagnie. Alice savait bien que ces commères lui en voulaient d'avoir obtenu ce poste juste parce que Josh était son ami et le neveu du patron. Au début, elle avait été très gentille et sociable avec les deux dames dans la cinquantaine. Puis, quand Alice s'était aperçue qu'elles la traitaient comme une moins que rien, elle s'était mise à les ignorer, même si, en vérité, elle aurait bien aimé tisser des liens amicaux avec ses collègues.

— Fais-toi-z'en pas avec ça, lui avait dit Josh, lorsqu'elle s'était plainte du traitement glacial que lui imposaient les employées. Elles sont jalouses de ta beauté.

— Arrête de dire des niaiseries!

Dans les faits, l'arrivée de cette rousse plantureuse au sein de la compagnie de transport avait bien sûr amené les hommes à réagir positivement et à la complimenter. Alice adorait plaire, et elle s'amusait encore plus devant la mine revêche que faisaient les secrétaires en entendant les commentaires élogieux des déménageurs et des autres travailleurs.

— Il faudrait que je raconte ça à Marie-Camille, avait-elle pensé les premiers jours.

Mais en songeant à leurs dernières rencontres malaisantes dans les escaliers de leur édifice, Alice avait laissé tomber. Surtout qu'en définitive, malgré son inscription, la femme ne s'était jamais présentée à un seul entraînement de leur équipe de softball.

« Elle va me faire plein de reproches », avait donc pensé Alice, en chassant l'idée de se confier à Marie-Camille.

~ ~ ~

Après quelques jours passés à craindre le retour de Jean-Luc au salon funéraire, Marie-Camille comprit que l'homme avait sûrement retrouvé la raison. Elle avait tant pleuré depuis leur dernière rencontre qu'elle était certaine que son patron lui mentionnerait sa mauvaise mine. Mais l'un des avantages à travailler quotidiennement à redonner un visage paisible à des défunts était que la femme était de plus en plus habile avec le maquillage. Alors, tous les matins, depuis qu'elle avait embrassé Jean-Luc, Marie-Camille se levait une demi-heure plus tôt qu'auparavant pour cacher les signes de son insomnie à l'aide de poudre et de crème.

Ne sachant pas à qui confier sa peine, la jeune femme décida d'aller passer une fin de semaine à Sainte-Cécile, afin de prendre du recul sur sa situation. Elle se dit qu'elle pourrait peut-être s'épancher auprès de son père Édouard. Ce dernier avait tant souffert au moment du bris de la promesse faite à sa mère, le jour de son décès, qu'il serait peut-être en mesure de comprendre la situation dans laquelle se trouvait sa fille. Comme Adèle n'avait pas le loisir de l'accompagner, Marie-Camille prit le train à la gare Windsor le vendredi 14 juillet. Épuisée par ses longues semaines, maintenant qu'elle travaillait à temps plein au salon, elle s'endormit dès que le roulement sur les rails devint régulier. À sa descente, elle sourit de joie en voyant son père qui l'attendait à la gare.

— Papa !

— Bonsoir, ma chérie !

Édouard serra sa fille dans ses bras en se passant la réflexion que Florie la trouverait bien maigre. Marie-Camille lui semblait plus mince qu'avant. La tête appuyée contre le torse de son père, la jeune femme sentit une tension disparaître de ses épaules. Cet homme serait comme toujours de bons conseils, elle en était convaincue.

— Alors, raconte ton nouveau travail, ma belle Marie !

Intarissable sur ce sujet, elle agrippa son sac de cuir et suivit son père à la voiture. Autour d'eux, des gens saluaient le maître-beurrier. Depuis toujours, l'homme avait vécu au petit village, situé à une trentaine de minutes de Labelle. Malgré la distance, les fromages d'Édouard Gélinas avaient une excellente renommée partout dans les Hautes-Laurentides. Quand ils arrivèrent à la vaste maison grise en haut du chemin des Fondateurs, Marie-Camille soupira de contentement. Elle était de retour chez elle. Sa tante sortit sur le balcon en entendant les portières de la voiture.

— Te voilà enfin ! Mautadine que je m'ennuie de toi, ma petite !

— Bien je suis là, matante.

Elle se lova contre le corps bien enrobé de Florie, qui lui baisa le dessus de la tête. En montant l'escalier, la maîtresse de maison reprit ses habitudes en marmonnant :

— C'est bien étrange cette nouvelle coupe de cheveux-là ! T'es rendue avec les couettes courtes comme un petit gars ! Et tes lunettes, c'est la mode ça, des grosses affaires de même ? En tout cas ! En plus, t'as juste la peau puis les os ! Je m'en vais te remplumer moi, ma fille !

Marie-Camille éclata de rire, malgré le reproche.

— Hé que je t'aime, matante Florie ! Si tu savais comme tu me fais du bien.

— Bien moi aussi, ma belle, je t'aime, même si t'as un drôle de métier puis une tête bien curieuse !

Édouard suivit les deux femmes en levant les yeux vers le ciel étoilé. Sa sœur Florie n'aurait jamais la répartie délicate et diplomate !

CHAPITRE 18

Alice se pressa de fourrer les derniers vêtements dans un grand sac. Josh se tenait contre le mur, une cigarette éteinte au coin de la bouche.

— Achèves-tu ? Me semble que tu m'avais dit que t'avais besoin de rien d'autre !

— Bien oui, mais quand même, je suis pas pour laisser toutes mes affaires personnelles. Déjà que je pars sans mes meubles.

La femme jeta un regard désolé vers sa petite table ronde qu'elle avait depuis l'enfance. Elle la pointa en disant :

— Tu pourrais la porter à ta voiture ?

— Pourquoi ça ? J'en ai en masse, des tables !

— Oui, mais celle-là, c'est ma préférée, puis je l'avais dans ma chambre quand j'étais petite.

Le déménageur grimaça en sortant sa blague à tabac pour ranger la cigarette dedans. Il s'avança et prit le petit meuble.

— Je suis en congé, moi, aujourd'hui. Pas le goût de me mettre à déménager toutes tes affaires.

— Je te demande juste ça ! Tu vas pas mourir !

Alice et Josh avaient déjà fait trois allers-retours depuis la veille. Ils avaient convenu qu'étant donné qu'elle passait toutes ses soirées chez son ami, elle était aussi bien d'emménager chez lui. Cela lui coûterait pas mal moins cher de partager les frais et plus pratique lorsqu'elle était à court de sa drogue favorite.

— Mais oublie pas, on est juste des amis, hein ? avait-elle précisé quand il lui avait proposé cet arrangement.

L'homme avait hoché la tête, même s'il appréciait les courbes généreuses de la trentenaire. Il travaillait depuis dix ans au même endroit, la compagnie Transport JVL. Quand la date du 1er mai était passée, les conducteurs comme lui pouvaient respirer un peu mieux. C'est que depuis longtemps, les Québécois avaient coutume de déménager en ce jour de printemps*. Comme les camions étaient réservés d'avance, Josh et ses comparses se retrouvaient à travailler trois semaines comme des forcenés, afin d'accommoder tous les clients désireux de changer de logis. Ensuite, pendant le reste de l'année, ils s'occupaient surtout de gros morceaux : piano, réfrigérateur, lit… ou ils se déplaçaient à l'intérieur de la province au gré des livraisons. Depuis qu'Alice avait été engagée comme réceptionniste, les deux amis passaient presque tous leurs moments libres ensemble.

— Je t'ai dit que je voulais pas de blonde, avait répliqué Josh, face aux inquiétudes de la femme. C'est trop de trouble !

Mais en la regardant se pencher pour vérifier sous le divan si rien n'y traînait, le costaud moustachu sentit qu'il ne dirait pas non à une petite visite dans son mini-short. La femme avait des jambes bien dodues, une poitrine voluptueuse et une taille légèrement enrobée. Ce qui ne déplaisait pas à Josh.

— Qu'est-ce que tu regardes ? persifla Alice en sentant le regard de l'homme sur elle.

— Rien, rien. Bon, as-tu fini ?

— Oui. Descends mon sac à l'auto, je vais monter voir Marie-Camille pour l'avertir.

L'homme acquiesça. Son t-shirt noir était marqué de traces blanchâtres sous les bras et ses jeans très serrés avaient pâli avec les années. Il portait ses éternelles espadrilles Converse noires, à présent trouées sur la pointe. Il ferma la porte de l'appartement, le sac de vêtements sur l'épaule et une patte de la table dans sa main.

— Grouille-toi, par exemple!

— Oui, oui.

Alice grimaça en se retournant pour monter l'escalier, car s'il y avait un geste qu'elle n'avait pas envie de poser en ce moment, c'était celui-ci. Depuis plusieurs semaines, les deux amies ne s'étaient croisées qu'à quelques reprises, quand l'une ou l'autre sortait de l'immeuble. Elles jasaient peu, sauf quand Alice s'était enfin informée du travail de Marie-Camille. Ce jour-là, elles étaient restées une trentaine de minutes sur le trottoir, devant la porte, en papotant comme autrefois. Puis, Alice avait jeté un coup d'œil à sa montre et s'était empressée de partir. Marie-Camille avait juste eu le temps de lui crier:

— Demain, on a une partie de softball. Tu vas être là?

— Je pense bien que oui.

Marie-Camille n'avait pas insisté. Alice n'était pas venue jouer une seule fois depuis le début de leur saison. Les choix qu'elle faisait ne plaisaient guère à Marie-Camille et, de toute manière, cette dernière n'allait pas forcer quelqu'un à participer à une activité contre son gré. C'est donc avec une certaine gêne que la rousse cogna à la porte de son amie. Une fois, deux fois… et alors qu'elle allait réitérer le geste, celle d'Albertine Vadeboncœur s'ouvrit lentement.

— Elle est pas là, ton amie.

— Ah.

La vieille laissa son regard glisser de haut en bas sur la femme qui se tenait sur le palier : des boucles flamboyantes à moitié cachées sous un bandana rose aux sandales multicolores, en passant par le mini-short jaune.

— Vous pourrez lui dire que je suis passée, s'il vous plaît ?

— Oui.

— Et que…

Alice hésitait. Ne serait-elle pas mieux d'appeler son amie durant de la semaine pour lui expliquer son déménagement ? La réceptionniste en avait assez de se faire faire la morale par Marie-Camille. Pourtant, qu'est-ce que cela pouvait bien lui faire si elle avait envie de s'éclater, de s'amuser ? Les substances illégales qu'elle avait découvertes auprès de Josh et sa bande la faisaient se sentir vivante et gaie pour la première fois depuis si longtemps. Le mal de vivre qui la hantait parfois disparaissait lorsqu'elle planait au son de la musique de son chanteur préféré, Elvis Presley. Madame Vadeboncœur mit la main au col de sa blouse fleurie et trottina jusqu'à Alice.

— Vous voulez que je lui dise d'aller vous voir à son retour de son village ? demanda-t-elle.

Alice eut un léger pincement au cœur en se rappelant que son amie lui avait promis l'année dernière de l'amener voir sa tante Florie cet été. Elles avaient prévu d'y aller au printemps, mais Marie-Camille avait reporté son séjour et ne lui en avait plus reparlé. Alice secoua la tête, un pied dans l'escalier.

— Non, je déménage, alors je repasserai.

— Quoi ?

Si Alice ne regrettait pas les paroles sorties de sa bouche, elle aurait éclaté de rire devant le visage désemparé de la pauvre vieille.

— Mais voyons donc, vous pouvez pas faire ça à la petite ! se choqua Albertine.

— La petite a vingt-sept ans, madame. Bon, si vous la voyez, dites-lui que je la rappellerai. À bientôt.

Avant que l'aînée ne puisse réagir, Alice avait descendu les marches en les survolant quasiment. Elle sortit de l'immeuble de la rue de la Roche et les larmes roulaient sur ses joues rousselées. Marie-Camille ne lui parlerait plus jamais après un tel affront. D'abord le restaurant, ensuite leur équipe de softball et puis maintenant l'appartement.

~ ~ ~

— Enfin ! murmura Marie-Camille quand sa tante Florie disparut dans sa chambre sous l'escalier.

Il allait bientôt être 9 heures du soir et la jeune femme avait espéré toute la soirée pouvoir parler avec son père. Mais trop heureuse d'avoir sa nièce pour le souper, Florie avait invité son amie Louisette et l'ami de Laurent, le pharmacien François-Louis. D'abord contrariée de ne pas avoir sa famille juste pour elle, Marie-Camille avait quand même passé un beau moment à revivre des souvenirs et à entendre son père et son oncle narrer comment ils avaient fait damner Florie à quelques reprises dans leur jeune temps. Louisette et Florie pouvaient parler des heures sans interruption et, quand le pharmacien et l'ancienne commerçante quittèrent la demeure des Gélinas, Édouard et sa fille retinrent tous les deux un éclat de rire en entendant Florie s'exclamer:

— Oh, mon doux, qu'elle parle, mon amie! C'est pas croyable, un vrai moulin à paroles. Je suis épuisée! Je vais aller me coucher.

Alors enfin, le père et sa fille purent profiter d'une période juste à eux, puisque Laurent avait aussi grimpé à sa chambre, à peine la porte refermée derrière leurs invités. Édouard prit sa fille contre lui et la dirigea vers le salon.

— Enfin un peu de temps pour nous, ma chérie. J'ai hâte que tu me dises ce qui te tracasse.

— Hein?

Marie-Camille rougit comme toujours et ragea intérieurement contre son corps qui n'arrivait pas à mieux contrôler les manifestations physiques de ses inconforts. Son père secoua la tête en lui faisant un clin d'œil affectueux:

— Je vois bien que quelque chose te dérange, Mimi. Tu sais que tu peux tout me dire.

— Oui.

Le murmure de Marie-Camille inquiéta son père, qui prit place dans sa chaise berçante près de la fenêtre ouverte pour laisser entrer un peu d'air. Car les journées d'été chaudes faisaient des nuits difficiles à supporter dans la grande maison en haut de la côte. Ils ouvraient toutes les fenêtres et tentaient d'aérer les pièces, surtout lorsque Florie s'entêtait pour cuisiner au four, comme pour le souper du soir. Quand Laurent avait suggéré:

— On pourrait manger des hot dogs et des hamburgers me semble, Florie!

Sa sœur avait failli avoir une syncope. La femme avait pris un ton persifleur pour répliquer:

— Avant que je reçoive un notable aux hot dogs mon gars, il va pleuvoir des raisins.

— Hein ?

— Laisse faire.

Laurent avait donc compris que la cuisson d'un gros jambon n'était pas discutable. Ils avaient heureusement soupé dans la cuisine d'été, mais la chaleur dégagée par le four tout l'après-midi avait tout de même envahi les autres pièces. Édouard détacha sa chemise blanche, laissant voir une camisole de coton.

— Alors, Marie ?

— Oh papa, je sais pas comment te parler de ça.

— Comme ça vient, ma chérie.

Marie-Camille revit le baiser de Jean-Luc et, sans lever les yeux de ses doigts aux ongles bien taillés, elle murmura :

— Je crois que je suis tombée amoureuse.

— Mais c'est très bien, ma chérie.

— Pas vraiment.

Édouard sentit tellement de peine dans le ton de sa fille qu'il cessa de se bercer pour se pencher et soulever son menton :

— Marie-Camille, tu sais que la promesse que NOUS avons faite à notre mère de pas nous marier t'a jamais concernée, hein ? Dis-moi pas que Florie t'a laissée croire que tu devais vivre une vie sans amour parce que je vais aller lui parler tout de suite !

— Non, non papa. C'est pas ça. C'est juste que je pense pas que ce soit un homme pour moi.

Édouard regarda sa fille mettre son visage dans ses mains délicates et revit la détresse de sa mère Clémentine lorsqu'elle avait appris qu'elle serait malade jusqu'à la fin de ses jours. Quand sa flamme de l'époque avait été diagnostiquée du diabète, la douleur qu'elle avait ressentie l'avait presque anéantie. Seuls l'amour d'Édouard et la naissance de Marie-Camille lui avaient permis de retrouver sa joie de vivre.

— Et pourquoi donc ? s'informa Édouard avec inquiétude.

— Bien, il est différent.

— Différent ? questionna le père de Marie-Camille. Différent comment ? Pas malade, toujours ?

— Non.

— Aide-moi un peu, Mimi. Qu'est-ce qui fait que l'homme que tu penses aimer convient pas ?

Marie-Camille eut un léger rictus en murmurant :

— Il est vieux.

Édouard ne put s'empêcher de sourire, car sa fille avait toujours eu tendance à exagérer.

— Quoi, il a trente ans ?

— Non, plus.

L'homme retint un soupir en se disant que s'il lui fallait tirer les vers du nez de sa fille à ce rythme-là, ils en auraient pour toute la nuit. Aussi bien allumer une pipe. Il se pencha donc vers le petit meuble près du mur et entreprit de bourrer de tabac le fourneau de bois blond.

— Il a au moins quarante ans, murmura Marie-Camille.

— Ah bon ! C'est vrai que c'est vieux pour toi. Mais tu sais que pour moi, l'amour a pas d'âge, pas de couleur. S'il prend soin de toi et si tu l'aimes, c'est qu'il doit être bon.

— C'était mon professeur au collège, poursuivit courageusement Marie-Camille, et c'est grâce à lui que j'ai eu mon travail.

Édouard commençait à trouver la situation un peu moins adéquate. Il tira quelques bouffées de sa pipe avant de la déposer dans le cendrier sur pied. Hochant la tête, il s'informa en tentant de rester objectif:

— Marie-Camille, il t'a pas forcée à... je veux dire t'as pas été obligée de...

— Non! Bien sûr que non, papa. Je ferais jamais ça voyons! répondit Marie-Camille avec gêne.

Édouard retint un soupir de soulagement. Il savait que dans les grandes villes, les jeunes gens n'attendaient plus le mariage pour consommer leur amour. On parlait même de relations éphémères centrées sur le sexe. À la pensée qu'un homme puisse profiter de sa fille de cette façon, le maître-beurrier se sentait devenir méchant. Mais en regardant le visage franc de Marie-Camille, il sut qu'elle ne mentait pas.

— Bon. Tu sais que le jour où j'ai rencontré ta mère, j'ai tout fait pour m'en éloigner. Je savais que si j'étais trop proche d'elle, j'allais me brûler. Mais la tentation d'être à ses côtés était si puissante, Marie, que j'ai osé défier ta tante, et j'ai brisé une promesse faite sur un lit de mort pour être son époux. Ce fut l'amour de ma vie et même si on a passé seulement quelques années ensemble avant que le destin nous l'enlève, bien ces années-là ont été les plus belles de ma vie. J'ai jamais regretté de l'avoir épousée.

La voix sereine d'Édouard était comme un doux murmure dans le salon de la maison. La brise qui pénétrait faisait voler le voile à la fenêtre et le duo entendait à intervalles réguliers des voitures qui roulaient sur le chemin des Fondateurs. Édouard se leva pour aller s'asseoir près de sa fille. Il la serra contre lui.

— Si tu penses que cet homme est pour toi, je vois pas pourquoi tu mettrais un frein à votre relation, Marie-Camille. Si tu penses l'aimer, permets pas aux autres de juger, puis laisse-toi guider par l'amour. Tu sais, au départ, ta mère et moi, on a tout fait pour pas se rapprocher l'un de l'autre. Mais quand on aime vraiment, la souffrance de l'éloignement est invivable.

Édouard cessa de parler pour laisser ses yeux glisser sur la rue éclairée par la lune. Pourrait-il dire à sa fille que l'absence de Clémentine était encore, à ce jour, une souffrance, malgré les années qui avaient passé depuis son décès ? Son rire éclatant, sa joie de vivre, sa douceur et sa sensualité, tout lui manquait. Parfois, il se plaisait à imaginer ce qu'aurait été leur vie à deux si son épouse était encore vivante. Il se plaisait à croire que Florie l'aurait acceptée et aimée, et qu'un autre enfant serait venu compléter leur famille. Évidemment, le temps avait adouci la douleur.

— Tu as une bonne tête sur les épaules, Mimi, et si tu aimes cet homme, il devrait faire ton bonheur, conclut Édouard, avec une fierté dans le regard.

Marie-Camille attendait, les yeux remplis de larmes. Elle savait que le plus dur était à venir.

— Il y a autre chose, papa, murmura la jeune femme en mordillant sa lèvre.

Édouard lui sourit avec tendresse. Elle avait le même visage que Clémentine, un ovale parfait, avec une bouche un peu trop grande.

— Je… il… est marié.

Voilà. Elle l'avait dit. À présent, Marie-Camille n'osait plus regarder son père.

— Pardon ?

Toute la compréhension qu'elle avait lue sur le visage d'Édouard depuis le début de leur conversation s'évanouit au son des paroles de Marie-Camille.

— Ça, non, par exemple ! Marie ! Comment peux-tu même penser briser une famille ? C'est pas comme ça que je t'ai élevée, voyons donc !

Heurté, le père se leva et se mit à marcher dans le salon de long en large, alors que sa fille pleurait toutes les larmes de son corps. Marie-Camille savait que sa relation avec Jean-Luc était impossible. Son paternel venait de le lui confirmer. Si lui ne pouvait comprendre, elle serait méprisée par tous les gens qu'elle rencontrerait. Elle serait LA femme qui aurait détruit un mariage. Quand Édouard eut le dos tourné vers la fenêtre, sa fille glissa ses pieds dans ses pantoufles et sortit du salon sans un bruit. Son amour n'avait aucun avenir.

~ ~ ~

Dans le train de retour, le lendemain matin, Marie-Camille songeait avec tristesse aux derniers mots qu'Édouard lui avait glissés à l'oreille avant de lui remettre un grand sac de papier contenant quelques morceaux de fromage pour Adèle et elle.

— Réfléchis à ce que tu fais, Marie-Camille. Il y a des choix, dans la vie, qui déterminent notre chemin. Si tu prends celui-ci, ta route sera sinueuse et cahoteuse, j'en reste persuadé. Je t'aimerai toujours, tu le sais bien. Toutefois, il me sera difficile de te défendre.

Alors, la blonde regardait les champs jaunis par le soleil torride du dernier mois en sachant qu'elle ne poursuivrait pas sa relation avec Jean-Luc. Malgré les frémissements, malgré les émotions vécues. Elle ne pouvait vivre dans la honte. Elle tenta de fermer les yeux pour s'endormir, car sa nuit avait été entrecoupée de longues périodes d'éveil. Inconsciente du regard qu'un homme posait sur elle, de l'autre côté de l'allée, la jeune femme retira ses ballerines pour glisser ses pieds sous son corps. Heureusement, elle n'avait pas écouté Florie, qui avait insisté pour qu'elle mette une jupe digne pour voyager.

— Tu sais ce que j'en pense, moi, de tes pantalons trop serrés ! avait grogné la femme d'âge mûr.

Marie-Camille n'avait pas suivi ses conseils et portait un pantalon noir qui se terminait sous le genou, avec des franges rouges. Quand Florie l'avait vue sortir de sa chambre, elle avait eu un hoquet de surprise :

— Bien voyons donc, où tu t'en vas avec ton rideau ? s'était-elle exclamée.

Malgré sa tristesse, la jeune avait souri affectueusement.

— C'est la mode, matante.

— La mode, la mode. Veux-tu bien me dire où le monde trouve ces idées-là !

Marie-Camille l'avait embrassée avant de demander :

— Mais aimes-tu ma camisole au moins ? C'est moi qui l'ai faite chez Adèle.

Florie avait plissé ses yeux noirs et penché sa tête poivre et sel de gauche à droite.

— Bof, je trouve que c'est un peu trop décolleté.

La jeune femme avait éclaté de rire, car le vêtement rouge couvrait pudiquement le haut de sa poitrine jusqu'à la base du cou. Elle avait embrassé sa tante et suivi son père dans la voiture.

Quand le train arriva à la gare de Montréal, Marie-Camille ramassa ses fromages et son sac de transport, et se prépara à descendre. Pour la première fois, elle remarqua le regard admirateur de l'homme blond posté en face d'elle. Il lui sourit et leva le bras pour la laisser passer.

— Mademoiselle, après vous.

— Merci.

Le pauvre ne put retenir un mouvement de dépit en s'apercevant que son charme n'avait eu aucun effet sur la jolie femme à lunettes. Cette dernière semblait préoccupée et bien peu disposée à se laisser séduire. Ce n'est qu'en arrivant au coin de la rue de la Roche que Marie-Camille se permit de penser à Jean-Luc. Après leur rapprochement au salon funéraire, il lui avait bien dit qu'ils se reverraient. Déterminée à mettre fin à cette relation avant même qu'elle ne commence réellement, la femme se pressa jusqu'à son immeuble.

« Dans d'autres circonstances, je me serais confiée à Alice, pensa Marie-Camille. Elle a toujours réussi à me faire rire et puis, il me semble qu'elle porterait pas de jugement sur ma relation avec lui. Mais cette amie-là, elle est disparue, malheureusement. »

~ ~ ~

Au moment où Marie-Camille songeait à elle, Alice ouvrait les yeux dans la petite chambre qu'elle occupait maintenant dans l'appartement de Josh depuis deux jours. La bouche pâteuse, les idées emmêlées, la jeune femme jeta un coup d'œil à ses côtés.

— Oh… murmura-t-elle, en se glissant subrepticement jusque sur le bord de son matelas.

S'apercevant de sa nudité, Alice chercha du regard sa robe de chambre et s'empressa de l'enfiler. Dans son lit se trouvait un homme qu'elle se rappelait vaguement avoir rencontré la veille au soir. Le ronflement du géant brun qui dormait la bouche ouverte ne fit qu'augmenter son inconfort. Comment se débarrasser de l'importun ? Jamais auparavant n'avait-elle passé la nuit avec un inconnu.

Ouvrant la porte de la pièce avec délicatesse, la rousse se dirigea vers la cuisine en désordre. Josh n'était pas le plus à son affaire et la vaisselle des derniers jours traînait encore.

— On peut dire qu'on a bien fêté ton déménagement, ma fille !

La voix ironique du camionneur-déménageur se fit entendre du salon, situé juste à côté. Couché sur le divan de cuirette, Josh suivit son amie des yeux, alors qu'elle faisait bouillir de l'eau.

— Veux-tu bien me dire ce que tu m'as donné hier, maudit ?

Josh ricana et se redressa pour aller fermer le poste de télévision. Il avait l'habitude de s'endormir devant l'écran et il se réveillait souvent au milieu de la nuit, alors qu'un écran blanc et un son lancinant avaient remplacé l'émission *Les Couche-Tard,* diffusée en fin de soirée en raison de son contenu sulfureux. En caleçon, comme d'habitude, le moustachu s'alluma une cigarette pour commencer sa journée. Puis, il s'étira et vint rejoindre Alice dans la petite cuisine.

— C'était l'fun ? demanda-t-il avec un clin d'œil grivois.

— Arrête ! grogna Alice en se massant le côté de la tempe. C'était quoi la pilule que tu m'as fait prendre ?

Le cœur au bord des lèvres, elle but une gorgée de café, puis demanda de nouveau à Josh, sur un ton insistant :

— C'était quoi, la pilule ?

— Quelque chose que la convention unique aime pas tellement ! répondit encore le costaud.

— De quoi tu parles ?

Alice glissa sa main dans son visage aux sourcils froncés. Elle voulait juste savoir quelle drogue elle avait bien pu consommer la veille pour se retrouver dans un tel état. Josh se servit à son tour un café avant de s'approcher de sa colocataire.

— Je t'en ai déjà parlé de ce contrat international pour limiter la production et le commerce de certaines drogues. Comme tu vois, ça m'empêche pas de trouver ce que je veux !

La rousse passa la langue sur ses dents, ne sachant quoi répondre. Depuis qu'elle avait rencontré le déménageur, elle réalisait qu'elle s'enlisait dans une spirale et qu'il lui serait difficile d'en sortir. Mais le plaisir et le bien-être ressentis lorsque les drogues endormaient son esprit étaient plus intéressants que les ennuis qu'elle s'attirait du fait d'agir dans l'illégalité. Quand elle planait, Alice ne pensait plus à ses problèmes, ses interrogations, ses doutes… Lorsque les drogues envahissaient son être, la femme mettait derrière elle sa culpabilité de ne pas être une bonne amie, une sœur aimante. Mais en ce dimanche midi de juillet, la pauvre avait l'impression d'être allée trop loin.

— C'est juste parce que tu as mélangé, Alice ! LSD, mari et bières, t'as peut-être exagéré !

Josh s'était assis sur un tabouret de bois et se moquait de la rousse.

— La pilule, c'était du LSD?

— Oui.

Alice hocha imperceptiblement la tête en se détournant vers le réfrigérateur. Comment en était-elle venue à prendre une telle substance, elle qui, autrefois, s'était même crue incapable d'accepter de fumer un joint? Consciente qu'elle était allée trop loin, la veille, la femme mit ses mains sur le comptoir.

— Fais-moi plus ça, Josh!

— Je t'ai rien fait, moi! Je t'ai toujours pas mis la pilule de force dans la bouche!

Alice allait répliquer lorsque le géant brun sortit de sa chambre. Honteuse, elle s'aperçut que non seulement elle avait couché avec un inconnu, mais que celui-ci était trop poilu et bien trop gros à son goût. Son ventre disgracieux pendait au-dessus de son caleçon blanc trop tendu. Il s'approcha pour l'embrasser dans le cou et elle se détourna en vitesse. La pauvre jeta son café dans l'évier et se pressa dans sa chambre en intimant à Josh:

— Fais-le partir!

L'éclat de rire de son ami la suivit, même après qu'elle eut fermé la porte de sa chambre. Heureusement, par la fenêtre ouverte, le vent qui précédait l'orage prévu avait chassé les odeurs de la pièce. Alice s'assit sur son lit, face au grand miroir au-dessus de son bureau. En observant son visage aux traits tirés et au teint brouillé, elle laissa les larmes couler sur ses joues rousselées: sa vie allait-elle vraiment dans la direction qu'elle voulait?

CHAPITRE 19

Pendant les jours suivant son retour de Sainte-Cécile, Marie-Camille n'arriva pas à prendre une décision face à la relation embryonnaire qui existait entre elle et Jean-Luc. Lorsqu'elle y pensait, son cœur battait trop fort et sa tête était en contradiction avec celui-ci! Elle savait, après sa visite dans son village, qu'elle devait mettre fin à leur idylle naissante. L'homme avait laissé un message au salon Gouin, lui demandant de le rappeler. Quand madame Valois, la réceptionniste, lui avait tendu la note, elle avait demandé curieusement:

— Je ne savais pas que vous connaissiez, monsieur Buisseau. Un homme intéressant, n'est-ce pas?

La mine gourmande de la rondelette employée avait fait rougir Marie-Camille. Comme si la femme pouvait se douter de quelque chose. L'embaumeuse avait enfoui le papier dans la poche de son sarrau en marmonnant:

— C'était mon enseignant. Je... j'avais besoin d'une information. Merci.

La note lui brûlait les doigts chaque fois qu'elle plongeait la main dans sa poche. Progressivement, depuis son embauche, monsieur Pépin avait fait davantage confiance à sa nouvelle employée et, un jeudi soir, il lui avait dit:

— Demain, je quitte pour deux jours avec mon épouse. Vous vous occuperez du défunt au complet, sans mon aide, mademoiselle Gélinas. Cela vous convient ? Je ne pourrai pas vérifier le travail, alors soyez bien consciencieuse. Si une difficulté survenait, vous pouvez communiquer avec monsieur Buisseau, je l'ai avisé de mon absence.

Fébrile, Marie-Camille était donc arrivée très tôt au salon funéraire, le vendredi matin, pour prendre soin de la dépouille d'une femme, retrouvée sans vie chez elle en début de semaine. En pénétrant dans la salle au sous-sol, la jeune embaumeuse commença par mettre un peu de musique pour égayer sa journée. Comme Guy Pépin travaillait dans un silence de moine, elle était heureuse de pouvoir utiliser le petit appareil radio à sa guise.

— Bon, alors qu'avons-nous ici ? murmura Marie-Camille en s'avançant vers la table, où la silhouette était recouverte d'un drap blanc.

Avant de quitter pour la fin de semaine dans les Laurentides, monsieur Pépin avait préparé les instruments, sorti la dépouille de la chambre froide et laissé une longue liste d'instructions. Marie-Camille tendit la main pour prendre le papier et leva les yeux au ciel lorsqu'elle lut : « 1) Enlever le drap de la dépouille. 2) Retirer les cheveux du visage. 3) … »

La femme cessa de lire en lançant la note sur le comptoir.

— Franchement ! Je sais tout ça, moi !

Marie-Camille inspira et allongea le bras pour dégager la dépouille. En voyant les boucles auburn qui dépassaient du drap, la femme sentit son cœur faire un tour dans sa poitrine. Elle n'avait pas eu de nouvelles d'Alice depuis quelque temps. Les mains moites, elle repoussa sa monture noire sur son nez et s'avança au-dessus de la défunte. Soulagée, elle réalisa sa méprise en voyant que la dépouille n'avait de semblable à son amie que la couleur des cheveux. Le reste de son corps était délicat, comme celui d'une gamine. Attristée devant cette femme de son âge morte si tôt, Marie-Camille prit la fiche pour en savoir un peu plus.

— Mariette Couillard, 24 ans ; cause du décès : overdose de médicaments. Oh…

Reportant ses yeux clairs sur la table de travail, Marie-Camille avança la main pour caresser du dos de celle-ci la joue froide.

— Pourquoi Mariette ? murmura-t-elle, en sentant une grande tristesse l'envahir.

Elle se demanda ce qui avait pu pousser une si jeune femme à mettre fin à ses jours. Avec toute la tendresse qu'elle avait en elle, Marie-Camille prit la journée pour préparer soigneusement la dépouille. Elle lava le corps avec sensibilité, incisa le cou pour y insérer la canule, lima les ongles avant de replacer les bras de chaque côté du corps menu. Elle termina par le maquillage du visage enfantin, en prenant soin de se conformer à la photographie de la jolie jeune femme qu'avait été Mariette Couillard. Elle compléta sa tâche vers 16 heures, sans même avoir pris le temps de sortir manger. Marie-Camille avait été obnubilée par cette défunte, qui lui rappelait que la détresse humaine ne trouvait parfois son exutoire que dans un geste irrémédiable. Quand elle eut terminé l'embaumement de Mariette Couillard, elle roula la table dans la chambre froide et, dans un geste qu'elle savait ridicule, laissa la lumière allumée. Le cœur lourd, malgré le travail finement accompli, Marie-Camille sortit du salon en saluant madame Valois.

— À lundi, mademoiselle Gélinas !

— À lundi.

Sur le trottoir, devant la résidence de briques grises, Marie-Camille huma l'air humide de cette fin de juillet 1961. Sa journée lui avait rappelé à quel point la vie pouvait être difficile pour certains. Désireuse de profiter du reste de ce bel après-midi, elle décida de marcher jusqu'à la rue Saint-Denis, plutôt que de prendre le bus sur le boulevard Gouin. Elle releva la tête et, dans sa belle robe rouge cintrée, elle se sentit plus vivante que jamais. Lorsqu'elle arriva au coin de la rue Berri, elle hésita à se rendre à l'arrêt d'autobus. Marie-Camille décida plutôt de bifurquer vers le parc longeant la rivière des Prairies.

« Il fait trop beau pour m'enfermer à l'appartement. Je vais aller m'asseoir un peu, et je pense même que je vais aller souper au resto. Ça fait un mois que j'ai pas vu Jacques, ça va lui faire plaisir », songea la jeune femme.

Satisfaite de sa décision impulsive, elle suivit le sentier entre les arbres en riant, chaque fois qu'une bicyclette l'avisait de son passage avec un ding bien retentissant. Les gens étaient heureux, en ce milieu d'été. Sur la rivière, des plaisanciers voguaient dans des chaloupes et même quelques bateaux à moteur. Puisqu'il était encore trop tôt pour aller souper, Marie-Camille déposa son sac de cuir sous une table de pique-nique et s'installa sur le banc, en admirant un groupe de canards aventureux.

— Non, non, allez-vous-en! J'ai pas de pain sur moi! rigola la femme, alors que les bêtes cancanaient leur désaccord dans l'herbe autour d'elle.

Marie-Camille allait fouiller dans son sac pour voir s'il ne lui restait pas un petit bout de biscuit lorsqu'elle sentit que quelqu'un s'assoyait à ses côtés. Désireuse d'être polie, elle se tourna vers la personne et poussa une exclamation de dépit.

— Que faites-vous ici ?

— Je vous attendais à la sortie du salon, mais vous êtes partie trop vite. Je vous ai suivie. Nous devons parler, Marie-Camille. Je vous en prie.

Dans la bouche de Jean-Luc, son nom était murmuré avec délicatesse. Fermant les yeux pour éviter de regarder les lèvres trop tentantes, Marie-Camille reprit son sac et fit mine de quitter les lieux. Il l'agrippa par le poignet, avec douceur.

— Non, attendez.

— Je peux pas. Vous devez arrêter de me harceler.

La femme sentait son menton trembler en songeant aux paroles qu'elle allait prononcer. Désireuse de fuir la tentation qu'il représentait, la blonde se releva. Mais Jean-Luc la retint fermement, une douleur au fond du regard.

— Attendez, Marie-Camille. Laissez-moi vous expliquer.

— Il y a rien à dire, vous êtes marié !

La tête de l'homme se secoua de gauche à droite.

— Vous… vous êtes pas marié ? Interpréta avec espoir Marie-Camille.

— Oui, je le suis…

— Alors, laissez-moi partir !

Jean-Luc enleva ses verres fumés et les déposa devant lui. Il tourna ses yeux brillants vers la femme et prit son menton dans sa main pour l'attirer vers lui. Il l'embrassa sans plus attendre, avec une passion qui raviva les sens de Marie-Camille. Il reprit avec douceur :

— Je suis marié, c'est vrai. Mais ma femme et moi…

— Vous allez me dire qu'elle vous comprend pas ? Que vous vous sentez seul ? questionna la jeune sur un ton qu'elle voulait ironique, en se tassant à l'autre bout du banc de bois.

— Ma femme est malade.

— Vous êtes encore plus odieux alors, murmura Marie-Camille.

Jean-Luc se rapprocha et posa sa main sur la cuisse dénudée de la jeune et un long frisson envahit cette dernière, qui n'eut plus le courage de s'en aller. Elle laissa les larmes couler le long de ses joues sans remarquer les regards curieux des gens autour d'eux.

— Laissez-moi vous expliquer, s'il vous plaît. Ma femme est névrosée. Lorsque nous nous sommes mariés, il y a sept ans, raconta le quadragénaire, vêtu d'un jeans et d'une chemise noire, j'ai vraiment cru avoir trouvé l'amour de ma vie. Mais dès le départ, lors de notre voyage de noces à Boston, j'ai su que quelque chose clochait. Après quelques jours, mon épouse a téléphoné à sa mère. Tout de suite après, elle est venue me retrouver à la table en me disant qu'on devait retourner le soir même au Québec. Nous nous sommes retrouvés chez ses parents, et j'étais certain qu'une tragédie avait justifié ce retour en urgence. Car mon épouse ne voulait ou ne pouvait rien me dire sur les raisons de notre départ hâtif.

Marie-Camille n'avait plus la force de bouger, même si elle ne désirait pas entendre l'homme à ses côtés justifier ses écarts de conduite. Elle n'était pas naïve à ce point. « Et puis, pensa-t-elle ironiquement, Florie l'avait tellement mise en garde contre ce genre d'hommes ! »

Jean-Luc continua :

— Quand j'ai réalisé que rien ne justifiait notre retour précipité, je me suis choqué, et ma femme, jusque-là douce et réservée, s'est mise à hurler que tous les hommes étaient des coureurs de jupons, mais qu'heureusement que sa mère était là pour la protéger. Marie-Camille, je suis marié depuis presque huit ans et pas un jour ne passe sans que Micheline me fasse des reproches.

— J'imagine qu'elle a ses raisons, chuchota la femme.

— Vraiment ? Tu penses que je suis un homme violent, méchant, sadique ? interrogea l'ancien professeur, en passant au tutoiement sans même s'en rendre compte. Car ce sont les insultes qu'elle me lance régulièrement. Pourtant, j'ai essayé, si tu savais ! J'ai tout tenté, même...

— Même... ?

— Une rencontre de couple avec un spécialiste.

Marie-Camille oublia momentanément sa colère pour demander :

— Ah bon, ça existe ?

— Oui. Mais durant ces rencontres, Micheline présente son beau côté, opine à toutes les suggestions, et lorsque nous retournons à la maison, elle recommence ses insultes.

Le bruit d'un moteur de bateau qui démarrait ne réussit pas à les distraire de leur conversation. Ne sachant quoi répondre ni quoi penser, Marie-Camille posa la seule question qui lui vint à l'esprit.

— Mais alors, pourquoi vous partez pas ? murmura-t-elle en sachant pourtant que le divorce était sévèrement réprimandé par l'Église catholique.

Jean-Luc ferma les yeux. Ses traits tendus montraient à quel point la situation le minait. Il inspira profondément et tourna la tête vers sa voisine. Ses longs favoris plus blancs que le reste de sa chevelure poivre et sel brillaient dans le soleil de cette fin de journée.

— À cause de Mathieu.

— Mathieu ?

— Mon fils de quatre ans.

Marie-Camille resta longtemps silencieuse après l'aveu de son ancien professeur. Elle n'eut même pas la force de riposter, de s'indigner. Jean-Luc avait sorti de son portefeuille une photo d'un garçonnet souriant, dont les joues rondes étaient percées de deux profondes fossettes. Ses cheveux foncés étaient bouclés et ses yeux, bordés de longs cils presque féminins.

— C'est Mathieu.

La femme hocha la tête sans dire un mot. Après avoir ressenti une petite bouffée d'espoir en entendant le récit du mariage malheureux, elle savait que cet enfant signifiait un empêchement réel et majeur à leur histoire. Désespérée de réaliser que leur relation n'avait aucune issue, Marie-Camille se doutait que Jean-Luc ne pourrait quitter la mère de son enfant. S'il le faisait, la jeune femme ne pourrait pas admirer l'homme, de toute manière. Alors, elle laissa son regard s'égarer sur les eaux qui miroitaient. La chaleur était encore bien présente, et plusieurs Montréalais s'étaient installés sur les tables pour déballer un repas à grignoter en famille ou boire une bière après une longue semaine de travail.

La mort de Duplessis, en 1959, suivie de l'arrivée au pouvoir des libéraux de Jean Lesage, en 1960, avaient modifié les mœurs au Québec. Les lois concernant l'alcool étaient devenues moins strictes et la lutte à la contrebande d'alcool et aux débits clandestins avait ralenti. Ce qui avait accordé une certaine liberté aux hommes et aux femmes désireux de consommer des boissons alcoolisées en plein air. Si elle n'avait pas été aussi préoccupée, Marie-Camille se serait étonnée de voir autant de gens boire sans pudeur dans un lieu public. Mais la photo du bambin qui demeurait devant elle l'obnubilait beaucoup trop pour qu'elle porte attention aux individus autour d'eux.

— Je pense que nous avons réglé la question, murmura-t-elle en poussant délicatement la photographie vers l'homme assis à ses côtés. Mettons tout de suite fin à cette relation. Au revoir.

Malgré son intention, Marie-Camille ne réussit pas à mettre sa décision à exécution. Elle se tourna vers Jean-Luc et, pour la première fois depuis le début de leur discussion, plongea ses yeux dans les siens. Elle s'y noya en sachant que si elle restait assise une minute de plus, sa vie basculerait dans la clandestinité. Son souffle se fit plus haletant et sa poitrine se soulevait par petits coups. Le visage mature et les traits hâlés de l'homme l'attiraient comme un aimant. Sans même s'en apercevoir, sa main se souleva et elle la posa contre la joue rugueuse de son ancien professeur, le pouce posé sur sa fine cicatrice. Puis, elle s'avança et embrassa Jean-Luc sans plus de pudeur. Il la saisit contre lui et, pendant un long moment, ils échangèrent de langoureux baisers, jusqu'à ce qu'une voix hargneuse se fasse entendre derrière eux.

— Il y a des enfants ici! Vous pourriez faire ça ailleurs!

La vieille femme aux cheveux gris qui venait de s'exprimer tentait de cacher les yeux de deux petits garçons, qui gigotaient pour voir le monsieur et la madame s'embrasser. Gêné d'être ainsi pris à partie, Jean-Luc se leva et tendit la main pour prendre celle de sa douce. Ils firent un geste d'excuse à la dame et se dirigèrent, enlacés, vers la voiture de Jean-Luc.

Marie-Camille avait fait son choix et son plan de soirée venait de changer. Ils montèrent discrètement chez elle, désireux d'éviter les remarques et les commentaires de mademoiselle Vadeboncœur. Assis côte à côte sur son divan, ils s'enlacèrent, s'embrassèrent, se caressèrent et jamais le corps de Marie-Camille n'avait réagi de cette façon. Elle avait mis ses valeurs de côté en se lovant dans les bras de cet homme qui l'attirait depuis si longtemps. Leurs doigts s'emmêlèrent, leurs bouches se cimentèrent l'une à l'autre et, lorsque Jean-Luc se leva, un long moment après son arrivée, la jeune femme le laissa partir à regret.

— Reviens vite, chuchota-t-elle, à peine la porte refermée derrière l'homme.

~ ~ ~

Le samedi matin, Gabriel se leva à l'aube pour aller marcher dans les rues silencieuses de sa municipalité. Il adorait sortir ainsi, avant que les travailleurs ne se réveillent. Dans les rues autour de la sienne, seules quelques femmes surveillaient des enfants levés trop tôt qui trottinaient sur les trottoirs ou pédalaient sur des bicyclettes. La famille Joseph habitait à Outremont, comme plusieurs membres de la communauté juive. Chaque fois que le jeune homme marchait dans son environnement, il réalisait que les Juifs hassidiques composaient assurément la plus grande partie des résidents du secteur. En croisant un groupe d'hommes portant les papillotes et de longues barbes qui touchaient le haut de leur torse, Gabriel ressentit encore une fois cet inconfort qui l'habitait depuis quelques mois. Même si sa famille ne suivait pas les dogmes de l'hassidisme, il suffisait que son père l'incite à se fiancer avec une femme qu'il ne connaissait et n'appréciait pas vraiment pour que toute sa foi soit ébranlée.

La veille, Edmond lui avait demandé de le retrouver dans le salon après le souper. Assis face à son père, Gabriel l'avait écouté avec une lourdeur au fond de la poitrine:

— Je pense qu'il est temps que tu te maries, mon fils, avait commencé l'homme d'âge mûr. Maintenant que tu as un travail, tu peux devenir chef de famille. Je crois que la fille de mon ami Chelli est une candidate fort intéressante.

— Mais je ne la connais presque pas.

— Justement, il faudrait que tu passes un peu plus de temps avec elle. J'ai acheté deux billets pour le musée McCord. Il y a une exposition des peintres Jack Beder et Alexandre Bercovitch. Tu l'inviteras à t'accompagner demain. Une de tes sœurs ira avec vous, évidemment.

— Je ne peux pas père. Demain, je dois rencontrer un collègue.

— Ce n'est pas une suggestion, mon fils, avait sèchement précisé Edmond.

En route vers la synagogue Maghen David, sise sur la rue Van Horne, Gabriel se préparait mentalement à cette sortie, la mort dans l'âme.

— Pourquoi m'obliger à voir Béthanie ? Pourquoi détenir ce pouvoir sur ma vie ? De quel droit peut-on m'ordonner de sortir avec une femme ? murmurait Gabriel en marchant tête baissée.

Il allait rejoindre le reste de sa famille pour le shabbat. Il espérait que son Dieu pourrait répondre à ses interrogations… Quand il pénétra dans l'édifice anonyme, sa mère l'attendait près de la porte pour lui remettre son châle de prière. Maria était inquiète pour son cadet, qui semblait emmuré dans une grande tristesse depuis quelque temps. Elle l'avait observé à plusieurs reprises lorsqu'il se pensait seul, et la femme d'âge mûr savait que son fils était en questionnement. Elle ignorait s'il s'agissait de sa foi, de son travail, de sa santé… mais Maria savait que Gabriel taisait son malaise pour éviter les discussions avec ses parents.

— Tiens, mon fils, murmura-t-elle en lui tendant son talit.

— Merci, mère, répondit le jeune Juif, en regardant sa mère se diriger vers la seconde salle, où les femmes se réuniraient de leur côté.

Gabriel se tourna vers la grande pièce qui venait d'être rénovée et où étaient gravés les noms de sages andalous, comme Maïmonide. Sur le mur à gauche de l'armoire sainte où étaient rangés les rouleaux de la Torah, était inscrit le texte d'une prière en « ladino[5] » que Gabriel lut pour la centième fois.

— *Benditcho sur nombre del señor del mundo*[6], commença-t-il à voix basse avant que le rabbin Jacob n'arrive dans la salle.

L'office du samedi matin à la synagogue Maghen David était le moment où la communauté se retrouvait pour célébrer le shabbat, prier et étudier. Les hommes entreprirent

---

5 Langue espagnole parlée par les Juifs séfarades d'Espagne et leurs descendants.

6 Béni soit le nom du maître du monde.

en chœur une série de psaumes dont le thème principal était la louange de Dieu. Même si Gabriel suivait le rythme des autres participants, son esprit s'égarait et il sentait une intense lassitude l'envahir. Il jeta un regard vers l'homme qui s'avançait à l'avant afin de lire la Torah. Gabriel savait que le rabbin choisirait six autres communiants afin qu'à tour de rôle, ils le rejoignent et poursuivent la lecture. Pour éviter la possibilité d'être élu pour effectuer cette tâche, le jeune homme choisit la fuite. Reculant de quelques pas, il s'éclipsa de la salle sans que son père en ait connaissance, lui qui avait fermé les yeux pour mieux prier.

~ ~ ~

Après son départ en douce de la synagogue, Gabriel fut bien étonné de n'essuyer aucun commentaire de la part de son père. À son retour à la maison, Edmond avait simplement déclaré :

— Béthanie t'attend chez elle à 15 heures. Mazal ira avec vous au musée.

Le ton sévère n'acceptait aucune discussion et Gabriel quitta la cuisine en hochant la tête de haut en bas. Il monta l'escalier la mort dans l'âme : que dirait-il pendant tout un après-midi à cette jeune femme qui parlait si peu ? Pourtant, quelques heures plus tard, alors qu'ils déambulaient à l'intérieur du musée, le jeune homme fut surpris d'entendre Béthanie expliquer avec moult détails les techniques utilisées par les peintres dont les œuvres étaient exposées.

— Vous voyez cet autoportrait ? Ce tableau de Beder se démarque des autres qu'il a peints par les qualités de la forme, l'expression sobre, ainsi qu'un sens magnifique des valeurs. Il y a une très grande assurance dans le traitement du médium choisi.

Estomaqué, Gabriel jeta un coup d'œil plus attentif à la femme, dont le visage s'était tout à coup illuminé. Comme si une lumière éclairait ses traits, ses yeux étaient vifs et sa bouche souriante. Mazal s'était éloignée, comme son père le lui avait demandé, tout en gardant un œil sur son grand frère et la jeune femme. Elle bâillait d'ennui, mais n'aurait pu refuser d'accompagner le couple. Quand Edmond présentait une exigence, personne ne songeait à s'y opposer. Gabriel, revenu de sa surprise devant les paroles de Béthanie, s'informa :

— Comment vous connaissez tous ces détails ?

— J'adore la peinture ! J'ai étudié en art à l'Université Concordia l'année dernière.

— Ah bon je croyais…

— Que je me complaisais dans les bonnes œuvres ? Non. Remarquez que mon père préférerait cela, j'imagine. Mais j'ai la chance d'avoir une mère qui veut que ses filles soient bien éduquées et bien instruites. J'ai beaucoup étudié ces artistes, qui s'étaient regroupés pour former le groupe « Peintres juifs de Montréal ». Ils ont surtout été très actifs entre 1930 et 1940.

— Hum…

Gabriel n'avait que très peu de connaissances artistiques et il décida de se laisser imprégner de l'atmosphère feutrée qui régnait dans le musée. « Après tout, se disait-il, quel mal y avait-il à s'instruire un peu, lui qui passait tout son temps au sous-sol du salon funéraire ou enfermé dans sa chambre à la maison ? » Lorsqu'il déposa Béthanie Chelli devant chez elle, sur la rue Saint-Viateur, quelques heures plus tard, le jeune homme lui adressa un franc sourire. Mais dans l'habitacle de la voiture, la Juive de vingt-quatre ans avait repris son allure de souris timide. Il se demanda si c'était la présence de Mazal qui l'obligeait à garder le regard pudique et les mains bien serrées l'une contre l'autre sur ses cuisses. Toujours est-il que Béthanie répondit au salut de Gabriel par un hochement de tête réservé. Quand la porte se referma sur la silhouette à la longue jupe noire, Mazal rigola :

— Toute une réussite, mon frère ! Tu l'as charmée, on le voit tout de suite !

Gabriel ne répondit pas. Il se demanda s'il pourrait passer sa vie auprès de cette femme qui lui avait montré deux facettes de sa personnalité. Il craignait plus que tout que ce qu'elle lui avait démontré dans la voiture soit en réalité la vraie Béthanie. Car après tout, s'il épousait la jeune Chelli, ils ne passeraient tout de même pas toutes leurs journées dans les musées ! Aurait-elle autre chose à dire quand viendrait le temps de partager son quotidien avec un homme ?

CHAPITRE 20

Lorsque le téléphone sonna chez Marie-Camille, le dimanche matin, elle jeta un coup d'œil à son réveil.

— Huit heures et quart ! Veux-tu bien me dire ! J'espère que c'est pas une mauvaise nouvelle du village, murmura-t-elle en se pressant de courir au salon. Allô ?

— Marie ? C'est moi.

— Alice ?

— Oui.

Le silence s'étira entre les deux amies. Puis, Marie-Camille se remit de sa surprise.

— Tu vas bien ? J'ai su que…

— Ouin… je suis déménagée. Mais je suis passée pour te voir avant de partir ce jour-là, se justifia Alice. T'étais à Sainte-Cécile.

— Hum…

« Ça t'a pas tenté de m'en parler avant ou de revenir me voir ? » eut envie de ronchonner Marie-Camille. Mais elle se retint. Pour le moment, elle avait envie d'entendre une voix amicale. S'il y avait quelqu'un dans son entourage qui n'avait pas le jugement facile, c'était bien son ancienne voisine.

— Alors, dis-moi, tu habites où ?

— Je me suis installée chez Josh.

— Oh !

Dans la tête de la blonde, le visage de Florie surgit furtivement. Durant les mois qui avaient suivi son arrivée à Montréal, sa tante n'avait cessé de lui marteler à chaque appel de ne pas laisser des hommes entrer chez elle. Que les Montréalais ne pensaient qu'à une chose… que dans les grandes villes « de même », les filles étaient toutes devenues des dévergondées…

— Alors tu sors avec lui ? C'est ton chum ?

— Bien non, voyons !

— Je comprends pas, d'abord…

Alice soupira en coinçant le combiné entre son oreille et son épaule pour finir de gratter le vernis à ongles qu'elle avait sur les pouces.

— C'est juste que ça me coûte pas mal moins cher de même. Comme ça, on partage tous les frais, puis je peux me payer un peu de luxe.

— Vous avez chacun votre chambre ? demanda Marie-Camille en hésitant.

— Oui, qu'est-ce que tu penses ? Bon, puis toi, comment ça va, la job avec les morts ?

— Ça va. Dis donc, à la place de parler au téléphone, tu veux pas qu'on aille déjeuner ? Me semble qu'on a beaucoup de temps à rattraper.

Alice plissa le nez de dépit. Elle regrettait déjà d'avoir décroché le téléphone pour appeler Marie-Camille. Elle savait que son amie lui reprocherait sûrement son nouvel arrangement. Elle chercha rapidement une excuse.

— En fait, je peux pas vraiment.

— Allez, Alice, s'il te plaît. J'ai vraiment besoin de te parler de quelque chose.

Marie-Camille secoua la tête en prononçant ses paroles. Comment pourrait-elle avouer qu'elle était tombée sous le charme d'un homme de quarante-deux ans, marié et père d'un enfant ? Même à son amie ouverte d'esprit ! La curiosité d'Alice piquée au vif, elle accepta de la rejoindre au petit Café Cherrier sur la rue Saint-Denis, en face du carré Saint-Louis.

~ ~ ~

Quand Alice pénétra dans le café, toutes les têtes se tournèrent dans sa direction. Il faut dire que le soleil faisait rayonner ses cheveux comme une couronne féline. Elle avait les pommettes rougies par la marche et la chaleur, et ses jambes musclées dépassaient du court short en coton vichy blanc et vert. Le haut de son corps bien enrobé affichait heureusement une allure plus pudique, avec un chemisier blanc noué au-dessus du nombril. Elle releva ses grosses lunettes noires sur le dessus de sa tête et s'empressa de lever la main :

— Salut toi !

— Allô !

Les anciennes confidentes s'installèrent le long de la grande fenêtre, un peu gênées. Marie-Camille aurait voulu dire à l'autre à quel point elle était contente de la voir. Les amies, qui avaient passé des soirées à parler de tout et de rien pendant des années, se retrouvaient face à face et intimidées comme des inconnues. Ce fut Alice qui cassa la glace en posant sa main sur celle de son amie. Son ton était sincère lorsqu'elle dit :

— Je veux m'excuser, Marie-Camille. Je sais que j'ai pas été évidente dans les derniers mois. Mais, je te promets que ça va changer.

Derrière ses lunettes, la vue de la jeune blonde se brouilla. Elle fit un sourire tremblotant et serra à son tour les doigts d'Alice. Celle-ci se pencha un peu pour chuchoter :

— Alors, c'est quoi ton secret ? Je suis curieuse !

Mal à l'aise à l'idée d'avouer le tout, Marie-Camille fit un signe de la main pour montrer que ce n'était guère important. Elle questionna plutôt son amie.

— Hein ? Heu, avant, parle-moi donc de ton nouveau travail. Tu es secrétaire ?

— Pas vraiment. Plus réceptionniste. Tu sais bien que j'ai de la misère à écrire comme du monde ! Ça fait que je peux pas vraiment obtenir un poste de secrétaire.

Alice fit la moue en consultant le menu. Le serveur se glissa jusqu'à elles et, pendant que son amie commandait, Marie-Camille réfléchissait à toute vitesse à ce qu'elle lui avouerait. Il faisait déjà chaud, et les fenêtres ouvertes laissaient passer un air humide. Les boucles de la jeune femme ne mettraient pas beaucoup de temps à frisotter. D'ailleurs, à ses tempes, des couettes indociles s'enroulaient déjà autour des branches de ses lunettes. La voix un peu rauque d'Alice la ramena au présent :

— Josh m'a trouvé ce travail. J'étais vraiment tannée d'être serveuse à temps plein. Tu le sais qu'être debout huit heures par jour pour 0,75 $ de l'heure, c'est pas une vie !

Marie-Camille hocha la tête. Elle ne pouvait lui donner tort.

— Ça fait que quand il m'a dit que l'autre réceptionniste venait de donner sa démission parce qu'elle était enceinte, bien, je me suis décidée. C'est pour ça que j'ai pas pu donner un préavis à Jacques.

— Quand même, reprocha Marie-Camille, ça l'a mis dans le trouble !

Le visage souriant d'Alice se referma aussitôt. Sa mâchoire se contracta et elle garda les yeux baissés pour éviter de dire ce qu'elle pensait des commentaires de Marie-Camille. À la place, elle prit une gorgée du café que le serveur venait d'apporter. Marie-Camille s'en voulut de sa maladresse et posa une main apaisante sur le bras de l'autre.

— Je m'excuse, Alice. Il a trouvé une autre serveuse assez rapidement, quand même. Pas vite, vite, par contre, mais elle s'améliore !

— Bon, tu vois ! Pas besoin de me culpabiliser de même ! De toute manière, toi aussi, tu es partie du resto !

« En le prévenant deux semaines à l'avance » eut envie de répliquer Marie-Camille. Mais elle n'en fit rien, ne voulant pas envenimer les choses. Délaissant sa boisson chaude, Alice alluma une longue cigarette, en se laissant aller contre le dossier de la chaise. Le café était rempli, comme c'était souvent le cas les belles matinées d'été. Le brouhaha des conversations et les rires qui éclataient à tout moment dénotaient la bonne humeur.

— Tu aimes ça, répondre au téléphone et faire le café ?

Alice sourit en soufflant la fumée de sa cigarette sur le côté.

— Oui, quand même. L'ambiance est ordinaire, mais je m'en fais pas trop. Je me pratique à écrire sur la dactylo. Je me dis qu'un moment donné, je pourrais peut-être obtenir un poste de secrétaire. Je sais bien qu'il faut savoir écrire, mais je vois pas pourquoi je m'améliorerais pas ! Puis c'est à ça que sert un dictionnaire, non ?

— Certain ! Je suis sûre que tu vas être capable. Continue à pratiquer, mon amie !

Les deux copines se sourirent avec affection. Un soulagement envahit Marie-Camille. Peut-être qu'après tout, leur relation pourrait être réparée. Alice déposa sa cigarette avant de poursuivre :

— Je te dis que juste de pouvoir avoir une pause pour mes pieds, c'est assez pour me faire adorer ce changement. Bon, assez parlé de moi. Vas-y, raconte comment c'est, d'être entourée de morts toute la journée. Me semble que ça doit être morbide, ton affaire !

Pourtant, lorsque Marie-Camille se mit à parler de la paix ressentie chaque fois qu'elle finissait de travailler auprès d'un défunt, de la satisfaction de redonner aux visages une allure respectable afin que leurs aimés puissent les retrouver une dernière fois avant la mise en terre, de son incompréhension, parfois, devant des décès inexplicables, Alice comprit que son amie avait trouvé sa voie.

— Tu resplendis lorsque tu parles de ton travail, murmura-t-elle sur un ton envieux. J'aimerais ça, avoir une telle passion.

Marie-Camille lui sourit et mit sa main sur la sienne. Elle proposa avec conviction :

— Pourquoi tu retournerais pas aux études, Alice ? Il est jamais trop tard !

L'autre éclata d'un rire désabusé. Comment pourrait-elle avouer à son amie que sa consommation de drogues exigeait des entrées d'argent régulières ? Elle secoua seulement la tête.

— Non. J'ai toujours haï ça, l'école. J'étais pas bonne. Sinon, tout va bien dans ta vie ? L'équipe de softball gagne sans mon talent ? Gabriel est aussi heureux que toi auprès des morts ?

— Bof, l'équipe va couci-couça ! On a perdu nos trois premières parties et c'est certain que tu nous manques. Pour Gabriel, son travail va bien, mais pour le reste, je sais pas trop !

— Ah ?

Marie-Camille se racla la gorge pour se donner une contenance. Elle fit mine de chercher un mouchoir au fond de son sac à main pour éviter de croiser le regard curieux de sa vis-à-vis. Elle hésitait : jusqu'où pouvait-elle aller dans ses confidences sans trahir son ami ?

— Je sens que quelque chose le tracasse depuis la fin de nos études. Remarque que je l'ai vu juste deux fois, et une de ces fois-là a été désolante.

Marie-Camille, maintenant prête à tout pour éviter de parler de sa relation avec Jean-Luc, se mit à raconter la rencontre entre Philémon, Stéphane et eux. Au début, Alice sourit devant les propos, avant de prendre un air horrifié lorsque son amie répéta les insultes proférées par les deux jeunes hommes.

— Voyons donc ! J'espère que Gabriel leur a dit sa façon de penser !

— Justement, non ! Il bougeait pas, c'est moi qui ai dû me lever pour le défendre. Il faisait tellement pitié, Alice. C'est peut-être pour ça qu'il est mal à l'aise de me voir. Il a peut-être honte.

Les deux femmes échangèrent un regard entendu. Lorsque le serveur apporta leurs assiettes, elles se mirent à discuter de sujets moins lourds pendant une quinzaine de minutes. Puis, Marie-Camille ferma les yeux un moment pour se donner le courage de se confier. Le secret de sa relation naissante avec Jean-Luc la minait, surtout qu'elle savait que son père n'accepterait jamais celle-ci.

— Je fréquente quelqu'un, chuchota-t-elle, en lissant le devant de sa camisole rose.

— Oh la la ! Raconte.

— Tu promets de pas juger ?

Alice s'avança comme une louve aux aguets.

— Pourquoi tu me demandes ça ?

— Promets, Alice !

— Oui, oui. Tu sais bien que je suis pas du genre mère supérieure, éclata de rire la réceptionniste, sans s'offusquer des regards qui se posèrent sur elle.

Une grosse boule s'était formée dans l'estomac de Marie-Camille et elle repoussa son pain à peine entamé. Elle sortit un billet de deux dollars de son portefeuille et murmura :

— On va marcher un peu ?

— Que tu es mystérieuse ! D'accord.

Les deux femmes sortirent sur le trottoir, où les touristes et les Montréalais commençaient à affluer. Il était maintenant près de 11 heures et même si les commerces étaient tous fermés en ce jour du Seigneur*, les curieux s'approchaient des vitrines, et y collaient le nez. Les amies traversèrent l'intersection en courant et en riant, heureuses de s'être retrouvées. Elles déambulèrent parmi les passants, avant d'aller s'installer sur un banc au carré Saint-Louis.

— Alors, c'est qui, ce chum ? s'informa aussitôt Alice.

— Un homme que j'ai rencontré au collège.

— Oh oh, un autre croque-mort? Ça promet pour vos discussions! se moqua gentiment la rousse. Sérieusement, c'est très bien. Il est beau? Blond et fougueux? Noir et ténébreux?

— Noir, blanc et… vieux.

— Hein?

Alice se tourna brusquement vers son amie qui fixait ses pieds.

— Qu'est-ce que tu veux dire par vieux?

— Il a quarante-deux ans.

— Wô Marie!

— Tu as dit que tu jugerais pas.

Alice retint des paroles acerbes avant d'acquiescer. Parce que chaque fois qu'elle voyait son amie depuis six mois, elle avait l'impression de sentir un jugement sous-jacent à chacune de ses interventions. Elle ne ferait pas la même chose. Alors, elle posa sa main sur le bras dénudé de Marie-Camille.

— Dis-moi-z'en plus.

— C'était mon professeur au collège. Tu l'as vu une fois au restaurant.

De plus en plus désarçonnée, Alice resta sans mots durant quelques secondes. Puis, son visage s'illumina:

— Le beau monsieur du printemps?

— Hum, oui.

— Et il a le droit de faire ça?

— Il s'est rien passé pendant que j'étais son étudiante, si c'est ce que tu te demandes.

— Alors, tu as couché avec ton enseignant?

Marie-Camille sauta sur ses pieds en serrant sa petite sacoche contre son ventre.

— Non ! Voyons donc ! Pour qui tu me prends ? On s'est juste embrassés.

— Hum, mais c'est certain qu'il s'attend à plus, Marie-Camille. Es-tu prête à ça ? Je le sais que tu coucheras pas avec un homme avant le mariage. Oh, assis-toi donc ! Tu me donnes le torticolis !

Alice tira le bras de son amie pour la forcer à reprendre place à ses côtés.

— En tout cas, si tu l'aimes, j'imagine que son âge a pas d'importance.

— Honnêtement, chuchota Marie-Camille, son âge m'importe peu maintenant. Il y a un problème plus grave que ça.

Alors, Marie-Camille se mit à pleurer, sous le regard ébahi de son amie, qui lui prit la main. Alice avait souvent le cœur dur, mais devant la détresse évidente des quelques personnes qu'elle aimait, la trentenaire fondait à son tour.

— Il est marié.

Alice tenta de cacher sa grimace de dégoût. Elle détestait ces hommes qui cherchaient des proies fragiles. Elle en avait connu, de ces profiteurs, mais avait toujours su comment les remettre à leur place. Son amie n'aurait jamais la force de résister à un tel vautour.

— Pas ça, Marie-Camille. Il va te faire souffrir !

— Je sais.

— Arrête de le voir.

Marie-Camille secouait sa tête de gauche à droite en pleurant à chaudes larmes. À la pensée de ne plus toucher cet homme, elle ressentait un manque qui ne pourrait jamais être comblé, elle en était convaincue. Chacune de leurs rencontres secrètes la faisait se consumer de désir.

— Je peux pas, Alice. C'est comme…

— Une drogue ?

La blonde repoussa sa frange et ôta ses lunettes. Fermant les paupières, elle pencha la tête dans un signe d'assentiment.

— Oui, murmura Marie-Camille.

— Alors fie-toi sur moi, ma belle, laisse-le tout de suite. Car si cette drogue t'envahit, tu pourras plus jamais t'en défaire. Et là, tu vas crever, ma chérie. Crever de désespoir.

CHAPITRE 21

Après sa rencontre avec Alice, Marie-Camille ressassa ses paroles en boucle dans sa tête jusqu'au mercredi suivant. Puis, elle prit sa décision : Jean-Luc lui avait promis de la rejoindre après sa journée de travail ; ils s'étaient donné rendez-vous au parc sur le bord de la rivière, comme la fois précédente. Déterminée à mettre fin à sa relation, la femme marcha d'un pas énergique jusqu'à l'espace vert. Elle se savait en beauté dans sa jupe en jeans et sa camisole brodée.

Marie-Camille le vit avant que lui la voie. Il était tourné vers la rivière, le dos appuyé contre la table de bois, sa tête un peu levée vers le ciel. Elle l'imaginait les yeux fermés et sut qu'elle n'y arriverait pas si elle s'approchait. Alors, la jeune femme cessa d'avancer, sans se préoccuper des grognements de deux cyclistes à qui elle avait bloqué le chemin. Ses yeux se promenaient un peu partout de manière fiévreuse, alors qu'elle espérait trouver la force de s'enfuir en courant. Serrant son sac contre sa taille, Marie-Camille fit demi-tour, les larmes ruisselant sur ses joues. Quand elle arriva à son appartement de la rue de la Roche, près de quarante minutes plus tard, elle avait les yeux bouffis d'avoir trop pleuré. Et lorsque la porte de sa voisine s'ouvrit au son de ses pas, elle n'eut pas la force de sourire.

— Bonjour, ma fille. Il fait trop chaud aujou… Oh, mais tu es malade dis donc ?

Madame Vadeboncœur s'avança près de la jeune femme et fixa ses yeux charbonneux sur le visage défait.

— Tu as pleuré, toi là ! Qu'est-ce qui se passe ?

— Rien, rien… oh…

Sans pouvoir se retenir, Marie-Camille se glissa entre les bras grands ouverts de la vieille dame, prête à l'accueillir. Les deux femmes restèrent longtemps sans parler sur le palier devant leurs logements. Puis, à bout de larmes, la jeune remercia la femme âgée du bout des lèvres.

— Je vais rentrer, murmura-t-elle sur un ton tremblotant.

— Tu es bien certaine que tu vas être correcte ? Parce que je peux venir dormir sur ton divan, si tu as besoin de réconfort. Je suis vieille, mais encore capable d'avoir une bonne écoute.

Marie-Camille était épuisée de justifier cet amour illégal. Elle se doutait de ce que lui dirait Albertine, même si celle-ci se vantait de se montrer avant-gardiste. Entretenir une relation avec un homme marié, père de surcroît, ne pouvait en aucun cas être justifié. Pas même par l'amour qui fleurissait dans son cœur ni par les baisers de Jean-Luc, qui la faisaient vibrer de désir. Rien ne légitimait une telle union. La jeune secoua la tête, se glissa chez elle et resta longuement appuyée contre sa porte fermée. Israël se frotta contre le bas de ses jambes pour réclamer son attention. Prenant son chat dans ses bras, Marie-Camille lança ses clés sur le comptoir et s'avança vers son meuble de télévision. Elle alluma son appareil et s'affala sur le divan, en espérant se changer les idées.

« Cette nuit, la ville de Berlin, en Allemagne, a été le théâtre d'un nouveau drame. Afin de stopper l'exode de ses habitants qui passent à l'Ouest, les autorités est-allemandes ont utilisé les grands

moyens. Les premiers éléments d'un mur se sont dressés et, au réveil, les Berlinois des deux côtés ont reçu la terrible nouvelle... »

Découragée devant cette tragédie humaine, la jeune femme oublia momentanément sa peine et sa détresse. « Après tout, songea-t-elle, il y a des situations bien pires que la mienne! »

Dans la soirée, le téléphone sonna à plusieurs reprises dans le petit appartement de Marie-Camille. Convaincue que c'était Jean-Luc qui tentait de la joindre, la jeune femme ne répondit pas. Après cinq répétitions, elle décida même de décrocher le combiné et le déposa près de l'appareil. Les miroirs de l'entrée et de la salle de bain lui renvoyaient sa mine attristée chaque fois qu'elle passait devant. La blonde savait qu'elle ne pourrait oublier cet homme avant longtemps. Elle avait senti au plus profond de son être que les émotions qu'il lui avait fait vivre dans le court laps de temps qu'ils avaient passé ensemble seraient difficiles à retrouver. Quand des coups se firent entendre à la porte d'entrée, elle sursauta et déposa sa cuillère de soupe sur la table.

— Non... Je veux pas le voir... murmura-t-elle, en refermant sa robe de chambre sur son corps.

Marie-Camille coucha sa tête dans ses bras repliés devant elle. Elle ferma les yeux en priant pour qu'il s'en aille. Elle savait que seule la distance entre eux pourrait lui permettre d'enterrer cette relation embryonnaire. Mais les cognements ne se tarissaient pas et, dans un mouvement d'humeur, la jeune alla ouvrir:

— QUOI? Oh, madame Vadeboncœur, c'est vous?

— Bien oui, ma fille, qui attendais-tu à cette heure-là ? Excuse ma tenue, mais je pouvais pas aller me coucher sans m'assurer que tu allais bien. Tu faisais tellement pitié tantôt.

Albertine se tenait sur le palier, les cheveux enroulés dans des bigoudis et le visage enduit de crème blanchâtre. Pantoufles de fourrure rose aux pieds, robe de chambre fleurie sur son corps enrobé, la vieille pointait ses yeux vifs sur sa jeune voisine.

— Bon, puis j'ai bien fait, si je comprends bien !

— Heu, c'est juste que je m'étais endormie devant la télévision, commença bravement Marie-Camille, en tentant un sourire rassurant.

La vieille dame ne fut pas dupe et se pencha vers l'avant :

— Juste à te voir la mine, coupa-t-elle, c'est clair que la situation est grave. Donne-moi une minute.

Abasourdie, Marie-Camille regarda la vieille dame trotter jusqu'à son appartement et y disparaître durant quelques minutes pour en revenir, le visage nu.

— Je peux pas garder mon *cold cream* trop longtemps, sinon, demain, je vais avoir comme un film gras qui va rester sur ma peau. Viens donc, on va pouvoir jaser toi et moi, ma petite.

Comme s'il s'agissait de son logis, la femme pénétra chez la jeune fille et la tira par le bras. Si elle n'avait pas été aussi attristée, Marie-Camille aurait peut-être résisté à cet assaut et cette invasion de sa vie privée. Et c'est comme si une digue venait de céder lorsqu'elle voulut répondre à la question :

— Dis-moi, comment il s'appelle, ce malheureux qui te fait autant de peine ?

— Jean-Luc.

— Me semblait bien aussi qu'il devait y avoir un homme dans ce genre-là en dessous de ta grande tristesse.

Marie-Camille plissa son nez devant ce commentaire inattendu, mais n'eut pas le temps de se questionner.

— J'en ai connu un, Jean-Luc, dans mon jeune temps. C'était pas un gentil garçon. Ils doivent tous être pareils.

Assise sur le sofa à côté de la vieille femme, Marie-Camille ne savait pas quoi répondre à cette drôle de réflexion. Albertine lui prit le menton pour le tourner vers elle et demanda :

— Raconte-moi tout.

Alors, Marie-Camille narra son secret sans retenue. L'enseignant, leurs premiers échanges plus houleux, leurs baisers, leurs discussions... et surtout, la femme et l'enfant de Jean-Luc. Après cela, elle attendit. Longtemps. Albertine Vadeboncœur se leva pour marcher jusqu'à la fenêtre de l'appartement. Puis, elle se tourna vers sa jeune amie :

— Laisse-le pas partir si tu sens que c'est le bon, ma belle.

— Pardon ?

— Tu le sais pas, mais j'ai été amoureuse folle un jour. Il s'appelait Émilien. Il était beau comme un Dieu, mais ses parents refusaient qu'il me fréquente. J'avais pas assez de classe pour sa famille. On s'aimait vraiment. On se voyait en cachette, on s'embrassait, oui, oui... J'ai jamais été trop prude, tu sauras. Puis, un matin de juillet 1910, mon Émilien m'a annoncé que ses parents l'obligeaient à épouser une lointaine cousine.

La femme avait le regard vague, comme si les souvenirs qui l'envahissaient couvraient ses yeux pâles de brume. Elle se tourna vers Marie-Camille, toujours assise sur le divan, et s'en rapprocha.

— J'ai immédiatement mis fin à la relation, même s'il me suppliait de continuer à le voir. J'aimais cet homme plus que tout au monde, mais j'étais aussi une jeune femme élevée dans un pensionnat religieux et je fréquentais assidûment l'église. Il n'était pas question que je reste en relation avec un homme qui ne pourrait jamais me promettre une union éternelle.

— Vous l'avez jamais revu?

Albertine hocha doucement sa tête pleine de rouleaux métalliques. Elle revint s'asseoir à côté de la jeune femme.

— À la fin de l'automne, j'ai entendu entre les branches qu'il épouserait sa fiancée un samedi de décembre. J'ai pas pu résister à la curiosité malsaine d'aller constater sur place s'il semblait aussi malheureux que moi.

— Alors? questionna Marie-Camille, qui tenait à présent la main tavelée dans la sienne.

— Il était si beau dans son habit gris foncé, ses cheveux blonds bien coiffés! J'ai pensé, un moment, courir jusqu'à lui pour l'enlever à sa nouvelle épouse. Mais quand il s'est penché pour poser ses lèvres sur celles de la femme à ses côtés, j'ai compris que l'amour de ma vie m'avait échappé. Après, j'ai eu quelques relations, parce que j'étais une belle femme dans mon jeune temps…

— Vous êtes encore magnifique, Albertine, murmura avec affection Marie-Camille.

— Tu es gentille, ma fille. Ce que je veux que tu comprennes, c'est que si cet homme représente pour toi l'amour, le vrai, il vaut peut-être la peine que tu oublies les enseignements de nos bons curés.

De plus en plus perturbée par les mots de l'octogénaire, de celle qui aurait dû, lui semblait-il, être complètement outrée par ses agissements, Marie-Camille ferma les yeux et laissa sa tête reposer sur l'épaule ronde de sa voisine.

— Je sais pas quoi faire ! Je comprends surtout pas pourquoi je l'aime autant. Il est plus vieux, je le trouve beau, mais probablement qu'il l'est pas tant que ça pour les autres ; et en plus, il conduit une Coccinelle verte !

— Hum…

Albertine souleva un sourcil inquisiteur. Marie-Camille poursuivit la liste des inconvénients d'une telle relation :

— Il est parfois rétrograde, même si c'est lui qui m'a référée pour mon travail ; et surtout, il a un petit garçon. Je peux pas briser…

La voix de la jeune femme se cassa. Elle ne pouvait même pas prononcer les paroles qui lui venaient en tête.

— Qui te parle de briser sa famille ? chuchota Albertine.

— Qu'est-ce que vous voulez dire ?

Marie-Camille posa sa main sur sa bouche en secouant doucement ses boucles. Pourrait-elle vraiment fréquenter Jean-Luc Buisseau sans qu'il quitte son épouse et son enfant ? D'un autre côté, comment ferait-elle pour se regarder dans le miroir s'il venait à laisser les siens pour être auprès d'elle ? Ne sachant quoi penser, la jeune se lova de nouveau contre la vieille femme.

— Réfléchis à ça, ma belle. Sache juste que j'ai regretté toute ma vie d'avoir laissé partir mon Émilien. Avoir su que je retrouverais jamais un amour aussi fort, je l'aurais fréquenté, même sans être mariée.

~ ~ ~

Pendant plusieurs jours, Marie-Camille ressassa les paroles de sa voisine dans sa tête. La nuit, elle tournait sans cesse dans son lit et restait durant de longs moments à fixer le plafond, sans dormir. Jean-Luc était passé en son absence et avait glissé un mot sous sa porte: «Je t'en prie, Marie-Camille, j'ai besoin de te voir. Rejoins-moi à ton restaurant demain midi.»

Elle avait jeté le mot à la poubelle, après l'avoir tenu pendant de longues minutes. Puis, elle avait à son tour rédigé une note, qu'elle avait laissée à Jacques pour qu'il la remette à monsieur Buisseau. «Je peux pas. Respectez ma décision, je vous en prie.» Son ancien employeur ne l'avait pas questionnée. Malgré les paroles réconfortantes de mademoiselle Vadeboncœur, Marie-Camille choisit d'écouter son père et Alice, qui l'avaient tous deux mis en garde contre une telle relation.

Heureusement, les morts ne cessaient pas d'affluer, et sa charge de travail quotidien ne lui permettait guère de se laisser envahir par le chagrin pendant la journée. Avec monsieur Pépin, une belle entente s'était installée. Ils parlaient peu lorsqu'ils travaillaient côte à côte, mais l'homme lui faisait de plus en plus confiance. La seule difficulté qu'avait Marie-Camille venait au moment de transférer un défunt sur la table de porcelaine blanche. Lorsque la dépouille pesait trop lourd, elle devait attendre que son patron soit à ses côtés pour le faire.

Un évènement d'une grande tristesse prit le dessus sur sa propre peine, un matin d'août. Quand elle entra dans la grande maison de briques, Marie-Camille salua d'un bonjour amical la secrétaire et son patron, qui parlaient à voix basse.

— Allô, vous deux!

— Mademoiselle Gélinas, bonjour.

Rapidement, la jeune embaumeuse comprit que quelque chose n'allait pas. Madame Valois n'avait pas cet air serein qui la caractérisait si bien. Elle avait les yeux brillants et la lèvre un peu tremblante. Marie-Camille se débarrassa de son boléro blanc, qu'elle accrocha dans la garde-robe de l'entrée avant de s'approcher du duo.

— Tout va bien?

— Oui, oui, répondit trop vite monsieur Pépin, en lançant un regard d'avertissement vers sa secrétaire. Suivez-moi.

Marie-Camille marcha derrière son patron, non sans jeter un coup d'œil par-dessus son épaule et remarquer madame Valois lui adresser un piètre sourire. Fronçant les sourcils, la femme entra dans le bureau de l'embaumeur et prit place dans la chaise en face de lui. Elle sentit ses mains devenir moites à l'idée qu'elle avait commis une erreur. Repoussant ses lunettes sur son nez, elle demanda, sur un ton alarmé:

— Qu'est-ce qui se passe? Vous m'inquiétez.

— C'est juste que nous avons reçu une nouvelle dépouille hier soir.

— Ah.

Rien de nouveau, eut envie de répondre Marie-Camille. Pour la première fois depuis son embauche, monsieur Pépin se permit de toucher à sa jeune employée. Il étira le bras pour déposer sa main sur la sienne.

— C'est un enfant.

— Ah.

— Un petit garçon.

Les yeux de Marie-Camille se posèrent sur leurs mains. Elle fit la moue, car depuis le début de sa jeune carrière, elle appréhendait ce jour. Même si la mortalité infantile avait grandement diminué depuis quelques décennies, il n'en demeurait pas moins que c'était encore une réalité trop fréquente.

— Vous pensez pouvoir m'assister ? demanda Guy Pépin, en fixant son employée au-dessus de ses demi-lunes posées sur le bout de son nez.

Marie-Camille ferma les yeux quelques secondes avant de faire un léger sourire confiant.

— Oui, chuchota, ça sera pas un problème pour moi. Je suis prête à faire face à cette situation. Je savais que le jour viendrait éventuellement. On nous en a parlé à quelques reprises au cours de notre formation.

L'homme hocha la tête et recula sur sa chaise.

— C'est difficile, je vous préviens. Même avec toute mon expérience, je ne m'y habitue jamais. Non seulement il y a la tristesse devant ce deuil, mais le travail en lui-même est plus difficile. Lever la carotide s'avère bien difficile lorsque celle-ci n'est pas plus grosse qu'une aiguille…

La jeune femme ne répondit pas à ces derniers commentaires. Elle se contenta de hocher la tête avec compréhension. Quand ils descendirent les marches vers le sous-sol, quelques instants plus tard, Marie-Camille prit une longue inspiration comme s'il s'agissait de sa dernière bouffée d'air de la journée. Quand monsieur Pépin la laissa passer devant lui en ouvrant la porte, elle tenta d'éviter de regarder la table où reposait le petit défunt. Inévitablement son regard fut attiré vers le drap blanc. Le corps ne faisait pas plus de deux pieds.

— Il est mort comment ? demanda-t-elle en prenant un ton posé.

— Détresse respiratoire. Il y a eu une autopsie, alors les organes internes ne seront plus à leur place. Il faudra absolument éviter que les parents demandent à le prendre… Vous savez pourquoi ?

— Parce qu'en exerçant une pression sur l'abdomen, il pourrait s'échapper des fluides ou du sang par les voies naturelles, n'est-ce pas ?

Monsieur Pépin hocha la tête. Il s'avança vers la dépouille d'un pas solennel. Quand il souleva le drap pour laisser apparaître le petit bonhomme au corps blanc et à la chevelure blonde comme les blés, la jeune femme laissa échapper un petit sanglot.

— Oh…

Elle s'avança à son tour, une main crispée sur son sarrau. Une nouvelle inspiration lui permit de reprendre le contrôle de son cœur qui battait la chamade. Elle passa ses doigts dans les belles boucles soyeuses et jeta un coup d'œil rapide sur les grandes cicatrices laissées par l'autopsie. Les bras et les jambes du bambin étaient potelés, et ses petits pieds encore dodus étaient faits pour jouer au ballon, pour courir… pas pour qu'il se retrouve couché dans le sous-sol d'un salon funéraire. L'enfant était si petit et fragile que Marie-Camille sentit ses paupières se gonfler de larmes.

— Comment font les parents ? demanda Marie-Camille, en enfilant des gants et en prenant un linge mouillé pour commencer la toilette de l'enfant. Comment font-ils pour passer au travers d'une telle épreuve ?

Monsieur Pépin, qui comprenait l'émotion que vivait sa jeune collègue, répondit sur un ton doux :

— Le temps. Seul le temps peut permettre un semblant de guérison. Mais peut-on vraiment se remettre d'un deuil comme celui-ci ?

De chaque côté du petit garçon nommé Jean, le vieil homme et la jeune embaumeuse passèrent trois heures sans prononcer un autre mot. Ils s'attardèrent à rendre le garçonnet aussi mignon qu'il l'était sur sa photo, malgré la rigidité cadavérique qui s'était déjà installée. Parfois, dans un geste de grande tendresse, la jeune femme laissait ses doigts glisser sur la joue de l'enfant. Quand le temps arriva où elle dut sceller les mâchoires du garçonnet, elle avait de la difficulté à voir ce qu'elle faisait tant ses pleurs brouillaient sa vue. Elle pleura en silence en plongeant sa tête dans ses mains. Monsieur Pépin la serra avec affection avant de la guider vers la chaise, où elle resta assise longtemps.

— Laissez-moi terminer, Marie-Camille. Vous en avez assez fait.

La jeune femme ne songea même pas à s'opposer, toute son énergie s'étant dissipée pendant ce long travail. Lorsqu'elle émergea de la salle du sous-sol, au moment du dîner, elle sortit du salon funéraire pour aller se ressourcer face à la rivière. Rien ne pouvait préparer personne à une réalité aussi difficile. Elle aurait eu envie de partager cette douloureuse expérience avec Jean-Luc. Cet homme aurait compris les émotions qu'elle vivait, sans qu'elle ait même à les justifier. Il avait été directeur funéraire durant plusieurs années avant de devenir professeur d'embaumement. Il avait certainement dû, au cours de sa carrière, faire face à une telle épreuve. Marie-Camille avait l'impression que chaque enfant qu'elle croiserait dans les jours à suivre lui rappellerait le petit minois éteint de Jean.

— J'espère que j'aurai pas à vivre de telles situations trop souvent, murmura-t-elle en souriant tristement devant une fillette qui tentait d'approcher un canard récalcitrant, alors que sa mère la tenait par la main.

En songeant à la mort, au destin, qui pouvait mettre fin à la vie sans prévenir, Marie-Camille prit alors l'unique décision qui s'imposait. Celle de revoir Jean-Luc le jour où il referait surface dans sa vie. Si c'était le cas, bien sûr, car à la suite de son dernier message, l'homme ne l'avait plus contactée.

CHAPITRE 22

Le mois d'août continuait d'apporter des journées de chaleur inhabituelle aux Montréalais, qui veillaient de plus en plus tard sur les balcons afin d'éviter d'entrer dans des logements transformés en fourneau. Albertine Vadeboncœur n'avait jamais reparlé de sa discussion avec Marie-Camille, qui s'était depuis prise d'une affection encore plus profonde pour la vieille femme. Jean-Luc n'était plus réapparu dans la vie de la blonde, qui se morfondait en sachant bien qu'elle ne pouvait tenter de le joindre chez lui.

Un matin, alors que monsieur Pépin lui avait donné congé, car elle avait terminé très tard la veille, Marie-Camille se leva, déterminée.

— Il doit bien être à l'université. Les cours commencent dans moins d'une semaine.

Elle prit une longue douche, autant pour se rafraîchir les idées que le corps, et coiffa ses boucles encore plus blondes en cette fin d'été. Sa frange vaguait joliment sur le côté de sa tête et même si elle était lasse de toujours porter ses lunettes, elle les enfila pour mieux se maquiller. Embêtée, elle devait les lever entre chaque coup de pinceau qu'elle appliquait sur ses paupières. Un peu de rose sur les lèvres, de poudre sur le visage pour éviter que la sueur ne perle dès sa sortie dans la rue, et Marie-Camille se plaça devant sa garde-robe pour trouver le meilleur vêtement pour lui permettre d'être confiante.

— Ma robe à pois ? Non, trop enfantine. Mon *jumpsuit* jaune ? Hum... un peu trop ensoleillé. Tiens...

Elle sortit une mini-robe avec des pois dans les teintes de mauve. Même si la longueur, au-dessus de la mi-cuisse, était peut-être un peu trop osée, Marie-Camille considérait que l'encolure en cœur près du cou permettait à la tenue de retrouver des notes de pudeur. Les jambes dénudées, mais la poitrine bien cachée. Elle glissa la chaînette et la bague de sa mère sous le tissu, et ajouta quelques bracelets colorés à son poignet. La jeune femme vérifia l'heure sur ses horloges pour s'assurer de ne pas arriver à l'université avant l'ouverture et s'éclipsa, après avoir donné un dernier baiser à Israël.

— Souhaite-moi bonne chance, mon minou ! Cette journée pourrait changer ma vie !

Marie-Camille venait d'arriver au rez-de-chaussée de son immeuble lorsqu'elle entendit le téléphone sonner dans son appartement. Elle leva la tête vers son étage et évalua si elle avait le temps de se précipiter en haut. Convaincue qu'il devait s'agir d'un vendeur quelconque, elle choisit de laisser faire.

— De toute manière, j'arriverai certainement pas à temps à répondre. Oups, excusez-moi !

Marie-Camille aida une jeune femme de son âge à ramasser les livres qu'elle lui avait fait échapper en reculant. Cette dernière, qui avait la même blondeur, quoiqu'une coiffure plus vieillotte, avec ses longs cheveux qui descendaient jusqu'à sa taille, lui sourit et fit un signe de la main.

— Pas de trouble. Je regardais pas où j'allais moi non plus.

— Alors au revoir.

Pressée de prendre son bus pour l'université, Marie-Camille s'éloigna presque en courant, mais la voix un peu haute de l'autre femme l'arrêta.

— Dites, vous savez si le logement est toujours à louer?

— À louer?

La passante pointa l'affichette sur le balcon de l'ancien appartement d'Alice. Avec un pincement au cœur, Marie-Camille acquiesça.

— Ah bien tant mieux! Je vais appeler alors.

— Vous cherchez un appartement? s'informa Marie-Camille, en se traitant d'idiote puisque c'était une évidence.

— Oui. J'arrive d'Abitibi et je viens étudier à Montréal.

— Oh, c'est loin ça!

La jeune femme éclata d'un rire bien franc qui plut aussitôt à Marie-Camille.

— Les gens de Montréal pensent toujours qu'il faut traverser la planète en entier pour arriver à Val-d'Or. Pourtant, en train, c'est un trajet de huit heures et en voiture, on peut même s'en tirer en moins de sept heures. Vous devriez y aller une bonne fois. C'est une région magnifique.

La citadine sourit gentiment, puis répondit:

— Nous nous reverrons peut-être, si vous louez l'appartement sous le mien. Mon nom est Marie-Camille.

— Enchantée! Moi, je m'appelle Clara. Clara Rudenko.

L'embaumeuse salua de nouveau et partit en vitesse. Quand elle arriva sur le boulevard Édouard-Montpetit, trente minutes plus tard, elle leva la tête vers la grande tour de l'Université de Montréal, où tout avait débuté pour elle.

« Qui aurait cru, pensa-t-elle, que je reviendrais ici pour aguicher un enseignant ? »

Déterminée à ne pas changer d'idée, Marie-Camille entreprit aussitôt d'emprunter le petit chemin en pente qui menait jusqu'au pavillon de médecine dentaire. Les cours n'ayant pas encore commencé, il n'y avait que quelques badauds dans le sentier. Arrivée dans le stationnement, la femme chercha du regard la petite voiture verte de l'homme qu'elle voulait voir. Un peu déçue de ne pas la repérer, elle songea qu'elle avait probablement imaginé un scénario qui ne se réaliserait jamais. Elle se demandait si elle ne devait pas laisser tomber dès maintenant lorsqu'une voix au ton condescendant jaillit derrière elle.

— Tiens donc, si c'est pas la seule et l'unique embaumeur du Québec !

— Embaumeuse, répondit sans attendre Marie-Camille, en se remettant à marcher.

Philémon se pressa pour arriver à sa hauteur. Le rouquin présentait cet air goguenard qu'il avait chaque fois qu'il s'adressait à elle ou à Gabriel. Pourquoi devait-elle croiser cet importun si souvent ? Elle grimaça en poursuivant sa route, pour éviter de se trouver plus longtemps près de cet homme qu'elle abhorrait.

— Bon, bon, la voilà qui s'est inventé un titre de métier ! ironisa l'autre en courant pour se mettre à sa hauteur.

— J'ai rien inventé, vous avez juste à chercher dans un dictionnaire ! fustigea Marie-Camille, sachant pourtant qu'il ne trouverait pas, puisque le terme n'existait pas.

Préférant ne pas poursuivre cette conversation, elle pressa le pas pour tenter de le distancer. Mais c'était mal connaître cet homme désagréable, qui lui lança :

— Vous avez pas votre petit Juif avec vous aujourd'hui?

— Et vous, vous avez perdu votre chien de poche? répliqua sèchement Marie-Camille en se retenant pour ne pas gifler l'impoli.

Philémon ne fit que ricaner, puis il pointa la porte du pavillon.

— J'imagine que vous venez pour le poste d'assistant? Donnez-vous pas cette peine, monsieur Lalonde a déjà avisé mon père que je serais responsable du laboratoire à la session d'automne, même s'ils ont pas le choix d'afficher l'emploi. De toute manière, entre vous et moi, je doute que des étudiants vous prennent au sérieux, n'est-ce pas?

L'espace d'un instant, Marie-Camille eut vraiment envie de mentir et de prétendre qu'elle présentait aussi sa candidature. Mais l'arrivée de la voiture de Jean-Luc la cloua sur place. Philémon se méprit sur sa raideur soudaine et tapota son épaule dénudée d'une main trop sèche:

— Allons, allons, vous pourriez quand même offrir vos services dans les départements féminins... Bon, je dois y aller. Heureux de vous avoir revue. Dites un bonjour spécial à votre ami au petit chapeau.

Marie-Camille ne répondit même pas, trop fébrile à l'idée de voir Jean-Luc surgir près d'elle dans quelques minutes. L'homme ne l'avait pas encore vue, et la visiteuse ferma les yeux en se demandant tout de même si elle ne devait pas s'enfuir pendant qu'il était encore temps. Quand elle leva ses paupières, Jean-Luc était figé au milieu du chemin, les yeux fixés sur elle. Marie-Camille leva maladroitement la main et son ancien professeur commença à marcher vers elle.

— Bonjour.

— Bonjour.

Le ton était solennel, mais les regards fiévreux. Face à face, le couple d'amoureux se dévorait des yeux. Plus rien n'avait d'importance autour d'eux, et Marie-Camille fut la première à murmurer :

— Je voulais vous parler.

— Marchons un peu.

Jean-Luc lui prit le coude et la femme frémit. Il chuchota à son oreille :

— J'ai cru ne plus jamais te revoir.

Marie-Camille sentit son cœur battre plus fort en le sentant si près d'elle. Son corps la trahissait, son ventre, sa poitrine, tout son être voulait se blottir contre cet homme. Elle s'élança donc, avant de perdre son courage :

— J'ai réfléchi et je veux, j'aimerais...

— Moi aussi.

Marie-Camille sourit, malgré l'intensité du moment.

— J'ai rien dit !

— Mais je te devine, Marie-Camille. Et si tu savais combien j'ai rêvé de ce moment ! Je savais que ce n'était pas justifié de ma part de continuer à te relancer, mais Dieu que j'espérais qu'un jour, nos chemins se croisent de nouveau, que tu viennes jusqu'à moi !

Ils s'arrêtèrent l'un près de l'autre. Jean-Luc entoura la taille de la jeune femme d'une poigne solide et, malgré le danger d'être vu, baisa son cou, où une veine fébrile palpitait. Marie-Camille arrêta de respirer devant le désir que cette simple accolade faisait monter dans son corps.

— J'irai te rejoindre chez toi après ma journée. Nous serons plus tranquilles pour discuter. Y seras-tu ? demanda Jean-Luc, la voix nouée par l'émotion.

Sachant que sa réponse guiderait le reste de leur relation, Marie-Camille hocha la tête en le fixant de ses grands yeux bleus. Jean-Luc inspira par petits coups, avant de laisser sa main glisser sur la joue de la femme.

— À plus tard, ma douceur.

Marie-Camille ne répondit pas. Elle suivit la longue silhouette du regard jusqu'à ce qu'elle disparaisse à l'intérieur de l'édifice beige. Malgré le secret, malgré le débat intérieur que cette relation lui faisait vivre, la femme était certaine d'avoir fait le bon choix.

— Je pense que je l'aime, murmura-t-elle en descendant la côte pour retourner sur le trottoir. Oui, je l'aime.

~ ~ ~

Quand elle grimpa l'escalier de chez elle, une heure plus tard, Marie-Camille commença par se changer et enfiler une paire de shorts en denim. Elle revêtit aussi une blouse, qu'elle noua au-dessus de son nombril, enroula un foulard autour de ses boucles et entreprit de laver son appartement de fond en comble. Toutes les pièces du petit logement y passèrent, de la toilette à l'entrée, en passant par le salon et la cuisine. Lorsqu'elle se glissa dans sa chambre à coucher aux murs violets, elle jeta un regard sur le lit simple en rougissant.

— Je vais pas m'attarder ici, hein Israël, parce qu'on y viendra pas.

Marie-Camille n'était pas prude ni naïve, mais elle était encore vierge et désirait le rester jusqu'au jour où elle se marierait. Pour l'instant, elle ne voulait pas réfléchir à la situation et à l'avenir. Seul le moment présent lui importait.

En retournant au salon, elle songea à l'appel téléphonique qu'elle avait raté le matin même.

— J'imagine qu'on va rappeler si c'est important.

Consciencieuse, Marie-Camille passa tout de même un appel au salon funéraire pour être bien certaine que monsieur Pépin n'avait pas besoin d'elle. La voix aiguë de madame Valois lui répondit.

— Bonjour, c'est Marie-Camille. Tout va bien?

— Bien sûr.

— Vous savez si monsieur Pépin a besoin de moi? J'ai raté un appel ce matin et je voulais m'assurer que c'était pas lui.

La secrétaire entreprit aussitôt de la rassurer, en précisant que le salon était désert.

— Profitez bien de votre journée, ma belle fille!

— J'en ai bien l'intention! répondit Marie-Camille en rosissant, comme si l'autre pouvait deviner de quoi seraient faites les heures à suivre.

Et comme la jeune femme l'espérait, cette soirée fut belle et tendre. Quand Jean-Luc cogna à sa porte, Marie-Camille ouvrit rapidement. Il se glissa dans l'appartement sans dire un mot, avant de l'enlacer. Prenant le menton de son amoureuse dans sa main, Jean-Luc y déposa un long baiser langoureux qui fit trembler les jambes de sa douce. Après quelques minutes à s'embrasser, Marie-Camille l'arrêta, à bout de souffle:

— Viens, allons nous asseoir.

Elle prit la main de Jean-Luc en évitant de regarder le jonc qui s'y trouvait et qui lui rappelait la situation conjugale de l'homme. Le couple s'installa sur le petit sofa vert pomme placé plus près de la fenêtre grande ouverte, afin de profiter de la brise tiède de ce soir d'été. Marie-Camille remonta ses jambes et les enlaça avec un bras. Puis elle tourna son regard vers Jean-Luc et dit:

— Je veux partager mes moments libres avec toi.

— Tu es certaine? Je suis conscient du sacrifice que cela signifie.

Elle hocha la tête, même si un petit doute résistait en elle. Marie-Camille savait que cela voulait dire pas de sortie en amoureux, pas de fiançailles éventuelles ni de mariage, évidemment. Mais pour une fois, elle ne voulait pas penser sa vie à l'avance. Pour le moment, son choix était Jean-Luc. Leur destin pourrait changer un jour, mais elle ne voulait pas baser cette relation sur l'espoir que son mariage se dissolve. Heureux, l'homme sentit son regard s'embuer. Il prit la tête de Marie-Camille pour la poser sur sa poitrine.

— Tu entends les battements de mon cœur? J'ai pensé ne plus jamais te revoir, qu'il n'y avait plus d'espoir. À l'idée que je pourrai te parler, te toucher, j'ai l'impression que je serai capable de tout endurer, une fois de retour à la maison.

Marie-Camille sourit avec tendresse, avant de caresser la cicatrice sur la lèvre supérieure de son amoureux.

— Je te demande seulement de pas me parler de ta... de ton épouse. J'ai envie de connaître ton fils Mathieu, à travers tes paroles. Mais c'est tout. Peux-tu comprendre?

Jean-Luc, qui aurait tant voulu pouvoir crier son bonheur, acquiesça sans hésitation. Cette relation secrète lui permettrait de s'évader d'une vie où les cris et la hargne faisaient partie de son quotidien.

~ ~ ~

Même si leur relation était encore fragile, Alice et Marie-Camille se retrouvèrent un samedi soir de septembre au restaurant Pop Poulet, après la partie de softball à laquelle Marie-Camille avait participé. Vêtue de son uniforme sportif bleu et blanc, la joueuse s'affala lourdement sur une banquette, après avoir fait la bise à son ancien employeur. Elle lança son gant de cuir dans le coin et sourit à Alice.

— Puis, trouves-tu qu'on est meilleures que l'année passée ? demanda-t-elle en tirant la langue vers Jacques pour lui montrer à quel point elle mourait de soif. *Water*… rigola-t-elle, *water* !

— Bof !

— Hé, t'es pas gênée ! On a gagné 2 à 1, je te ferai remarquer ! fustigea Marie-Camille en remerciant la jeune Ginette qui lui apportait un verre d'eau bien glacée.

Alice était allée rejoindre son amie au parc et avait assisté à la fin de la rencontre. Lorsque Jean-Luc avait promis à son amoureuse d'essayer d'aller faire un tour dans la soirée pour la voir jouer, Marie-Camille s'était empressée de l'en dissuader.

— Non, non. Alice doit venir me rejoindre. Je l'ai pas vue depuis quelque temps et je voudrais pas créer un malaise.

— Ah. Elle n'est pas au courant pour nous ?

La blonde avait seulement secoué la tête en changeant de sujet. Elle savait ce que pensait son amie de la relation avec un homme marié. Elle n'avait pas envie d'argumenter ni d'entendre le jugement des autres. Quand Jean-Luc réussissait à s'éclipser de chez lui, après que son fils était couché, elle l'accueillait chez elle et ils passaient la soirée à discuter et à s'embrasser. Parfois, elle le laissait glisser sa main dans l'ouverture de son chemisier ou de sa robe, mais l'homme était respectueux et ne s'aventurait jamais plus loin. Pas qu'il n'en ait pas eu l'envie, cependant. Mais Marie-Camille n'était pas une fille facile, et elle le lui avait fait comprendre. De toute manière, pour le moment, Jean-Luc se nourrissait de leurs discussions animées sur différents sujets. Cela le changeait de la rengaine habituelle entendue chez lui :

« Tu penses juste à une chose ! Vous êtes tous pareils, vous, les hommes ! »

Jean-Luc profitait donc de tous les moments tendres et agréables qu'il pouvait passer avec sa jeune amoureuse. Mais il ne viendrait pas au parc s'il risquait d'y croiser Alice. Cette relation qu'ils avaient entamée se devait de demeurer secrète. Il ne pouvait courir le risque que quelqu'un le trahisse. La principale crainte de Jean-Luc était de voir sa femme le quitter sous prétexte qu'il commettait l'adultère et l'empêcher de garder un lien avec son fils Mathieu.

Les paroles d'Alice, une fois la serveuse éloignée, firent grimacer Marie-Camille :

— Alors, tu as laissé tomber ton vieux, j'espère ? s'informa la réceptionniste.

— Mon vieux ?

— Bien, ton enseignant.

— Hum… oui, oui. Toi, tout va bien ?

— Pas pire. Je me sens pas mal fatiguée depuis quelques jours. J'espère que j'aurai pas la picote !

Marie-Camille éclata de rire devant cette drôle de crainte.

— Pourquoi la picote ?

— Tu sauras que c'est très contagieux et qu'une employée a amené sa fille l'autre jour au bureau parce qu'elle filait pas. Imagine-toi donc que le lendemain matin, la petite était couverte de boutons. Puis moi, bien je l'ai jamais eue, la picote !

— Tu serais belle, me semble, en rouge et blanc !

Marie-Camille se mit à rire aux éclats et, pour la première fois depuis plusieurs mois, les deux amies passèrent une soirée à discuter sans relâche, en évitant toutefois deux sujets chauds : Josh et Jean-Luc. Ce n'est que vers 22 heures que la surprise prévue par Marie-Camille se pointa au restaurant.

— Salut, vous deux !

— Oh bien câline, de la belle visite !

Alice sauta sur ses pieds pour aller serrer Gabriel contre elle. Il y avait plusieurs mois que les trois amis ne s'étaient pas retrouvés ensemble, et Marie-Camille avait eu envie de recréer ce lien d'amitié. Après avoir passé une soirée au cinéma avec Béthanie et sa sœur Mazal comme chaperon, le jeune homme avait promis à Marie-Camille de tout faire pour venir les rejoindre. Et il avait tenu sa promesse.

— Puis toi, Gabriel, comment vont tes affaires ? Tu aimes autant que Marie travailler avec les morts ?

— Oui. Plus qu'avec les vivants, en tout cas !

Pendant quelques minutes, les deux embaumeurs s'amusèrent à détailler leur quotidien, alors qu'Alice tirait la langue de dégoût devant leurs descriptions trop précises. Jacques, du fond de son restaurant, les observait avec affection. Quand Gabriel s'informa à son tour des récentes nouvelles concernant la vie d'Alice, cette dernière resta vague à propos de son colocataire, mais dépeignit avec hilarité les agissements de ses collègues de travail.

— J'ai jamais vu des femmes aussi coincées, rigola-t-elle. Je peux vous dire que lorsque j'arrive avec une jupe au-dessus des genoux, elles avalent leur café de travers.

Marie-Camille éclata de rire en disant :

— J'imagine donc que tu te fais un plaisir de te vêtir pour leur en mettre plein la vue ?

— Tu as tout compris, ma chère ! ricana Alice en faisant un clin d'œil à Gabriel, qui évitait de regarder la poitrine qui tendait le tissu rose de la blouse à manches courtes.

Une soirée bien sage passée aux côtés de Béthanie n'empêchait pas son imagination de voyager ! Au contraire ! Dans la tête de Gabriel, des images de gestes impudiques mêlaient à la fois Alice et Béthanie. Il était donc temps qu'il prenne congé de ses deux amies ! Quand le trio se leva de sa table du restaurant, vers 23 heures, ils avaient tous les trois oublié, l'espace d'un moment, que la vie parfois se révélait beaucoup moins simple en vieillissant.

CHAPITRE 23

— Wô, wô, matante Florie, je comprends rien de ce que tu me dis !

Découragée, Marie-Camille se résolut à abandonner l'idée de retourner se coucher. Le téléphone qui avait sonné chez elle à 7 heures du matin, le premier dimanche d'octobre, n'était pas de bon augure. Et en effet, quand la femme à l'autre bout de l'appareil réussit enfin à contrôler ses pleurs, la jeune entendit :

— Louisette est moorrrttttte !

— Oh ! Louisette ?

— Ouiiiiii... mon amie... ma meillleurrrre amie...

Florie recommença à pleurer, avec de longs sanglots qui n'en finissaient plus. Sachant l'amitié qui unissait les deux femmes, après un début de relation houleux, Marie-Camille tenta de questionner affectueusement sa tante :

— Qu'est-ce qui s'est passé ? Elle a eu un accident ?

— Dans son lit... Oh ! Pouf de même ! Oh... ma Louisette !

Incapable d'obtenir plus de détails, la blonde ferma les yeux en éloignant le combiné de son oreille. Elle attendit un petit répit dans les sanglots et se pressa de glisser :

— Tu veux bien me passer papa ou mononcle Laurent, matante, le temps que tu te calmes un petit peu ?

Florie laissa tomber le combiné sans délicatesse et Marie-Camille grimaça en soupirant. La voix d'Édouard, endormie, lui arracha un premier sourire.

— Qu'est-ce qui se passe, papa ? Louisette est vraiment morte ?

— Hum, hum.

— Matante Florie est vraiment dans tous ses états...

— C'est pas peu dire !

La jeune femme entendait les plaintes lancinantes de la femme de cinquante-huit ans, qui témoignaient de sa peine réelle. Marie-Camille n'avait jamais entendu Florie pleurer autant. Un brouhaha empêcha son père de continuer à discuter et, même si Édouard tentait de mettre sa main sur le combiné pour éviter à sa fille le désagrément du bruit qui s'ensuivit, cette dernière n'eut aucune difficulté à s'imaginer la scène qui avait lieu dans la maison familiale. Au bout de plusieurs minutes, enfin, Édouard reprit l'appareil et chuchota :

— Je te rappelle dès que j'en sais un peu plus, ma chérie. Je vais appeler son fils Ludovic.

— OK.

Marie-Camille déposa le combiné, étira les jambes pour les allonger sur la table basse du salon et déposa sa tête sur son sofa. Elle ferma les yeux, en songeant que sa grasse matinée était à l'eau.

— Je me demande ce que Jean-Luc fait aujourd'hui, murmura-t-elle.

Ils réussissaient à se retrouver deux à trois fois par semaine. Certains jours, son amoureux allongeait son heure de dîner pour la retrouver au parc situé près de son travail. D'autres soirs, il se faufilait dans l'immeuble de la rue de la

Roche, afin de passer un moment plus intime avec Marie-Camille. Même s'il n'en parlait jamais, la jeune femme se demandait parfois ce qu'il pouvait bien dire à son épouse lorsqu'il ne rentrait pas pour le souper. Mais elle s'était promis, le jour où elle avait décidé de s'embarquer dans cette relation adultère, de ne pas poser de questions. Malgré l'envie de le faire, malgré son désir de savoir. Son amoureux lui avait fourni son numéro de téléphone, quelques semaines auparavant, en précisant gentiment :

— Au cas où… mais c'est certain que…

— C'est bon, j'ai compris, avait sèchement répondu Marie-Camille, en fourrant le papier dans son portefeuille sans le regarder.

L'homme avait eu une moue désolée. Surtout lorsque sa jeune amoureuse avait chuchoté, les yeux dans l'eau :

— Je suis pas folle ! Je sais bien que je dois pas t'appeler, à moins d'une urgence majeure.

— Je t'en prie, Marie-Camille…

— Quoi ?

Jean-Luc avait juste secoué la tête, sachant qu'il ne pouvait pas décemment demander plus à la jeune femme, qui sacrifiait beaucoup pour être à ses côtés. Depuis que les cours à l'université avaient recommencé, il pouvait passer plus de temps avec elle, sa femme acceptant sans contester l'excuse des leçons du soir et des congrès. Durant l'été, Micheline avait abandonné son travail de secrétaire, en sifflant méchamment à son mari :

— C'est ton rôle de nous faire vivre, après tout. Je vais rester avec mon fils au lieu de le faire garder par la bonne femme en bas de chez nous. Ça devrait te rendre heureux qu'il soit avec sa mère au lieu d'une inconnue.

Pourtant, le professeur aurait au contraire préféré que Mathieu passe un peu de temps loin de Micheline. Il avait tellement peur qu'elle ne le contamine de son discours haineux qu'il s'assurait d'être là chaque matin à son réveil et chaque soir à son coucher. Lorsqu'il quittait la maison pour se rendre chez sa jeune maîtresse, il prenait soin d'embrasser affectueusement son fils en lui mentionnant à quel point il l'aimait. Son garçon l'empêchait d'envisager une décision indécente, comme celle de demander le divorce. Sans Mathieu, il est certain que l'enseignant aurait quitté cette épouse qui lui pourrissait l'existence. Il l'aurait abandonnée, malgré les reproches de sa famille, de sa communauté.

Désireuse de profiter au maximum de son dimanche de congé, Marie-Camille se leva pour faire un peu de cuisine.

« Aussi bien m'y mettre tout de suite. Je dois rejoindre Gabriel à midi. J'espère que papa va me rappeler avant », pensa-t-elle.

Pendant deux heures, la jeune femme resta en jaquette et s'affaira à préparer des repas pour sa semaine : pâté chinois, sauce à spaghetti et un pouding au pain bien sucré pour compléter le tout. La gourmande en elle était satisfaite. Ensuite, elle s'empressa de faire la vaisselle.

— Matante Florie serait contente de voir que je me nourris ! murmura-t-elle, avec un sourire dans la voix. Elle alluma son poste de radio.

La voix de l'animateur de CKVL l'égaya :

« *Ce programme a pour but de conseiller les indécis, les inquiets, ceux qui hésitent devant deux chemins, ceux qui ne voient pas clair en eux-mêmes...** »

Marie-Camille resta appuyée contre le comptoir pour entendre les premiers conseils offerts par madame X. Les auditrices, car il s'agissait principalement de femmes, voulaient avoir l'avis de l'experte. Une voix nasillarde se fit aussitôt entendre, après le salut de l'animatrice :

« Mon mari me semble bien distant depuis quelque temps. Pensez-vous que je devrais m'inquiéter ? »

« Est-ce que vous en prenez bien soin de votre mari, ma chère dame ? Lorsqu'il revient du travail, son souper est-il prêt ? Vous assurez-vous d'être bien mise et à l'écoute ? Car... »

En grimaçant devant les avis et opinions bien arrêtés de madame X, Marie-Camille baissa le son de son poste de radio.

— Toujours à rejeter le blâme sur la femme de la maison ! grogna-t-elle à l'intention d'Israël. On croirait entendre matante Florie ! Mais au moins, elle a l'excuse de vivre à la campagne et de jamais avoir été mariée ! Je peux pas croire que...

La sonnerie du téléphone l'empêcha de poursuivre ses ronchonnements et elle s'avança vers l'appareil.

— Rebonjour, ma fille.

— Allô, papa. Alors ?

— Selon Ludovic, lorsqu'il est allé voir dans la chambre de Louisette, ce matin, sa mère était morte. Probablement depuis un petit bout, parce qu'elle était déjà froide et rigide.

Édouard avait eu beau chuchoter, Marie-Camille entendit une lamentation derrière lui. L'homme posa sa paume sur le combiné pour disputer son aînée :

— Florie, je t'ai dit d'attendre au salon. Excuse-moi, Mimi...

— Demande-lui...

Le ton plaintif de sa tante parvint jusqu'à la jeune femme, qui décida de s'asseoir, la conversation risquant d'être longue. Une discussion en sourdine reprit à Sainte-Cécile, et Marie-Camille soupira en regardant les aiguilles sur les horloges qui trottaient en symbiose.

— Papa ?

— Oui, oui… excuse-moi, ma fille. Tu sais comment est Florie.

— Je sais.

— Bon, heu, ta tante voulait savoir… heu…

Le malaise évident dans la voix de son père surprit la jeune femme. Elle se redressa dans le sofa pour attendre la suite.

— Elle veut savoir si tu peux t'occuper de Louisette.

— M'occuper de Louisette ? répéta bêtement Marie-Camille. Comment, m'occuper de Louisette ?

— Bien, l'embaumer.

De nouveau, une plainte parvint à la jeune femme, qui secoua sa tête échevelée. Elle répondit franchement à son père :

— Je peux pas faire ça, papa.

— C'est ce que j'ai dit à ta tante. Voyons, Florie !

La voix de la femme d'âge mûr retentit fortement dans les oreilles de sa nièce, qui écarta l'appareil. Sa tante avait arraché le téléphone des mains de son frère pour s'adresser directement à Marie-Camille.

— Je veux pas que personne d'autre que toi touche à ma belle Louisette ! Si tu es capable de faire ça pour des étrangers, viens pas me dire que tu peux pas t'occuper de notre amie.

Le ton n'était plus aussi larmoyant. Quand Florie avait décidé quelque chose, il était bien difficile d'aller dans le sens contraire. Marie-Camille chercha une nouvelle excuse sans avoir à donner des détails sur la nature de son travail. Embaumer une amie de la famille lui semblait délicat: il s'agissait d'un acte si personnel entre l'embaumeur et le défunt qu'il était préférable de conserver une certaine distance, lui semblait-il. Sachant que sa tante ne voyait rien d'étrange dans sa demande, tout ce que Marie-Camille trouva à dire fut:

— Je pense pas que les responsables du salon de Labelle aimeraient m'avoir dans leurs affaires malheureusement, matante.

— Je viens de leur parler, puis ils ont dit oui.

— Heu…

Découragée, Marie-Camille vint pour demander comment elle avait pu organiser tout cela en moins de deux heures, tout en pleurant comme une madeleine. Mais elle connaissait assez sa tante pour savoir que lorsque le tourbillon Florie se mettait en place, rien ne lui résistait. Elle avait dû réveiller le directeur funéraire et l'obliger à acquiescer à sa demande pressante sans qu'il puisse placer un mot! Même si une partie d'elle avait envie d'accepter le mandat pour faire plaisir à sa tante, Marie-Camille hésitait toujours à s'imposer ainsi à la famille. Elle essaya une nouvelle approche:

— Ludovic doit pas vraiment vouloir que je me mêle de leurs affaires.

— Laisse faire ça. Je m'en occupe!

Marie-Camille grimaça. Comment sa tante pouvait-elle lui formuler une telle demande avant même d'en avoir parlé aux fils de Louisette?

Déterminée à ne pas se laisser imposer une tâche de cette nature sans obtenir au préalable l'accord des principales personnes concernées, la jeune prit une voix ferme pour dire :

— Matante Florie, passe-moi papa s'il te plaît.

— Pour quoi faire ?

— Matante, coupa Marie-Camille, papa !

En rechignant, la grosse femme tendit l'appareil à son frère, tout en restant bien près de lui. L'homme lui fit des gros yeux, mais il en fallait plus pour déstabiliser la reine de la maison Gélinas !

— Écoute papa, je pense pas que je peux m'imposer ainsi au salon de Labelle. Peux-tu le faire comprendre à matante Florie ? Je vais m'arranger pour être aux funérailles, mais il va falloir qu'elle laisse les gens de l'endroit faire leur travail. Elle peut leur faire confiance, quand même !

— Je vais essayer.

Le ton d'Édouard semblait peu assuré, lui qui n'hésitait pourtant pas à tenir tête à sa sœur Florie en général. Il murmura, pour éviter que l'aînée ne l'entende :

— C'est juste que je pense que ce serait une idée pas si folle moi aussi.

— Papa !

L'homme entreprit de lui expliquer que cela permettrait à sa tante Florie d'arrêter de se plaindre du métier qu'exerce Marie-Camille.

— Penses-y, ma chérie. Après une telle faveur, elle pourrait plus te demander pourquoi tu as choisi de t'occuper des morts. Dis-moi pas que t'es pas tannée de l'entendre chaque fois qu'elle t'appelle ?

— Hum, oui, mais ici, au salon, je suis toujours supervisée par monsieur Pépin. Même si je fais la plupart de mes embaumements seule, il est jamais bien loin.

— Tu penses que tu serais pas capable sans sa présence ?

Marie-Camille aurait menti si elle avait prétendu le contraire. Même si elle ne travaillait au salon funéraire Gouin que depuis cinq mois, son patron semblait assez satisfait pour ne plus descendre dans la salle du sous-sol qu'à la toute fin de son ouvrage. Il jetait un regard attentif sur les défunts pour ensuite approuver d'un hochement de tête appréciateur.

— Oui, oui, c'est pas ça !

— Écoute, poursuivit Édouard, penses-y et rappelle-nous demain, OK ?

— Non, non ! Ce soir, au plus tard ! cria Florie dans le dos d'Édouard, qui soupira.

— Ce soir, ma chérie ? corrigea-t-il.

La jeune femme donna son accord avant de raccrocher. Puisqu'elle considérait l'idée d'accepter, Marie-Camille se dit qu'il lui faudrait d'abord prendre congé du salon. Si monsieur Pépin n'y voyait pas d'inconvénients, évidemment !

~ ~ ~

Assis devant un gros sandwich au jambon accompagné de frites bien graisseuses, Marie-Camille écoutait Gabriel lui parler de son expérience de travail. Les deux s'étaient retrouvés pour dîner et se donner des nouvelles, le vendredi suivant la mort de Louisette Marquis. Ils aimaient bien partager leurs bons et moins bons coups !

— Je l'ai échappé ! rigola Marie-Camille

— Bien voyons donc ! Comment ça ?

— La madame voulait absolument que son mari porte son dentier. Je te jure, on aurait dit que le monsieur voulait pas ! Chaque fois que j'essayais de le glisser dans sa bouche, ça faisait… pffffit… puis il était expulsé ! À un moment donné, je pensais que j'avais réussi et j'ai commencé à faire autre chose. J'ai entendu pffffit… et le dentier s'est retrouvé à mes pieds.

Marie-Camille racontait son histoire et les amis riaient aux éclats. Les larmes coulaient sur les joues de la femme et elle dut enlever ses lunettes pour les essuyer. Dans le restaurant Schwartz de la rue Saint-Laurent, les conversations étaient perçues en sourdine. Assis près de la grande vitrine, les copains partageaient leurs anecdotes lorsque deux jeunes femmes arrêtèrent sur le trottoir, le regard fixé sur Gabriel. Comme celui-ci leur faisait dos, il commenta l'histoire sans remarquer l'air interrogateur de la blonde.

— Psst, Gabriel, tu les connais ?

— Qui ça ?

L'homme prit une grosse bouchée de son sandwich à la viande fumée avant de tourner la tête vers la rue. Il faillit s'étouffer et se retourna vers Marie-Camille.

— Mon doux, t'es blanc comme un drap ! C'est qui ?

La porte qui s'ouvrit dans son dos l'empêcha de répondre. Gabriel savait qu'il n'avait pas le temps de fuir ni d'expliquer la situation à son amie. La tête penchée, il vit deux souliers noirs juste à côté de leur table et entendit la voix curieuse de sa sœur Kayla :

— Tiens, Gabriel. Qu'est-ce que tu fais ici ?

L'interpellé inspira pour faire face à ses deux sœurs. Mazal restait en retrait et fixait d'un air curieux la jolie blonde, clairement pas juive, qui partageait un repas avec son frère.

— Je mange avec une collègue.

— Ah.

Mazal fixa Marie-Camille, qui repoussa ses lunettes sur son nez et se redressa. Devant les jeunes femmes vêtues pudiquement de longues robes chemisiers, l'embaumeuse se sentait presque nue dans sa mini-jupe noire et sa camisole à pois. Gabriel n'eut pas le choix de faire les présentations :

— Mazal, Kayla, voici Marie-Camille, une collègue de travail. Ce sont mes sœurs.

La cadette sourit légèrement, alors que Kayla demanda curieusement :

— Ah bon ? Vous êtes embaumeur ?

— Oui. Nous avons fait notre formation ensemble, votre frère et moi. Je suis bien contente de vous rencontrer enfin. Depuis le temps…

La femme cessa de parler en recevant un coup de pied sous la table. Elle joignit ses mains sur ses cuisses, ne sachant plus comment se comporter. Les deux brunettes ne disaient plus un mot et le malaise entre tous s'intensifia. Au bout de quelques secondes, Kayla tira sa sœur par la jupe.

— Bon, on va rentrer. Maman nous avait demandé d'aller chercher des cubes de bœuf à la boucherie et comme il fait beau, on a décidé de prendre le chemin le plus long. Heureusement, ça nous a permis de rencontrer ton amie.

Le ton sévère de Kayla indisposa Marie-Camille. Elle savait que Gabriel n'avait pas le droit de fréquenter une femme non juive et elle avait envie d'expliquer aux deux sœurs de son ami qu'il n'y avait rien de malsain ni d'inapproprié entre eux. Mais alors qu'elle ouvrait la bouche pour commencer à parler, les jeunes femmes tournèrent les talons.

— On se voit à la maison. À tantôt, Gabriel.

Kayla avait prononcé ces mots sur un ton neutre. Toutefois, lorsque la porte du restaurant se referma, le Juif se leva en vitesse pour suivre ses sœurs sur le trottoir. D'où elle était assise, Marie-Camille assista à ce qui ressemblait à une dispute, qui dura quelques minutes. Puis, Gabriel revint s'installer en face d'elle. Il repoussa son assiette.

— Tu penses qu'elles vont le dire à tes parents ? Es-tu dans le trouble ?

Le jeune homme répondit en haussant ses larges épaules. Il en avait assez de toujours se cacher, de fuir la vérité, de taire ses amitiés. Il avait vingt-six ans depuis deux jours et se sentait comme un enfant dans ce milieu familial contraignant. S'il avait envie de partager un repas en compagnie d'une amie, même si celle-ci était québécoise, eh bien, il le ferait.

— Je ne pense pas. Mais elles vont certainement prendre plaisir à me faire craindre le pire chaque fois qu'elles voudront une faveur. Tant pis !

— Je suis désolée, Gabriel.

— Pas de ta faute. Parfois…

Le Juif posa une main sur sa kippa avant de poursuivre, le regard vague :

— Parfois, je me demande si ça vaut la peine.

— Quoi ça ?

— De continuer dans cette voie.

— Hein ?

Les yeux foncés de Gabriel se posèrent sur le visage au menton pointu.

— Je me demande si je ne devrais pas devenir athée, ou alors me convertir au catholicisme. Me semble que ça serait plus simple. Les règles que ma religion m'impose rendent ma vie si lourde, si tu savais.

— Mais… hésita Marie-Camille, tu es croyant, non?

Gabriel ne répondit pas, se contentant de regarder la rue d'un regard flou. L'était-il? Vraiment? Il ne savait plus.

CHAPITRE 24

Lorsque Édouard communiqua avec Marie-Camille le samedi soir, il lui indiqua simplement:

— Ta tante a tout arrangé avec Ludovic et ses frères. C'est toi qui prends la décision finale, Marie.

— Hum, toi, tu penses vraiment que je devrais le faire?

— Ce que je pense importe peu, ma chérie. Je te le répète, c'est ta décision.

— Mais matante me parlera plus jamais si je refuse, hein? demanda sur un ton mi-sucré la jeune embaumeuse.

Édouard éclata d'un rire bref, puis répondit:

— Bien sûr que non. Par contre, c'est certain que tu vas avoir à lui expliquer pourquoi tu veux pas prendre soin de sa meilleure amie.

Et pour faire cela, Marie-Camille devrait nommer les choses qui pourraient déconcerter Florie: la nudité de Louisette, les fluides, les odeurs... Alors, elle se résigna et accepta le mandat, à la condition que son patron lui permette, bien sûr, de s'absenter du travail deux jours d'affilée. Ce que monsieur Pépin lui consentit rapidement, sensible à l'importance de la famille. Il téléphona même au salon funéraire du village de Labelle pour assurer le personnel du professionnalisme de sa jeune employée.

Le mercredi soir, Marie-Camille grimpa donc dans le train pour se rendre dans les Laurentides, sa valise de maquillage à la main. Sa tante Adèle et Jérôme viendraient les rejoindre le vendredi soir, pour être présents à l'église de Sainte-Cécile lors des funérailles de Louisette. La veille, Jean-Luc était venu souper chez son amoureuse. Il l'avait écoutée narrer sa conversation avec sa tante et son père en souriant.

— Elle semble être tout un personnage, cette Florie !

— Plus que tu peux l'imaginer. J'ai hâte que tu la rencontres.

En prononçant ces paroles insensées, Marie-Camille avait mis sa main sur sa bouche, puis avait soufflé :

— Excuse-moi, j'ai parlé sans réfléchir !

L'homme avait étiré le bras sur la table pour caresser le poignet de sa douce. Marie-Camille avait frémi et s'était levée prestement pour aller s'asseoir sur lui. Il avait toujours cet effet sur elle. Sans un autre mot, elle avait embrassé Jean-Luc, en donnant de petits coups impudiques avec sa langue. Pendant de longues minutes, ils s'étaient caressés, avant qu'il ne la prenne dans ses bras pour la mener vers le sofa. Allongés l'un contre l'autre, ils avaient tremblé, soupiré et auraient pu consommer leur amour si les circonstances avaient été différentes.

— Je pense que je vais rentrer, ma chérie, avait murmuré Jean-Luc, le nez dans le cou de la belle.

Les yeux brillants, la bouche entrouverte, Marie-Camille s'était relevée en hochant la tête à regret.

— Je t'aime, avait-elle dit en se serrant contre lui.

— Je t'aime, aussi.

Dans ces quelques mots vibrait toute la tristesse qu'ils ressentaient l'un et l'autre. Car ils savaient que jamais Jean-Luc ne quitterait le toit familial tant que Mathieu serait mineur. Ce qui voulait dire se contenter d'une vie et d'un amour clandestins pour encore très longtemps.

— Si seulement on s'était rencontrés plus tôt, murmura Marie-Camille, en pensant à l'affection tendre qu'elle éprouvait pour Jean-Luc.

Assise près de la fenêtre dans le train, la femme regardait les lumières de la ville disparaître au loin, alors que le train s'éloignait vers les Laurentides. Les territoires de l'île Jésus, au nord de Montréal, s'étalaient de chaque côté du chemin de fer. Les arbres avaient revêtu leurs couleurs d'automne et c'était un régal pour les yeux. Marie-Camille se mit à espérer que cette petite pause permette à son amoureux de réaliser qu'elle lui manquait et qu'il aimerait pouvoir rencontrer sa famille. Même si elle se contentait des miettes que Jean-Luc était en mesure de lui accorder, la femme ne pouvait éviter de désirer qu'il quitte son épouse afin d'officialiser leur union. Le garçonnet du couple serait toujours ce lien qui unirait Jean-Luc à son épouse Micheline. Marie-Camille aurait pu en vouloir inconsciemment à cet enfant, mais quand son amoureux parlait de son fils, son visage s'illuminait à un point tel que Marie-Camille aimait l'enfant à travers les yeux de son père. Lorsque le train sortit de la ville et que les champs se succédèrent, la jeune femme s'assoupit. Les prochains jours seraient chargés en émotion.

~ ~ ~

— Oh, ma fille ! Oh, ma belle fille !

Engloutie dans les bras de sa tante Florie, Marie-Camille tenta de respirer, même si elle avait le nez écrasé contre la poitrine opulente.

— Ça va être correct! Je te le promets. On va s'en remettre, pleurnicha la vieille, sans réaliser que les autres membres de sa famille n'étaient pas nécessairement dans le même état qu'elle.

Derrière les deux femmes, Laurent et Édouard tentaient de garder leur sérieux, malgré le ridicule de la situation. Dans sa douleur comme dans son bonheur, Florie avait toujours inclus toute sa fratrie. Quand elle était heureuse, elle partageait cette joie, en étant convaincue que ses frères et sa sœur avaient, comme elle, le cœur débordant de fierté, devant un ruban gagné dans une foire par exemple. Dans la tristesse, elle les consolait, même lorsque la peine ne submergeait que la femme d'âge mûr. Florie tira sa nièce par la main et passa devant ses frères avec un geste de l'autre bras pour se frayer un passage.

— Viens, qu'on partage notre malheur!

Et à peine assise dans le salon au bout du corridor, la femme recommença à s'épancher sur son amitié avec Louisette Marquis.

— Mautadine qu'elle m'a fait enrager! Peux-tu croire que c'est un sac de farine qui nous a rapprochées dans son magasin, il y a plus de vingt-cinq ans? En voulant me servir, mon amie était tombée, en entraînant dans sa chute une grosse poche qui s'était ouverte. Elle était couverte de poudre de la tête aux pieds. Mon doux qu'on a ri ce jour-là! Une chance, parce qu'avant ce moment-là, on s'haïssait pour mourir! Il faut dire que ma Louisette était pas mal commère avant d'être mon amie.

À travers ses larmes, Florie sourit, sans remarquer les efforts que faisait sa nièce pour éviter d'éclater de rire. Puis, elle jeta un coup d'œil sur le visage de cette dernière et s'enquit :

— Toi, ça va bien, ma fille ?

— Oui.

— Je suis contente que tu te sois proposée pour les arrangements de Louisette.

Marie-Camille retint ses paroles. Sa tante avait aussi l'habitude de modifier les évènements à son avantage. Mais elle le faisait d'une manière tellement innocente que sa famille n'arrivait jamais à savoir si elle le faisait exprès. Épuisée par sa longue journée et son voyage de train, la jeune femme serra sa tante contre elle, avant de murmurer :

— Je vais aller me coucher. Je dois aller tôt au salon funéraire demain matin.

Florie ne fit que hocher la tête en tapotant la main de la jeune. Elle la regarda sortir du salon avec un regard affectueux. Elle aimait cette enfant comme si elle avait été sienne. Parfois, elle avait un regret d'avoir refusé de mieux connaître Clémentine, sa mère. Si cette dernière était aussi charmante que l'était sa fille, nul doute que Florie l'aurait aimée tout autant.

~ ~ ~

Depuis une semaine, Alice se réveillait chaque matin le cœur au bord des lèvres. Elle restait nauséeuse jusqu'au milieu de la matinée, ce qui avait fait dire à Josh :

— Essaie d'être un peu plus sympathique avec les clients. Tu fais peur !

— Laisse-moi tranquille !

Un soir, au retour du travail, la femme consulta son calendrier pour se rappeler le moment où elle avait eu ses dernières règles. Secouant sa tête auburn, Alice murmura pour elle-même :

— Ça se peut pas, voyons donc !

Pourtant, elle n'était pas naïve au point de croire que les bébés naissent dans les choux. Les derniers mois l'avaient souvent entraînée dans une spirale semi-consciente. Entre les joints de marijuana, les pilules et le LSD, Alice savait qu'elle avait agi à certains moments de manière irréfléchie. Elle étira son bras pour prendre son crayon sur sa table de chevet et traça des X sur le papier. Le petit téléviseur posé sur son bureau avait été le premier achat qu'elle avait effectué avec son augmentation de salaire. Néanmoins, pour le moment, les gains réalisés par un homme d'âge mûr à *La Poule aux œufs d'or* l'intéressaient bien peu. En soupçonnant qu'elle était enceinte, Alice blottit le visage dans son oreiller pour crier de colère.

— Maudite épaisse ! Je peux pas croire !

En larmes, la femme cogna dans le matelas sans relâche jusqu'à l'épuisement. Il n'était pas question qu'elle mette un enfant au monde. Elle ignorait jusqu'au nom de famille de l'homme avec lequel elle avait couché en juillet. Alice ne l'avait revu qu'une fois, lors d'une soirée chez des amis de Josh, et elle s'était assurée de se tenir loin, même si le costaud avait tenté de se rapprocher d'elle. Et la voilà qui portait la marque, la honte de cette nuit dont elle n'avait même pas souvenir ! Sachant que cette grossesse devait disparaître avant que quelqu'un la remarque, elle cacha ses yeux derrière ses mains. Les femmes comme elles, qui osaient courailler, étaient mises à l'écart dans cette société pourtant dite de plus en plus évoluée. Alice savait bien qu'une fille-mère, même à Montréal, restait une paria. Elle perdrait son travail, se ferait pointer du doigt, devrait s'expliquer…

— Jamais ! Jamais je mènerai cette… chose-là à terme !

Elle avait pris sa décision à la minute même où elle avait compris que cette relation éphémère avait eu cette conséquence désastreuse. Irait-elle confesser son péché à l'église le dimanche suivant ? Car malgré ses écarts, ses actes répréhensibles et ses discours prônant la liberté, Alice fréquentait encore le lieu saint de sa paroisse. Mais depuis son déménagement, elle avait négligé sa religion, honteuse de la tournure qu'avait prise sa vie.

— Je vais aller voir Marie-Camille demain, murmura la réceptionniste, en tournant la tête pour regarder le ciel étoilé par sa grande fenêtre. Je sais qu'elle pourra m'aider. J'espère, en tout cas.

Fermant les yeux sur cette résolution, la femme entendit la porte de l'appartement s'ouvrir et Josh l'appeler comme il le faisait souvent en rentrant le soir. Elle n'avait pas envie d'affronter les moqueries ni les blagues de son colocataire. Encore moins de partager une cigarette illégale avec lui. Elle se tourna sur le côté et enfouit sa tête sous un oreiller.

~ ~ ~

Le samedi matin, le village de Sainte-Cécile en entier se déplaça pour assister aux funérailles de la commerçante de l'endroit. Sur le parvis, les gens discutaient à voix basse, en attendant le cortège. Tous avaient pu constater le travail de la petite Gélinas en se rendant au salon funéraire à Labelle, les deux soirs précédents. Florie avait vanté le talent de sa nièce et avait précisé à l'aîné des garçons Marquis, sans rire :

— Je suis bien contente que ta mère repose sur de la soie. C'est bien mieux que la rayonne.

— Ah bon ?

Ludovic était sorti de sa réserve pour attendre les explications de Florie.

— Bien oui, mon gars, la soie empêche les picotements sur la peau.

Hésitant devant l'air sérieux de la femme, le fils de Louisette était venu pour répliquer que sa mère ne sentait plus rien, mais Adèle avait secoué discrètement la tête. Il avait haussé imperceptiblement les épaules avant de sourire bêtement. La relation entre les deux commères l'avait toujours déstabilisé, lui qui avait si longtemps entendu sa mère se moquer des Gélinas ou carrément se fâcher contre les comportements de Florie. Mais un jour, sans que personne comprenne pourquoi, les femmes avaient découvert qu'elles avaient finalement beaucoup plus d'atomes crochus qu'elles ne le pensaient.

La foule compacte réunie sur le parvis de la belle église blanche attendait impatiemment l'arrivée du corps. Même si le décès de la marchande avait secoué la petite communauté, les villageois avaient hâte de retourner à leurs occupations. De plus en plus souvent, les hommes allaient à l'étable ou à la grange, même le dimanche. Si le congé dominical faisait encore partie des traditions, il n'en demeurait pas moins que plusieurs villageois accomplissaient des tâches malgré tout ce jour-là.

Sur toutes les lèvres revenait le nom de Marie-Camille Gélinas, la fille unique de cette famille particulière.

— Ils ont toujours été différents, chuchotait l'une.

— Une femme embaumeur! Jamais vu ça! marmonnait l'autre.

— Je te rappelle qu'elle a une tante journaliste. Quand Adèle Gélinas a commencé à écrire, il y en avait pas beaucoup de femmes à faire ça!

Quand Laurent ou Édouard s'approchait, on était tout sourire et on jouait la carte de l'innocence.

— Comme ça, ta fille a choisi de travailler avec les morts! s'exclama le mécanicien installé au village depuis une dizaine d'années. Une belle fille de même, tu parles si c'est de valeur!

L'homme court et trapu avait une mine de circonstance, pour compatir au malheur d'Édouard, qui hocha la tête d'incompréhension. Vêtu de son habit de noces qui lui faisait encore, le père de Marie-Camille arborait toujours une aussi belle prestance que trente ans auparavant. Sa chevelure aussi fournie était maintenant parsemée de petites mèches grises qui rajoutaient à son charme. Il fixa ses yeux clairs sur le villageois:

— Pourquoi, de valeur?

— Bien, tu sais ce que je veux dire...

— Non!

De plus en plus mal à l'aise, le pauvre mécanicien marmonna quelque chose, avant de se détourner. Laurent cacha son sourire derrière une toux impromptue. Lorsque Florie arriva à leurs côtés, la pauvre femme faisait tellement pitié que les frères l'encadrèrent avec affection sans se consulter.

— Qu'est-ce que je vais faire maintenant, le matin? Je peux pas croire qu'elle m'a fait ça! pleura la femme, qui avait pris l'habitude, des années plus tôt, de partager un café tous les jours avec sa meilleure amie.

Les deux femmes potinaient alors avec entrain ou consternation sur la vie des habitants du village de Sainte-Cécile.

— Ça va aller, ma sœur. On va être là pour toi.

— Je le sais bien, mon Édouard, mais on peut pas dire que vous êtes trop jasants.

Florie sortit un mouchoir déjà passablement effiloché de la poche de son manteau d'automne. Sur sa tête, un chapeau de feutre noir cachait sa chevelure nouée à la nuque. Elle prit les mains d'Adèle et de Marie-Camille, qui se tenaient tout près.

— Je t'ai dit combien je suis fière du travail que t'as fait sur mon amie, ma fille? demanda Florie en hochant son visage au nez rougi.

— Oui, matante, plusieurs fois.

— Bien c'est vrai. Elle était aussi belle qu'avant. Je dirai plus jamais que t'es pas faite pour ce métier-là. Même si je trouve ça bien triste de te savoir passer ta vie entourée de morts. Bien triste.

— Regarde le bon côté, matante, je rends le sourire aux familles éplorées, non?

Florie hocha la tête en reniflant sans pudeur. La matinée de cette mi-octobre était lumineuse à souhait. Les feuilles colorées envahissaient les terrains et le chemin des Fondateurs. Les trois fils de Louisette Marquis se tenaient prêts à accueillir le cercueil de leur mère. Les deux cadets n'habitaient plus Sainte-Cécile, mais s'étaient installés temporairement avec femmes et enfants dans l'appartement au-dessus du magasin général en début de semaine.

— Jérôme s'excuse de ne pas pouvoir être ici, Florie, il avait une…

— Oh… elle arrive ! coupa la noire, sans voir le regard levé au ciel de sa cadette.

Tapotant les larmes qui débordaient sur ses joues, Florie tourna la tête en entendant la clameur et les exclamations qui annonçaient l'arrivée du grand corbillard Cadillac noir, conduit par le désagréable fils aîné d'Alcide Constantin.

— Pas moyen de les empêcher de se mêler de tout, eux autres, marmonna Adèle en ne cachant pas son dédain pour le gros homme qui stationna le long véhicule devant le parvis de l'église.

Ressemblant à s'y méprendre à son père au même âge, il ajusta sa casquette sur ses cheveux clairsemés avant de sortir lentement de l'habitacle. Maximilien, Georges-Arthur et Ludovic, les trois garçons de la défunte, se déplacèrent aussitôt vers la voiture pour aider le conducteur à transporter le cercueil. Quand celui-ci fut extirpé de l'arrière du véhicule, la pauvre Florie sentit ses jambes ramollir.

— Édouard ! couina-t-elle.

L'homme s'approcha et lui soutint le coude, alors que les villageois ôtaient leur couvre-chef pour laisser passer le cortège funèbre. Tous se faufilèrent dans la petite église afin d'assister à la dernière messe de Louisette Marquis. Au village de Sainte-Cécile, on était conscient que cette mort signifiait la fin d'une époque. Le couple Marquis avait été l'un des fondateurs de ce village des Hautes-Laurentides.

~ ~ ~

Marie-Camille salua sa tante Adèle et referma la porte de la voiture. Elle savourait d'avance le long bain qu'elle prendrait une fois ses bagages déposés. La semaine de travail recommencerait dès le lendemain matin et la femme se rendait compte à quel point les quelques jours passés aux côtés de sa tante Florie l'avaient épuisée.

« Je rêve de silence », pensa-t-elle, en grimpant les marches rapidement.

Au premier palier, elle remarqua les petites bottes de pluie qui traînaient devant la porte de l'ancien appartement de son amie Alice et ne put s'empêcher de se rappeler sa tristesse lorsqu'un jeune couple s'était installé dans le logement au début du mois d'août. Elle avait espéré jusqu'au dernier moment que sa copine reprenne sa place, même si Alice lui promettait que son nouvel arrangement lui convenait très bien.

— Je suis contente de vous rencontrer, l'avait saluée la femme d'une trentaine d'années.

Elle tenait la main d'un bambin de trois ans environ et avait mentionné un mari vendeur de voitures. Marie-Camille n'avait pu s'empêcher de se remémorer sa rencontre furtive avec la jeune abitibienne, Clara Rudenko, qui s'était intéressée au logement.

— J'imagine que l'appartement faisait pas son affaire, avait déploré Marie-Camille, qui aurait bien aimé retrouver une voisine de son âge.

Arrivée enfin à son étage, la blonde souffla un peu pour fouiller dans la poche de son long manteau cintré bleu foncé. Elle prit sa clé et s'empressa de la glisser dans la serrure le plus silencieusement possible. Même si madame Vadeboncœur lui avait rendu un grand service en prenant soin d'Israël, Marie-Camille n'avait pas envie de discuter avec elle en ce moment. Elle voulait profiter de sa soirée pour relaxer. À peine eut-elle posé le pied dans son appartement qu'elle remarqua le petit papier qui avait été glissé sous sa porte.

— Tiens donc, qu'est-ce que j'ai ici, mon Israël ?

Marie-Camille prit son chat et le monta à sa poitrine. Elle enfouit son nez froid dans la fourrure soyeuse et enleva d'une main son manteau et son foulard. Le chat ronronnait de bonheur d'être ainsi cajolé, après quelques jours de solitude. Marie-Camille déposa enfin Israël à ses pieds pour s'asseoir sur une chaise de cuisine et lut.

Salut Marie-Camille,

J'aurais besoin de te parler d'urgence.

Peux-tu m'appeler dès que tu rentres ?

Merci.

Alice

— Bon j'espère que c'est pas encore un drame ! murmura Marie-Camille en déposant le papier au centre de sa table de bois. Je vais d'abord prendre mon bain et souper et ensuite, je l'appellerai…

Une heure plus tard, bien enroulée dans sa robe de chambre, elle se décida à appeler son amie. Au bout du fil, Alice demeura bien évasive.

— On pourrait se voir cette semaine ? demanda-t-elle.

— Oui. Qu'est-ce qui presse ? Dis-moi au moins ce qui se passe, questionna Marie-Camille avec curiosité.

Son amie ne voulut pas l'informer davantage. Alors, quand le mercredi soir arriva, plutôt que de passer quelques heures en compagnie de Jean-Luc chez elle, comme elle en rêvait, la jolie blonde s'emmitoufla bien soigneusement dans son manteau d'hiver.

— Je peux pas croire que je le sors déjà, avait-elle ronchonné le matin même, en entendant l'animateur à la radio annoncer une température de moins cinq degrés.

Frileuse, Marie-Camille posa sa toque de fausse fourrure rouge sur sa tête. Elle avait fière allure et put le constater à nouveau en voyant les regards des hommes la suivre des yeux lorsqu'elle grimpa dans l'autobus. Quand elle mit les pieds au restaurant Pop Poulet, elle constata que son amie y était déjà, la tête penchée sur le menu de Jacques, même si elle le connaissait par cœur. Son ancien patron s'approcha pour l'embrasser sur la joue et lui murmura du même coup :

— Alice semble pas en forme. J'espère que t'avais pas l'intention de faire la fête !

Il leva son menton en direction de la rousse, qui leur tournait le dos. Marie-Camille ôta son chapeau et demanda au cuisinier de lui préparer un bon chocolat chaud et un morceau de tarte aux pommes. Heureux de la satisfaire, Jacques avisa la jeune Ginette de ne pas se préoccuper de la table des deux amies.

— Je vais les servir.

Ginette haussa ses épaules étroites en retournant s'asseoir au fond du restaurant. Elle pourrait continuer à fumer sa cigarette qui brûlait toute seule dans le cendrier. Marie-Camille s'avança vers Alice, qui leva enfin la tête. Un sourire furtif apparut sur son visage trop pâle, même pour son teint de rousse.

— Tu as l'air d'une morte mon amie ! Ça va pas ?

— Bof. Mais merci quand même !

La nouvelle arrivée s'en voulut de son commentaire rude et se glissa sur la banquette de cuirette en faisant un sourire d'excuse.

— Désolée, qu'est-ce que tu veux, déformation professionnelle ! Sérieusement, t'es pas malade j'espère, hein ?

Alice secoua la tête en mordillant ses lèvres peintes en rouge flamboyant. Depuis que Marie-Camille connaissait son amie, jamais elle ne l'avait vue aussi démontée. Fâchée, enragée, attristée, oui. Mais avec un tel air de détresse, jamais. Si elle savait à quel point Alice hésitait à partager sa nouvelle, elle l'aurait sûrement encouragée avec douceur. Marie-Camille attendit, car elle ne voulait pas brusquer la femme ; elle ne voulait pas risquer de voir leur relation se fragiliser à nouveau. Toutefois, devant les larmes qui se mirent à rouler sur les joues de sa copine, elle se leva et se glissa à côté d'Alice sur la banquette.

— Voyons ma belle, ça peut pas être si grave !

— Je suis enceinte. Qu'est-ce que tu penses de ça, hein ? C'est pas mal grave !

Les premiers mots avaient été prononcés d'une voix si basse que Marie-Camille les répéta pour être bien certaine.

— Enceinte ? chuchota-t-elle.

Ses yeux s'ouvrirent bien grand derrière ses lunettes lorsque Alice hocha la tête de haut en bas. Un serrement s'installa dans la poitrine de Marie-Camille en pensant à la honte que devait ressentir Alice. Elle mit sa main sur celle tremblante de son amie. Pour une rare fois, cette dernière avait perdu son air fanfaron. Elle triturait son pantalon bleu en réprimant son envie de vomir.

— Comment ça, enceinte ? répéta Marie-Camille.

Une exclamation de dépit lui répondit. Alice allait répondre lorsque Jacques arriva avec les desserts et les boissons. Il jeta un coup d'œil inquiet aux jeunes femmes, mais ne dit rien en déposant les plats sur la table. Marie-Camille le remercia d'un hochement de tête et l'homme s'éloigna. Alice toisa son amie d'un regard fier et cracha :

— Il faut que je t'explique comment ?

— C'est pas ça que je voulais dire ! s'exclama l'embaumeuse en rougissant.

Depuis qu'elle fréquentait Jean-Luc, Marie-Camille était bien consciente de la facilité avec laquelle certaines femmes pouvaient se retrouver coincées dans une telle situation. Elle savait que sous peu, si leur relation se poursuivait, elle ne saurait résister aux caresses de plus en plus audacieuses de son amoureux. Mais que son amie Alice se soit laissée « prendre » d'une telle façon la déboussolait. Elle n'avait même pas de chum officiel.

— C'est Josh le père ? interrogea-t-elle.

— Non.

— Mais avec qui d'abord ?

Alice haussa les épaules.

— Pas d'importance.

— Voyons, Alice, il faut que tu maries le père de ton enfant. T'es quand même pas pour l'élever toute seule !

— Parle donc plus fort !

Marie-Camille chuchota à nouveau sur un ton sévère :

— Il a ses responsabilités à prendre, ton amoureux ! J'espère que tu lui as dit !

Alice sourit tristement et, pour la première fois, dégagea ses mains de celles de l'autre et se poussa un peu vers la fenêtre. Elle leva son menton et répliqua avec arrogance :

— Un, c'est pas mon amoureux ! Deux, je suis pas certaine de connaître son nom et trois, je garde pas le bébé.

Marie-Camille recula son corps contre le dossier et plissa le front. Il y avait trop d'informations dans une seule phrase. Après quelques secondes de silence, elle reprit la parole, cette fois sur un ton plus posé :

— Je comprends pas, Alice. Tu t'es pas fait attaquer quand même ?

— Bien non ! Je veux dire que j'étais un peu mélangée quand c'est arrivé. Puis le gars est un ami de Josh, mais je veux rien savoir de lui.

— Mais là, t'as pas le choix.

— Arrête, Marie ! Je me marierai pas avec un homme que je connais pas.

— Mais tu as couché avec, par exemple !

Les paroles sortirent de la bouche de Marie-Camille sans qu'elle parvienne à les retenir. Aussitôt, son amie agrippa son chapeau et son foulard sur la table en poussant son corps pour se glisser sur la banquette.

— Tasse-toi, je m'en vais. Je savais bien que tu pourrais pas comprendre !

— Non ! Excuse-moi, Alice !

— Tu es toujours tellement parfaite, hein ?

Les larmes roulaient sur les joues d'Alice, qui tremblait de tout son corps. Elle ressentait une telle panique que son souffle vint à manquer. Elle était seule, prise dans cette situation infernale. Fatiguée, elle reprit place sur la banquette.

— Je… je… Oh… mon Dieu ! murmura la rousse, en se balançant d'avant en arrière.

Marie-Camille ne savait comment répondre à son amie sans mettre en péril leur lien. Il lui fallait faire quelque chose pour l'aider.

— Je suis pas parfaite, Alice, c'est juste que…

Marie-Camille n'avait pas de mots. Elle leva ses yeux pour regarder sa belle amie en souffrance. Elle ne pouvait concevoir qu'Alice mette fin à sa grossesse. C'était illégal, amoral. Elle avait aussi entendu des histoires d'horreur sur de pauvres femmes qui mettaient leur vie en danger en tentant d'interrompre une grossesse non désirée.

— Tu peux pas faire ça, Alice, souffla-t-elle. C'est péché !

— Je le sais, qu'est-ce que tu penses ? Que j'ai pas réfléchi à tout ça depuis que j'ai réalisé ce qui m'arrivait ?

Alice recommença à pleurer à chaudes larmes et plongea sa tête entre ses mains. Devant sa détresse, Marie-Camille sentit qu'elle aussi avait envie de pleurer. Elle lança un regard attristé vers Jacques, qui les observait avec inquiétude. La blonde secoua imperceptiblement la tête de gauche à droite et haussa ses épaules étroites.

— Tu pourrais le donner en adoption ? murmura Marie-Camille. C'est une option qui pourrait être envisagée, non ?

Alice refusa net.

— Pas question ! Tu comprends pas ? Je veux pas continuer ma vie avec ça dans le ventre. Si je t'ai demandé de venir, c'est juste parce que…

La femme s'interrompit parce que Ginette venait d'apparaître à leurs côtés.

— Il y a quelque chose qui va pas avec votre tarte ?

— Hein ?

— Vous avez rien mangé !

Les femmes jetèrent un coup d'œil à la tarte aux pommes intacte et, pour la première fois, sourirent en même temps devant l'ironie de la situation. Comme si ce dessert était important à cet instant ! Jacques arriva derrière Ginette et leur lança un regard désolé.

— Ginette, la 3 a besoin d'eau.

La jeune serveuse vint pour répliquer, mais sous le regard sévère du patron, elle battit en retraite. Le gros homme s'excusa auprès de ses deux anciennes employées et s'éloigna à son tour. Marie-Camille soupira. Cette interruption avait fait baisser la tension. Elle demanda à son amie :

— Tu disais que tu m'avais demandé de venir parce que... ?

— Bien je voulais savoir si tu pouvais m'accompagner.

Marie-Camille fronça les sourcils. Elle retira ses lunettes, avant de les déposer devant elle.

— T'accompagner où ? s'informa-t-elle, en prenant la fourchette et en la plongeant enfin dans sa tarte.

Alice attendit qu'elle enfourne la bouchée dans sa bouche et murmura :

— Bien pour... pour m'en débarrasser. Je veux pas y aller toute seule. J'ai tellement peur que ça fasse mal ! se lamenta la femme.

— Oh...

Marie-Camille recracha sa bouchée dans son assiette, estomaquée. Ses yeux se remplirent de larmes et, sans pouvoir s'en empêcher, elle secoua vivement la tête. Elle serra les mains glacées d'Alice dans les siennes en pleurant à son tour.

— Fais pas ça, Alice ! Je t'en prie. Fais pas ça. Tu vas le regretter, je suis certaine.

La voix de la trentenaire était plus ferme lorsqu'elle répondit :

— Écoute-moi bien ! Ma décision est prise. Il est pas question que je mène cette grossesse-là à terme. Laisse faire, je vais m'arranger toute seule. J'aurais dû y penser que tu pourrais pas comprendre. Dans ton monde idéal, des affaires de même arrivent juste à des femmes de mauvaise vie.

Avant que Marie-Camille ne réalise trop ce qui se produisait, Alice se força à sortir de la banquette et s'éclipsa en courant du restaurant, en enfilant son manteau sur le trottoir. Stupéfaite, Marie-Camille agrippa ses vêtements à son tour et courut à sa suite en précisant :

— Je reviens, Jacques !

Une fois dehors, Marie-Camille cria à la silhouette, qui se sauvait à toute vitesse :

— ALICE ! ALICE ! REVIENS, MAUTADINE !

Mais la femme fit mine de ne pas entendre et tourna le coin de la rue sans même prendre un moment d'arrêt. Piteuse, Marie-Camille retourna à l'intérieur du restaurant pour payer l'addition et saluer son ancien patron. Que pourrait-elle faire pour aider son amie ?

CHAPITRE 25

Alice avait fait des démarches afin de trouver un endroit où il lui serait possible de mettre fin à sa grossesse. Rien ne la ferait changer d'avis. Depuis qu'elle connaissait son état, lorsqu'elle s'habillait le matin, la femme s'empressait de se glisser dans un pantalon ou une jupe sans regarder son ventre. Bien qu'étant assez plantureuse, elle avait néanmoins l'impression que son abdomen avait tout de même grossi. Pourtant, elle mangeait bien peu depuis la découverte de sa condition. Et en vérité, personne ne pouvait remarquer un réel changement dans sa silhouette. Assise sur son lit, trois jours après sa rencontre avec Marie-Camille, la rousse déplia un petit papier froissé qu'elle avait caché dans son tiroir de sa table de chevet en revenant, la veille: « C. Gilbert 983-9381 ».

Elle attendit que la porte se referme sur Josh, qui quittait l'appartement avant elle pour se rendre au travail, et se glissa dans le petit salon. Un coup d'œil furtif vers la cuisine lui apprit que son colocataire avait encore oublié le lait sur le comptoir. Peu lui importait à cet instant précis de sa vie les petits désagréments quotidiens subis avec le costaud moustachu. Après avoir remis la bouteille de verre au réfrigérateur, elle prit l'appareil téléphonique accroché près de la porte et composa le numéro sans attendre. La voix qui lui répondit était un peu trop haut perchée, et Alice éloigna le combiné de son oreille. Quand elle précisa la raison de son appel, le ton devint plus sec.

— C'est 100 piastres.

— 100 piastres !

— C'est ça ou rien, ma belle. Le docteur travaille pas gratis !

Un rire peu sympathique suivit la déclaration et Alice grimaça. Elle sentit croître en elle une montée d'anxiété qui lui donna envie de raccrocher. Après tout, peut-être qu'elle pourrait faire ce que Marie-Camille lui avait suggéré : mener cette grossesse à terme et donner l'enfant en adoption ? En baissant la tête vers son ventre, sa gorge se serra et elle répondit fermement à la femme :

— C'est bon. Donnez-moi l'adresse.

Après lui avoir fourni des consignes précises – ne rien manger avant, arriver à pied, cogner cinq petits coups à la porte – son interlocutrice raccrocha sans la saluer. Ce qui n'était pas pour rassurer la femme. Mais sa décision était bien prise. Le surlendemain à la même heure, son problème serait réglé.

~ ~ ~

Une peine immense envahissait Alice. Couchée en position fœtale, elle pleurait depuis des heures. La main sur son ventre à présent vide, la femme revivait comme un tourbillon sans fin les évènements survenus depuis le matin. Elle n'avait pas mangé avant de quitter la maison, comme le lui avait précisé la femme avec qui elle s'était entretenue.

— De toute manière, j'ai pas faim, avait murmuré Alice en se levant à l'aube.

Elle avait pris le premier bus qui passait et s'était installée tout au fond, en regardant amèrement les adolescents ricaneurs qui se rendaient à l'école.

« Fermez-la! » avait-elle eu envie de hurler devant leur insouciance.

Elle avait plutôt laissé errer son regard triste sur les trottoirs, où une fine couche de neige s'était déposée pendant la nuit. Une première bordée trop vite arrivée pour Alice, qui n'était guère friande de l'hiver. Pourtant, quand le soleil s'était pointé, ce matin, elle avait ressenti un sentiment de paix lorsque les rayons avaient frappé les toits enneigés. Puis, elle était arrivée devant la maison de la rue Lajeunesse, au nord de la ville, et une femme âgée lui avait ouvert la porte en demandant sèchement :

— Vous avez l'argent ?

Sans parler, Alice avait sorti l'enveloppe froissée de sa poche de manteau. La maison, sans être cossue, semblait tout de même bien tenue, ce qui l'avait rassurée légèrement. Elle était entrée à la suite de la femme maigrichonne et l'avait suivie sans dire un mot. Dans l'escalier qui descendait au sous-sol, la femme lui avait précisé :

— Il faut pas parler ou crier, vous avez bien compris ?

Alice avait hoché la tête. De toute manière, une boule s'était installée dans sa gorge. Quand la femme l'avait quittée, après lui avoir demandé d'enlever ses vêtements et de revêtir une grande blouse grise, la patiente avait murmuré :

— Ça va faire mal ?

L'autre n'avait pas répondu et était sortie en précisant :

— Le médecin va arriver bientôt.

Quand l'homme avait ouvert la porte, Alice l'avait fixé en éprouvant de plus en plus d'angoisse. Le médecin ne l'avait pas regardée, occupé à sortir différents instruments d'un grand tiroir de l'unique meuble de la pièce. Le centre était occupé par le lit dur, sur lequel il lui avait fait signe de s'installer. La femme s'était avancée et y avait posé les mains, avant de se retourner vers le docteur d'une soixantaine d'années.

— Monsieur, j'ai peur…

— Normal. Bon, allez, couchez-vous.

Froidement, méthodiquement, l'homme avait enfilé des gants avant de vérifier l'avancement de la grossesse d'Alice. Il avait hoché la tête en marmonnant à voix basse, pendant que les larmes coulaient sur les joues de la femme terrorisée. Quand les doigts du docteur s'étaient introduits en elle, la dureté du geste l'avait fait se raidir, et il avait grogné :

— Détendez-vous, j'arriverai à rien sinon !

Alors, l'esprit d'Alice avait tenté de s'évader, hors de cette pièce sombre du sous-sol d'une maison de Montréal. Elle avait cherché l'endroit où elle se sentait si bien, petite, couchée près de sa mère, dans le lit de ses parents. Pendant que son frère jouait avec ses camions, elle préférait glisser ses petits pieds glacés entre les cuisses de sa maman, qui la serrait contre elle avec tendresse. Avant que ses parents ne réalisent qu'elle valait bien moins que son jumeau. Avant qu'ils ne s'aperçoivent qu'elle était sûrement idiote. Avant que…

— Ahhhhhh !

— Ne criez pas !

Alors, elle avait retenu ses hurlements de douleur en mordant dans la blouse. Le médecin ne lui avait administré aucun produit anesthésique, aucun analgésique et Alice avait pleuré sans relâche, alors qu'il avait utilisé des pinces et d'autres instruments sans rien lui expliquer de ce qu'il faisait. Le silence avait été lourd de jugement, lui avait-il semblé. Lorsqu'il avait enfin terminé sa « tâche », l'homme avait tapoté la cuisse de la jeune femme, épuisée et en sueur, et avait déclaré :

— Vous allez saigner pendant quelques jours et ensuite, ce sera fini. Rhabillez-vous et rentrez chez vous.

Difficilement, le ventre en charpie et la tête dans un nuage de brume, Alice s'était relevée et avait revêtu son pantalon, pendant que le médecin avait noté quelque chose sur un papier.

— Tenez. Si la douleur persiste, vous n'aurez qu'à vous rendre dans une pharmacie. La prochaine fois, soyez plus prudente.

Sur ces paroles sèches et sans empathie, le vieux médecin était sorti de la pièce, laissant Alice seule avec son désespoir. Elle avait pris le chemin inverse de celui emprunté le matin, avec l'impression qu'un véhicule lui était passé sur le corps. Assise à l'arrière de l'autobus, elle avait retenu ses cris à chaque soubresaut du véhicule, en mordant sa main. Quand elle s'était enfin glissée dans son lit, elle s'était endormie. Son sommeil avait été agité, et les images sordides l'empêchaient de se reposer. Heureusement, elle avait la journée devant elle pour reprendre une certaine contenance, avant que Josh ne rentre du travail. La veille, Alice avait téléphoné à sa collègue pour l'aviser qu'elle n'était pas dans son assiette et qu'elle ne pourrait se présenter au travail le lendemain.

« Demain, tout ira mieux », pensa Alice, en priant silencieusement pour que cette douleur atroce qui lui terrassait le bas du corps disparaisse rapidement.

~~~

À la fin du mois d'octobre, la famille de Gabriel se prépara à fêter les noces de sa sœur Kayla, qui épousait un Juif séfarade de bonne famille. Lorsque les pères des fiancés avaient décidé de les présenter l'un à l'autre, dix-huit mois auparavant, aucun des deux jeunes gens ne s'en était offusqué.

— Je suis chanceuse, il est gentil, avait murmuré Kayla à sa sœur Mazal.

Le début des festivités s'amorça sept jours avant le mariage, avec la cérémonie du henné. La jeune Kayla avait beau tenter de rester calme et posée, l'énervement de sa sœur Mazal l'avait à son tour envahie. Après tout, cet acte la faisait entrer officiellement dans la famille de son fiancé. Mazal suivit avec beaucoup d'intérêt cette soirée :

— Bientôt, ce sera mon tour, murmura-t-elle à son frère, qui approuva d'un signe de tête.

Gabriel figea toutefois lorsque sa cadette se rapprocha de lui pendant la cérémonie du henné pour demander avec curiosité :

— As-tu hâte de vivre ça ?

— Quoi ?

— Toi aussi, tu devras te marier sous peu. Je pense bien que tu connais ta promise et je doute qu'elle accepte ton amitié avec la femme blonde.
~~~

— Chut ! répliqua seulement le jeune homme, en détournant le regard vers sa sœur Kayla, vêtue d'une Keswa El Kebira.

Cette magnifique longue robe de velours rouge et dorée était complétée par une coiffe chargée de perles, d'émeraudes et de pièces d'or, posée sur les cheveux noirs de Kayla. Par-dessus se trouvait un léger voile, qui laissait paraître son visage souriant. Une telle douceur émanait de ses traits détendus que Gabriel ne put s'empêcher de l'envier d'être aussi convaincue du bien-fondé de cette union. Il regarda avec tendresse sa mère s'avancer pour appliquer le morceau de pâte de henné dans la paume de la main droite de sa sœur.

Dans la maison familiale, l'ambiance était feutrée et les deux familles qui s'uniraient sous peu participaient avec bienveillance à cette tradition. Déterminé à ne pas se laisser distraire par des pensées troublantes, Gabriel observa avec attention la suite de la cérémonie. Il avait promis à Marie-Camille un compte rendu détaillé de cette soirée bien particulière. Ce qu'il s'empressa de faire, quelques jours plus tard, lorsqu'il put enfin s'éclipser de la maison sans avoir à justifier son absence. Depuis quelque temps, il avait l'impression que ses parents l'épiaient, le questionnaient davantage. Il craignait que ses sœurs n'aient informé Edmond et Maria de la rencontre qu'elles avaient eue avec lui et une goy. Pourtant, quand il avait interrogé Mazal à ce sujet, elle lui avait juré ne pas l'avoir fait.

— Allez ! Raconte ! ordonna Marie-Camille, en posant une tasse de thé devant son ami un mardi soir.

— Attends, donne-moi le temps de m'asseoir. J'ai couru pour attraper mon autobus et je pense que je ne m'en remettrai jamais !

Malgré son jeune âge, l'homme avait déjà une silhouette légèrement enrobée. Ce que ne manqua de pointer son amie en riant :

— Il faudrait que tu réduises le nombre de beignets que tu dégustes, mon ami ! Bientôt je vais devoir te rouler dans l'escalier !

Marie-Camille éclata de rire, sachant fort bien que son exagération amuserait Gabriel. Le charme indéniable qui se dégageait de la personnalité taciturne du Juif n'était pas du tout atténué par ses quelques livres en trop. Dans son salon, la femme piétina sur place en riant pour bien montrer à quel point elle était impatiente.

— Hum, alors ? Allez, j'attends !

Gabriel éclata de rire, prit une gorgée de thé et relata la soirée du henné.

— Après avoir mis une boule de henné dans la main de Mazal, maman a posé une pièce d'or sur la pâte. Ensuite, elle a recouvert le tout d'un ruban rouge.

— Oh…

Marie-Camille ferma les yeux pour essayer de se représenter la scène.

— J'aurais aimé voir ça. Ta sœur devait être si jolie !

— En effet.

— Son fiancé était là aussi ?

Gabriel hocha la tête. Il avait envie de parler d'autre chose, mais son amie n'avait pas fini avec les questions. Après une dizaine de minutes, il leva les mains pour demander grâce.

— Sais-tu quoi Marie…

Il arrêta de parler, hésitant à proposer une telle folie. Mais il avait envie de partager cette journée si importante avec sa meilleure amie. Alors il poursuivit :

— Pourquoi tu ne viendrais pas vendredi au mariage de Kayla ?

— Hein ? Bien voyons donc, tes parents seront jamais d'accord !

Rougissant, Gabriel réalisa le manque de clarté de ses paroles et s'aperçut du même coup à quel point il manquait de courage. Il baissa la tête sur ses mains aux ongles bien taillés et marmonna sans regarder l'autre :

— Je veux dire, viens à la synagogue. Tu as le droit d'y être, même si tu n'es pas juive. Le rabbin ne te jettera pas dehors !

— Oh, tu veux dire comme en cachette ? demanda Marie-Camille, en essayant de cacher sa déception.

Elle aurait tellement aimé pouvoir rencontrer la famille de son ami et elle avait l'impression que son existence se définissait par le secret : avec Jean-Luc, avec Florie, avec Gabriel... Mais en voyant la mine désolée de ce dernier, elle posa sa main sur la sienne et sourit largement :

— Bonne idée ! J'ai trop envie de voir ta famille. Puis j'ai jamais assisté à un mariage juif, moi. Il faut juste que je demande à monsieur Pépin de quitter le salon un peu plus tôt. Je pense que ça pourrait se faire. Je vais appeler Alice pour l'inviter à m'accompagner, elle va pas très bien en ce moment...

Ce qui n'était qu'une réflexion passée à voix haute s'apparenta à une vive inquiétude chez Gabriel, à l'idée que la flamboyante Alice ne puisse garder secrète la relation qu'il entretenait avec les deux femmes. Alors qu'il cherchait comment faire pour expliquer à Marie-Camille qu'il ne croyait pas qu'il s'agissait là d'une bonne idée, des coups frappés à la porte l'en empêchèrent.

— Oh ! Excuse-moi ! J'attends personne, pourtant ! Ça fait trois fois qu'on veut me vendre des encyclopédies en moins d'un mois ! Je commence à être tannée des vendeurs ambulants ! grogna Marie-Camille en remettant ses pieds dans ses pantoufles pour se glisser jusqu'à la porte. Désolée, commença-t-elle, j'ai pas besoin de... Oh Alice !

Sur le palier, devant la porte entrouverte, se tenait la jeune femme, le visage ravagé par la détresse. Sans parler, la visiteuse plongea le visage dans ses mains et éclata en sanglots. Des pleurs lancinants qui auraient fait fondre le plus endurci des cœurs. Marie-Camille tira doucement son amie à l'intérieur et la prit dans ses bras sans parler. Depuis leur dernière rencontre au restaurant, la jeune femme avait espéré un appel de son amie. Marie-Camille avait laissé deux messages à son colocataire, en lui disant qu'il était urgent qu'elle lui parle. Mais elle n'avait eu aucun retour d'appel. Désemparée, la jeune embaumeuse espérait de tout son cœur que son amie avait réfléchi et n'avait pas pris de décision hâtive. Elle aurait voulu partager son inquiétude avec quelqu'un, mais n'avait pu se résoudre à trahir le secret d'Alice. « De toute manière, avait-elle pensé, qui pourrait comprendre ? Sa tante Adèle ? Son père ? Gabriel ? » Assis à la table, ce dernier assista à la peine de leur amie avec impuissance. Il se sentait inutile et, comme le flot de larmes d'Alice ne se tarissait pas, il se leva doucement et se rendit jusqu'aux deux amies. Il mit son bras autour du duo, baisa le dessus de la tête de la nouvelle venue et souffla :

— Prends soin de toi, Alice. Marie, on se rappelle.

Avant que les deux femmes ne le réalisent, Gabriel avait mis son manteau, ses bottes et était sorti de l'appartement. La douleur qu'il avait lue sur les traits d'Alice lui avait rappelé que la vie n'était jamais simple comme on le souhaitait. S'il n'en tenait qu'à lui, le Juif affronterait son père et justifierait l'amitié qu'il entretenait avec des Québécoises pure laine depuis quelques années. Pourtant, le pauvre avait beau essayer de trouver le cran de le faire, chaque fois qu'il mettait les pieds chez lui, ce courage se dégonflait comme un ballon au soleil!

~ ~ ~

Le matin du mariage de Kayla, tout le monde était fébrile dans la grande maison d'Outremont. Gabriel ne résista pas longtemps avant de se joindre à l'allégresse. Ses deux sœurs étaient tellement excitées qu'elles en étaient toutefois épuisantes!

— Vivement qu'on en finisse, avait-il murmuré au lever du jour, en entendant les conversations en sourdine qui se tenaient dans le reste de la maison.

Il n'avait pas reparlé à Marie-Camille depuis son départ de son appartement, le mardi précédent, et espérait qu'Alice avait retrouvé la paix.

«Je me demande bien ce qui la peinait autant», pensa le jeune homme en enfilant sa tenue de circonstance: habit gris foncé, chemise blanche et kippa brodée par Kayla.

Durant un court moment, il eut envie de laisser l'objet sur son lit. Gabriel ferma les yeux, puis s'avança finalement vers le miroir pour solidifier le maintien de sa kippa avec deux barrettes discrètes. Il réalisa alors que depuis son passage au Collège des embaumeurs, il passait beaucoup de temps à imaginer ce que serait sa vie s'il n'était pas juif. Et cette constatation le troubla au plus haut point. Était-ce la présence de Marie-Camille dans sa vie qui le mélangeait ainsi ? Pourtant il n'éprouvait que de l'affection pour la jolie blonde. Mais il constatait que la liberté que cette dernière avait, en matière de relations, d'études, de nourriture même, l'amenait à être bien critique face à sa religion. Gabriel ignorait si son amie viendrait à la synagogue. Dans tout le brouhaha entourant le grand jour, il avait omis de la rappeler. Il avait aussi tenté de mettre de côté le malaise ressenti devant la détresse évidente d'Alice. Il connaissait assez la jeune femme pour savoir que seul un drame important pouvait la mener à une telle souffrance.

— Bon, c'est le moment, murmura le jeune homme, satisfait de l'image que lui retournait le miroir.

Il savait que Béthanie et sa famille faisaient partie des invités, et il avait de la difficulté à comprendre les sentiments qu'il éprouvait envers la jeune femme. Ses frères Ibrahim et Norbert étaient arrivés la veille, avec leurs épouses et leurs familles, et le cadet des garçons éprouvait un grand soulagement à l'idée que l'attention serait dirigée ailleurs que sur lui pendant leur séjour.

— GABRIEL ! Tu viens ? demanda la voix impatiente de Mazal. Il faut partir.

— Oui, oui.

Quand le jeune homme arriva dans le vaste salon, il fut amusé de voir les enfants de ses frères vêtus comme des adultes miniatures. Les garçons portaient l'habit et les fillettes, de longues robes en velours. La famille s'empressa de sortir de la maison pour se rendre à la synagogue, laissant

Kayla et ses parents seuls pour l'heure précédant la cérémonie. Depuis le matin, la jeune femme n'avait rien mangé, comme c'était la coutume. Elle avait lu des prières dans sa chambre en attendant son départ pour le lieu de culte.

Quand Gabriel pénétra dans la synagogue, il remarqua tout de suite Marie-Camille engoncée près d'une colonne à l'arrière. Il lui fit un sourire discret, alors que la jeune femme faisait mine de ne pas le connaître. Cette dernière avait demandé congé à son patron, qui avait accepté sans hésitation, puisqu'il n'y avait pas de défunt en attente de préparation. Tout au long de la cérémonie, qui se déroula sous le dais nuptial, une grande tente de tissu qui représentait le foyer marital, la jeune femme s'émut en tripotant son mouchoir de soie. Quand Kayla arriva dans la synagogue, Marie-Camille murmura pour elle-même :

— Qu'elle est belle !

Quand son fiancé descendit le voile sur le visage de Kayla, elle chuchota :

— Il devrait l'enlever, me semble !

Quand le rabbin se mit à réciter et à parler en hébreu, elle murmura :

— Zut, je comprends rien !

Mais la beauté de la cérémonie était telle que même sans en saisir toutes les subtilités, la jeune femme vivait les mêmes émotions que tous les invités. Si quelques personnes avaient jeté un regard curieux dans sa direction, Marie-Camille avait tenté de prendre un air indifférent. Elle avait noué un foulard marine sur ses boucles blondes, espérant passer un peu plus inaperçue. Les larmes qui gonflaient ses paupières étaient autant pour la beauté de cette journée que pour sa tristesse devant le constat qu'elle ne vivrait jamais cette célébration, si elle poursuivait sa relation avec Jean-Luc. Les cris de joie dans la synagogue au moment où le fiancé de Kayla brisa le verre sous son pied la firent sortir de ses pensées.

«Oh, je vais demander à Gabriel pourquoi il fait ça!» pensa Marie-Camille en fronçant les sourcils.

Désireuse de quitter l'endroit avant tout le monde, la jeune femme se glissa sur son banc et sortit dans la froideur de cette journée d'automne. Son amoureux l'avait avisée qu'il passerait dans la soirée, après avoir couché son fils. Elle ne pouvait s'empêcher d'envier Micheline Buisseau, qui partageait avec cet homme tous les moments de la vie quotidienne, qu'elle-même ne vivrait jamais.

— Arrête Marie, maugréa la femme en se préparant pour la visite de son amoureux. Tu te fais du mal inutilement.

Depuis le début de sa relation avec Jean-Luc, elle avait réussi à compartimenter ses pensées. Heureusement, car s'il lui avait fallu, à chacune de ses visites, se questionner sur les mensonges que l'homme avait dits pour s'éclipser de chez lui, la jeune femme n'aurait pu se prélasser dans ses bras de manière aussi abandonnée.

~ ~ ~

Un peu plus tard, Marie-Camille attendait fébrilement son amoureux lorsqu'on sonna à la porte de son appartement. Vêtue joliment d'une tunique bleue qui moulait son corps, elle avait noué sa frange sur le dessus de sa tête, en laissant le reste de ses boucles blondes libres à l'arrière et sur les côtés. Quand elle ne sortait pas de chez elle, la jeune femme ne portait pas ses lunettes, sauf si elle regardait la télévision.

Mais elle avait d'autres plans pour la soirée ! Souriant avec coquetterie, elle ouvrit la porte avec entrain.

— Allô, oh, matante Adèle, qu'est-ce que tu fais là ?

Devant elle se tenait sa tante frissonnante. Tout aussi menue, mais plus grande que sa nièce, Adèle s'avança pour embrasser Marie-Camille qui était restée figée.

— Une petite visite. Je passais pas très loin et j'ai eu envie de venir te voir. Avant, on soupait souvent ensemble, mais depuis quelques semaines, tu n'es jamais disponible. Alors je me suis dit que si ton travail t'occupait ou t'épuisait trop, bien j'apporterais une bonne pizza et on pourrait partager un repas toutes les deux sans que tu sortes de chez toi ! Je suis bien contente de voir que tu es ici ! Parce que je te dis qu'on gèle comme ce n'est pas permis. L'hiver n'est même pas commencé encore ! Ça va être long…

Mal à l'aise, Marie-Camille sourit timidement. Elle fit entrer sa tante en jetant un regard inquiet sur ses horloges. Son amoureux devrait arriver d'ici trente minutes. Aurait-elle le temps de manger et de faire partir Adèle avant cela ? La jeune savait bien que c'était peu probable, alors elle songea à une stratégie différente que la vitesse. Sa tante l'observa avec affection, puis dit :

— Tu es tout en beauté pour une soirée à la maison. Tu dois sortir ?

Adèle poursuivit sans attendre la réponse :

— Jérôme travaille tellement ces temps-ci que je me fais l'effet d'une veuve de guerre ! Il est même retourné au bureau sans souper. Je vais commencer à penser qu'il me trompe !

La jolie quinquagénaire partit d'un rire dynamique qui culpabilisa sa nièce encore plus. Toutefois, sachant que la rencontre entre Jean-Luc et sa tante n'était pas souhaitable, Marie-Camille commença bravement:

— Justement, c'est bien de valeur, matante Adèle, mais je dois aller rejoindre Alice tantôt pour un café. Ça fait longtemps que c'est prévu!

— Oh! Alors tu as déjà mangé?

La femme fit une moue déçue, sa pizza encore à la main. Gênée, sa vis-à-vis chercha une réponse rapide, mais ne put se résoudre à mentir encore plus:

— Pas vraiment. Je pensais prendre une bouchée au restaurant.

Un grand sourire éclaira le visage étroit d'Adèle. Elle déposa sa boîte sur le comptoir, enleva son manteau rapidement et se pressa dans la petite cuisine pour sortir deux assiettes et des ustensiles. L'odeur caractéristique d'une pizza bien dorée fit saliver Marie-Camille. Elle inspira en se disant qu'il était bien possible que Jean-Luc arrive en retard si Mathieu décidait de faire des caprices. Parfois, le gamin prenait plus de temps à s'endormir. Et puis, au pire, Marie-Camille se dit qu'elle le présenterait comme un collègue embaumeur. Alors, elle sourit franchement à sa tante et remplit deux verres d'eau, qu'elle déposa sur la table.

— Tu as raison, je peux bien prendre une petite demiheure pour manger avec toi. Viens, matante! On va jaser et se remettre à jour dans nos projets.

Les deux femmes s'installèrent l'une en face de l'autre et commencèrent à déguster leur repas, les yeux à moitié fermés.

— Hum... mautadine que c'est bon!

— N'est-ce pas ? Il y a un nouveau petit restaurant italien qui vient d'ouvrir pas loin de chez moi. J'ai eu envie de leur donner une chance et je ne le regrette pas.

Les femmes discutèrent un bon bout de temps sans que Marie-Camille réalise que l'heure avançait. Elle allait répondre à une interrogation de sa tante lorsque des coups discrets à la porte la firent se figer. Elle leva les yeux pour regarder derrière Adèle et réalisa qu'une heure avait passé depuis l'arrivée de sa tante. La journaliste déposa sa pointe de pizza en jetant un coup d'œil curieux au visage soudain plus rouge de sa nièce.

— Tu attends quelqu'un ?

— Hum ? Heu non.

— Bien voyons, Marie, va ouvrir. C'est peut-être ta voisine qui a besoin d'aide.

Espérant en effet qu'Albertine Vadeboncœur avait soudainement manqué de sucre ou de farine, la jeune s'essuya la bouche avec sa serviette de table, avant de se lever pour se diriger vers la porte. Qu'elle ouvrit, le cœur battant.

— Bonsoir, ma chérie ! Oh, tu n'es pas seule ?

Jean-Luc, qui avait mis un pied dans l'appartement en souriant affectueusement à sa flamme, stoppa net son mouvement. Il posa son regard alternativement sur Marie-Camille et sur sa tante, qui s'était levée à son tour. Ne sachant quelle position adopter, l'homme resta figé quelques secondes avant de retrouver ses bonnes manières. Il salua Adèle d'un signe de tête, puis annonça :

— Je vois que vous êtes occupée, mademoiselle Gélinas, je reviendrai une autre fois.

— Non, non, monsieur ! répliqua aussitôt Adèle, en s'avançant près du couple. C'est moi qui me suis imposée et je vais y aller. Excuse-moi, Mimi, tu m'avais prévenue que tu avais des plans.

Marie-Camille protesta faiblement, car à l'idée de devoir expliquer la relation qu'elle entretenait avec cet homme nettement plus âgé qu'elle, la pauvre sentait ses jambes faiblir. Elle regarda sa tante revêtir son manteau, tout en sachant son regard scrutateur posé sur son visage congestionné par la gêne.

— On s'appelle, Marie-Camille. Heureuse d'avoir fait votre connaissance, monsieur ?

— Buisseau. Jean-Luc Buisseau. Au revoir, madame.

Lorsque la porte se referma sur Adèle Gélinas, sa nièce se jeta dans les bras de son amoureux en laissant échapper une plainte.

— Oh, je suis désolée, Jean-Luc !

— Ce n'est pas de ta faute, voyons. C'est ta tante écrivaine, n'est-ce pas ?

Marie-Camille hocha la tête en attirant son homme près d'elle. Elle avait bien l'intention de profiter de chaque moment avec son amoureux.

— Comment vas-tu ? murmura Marie-Camille, le visage enfoui contre le chandail de laine de son homme.

— Bien. Mieux. Toujours mieux quand tu es dans mes bras. Parfois, je me demande ce que je ferais si tu n'étais pas entrée dans ma vie. Mais d'un autre côté…

Sa voix se cassa lorsqu'il mit sa bouche sur le front levé vers lui.

— D'un autre côté, je sais que cette relation n'a pas d'issue. Je me sais égoïste et je ne peux pas espérer que tu passes ta vie à attendre que je te donne quelques minutes de mon temps par-ci par-là.

Il voulut poursuivre, mais Marie-Camille se leva sur la pointe des pieds pour l'embrasser à pleine bouche. Elle en avait assez de cette retenue qu'elle s'imposait.

— Chut, mon amour, c'est mon choix.

Elle l'attira contre son corps fébrile et il la prit pour la hisser sur ses hanches. La femme sentait bien l'effet qu'elle faisait à l'homme et constata que ses dernières réserves tombaient lorsqu'il la déposa sur le divan et entreprit de déboutonner le devant de sa robe. Elle gémit de plaisir quand Jean-Luc posa sa bouche sur ses seins dressés. Enivrée, Marie-Camille prit la main de l'homme pour la déposer sur son ventre et le mener vers sa culotte, qu'elle fit glisser sur ses jambes.

— Marie, tu es certaine?

— Oui.

Incapable d'arrêter cette escalade de désir, Jean-Luc se releva, les yeux brillants, et entreprit de se dévêtir à son tour. Marie-Camille leva la tête avec insolence, passant par-dessus cette pudeur qui la caractérisait depuis toujours, pour regarder l'homme nu de la tête aux pieds.

— Tu es beau, souffla-t-elle.

Allongée ainsi, offerte sans scrupule, Marie-Camille accueillit son amoureux contre elle en murmurant:

— Fais juste attention, chuchota-t-elle en pensant aux conséquences désastreuses que cet acte avait eues pour son amie Alice.

Le souffle coupé par le désir, Jean-Luc répondit:

— Je me retirerai, je te le promets.

Heureux, satisfait, l'homme se glissa en elle avec amour et tendresse. Malgré le moment de douleur qu'elle ressentit lorsqu'elle perdit sa virginité, Marie-Camille laissa couler des larmes de joie quand Jean-Luc souffla à son oreille.

— Je t'aime, Marie-Camille. Je t'aime.

Même la souffrance de savoir qu'elle ne l'épouserait jamais; même si l'église proscrivait les relations sexuelles sans union religieuse, la femme savait que sa relation avec Jean-Luc était inévitable. Elle l'aimait d'un amour passionnel.

CHAPITRE 26

Adèle était restée songeuse pendant quelques jours après sa rencontre avec Jean-Luc Buisseau sur le palier de l'appartement de sa nièce. Elle en avait glissé un mot à Jérôme, qui avait levé un sourcil curieux.

— Un amoureux ? Tu en es certaine ?

— Hum, oui. Leur trouble était trop évident. Et puis pourquoi Marie-Camille m'aurait-elle menti sur ses projets de la soirée ?

— Alors pourquoi ne pas te le présenter comme tel, au contraire ?

Adèle avait murmuré :

— Disons qu'il ne serait pas le gendre idéal pour Florie !

— Ah bon, pourquoi ?

— Il est plus âgé qu'elle.

Jérôme, qui ne s'offusquait pas facilement, avait répliqué :

— Et alors ?

— Vraiment plus âgé, Jérôme. Il doit avoir au moins vingt ans de plus que Marie-Camille.

— Oh, je vois. Mais d'un autre côté, si elle est heureuse avec lui, tu y vois un problème ?

Adèle avait pris le temps de réfléchir avant de secouer la tête. Son amoureux l'avait attirée près de lui pour lui baiser le cou.

— Si Marie-Camille est amoureuse, pourquoi ne pas les inviter à souper, elle et lui ? On pourrait faire sa connaissance en bonne et due forme et tu serais rassurée du même coup, non ?

— Hum…

La femme avait essayé de réfléchir, mais les frissons qui parcouraient son corps l'avaient fait sourire. Même après tant d'années passées auprès de Jérôme, leur passion ne s'était jamais dissipée. Elle avait donc laissé tomber les amours de sa nièce pour se concentrer sur les siennes.

Quelques jours plus tard, le 4 novembre au matin, elle décida en se réveillant de téléphoner à Marie-Camille. Remerciant intérieurement son amoureux d'avoir insisté pour faire installer une ligne dans sa chambre, elle ne fit qu'étirer le bras pour composer le numéro.

— Allô ! Oh allô, matante Adèle !

Les parentes échangèrent des banalités, puis la plus âgée aborda le sujet qui la tracassait.

— Dis donc, Marie-Camille, j'aimerais bien qu'on parle de ton ami.

— Mon ami ?

— L'homme qui est venu chez toi l'autre soir.

— Ah bon.

Marie-Camille réfléchissait à toute vitesse, les yeux fixés sur l'affiche de Charlie Chaplin, un acteur qui l'avait toujours fait rire, posée sur le mur de sa chambre. Jean-Luc, qui connaissait sa fascination pour l'Anglais était arrivé, un soir, avec cette grande image roulée sous le bras. Pour l'instant, elle avait envie de se dandiner comme l'acteur, lorsqu'il se déplaçait avec sa démarche de pingouin.

— Pourquoi ? marmonna-t-elle, confuse et incapable de fournir une explication à cette présence chez elle.

— J'ai l'impression que c'est plus qu'un ami, je me trompe ?

Marie-Camille était à présent bien assise contre sa tête de lit et grimaçait sans savoir quoi dire. Elle tira sa jaquette sur ses genoux et tortilla le fil de téléphone autour de son doigt sans répondre.

— Écoute, ma cocotte, j'aimerais juste rencontrer ton amoureux.

— Mon amoureux ?

La jeune femme se sentait de plus en plus idiote et réussit à retarder la discussion en marmonnant :

— On peut en reparler une autre fois, matante ? Je dois sortir.

— D'accord. Mais j'aimerais en parler avant notre visite à Sainte-Cécile. Je ne pense pas que tu aies envie de mêler Florie à tout ça, n'est-ce pas ?

Le cou de la jeune femme devint aussitôt moite à l'idée que sa tante de Sainte-Cécile soit informée de sa situation amoureuse. Le cœur battant à tout rompre, la pauvre Marie-Camille marmonna une réponse confuse avant de raccrocher. À l'autre bout de la ligne, Adèle fronça les sourcils en murmurant :

— Veux-tu bien me dire ce qu'elle a à cacher, cette enfant-là ? Ce n'est quand même pas la fin du monde qu'il soit plus vieux qu'elle. À moins que je me trompe et qu'ils ne soient pas ensemble ?

La femme réfléchit pendant un moment avant de hausser les épaules. Elle avait la correction de son roman à poursuivre et un article à pondre. De toute manière, même si elle avançait toutes sortes d'hypothèses, seule Marie-Camille pourrait lui confirmer l'état de sa relation avec cet homme élégant.

~~~

Depuis son avortement, Alice avait maigri et tentait de retrouver le courage d'aller à l'église. À quelques reprises, elle s'était rendue jusqu'au parvis, mais quand son regard se levait vers la croix et le clocher, une lourdeur l'envahissait et l'amenait à fuir les lieux. Le temps des fêtes qui approchait ne faisait rien pour alléger sa peine. À Josh qui se plaignait de l'air bête qu'elle affichait depuis quelque temps, elle avait répondu :

— Laisse-moi tranquille !

Elle s'engourdissait encore plus qu'avant dans la drogue, en respectant toutefois la limite qu'elle s'était imposée : seulement de l'herbe. Finis, les comprimés de toutes sortes. Marie-Camille et elle n'avaient plus reparlé de la situation qui était survenue après sa visite et qui avait écourté la soirée entre Gabriel et Marie-Camille, à la fin d'octobre. La rousse avait décrit l'opération à son amie en pleurant.

— Oh ! Alice, avait chuchoté Marie-Camille en dirigeant son amie dans son petit salon.

— Je pouvais pas le garder, Marie. Je… pouvais pas. Je suis désolée.

Elle avait relaté la dureté des gestes, la souffrance de son corps sous le regard désolé de son amie. Marie-Camille n'avait pas su comment atténuer cette peine et avait aussi dû accepter ce choix, qui allait à l'encontre de toutes ses croyances. Comme si Alice avait été une enfant, elle l'avait
~~~

dévêtue et bordée dans son lit pendant qu'elle était allée réfléchir et tenter de faire la paix avec la situation. Depuis, les deux amies avaient renoué leur lien et se voyaient plus assidûment. La blonde avait avoué à Alice qu'elle fréquentait Jean-Luc. Sachant maintenant que sa copine ne jugerait pas cette relation illégale, Marie-Camille avait enfin ressenti un intense soulagement de pouvoir partager son secret.

— Ah bon ? avait seulement répondu Alice.

— Oui. Je sais que tu m'as dit que c'était une mauvaise idée.

— De toute manière, je suis qui, hein, pour te dire quoi faire ?

Alice avait eu un rictus avant de mettre sa tête sur l'épaule de son amie. Puis elle avait murmuré :

— S'il te rend heureuse !

— Tellement ! Si tu savais, Alice ! Quand il est avec moi, j'ai l'impression d'être complète. Je sais pas si tu peux comprendre ?

Alice avait hoché la tête. Pourtant, jamais elle n'avait été amoureuse de cette manière. Depuis son adolescence, elle avait eu plusieurs fréquentations, mais jamais de coup de cœur. Son côté frondeur et fanfaron ne plaisait pas aux hommes qui voulaient prendre une épouse.

Le froid était bien installé sur la métropole, même si l'hiver n'était pas encore commencé. En cette fin de novembre, les deux amies marchaient bras dessus bras dessous dans les sentiers du mont Royal. La neige avait commencé à tomber pendant la nuit et n'avait pas cessé depuis. Marie-Camille arrêta soudainement d'avancer et son amie la regarda avec surprise :

— Je pense à ça, Alice. Pourquoi tu viendrais pas avec moi à Sainte-Cécile pour les vacances de Noël ?

— Hein ? Quand ça ?

Marie-Camille pointa un banc enneigé sous un gros arbre dénudé et s'y dirigea. Les amies ôtèrent une bonne couche de flocons qui s'y étaient accumulés avant de poser les fesses sur le bois humide. Les marcheurs déambulaient lentement devant elles sans leur accorder d'attention. La température clémente, malgré la neige qui tombait, égayait les Montréalais. Des enfants couraient et d'autres se faisaient tirer dans une traîne sauvage par des pères heureux d'être en congé. Marie-Camille replaça son gros bonnet sur sa tête et se tourna vers son amie :

— Tu m'as dit que ton frère Raoul s'en allait dans la famille de sa femme pour Noël. T'es pas pour rester toute seule à Montréal ! Ça fait que je vais dire à Florie que tu viens passer quelques jours chez nous !

— Voyons donc, je peux pas faire ça ! Je les connais même pas.

Pour la première fois depuis le mois d'octobre, Alice eut toutefois un soupçon d'espoir au fond du cœur. Alors qu'elle anticipait les fêtes à venir avec une grande tristesse, se pouvait-il qu'elle ne reste pas seule dans son appartement, alors que les autres allaient festoyer auprès des leurs ? Marie-Camille tapota ses grosses mitaines de laine l'une contre l'autre.

— Pourquoi pas ? Tu as d'autres plans ?

— Non.

— Alors voilà, c'est réglé !

— Heu…

— Alice, depuis le temps que je te parle de matante Florie, viens pas me dire que t'as pas le goût de rencontrer cette drôle de bibitte-là ?

Marie-Camille éclata de rire et, dans le silence du mont Royal, celui-ci résonna comme en écho. Un jeune homme qui passait devant elles lui lança un regard appréciateur, mais la femme n'en avait cure. Depuis que son amoureux et elle vivaient à fond leur passion, pas une semaine ne passait sans qu'ils fassent l'amour sans pudeur. Tous ses sens en éveil, elle attendait avec impatience le soir, en espérant que Jean-Luc puisse se libérer de ses obligations. Même s'ils ne se fréquentaient que depuis quelques mois, Marie-Camille était passionnément amoureuse de cet homme cultivé. Tout la chavirait chez lui : son odeur, sa démarche un peu voûtée, cette étincelle qu'il avait dans le regard lorsqu'il le posait sur elle… À l'occasion, ils rigolaient en se remémorant leurs premiers échanges, au Collège des embaumeurs.

— Je te trouvais tellement impertinente ! lui avait avoué Jean-Luc un soir.

— Et moi rétrograde ! avait riposté Marie-Camille.

Cet échange s'était terminé au lit, qui n'était plus interdit depuis cette première fois qu'ils avaient vécue sur le divan inconfortable.

Quand les deux amies reprirent leur marche dans le sentier, Marie-Camille fut surprise de voir une larme rouler sur la joue pâle d'Alice.

— Voyons, mon amie, qu'est-ce qui se passe ?

— Rien. Merci, Marie. Merci.

Marie-Camille prit la main de sa complice dans la sienne, et elles continuèrent à se promener en silence, chacune songeant à un avenir qu'elles espéraient meilleur pour la nouvelle année à venir.

~ ~ ~

— C'est quand même ordinaire, tu sauras, Marie-Camille! T'aurais pu m'avertir avant!

La jeune repoussa ses lunettes sur son nez froncé et tira la langue de manière enfantine. Assise sur le divan, les pieds sur Jean-Luc, elle haussa les épaules lorsqu'il lui proposa silencieusement deux choix de biscuits. Taquin, l'homme lui tendit le moins gros avant de glisser l'autre dans sa bouche. La voix de Florie parvenait jusqu'à lui et il devina que la femme à l'autre bout de la ligne n'était pas contente! Entre le travail et ses amours, Marie-Camille avait oublié d'aviser sa tante Florie de l'invitation qu'elle avait faite à Alice pour le temps des fêtes.

— Quand on reçoit du monde, je veux qu'on les accueille comme il faut. Ça fait que si ton amie trouve que c'est pas correct, ce sera pas de ma faute!

— Arrête, matante, Alice est pas compliquée, tu vas voir. Je te l'annonce quand même une semaine avant notre arrivée! Elle a juste un frère, puis il va être dans la famille de sa femme. Je veux pas qu'elle reste toute seule à Noël. Me semble que tu devrais comprendre ça, avec ton grand cœur?

Jean-Luc retint un éclat de rire et fit mine de jouer du violon, avant de se lever pour aller chercher deux verres de lait. Il voulait aussi cacher à sa jeune maîtresse la tristesse qui l'envahissait à l'idée de ne pas la voir pendant les vacances des fêtes. Marie-Camille ignorait qu'il devait accompagner sa femme Micheline chez ses parents. Il ne voulait pas la peiner avec ses projets.

En se retournant pour rejoindre Marie-Camille, il l'observa pendant qu'elle tentait d'amadouer cette drôle de tante. Les cheveux légèrement gonflés à l'arrière, la moue butée sur son visage pâle et sa poitrine qui se soulevait avec passion lui vrillèrent le cœur. Il aimait cette femme comme personne d'autre avant elle. Jean-Luc n'arrivait pas à concevoir qu'il serait pris dans un mariage sans amour pour le reste de ses jours. Quand sa femme et lui s'assoyaient pour le souper, toute leur attention se fixait sur leur fils, afin d'éviter de devoir converser l'un avec l'autre. Parfois, dans les bonnes journées de Micheline, l'enseignant pouvait lui relater des évènements survenus à l'université sans qu'elle lui fasse part de son ennui. Mais le plus souvent, la femme avait le visage fermé, sauf lorsqu'elle s'adressait à Mathieu.

Sentant son regard fixé sur elle, Marie-Camille tourna la tête et rougit devant le désir qu'elle lisait dans les yeux de son amoureux. Elle se pressa de clore la discussion avec Florie en précisant :

— On va arriver par le train du vendredi soir. Je partagerai ma chambre avec elle. De toute manière, ma tante Adèle sera là juste le dimanche matin.

— J'ai pas trop le choix, ça a l'air !

— Bien c'est ça, matante ! Je dois te laisser, j'ai quelque chose sur le feu.

Marie-Camille raccrocha en riant, puis tourna sa tête vers son amant. Jean-Luc déposa les verres sur le comptoir. La collation attendrait.

~ ~ ~

Autant Marie-Camille était enchantée à l'idée d'amener son amie à Sainte-Cécile, autant Gabriel voyait cette période arriver avec soulagement. Assis à leur table, dans leur restaurant préféré, les deux amis partageaient un repas avant le congé des fêtes. La semaine avait été très occupée pour les embaumeurs, comme si les malades s'étaient donné le mot d'ordre pour mourir avant d'acheter des cadeaux !

— Je suis crevée ! clama Marie-Camille en s'écroulant sur la banquette, un mercredi soir.

— Enfin un peu de répit ! approuva Gabriel en levant la main pour saluer une connaissance. Moi, au moins, j'ai fini de fêter, se moqua-t-il gentiment.

Hanouka* s'était déroulée au début du mois de décembre dans la communauté juive. Ces huit jours de festivités avaient succédé au mariage de Kayla, et la famille Joseph espérait profiter du ralentissement du temps des fêtes pour recharger ses batteries. Chaque année, les Juifs séfarades célébraient la fête des Lumières en allumant une ménorah le soir, en faisant des prières particulières et en consommant des aliments frits.

— Ce qui aidera pas ta petite bedaine, ironisa Marie-Camille, quand son ami lui fit part des traditions liées à Hanouka. Mais sérieusement, je suis contente que tu t'investisses dans ta religion. J'avais l'impression que tu étais un peu perdu l'année dernière…

La jeune femme laissa sa phrase en suspens, alors que Gabriel essayait de cacher sa honte. Il préférait ne pas s'aventurer sur le chemin de ce sujet hasardeux. Marie-Camille n'était même pas au courant que son père lui avait trouvé une épouse ! Il poursuivit donc son discours, sans trop s'attarder sur l'intervention de son amie.

— Dans ma famille, Hanouka est synonyme de résilience. Je ne pourrais jamais l'ignorer, peu importe mes questionnements.

— Ah ? Pourquoi cette fête en particulier ?

Le Juif hésita avant de relater l'histoire de cet oncle, enfermé à Auschwitz en 1944 pendant la Deuxième Guerre mondiale. Désireux de montrer aux autres prisonniers qu'ils devaient garder la foi, malgré l'horreur de ce qu'ils vivaient tous, cet oncle paternel, aujourd'hui décédé, avait réussi à trouver une petite quantité de graisse de machine et il avait confectionné des mèches à partir d'un vieux morceau de tissu.

— Dans ces baraquements inhumains, raconta Gabriel avec une note de fierté dans la voix, mon oncle a réussi à allumer ces guenilles pour donner de l'espoir à tous ces hommes et femmes qui mouraient dans des souffrances atroces. Il a prié cette nuit-là pour que la fin du conflit ne soit pas loin.

— Oh, je savais pas !

Marie-Camille serra la main de son ami sans ajouter un mot. Les terribles préjudices vécus par le peuple de Gabriel ne lui étaient pas inconnus. Mais de savoir que des êtres proches de lui avaient été enfermés dans ces prisons européennes avait amené une autre dimension à leur relation.

— Vous célébrez juste en famille où vous avez reçu des amis ? s'informa Marie-Camille, en savourant son café brûlant comme elle l'aimait.

Le malaise évident de Gabriel ne lui échappa pas lorsqu'il répondit :

— Mon père a invité un collègue de travail et sa famille pour une soirée. Sinon, nous étions seuls. Mais on a reçu beaucoup de visite après le mariage de Kayla. Disons qu'on est tous bien contents de retrouver notre routine.

Gabriel tenta de mettre de côté sa colère de voir son destin lui échapper. Quand Béthanie et ses parents s'étaient présentés à leur porte, le vendredi soir précédent, il avait tout de suite su que les choses se corseraient pour tous les deux. Son père avait en effet insisté pour que le jeune couple passe un moment seul au salon, en laissant les portes bien grandes ouvertes, évidemment. Gabriel avait eu envie de piocher sur le sol tant il se sentait piégé. Quand la visiteuse avait murmuré :

— Vous aimez toujours votre travail ?

Il n'avait que hoché la tête comme un enfant buté. En réalisant rapidement que la pauvre était dans la même situation que lui, il avait fait contre mauvaise fortune bon cœur et s'était informé à son tour de ses activités quotidiennes. Quand la famille Chelli avait quitté leur maison, son père l'avait retenu par le bras pour lui pointer son bureau. Un nœud lui enserrant le fond du cœur, Gabriel avait su où cette discussion qu'Edmond voulait avoir les mènerait.

— Prends place mon fils, avait ordonné le patriarche.

Edmond avait fait semblant de ne pas remarquer l'air renfrogné de son vis-à-vis avant de questionner Gabriel :

— Je pense que tu conviendras avec moi que la jeune Béthanie ferait une épouse remarquable, n'est-ce pas ?

— Hum…

— Son père et moi croyons qu'une union entre vous deux serait envisageable. Qu'en penses-tu ?

Gabriel avait fermé les yeux longtemps. Les paroles qu'il avait prononcées étaient bien loin de ce qu'il avait eu envie de hurler : pourquoi ne puis-je choisir la femme que je veux marier ?

— Je la connais bien peu.

— Mais quand même, peut-on officialiser les choses entre vous ?

— Tu veux dire que tu voudrais que je la fiance ?

Le jeune homme avait senti un étau prendre sa gorge et il s'était levé pour marcher dans la pièce aux murs de bois. Les yeux fixés sur les énormes portraits accrochés près de la porte, il avait tourné le dos à son père pour préciser sa pensée :

— Me fiancer avec une femme que je ne connais pas, père ?

— Quand même, tu la fréquentes depuis quelques mois.

C'en avait été trop pour Gabriel, qui s'était retourné, les joues empourprées de rage. Il s'était avancé jusqu'au large bureau de travail d'Edmond et y avait posé ses mains.

— Je ne la fréquente pas, père, je l'ai vue quelques fois seulement parce que tu m'y as obligé. Mais si tu me poses la question à savoir si je veux l'épouser, je te répondrai non.

— Pourtant, monsieur Chelli et moi avons tout de même bon espoir que cette union se concrétise, Gabriel. Béthanie sera une parfaite épouse. Pratiquante, réservée, cultivée, je ne vois pas ce que tu désires de plus.

L'homme avait ancré son regard foncé dans les yeux de son fils en croisant ses mains sur le devant de son corps. Sachant qu'il ne pourrait lui tenir tête bien longtemps, Gabriel avait seulement répondu :

— J'aimerais ressentir de l'amour, père. Voilà tout !

— Ça viendra avec le temps. Regarde ta mère et moi : nous nous sommes mariés après nous être vus trois fois seulement. Nous avons réussi à créer une très belle famille, tu en conviendras ? Cinq enfants, une belle grande maison remplie de bonheur... Je suis certain que la jeune Chelli et toi pourrez accomplir la même chose, mon fils.

N'ayant pas de réponse à répliquer à ces arguments, Gabriel avait murmuré :

— C'est tout ?

— Oui. J'annoncerai donc la bonne nouvelle à mon cher ami.

Dans sa chambre à l'étage, le jeune Juif avait arraché sa kippa, après avoir fermé la porte avec rudesse. La colère avait grondé au fond de son âme et il s'était senti près de l'explosion. Pour s'apaiser, il avait enfilé son voile de prière, en espérant trouver un peu de paix dans les paroles sacrées.

Sous le regard curieux de Marie-Camille qui l'observait, alors qu'il était perdu dans ses pensées, il tenta de cacher son inconfort quand elle le questionna :

— Admettons que tu essaierais de me présenter à tes parents comme une amie d'école, tu es certain qu'ils seraient fâchés ? Après tout, tu as vingt-six ans, Gabriel. Me semble que tu peux quand même choisir tes amis, non ?

L'homme passa une main lasse sur sa barbe, puis la laissa tomber sur sa cuisse. Ce n'était pas la première fois qu'ils avaient cette discussion. Comment faire pour expliquer ce qui lui semblait à lui aussi de plus en plus une aberration ? Il ne pouvait même pas choisir son épouse !

— Hum, c'est difficile à comprendre, Marie-Camille. Papa travaille avec des Québécois, mais quand vient le temps de mêler nos vies privées, il n'en est pas friand. Ne pense pas que mes parents soient sauvages, mais ils n'aiment pas qu'on fréquente des goys. Nous avons un groupe d'amis que nous rencontrons à l'Alliance du B'nai Brith ou au bal de l'Alliance française le samedi soir.

— B'nai quoi ? rigola la jeune femme.

— B'nai Brith, sourit Gabriel, qui n'avait pas envie de poursuivre cette discussion, mais ne savait pas de quelle manière y mettre fin.

— C'est quoi, ça ?

— Une organisation juive qu'on trouve partout dans le monde.

— Ah.

Marie-Camille laissa passer quelques secondes avant de poursuivre son interrogation.

— Mais quand tu vas au bal, tu vois des jeunes femmes ? Il y en a aucune à ton goût ? se moqua-t-elle gentiment.

— Sais-tu Marie, je n'ai pas envie de parler de ça. Si je te présentais officiellement à ma famille, je ne serais plus capable de sortir de chez moi sans avoir à donner un itinéraire précis de mes déplacements. Arrêtons ça là, OK ?

Embêtée par la dureté du ton, Marie-Camille fronça les sourcils. Dans ce petit restaurant chaleureux, les gens auraient pu croire qu'ils formaient un couple. Mais quand les regards se posaient sur la kippa très représentative du barbu, les questionnements se lisaient sur les visages des inconnus. Gabriel se retenait souvent pour arracher le chapeau de sa tête pour le cacher de nouveau. Il changea de sujet, en demandant à Marie-Camille :

— Dis donc, Alice va mieux ? Elle semblait tellement triste quand je l'ai vue la dernière fois.

— Oui, je l'ai convaincue de m'accompagner à Sainte-Cécile pour les vacances. Ça va lui faire du bien de se changer les idées.

Marie-Camille ne trahirait jamais le secret de son amie et, de toute manière, elle savait que Gabriel ne comprendrait pas. Si elle éprouvait un malaise avec le geste qu'avait posé Alice, ce serait encore pire pour lui. La blonde commençait à trouver que les discussions qu'elle avait avec son copain étaient de plus en plus vaines. Si elle ne pouvait parler des épreuves de la vie, ou juste de l'amour qu'elle vivait maintenant, comment pouvaient-ils se considérer si proches l'un de l'autre ?

La femme le regarda par-dessus ses lunettes et remarqua les cernes foncés sous les yeux de Gabriel. En jouant dans ce qui restait de son gros biscuit à l'avoine, Marie-Camille murmura :

— J'aimerais te dire quelque chose.

— Oui ?

— Heu, tu… je…

Gabriel sourit devant l'hésitation de son amie.

— Tu as perdu tes mots ?

— C'est juste que je sais pas si tu vas comprendre.

— Tu peux essayer.

Mais à l'idée de voir le dégoût ou la colère apparaître sur les traits de son ami si elle lui dévoilait sa relation interdite, Marie-Camille secoua doucement la tête.

— Laisse faire. C'est niaiseux, de toute manière. Une lubie qui m'est passée par la tête.

— Voyons, Marie ! Tu peux tout me dire, tu le sais bien.

Pourtant, malgré l'affection qu'il y avait entre les deux, la jeune femme se doutait qu'un tel aveu serait de trop. Comment pourrait-elle confier à Gabriel qu'elle fréquentait un homme marié, père de famille, qui avait le double de son âge ? Qu'elle avait un amant, qui était leur ancien enseignant ? Alors elle laissa entendre son rire cristallin et posa sa main sur celle de Gabriel.

— Laisse faire, je te dis ! J'ai pas le goût de parler de travail ! Et c'était juste une idée par rapport à notre profession.

— Ah bon.

Le jeune homme gratta le fond de sa tasse avec sa cuillère pour récolter le sucre qui s'y était déposé et l'engloutit avec gourmandise. Quand ils se quittèrent en se souhaitant bonnes vacances, les deux amis s'en retournèrent chacun de son côté, avec chacun son secret encore bien enfoui.

CHAPITRE 27

Les vacances étaient enfin arrivées ! À la gare Windsor, Alice fumait cigarette sur cigarette en marchant devant son petit sac de voyage posé sur le sol. Elle attendait Marie-Camille, qui était évidemment en retard. Les gens lui jetaient un regard interrogateur quand ils devaient la contourner, alors qu'elle semblait perdue dans ses pensées. C'est qu'à l'idée de se retrouver coincée dans un petit village avec des inconnus, la rousse n'était plus certaine d'avoir pris la bonne décision. Au fond de son bagage, elle avait caché un sachet, dans lequel se trouvaient sa marijuana et ses papiers à rouler. Elle avait besoin de cette cigarette spéciale pour s'endormir tous les soirs et craignait de ne pas pouvoir s'éclipser à Sainte-Cécile pour la fumer en paix.

« Si je me fie à ce que je sais de sa tante Florie, pensait-elle, c'est un pot de colle qui va m'espionner toute la fin de semaine. »

Sous la verrière de la salle des pas perdus, les passagers se pressaient pour se rendre aux différents quais d'embarquement. Alice eut presque envie de reprendre son sac pour sauter dans un train vers une destination inconnue lorsqu'une voix claire retentit derrière elle.

— Youhou, mon amie, me voilà !

Alice se retourna et sourit en voyant la jeune femme s'avancer vers elle en sautillant. Marie-Camille semblait tellement heureuse qu'elle n'eut pas le cœur de la peiner avec ses états d'âme. Dans son beau manteau cintré mauve au col de fourrure de renard, la jeune femme rayonnait de bonheur. Posée sur sa tête avec fierté, une toque de la même blancheur que le col lui permettait d'avoir l'air un peu plus âgée. Dans ses vieux vêtements d'hiver usés, Alice se sentit bien piteuse, mais ne le montra pas. Il faut dire que sa consommation de cannabis ne lui permettait pas de faire des folies vestimentaires. Elle préférait garder son argent pour payer sa drogue.

— Wow, Marie! T'es bien belle!

— T'es fine toi! C'était le manteau de maman. Je le porte rarement parce qu'il est trop chic.

— Il est parfait! Elle était de ta taille alors?

Marie-Camille hocha la tête. Quand elle contemplait les photographies de sa mère, elle s'apercevait à quel point elle lui ressemblait. Mais sa mère était plus menue, plus courte aussi, et sans être myope comme une taupe, elle! Alice attendait que son amie s'exprime un peu sur celle qui l'avait mise au monde. Pourtant, Marie-Camille n'en avait pas l'intention. Peut-être une fois qu'elles seraient rendues dans la grande maison grise, au village, le récit des souvenirs se ferait plus facilement. Marie-Camille reprit la poignée de sa valise en cuir dans sa main et demanda avec excitation:

— Alors, tu as hâte de voir mon village?

— C'est sûr! Mais j'ai hésité ce matin.

La nouvelle venue fronça les sourcils et arrêta d'avancer devant l'indécision d'Alice.

— Pourquoi donc?

— T'es certaine que je dérangerai pas, hein? s'informa Alice. J'ai vraiment l'impression de m'imposer.

— Pas du tout, qu'est-ce que tu racontes ? Je t'ai dit que ma famille avait très hâte de rencontrer enfin ma meilleure amie !

Alice mordilla la peau de son pouce et chuchota :

— Même Florie ? Tu me racontes pas de menterie, toi là ? Elle me fait peur, ta tante !

— Je te le jure !

En professant un si gros mensonge, Marie-Camille sentit sa gorge se nouer. « Mais après tout, pensa-t-elle aussitôt ironiquement, c'est pas le plus gros péché de ma vie actuelle. » De toute manière, elle avait réussi à amadouer Florie en parlant de la solitude de son amie.

— Tout le monde t'attend, inquiète-toi donc pas !

— Si tu le dis, alors tant mieux !

Alice sourit avec un peu plus de légèreté avant de tendre la main à son amie. Bras dessus, bras dessous, les deux jeunes femmes se frayèrent un chemin parmi tous les voyageurs soucieux de quitter la grande ville pour aller festoyer dans les campagnes du Québec. En voyant le soulagement sur le visage d'Alice, Marie-Camille se félicita d'avoir insisté pour l'emmener avec elle. Leur séjour à la ferme ferait le plus grand bien au moral de son amie.

~ ~ ~

— Bon, comme ça, vous êtes la meilleure amie de ma nièce, vous ?

Ces paroles sortirent promptement de la bouche de Florie dès que les visiteuses mirent le pied dans la cuisine de la maison de deux étages. Édouard, qui était allé chercher sa fille et son amie à la gare de Labelle, secoua ironiquement la tête de gauche à droite pour bien montrer à sa sœur qu'elle n'avait pas d'allure.

— Bonsoir, madame, murmura Alice, tout à coup intimidée par la corpulence et le sans-gêne de la femme.

— Laisse faire les « madame », appelle-moi Florie, répondit celle-ci après quelques secondes de silence pendant lesquelles elle ne se gêna pas pour scruter la silhouette plantureuse de la jolie femme.

— Allô, matante, je suis là moi aussi, au cas où ça t'intéresserait ! ricana Marie-Camille, en délaissant sa valise et en ôtant son manteau.

Un sourire resplendissant éclaircit aussitôt le visage de Florie, qui s'avança de sa démarche chaloupée.

— Si ça m'intéresse ! Viens dans mes bras, ma petite tannante !

Lovée contre sa tante, Marie-Camille poussa un long soupir de soulagement. Quand elle se retrouvait ainsi collée contre le corps de Florie, qui sentait bon la vanille, la jeune avait toujours l'impression qu'elle revenait enfin à la maison. Son père les observait avec tendresse, derrière Alice, qui ne savait pas trop où poser son manteau.

— Donnez-moi-le, je vais l'accrocher ici, dit-il en tendant le bras vers la femme.

Soulagée, Alice fit un sourire au père de son amie, qui remarqua le charme de la jeune femme, malgré son regard trop sérieux. Depuis deux mois, la joie de vivre et l'insouciance de la réceptionniste s'étaient envolées. Rongée par la honte, elle n'était plus que l'ombre de la femme joyeuse qu'elle avait été auparavant. Édouard vint pour rajouter quelque chose lorsque la porte derrière eux s'ouvrit pour laisser entrer le cadet de la famille.

— Maudite marde qu'on gèle !

— Laurent ! Franchement ! grogna Florie, en se détachant de sa nièce à regret.

Surpris par le ton, le costaud blond s'aperçut que la visite était arrivée. Il sourit gentiment à Marie-Camille, qui s'avança pour lui faire la bise.

— Salut, mononcle Laurent. C'est vrai qu'on gèle.

— Allô, Marie-Camille !

— Regarde ça, la belle visite qu'elle nous a amenée, la petite ! s'exclama Florie avant d'éclater d'un rire puissant.

Tout le monde resta stupéfait dans la cuisine, car il était bien rare que Florie se laisse aller depuis la mort de son amie Louisette. Lorsque cette dernière était encore vivante, les fous rires les prenaient et les amies pouvaient éclater à tout moment. Mais depuis le décès de la commerçante, Florie se traînait comme une âme en peine, en se lamentant sur cette perte qui lui avait ravi ses plus grands moments de bonheur. Alors de constater que l'arrivée de Marie-Camille remettait autant de gaieté dans le cœur de leur grande sœur fit sourire Édouard et Laurent.

— Bon, on va pas rester dans l'entrée toute la fin de semaine quand même ! Avancez-vous donc pour que le grand escogriffe ait de la place pour se dégreyer, clama Florie en tirant sa nièce jusqu'à la grosse table de bois. Assoyez-vous, j'ai préparé un petit goûter. Je suis sûre que t'as rien mangé de la journée toi, ma snoraude ! Prends donc exemple sur ton amie ! Regarde-moi si elle a l'air en santé avec ses formes, là !

Ne sachant pas comment prendre cet étrange compliment sur son apparence, Alice ne fit qu'échanger un regard complice avec Marie-Camille. Elle comprenait maintenant ce que voulait dire son amie lorsqu'elle parlait de cette tante charmante, mais très envahissante! Alice n'avait pu s'empêcher de remarquer que le père de son amie était un très bel homme. Souriant et cultivé, il les avait amusées avec ses histoires sur la route entre Labelle et Sainte-Cécile.

— Ça fait que si le curé Antoine Labelle avait pas décidé d'installer une église ici, à la chute aux Iroquois, bien notre village aurait pas existé! avait-il expliqué en passant devant le point d'eau, quelques minutes après leur départ de la gare. Vous pouvez pas bien voir, Alice, mais c'est entre Labelle et Sainte-Cécile que se trouvent les plus beaux paysages du Québec! avait-il continué, sous le regard moqueur de sa fille.

— Mon père est à peu près jamais sorti de notre village, avait rigolé cette dernière.

— Mais assez pour savoir que je dis la vérité, ma fille!

Le trajet d'une quarantaine de minutes s'était déroulé dans la bonne humeur, et Alice avait constaté rapidement que son séjour était bien prometteur.

Quand tout le monde fut enfin installé autour de la table familiale, Florie s'empressa de sortir ses cretons et sa graisse de rôti, et de trancher une grosse miche de pain bien frais. Marie-Camille se leva pour l'aider, mais elle la retourna à sa place en grimaçant:

— Laisse faire, Marie, tu fais toujours tomber des graines partout. Je vais m'en occuper!

Sa nièce éclata de rire en haussant les épaules. Elle fit un clin d'œil à Alice qui ne parlait pas, intimidée. Elle observait, ses yeux clairs suivant avec intérêt la grosse femme qui allait du réfrigérateur au poêle sans cesser de babiller. Dans le coin de la cuisine, avec ses poutres de bois bien visibles, le gros poêle dégageait une chaleur qui la rendait somnolente. Marie-Camille, qui lui jetait de petits coups d'œil, sourit en voyant son amie reculer son corps sur sa chaise dans un geste d'abandon.

Les conversations s'étirèrent tard dans la nuit et lorsque tout le monde s'éclipsa dans les chambres, Alice avait omis de sortir pour fumer sa dernière cigarette. Elle s'endormit aux côtés de Marie-Camille en l'espace de quelques minutes, épuisée par cette journée fort mouvementée.

~ ~ ~

Assis au restaurant Wilensky* avec Béthanie, Gabriel avait jeté des regards sans équivoque à sa montre dès les premières minutes de leur rencontre. Sa jeune sœur Mazal était assise deux tables plus loin, avec un livre comme unique compagnon. De toute manière, elle servait de chaperon au jeune couple et n'avait pas l'intention d'avancer dans sa lecture. Mazal prenait sa tâche très au sérieux. La discussion était empreinte de non-dits entre Béthanie et Gabriel.

— Vous n'aurez pas congé, alors, si je comprends bien? s'informa timidement la jeune femme.

— Non. Le salon ne ferme pas pendant le temps des fêtes.

— Ce qui est normal. Après tout, ils ne font pas partie de notre univers.

Ce commentaire émis sur un ton léger fit toutefois réagir Gabriel, qui délaissa momentanément son sandwich au bœuf. Il leva les sourcils et demanda:

— Qui ne fait pas partie de notre univers?

— Bien les Québécois francophones.

— Ah ! Et pourquoi ?

Le ton sec fit rougir Béthanie, qui jeta un regard inquiet autour d'eux. Dans ce petit restaurant de la rue Fairmount, ne se trouvaient pour l'instant que des membres de la communauté juive. Les hommes portaient tous une kippa, les femmes, de longues jupes foncées. L'endroit privilégié par les Juifs montréalais, avec son plafond en tôle embossée, sa fontaine de boissons gazeuses et ses grils des années 40 offrait un côté chaleureux qui plaisait à tous. Mal à l'aise, la femme se redressa et murmura :

— Je veux dire que nous ne côtoyons pas ces gens et...

— Pourquoi ?

— Hein ?

— Pourquoi ne pouvons-nous pas être amis avec la population majoritaire du Québec ? questionna Gabriel sur un ton brutal.

Il savait qu'il devait s'arrêter, trouver un sujet de conversation moins dangereux, mais il en avait assez de toujours taire ce côté de lui. Il était las de cacher son amitié avec Marie-Camille, ses conversations amusantes avec Alice. Les yeux sérieux de la jolie brune en face de lui ne le quittaient pas. Béthanie remarquait la mâchoire de l'homme qui s'était crispée, les mains que Gabriel frottait l'une contre l'autre, et elle ne savait comment se tirer de ce mauvais pas. Elle regarda Mazal, qui les observait attentivement, puis sourit gentiment au jeune homme :

— Je ne sais pas. C'est ainsi, c'est tout.

Le jeune homme secoua la tête, mais ne répondit rien. Il n'avait pas envie de faire la démonstration ici et maintenant de l'apport de cette large communauté francophone au sein de l'Amérique du Nord. Il aurait espéré que la femme qu'il épouserait aurait cette ouverture, mais devant le visage soucieux de Béthanie, il en doutait. Alors, il décida de passer à un autre sujet, mettant encore une fois ses besoins de côté. Comme il allait s'aventurer sur un thème neutre, la femme se pencha au-dessus de la table et chuchota :

— Par contre, j'ai entendu dire qu'un dénommé René Lévesque a expliqué son point de vue souverainiste aux membres de notre communauté. Mon père en a parlé à un compatriote. Cet homme a une nouvelle façon de faire de la politique, je trouve.

Interloqué devant cet aveu inhabituel pour une femme juive, Gabriel resta sans voix. Il voyait passer différentes inquiétudes sur le visage ovale de sa vis-à-vis. Sans qu'elle soit belle, une certaine harmonie se dégageait des traits réguliers de Béthanie. Sa chevelure sage nouée à la nuque montrait toutefois un front trop large et un cou trop court. Mais pour le moment, le jeune homme ne remarquait pas cela, trop excité à l'idée d'avoir cette discussion sur un sujet aussi important.

— Alors, dites-moi pourquoi nous, Juifs du Québec, ne pourrions pas nous investir dans des relations amicales avec les francophones ? N'est-ce pas là le signe qu'il y a une ouverture de la part de cette population ?

Pourtant, la lueur d'espoir qu'avait ressentie Gabriel s'éteignit bien vite lorsque Béthanie reprit un ton sévère pour répondre :

— Mon père semble penser que c'est utopique de songer à nouer des relations amicales avec les francophones. Depuis si longtemps, ils nous ont interdit leurs écoles, leurs commerces… Pourquoi devrions-nous leur offrir cette branche d'olivier ? Vous comme moi avons été obligés d'étudier en anglais, même si notre langue était le français. Ce sont les protestants et non les catholiques qui ont accepté notre peuple.

Découragé, Gabriel vint pour protester, mais le visage de Béthanie s'était refermé. Elle n'avait pas l'intention de passer outre les enseignements de son père, qui ne voyait pas d'un bon œil un rapprochement avec les catholiques. Pour les affaires, il pouvait être le plus charmant des hommes, mais pas question de côtoyer les francophones de Montréal de manière désinvolte. Déçu de cette conversation qui se terminait de cette façon, Gabriel sortit son portefeuille de la poche de son manteau pour indiquer à la jeune femme que leur sortie tirait à sa fin.

— On se revoit bientôt ? demanda Béthanie lorsque son ami vint la reconduire devant la porte de la maison familiale.

— Oui. Bien sûr.

C'est pourtant la mort dans l'âme que Gabriel tourna les talons et rejoignit sa sœur dans la voiture, qui n'avait pas encore eu le temps de se réchauffer. L'hiver était bien installé, et pour le moment, le jeune Juif avait l'impression qu'il en était de même au fond de son cœur.

~ ~ ~

— Enfin, ma sœur ! Je commençais à penser que t'arriverais jamais !

Florie se tenait au milieu de la cuisine, les bras croisés sur sa voluptueuse poitrine. Elle portait son éternel tablier à la taille et avait ce petit air crispé qu'elle prenait lorsqu'elle était contrariée. Pour le moment, c'était le retard d'Adèle qui la mettait dans cet état. La quinquagénaire déposa son sac de cuir dans l'entrée et prit le temps d'ôter ses bottes à talon en s'appuyant au bras de Jérôme, qui n'avait pas encore dit un mot.

— Allô, Florie ! Bien comme tu vois, ON est là !

Adèle s'avança vers son aînée en faisant un clin d'œil à Marie-Camille, assise à la table avec Alice. Les amies épluchaient des légumes depuis une heure et voyaient avec soulagement l'arrivée des nouveaux venus. Au moins, elles pourraient prendre une pause. Alice observa avec une curiosité évidente l'homme blond aux tempes grises qui suivait sa sœur. Elle avait appris un jour l'étrange promesse que le père, les tantes et l'oncle de Marie-Camille avaient faite sur le lit de mort de leur mère, en 1922 : ne jamais se marier ; ne jamais avoir d'enfants. Quand son amie lui avait relaté les circonstances de ce serment fait alors qu'ils étaient très jeunes, Alice avait marmonné en riant :

— Clairement, ton père a pas respecté sa promesse !

— En effet, avait répondu sérieusement Marie-Camille. Sans m'embarquer dans les détails, disons que mon père est tombé amoureux de ma maman et a pas résisté. Il l'a épousée malgré les colères de matante Florie. Quant à matante Adèle, bien elle s'est pas mariée, mais elle fréquente son amoureux depuis plus de vingt ans.

— Florie est d'accord ?

Marie-Camille avait souri en haussant les épaules.

— D'accord est un bien grand mot. Disons qu'elle a pas vraiment le choix, parce qu'Adèle l'a bien prévenue que si elle voulait continuer à la voir, il lui fallait accepter sa relation avec Jérôme ! Point à la ligne !

Alors, dans la cuisine chaleureuse de la maison Gélinas, le rédacteur en chef, conjoint informel d'Adèle, s'avança en tendant la main à Florie. Cette dernière grimaça un sourire avant de tendre une joue.

— Bienvenue, Jérôme. Vous allez bien ?

Le ton trop guindé fit rire sous cape Marie-Camille et Adèle. Ne sachant jamais comment réagir à la présence de cet homme dans la vie de sa sœur, Florie ne lui adressait la parole que lorsque c'était nécessaire et sans aucun naturel. Sauf lorsqu'elle avait bu un petit peu trop de vin de cerise ou de rhum. Alors, elle se dégênait et le tutoyait sans aucune pudeur. En la voyant discuter maladroitement avec Jérôme, Adèle se pencha au-dessus de sa nièce et lui chuchota en riant :

— Vivement le petit punch au retour de l'église !

Pour le moment seul homme parmi les femmes de la maison, Jérôme s'offrit pour aider à la cuisine. La réaction de Florie ne se fit pas attendre :

— Pas question de vous avoir dans nos pattes ! Allez donc porter votre valise dans la chambre de Laurent. Il va vous laisser son lit le temps de votre visite.

Jérôme hocha la tête en évitant de regarder Adèle, qui cachait mal son hilarité devant la relation ambiguë entre sa sœur et son amour. Pour la première fois, Marie-Camille réalisa à quel point le couple formé par sa tante et le rédacteur en chef n'avait pas de « statut officiel » et cela l'attrista. Car après tout, si sa relation avec Jean-Luc continuait à s'épanouir ainsi, eux non plus ne pourraient jamais dormir ensemble, se promener main dans la main sans craindre les regards…

Alice remarqua l'air sombre de son amie et lui chuchota :

— Ça va, Marie ?

— Oui, oui. Un petit mal de tête. Florie, tu crois qu'on a assez de légumes ? J'aimerais aller me promener au village avant qu'on se mette belles pour le réveillon.

Florie, qui considérait l'alimentation comme l'élément principal de la vie, jeta un coup d'œil sur la table, au centre de laquelle trônait un large chaudron de fonte rempli de patates, de carottes et de navets coupés. Les jeunes femmes avaient devant elles un énorme tas d'épluchures et Alice se leva pour les jeter à la poubelle.

— NON ! cria Florie en la voyant faire.

Figée sur place avec le journal contenant les pelures entre ses mains, Alice ouvrit grand les yeux en murmurant :

— Quoi ?

— Les cochons !

— Pardon ?

La situation était assez comique, et même Marie-Camille éclata de rire, malgré l'anxiété palpable de son amie. Elle se releva à son tour et expliqua en riant :

— On va aller jeter ça aux cochons ! C'est ce que matante a essayé de te dire avec son cri de mort !

— Franchement ! marmonna Florie en rougissant.

Elle jeta un coup d'œil vers le corridor pour être certaine que Jérôme n'avait pas entendu son exclamation. Un homme cultivé ne devait pas s'attendre à une telle effervescence juste pour des cochons ! Adèle mit sa main sur le bras d'Alice et dit à sa nièce :

— Allez donc vous promener, je vais m'occuper d'aller à la grange.

— Merci, matante.

— En même temps, ronchonna Florie redevenue elle-même, me semble qu'on va assez se promener quand on va aller à l'église tantôt ! C'est quoi l'affaire d'aller marcher pour rien ?

Lorsque Florie prononça ces quelques mots, Alice réalisa alors qu'elle devrait communier pour la première fois depuis son avortement. Une sueur froide glissa le long de sa colonne vertébrale. Comme une automate, elle enfila son manteau, posa son chapeau sur sa tête et sortit au moment où Laurent entrait. Quand la rousse mit les pieds dans la neige fraîchement tombée qui recouvrait la grande galerie ceinturant la maison, elle tenta de calmer sa panique en allumant une cigarette.

Marie-Camille la rejoignit dehors et jeta un coup d'œil vers la maison, certaine que sa tante aurait son petit mot à dire sur le fait que les femmes se mettaient à fumer comme des cheminées. Mais le rideau de la fenêtre de la porte empêchait Florie de voir ce qui se passait sur le balcon. Marie-Camille descendit les quelques marches en écoutant avec plaisir le crissement sous ses grosses bottes.

— Tu viens, Alice ? On va profiter du calme avant la tempête ! rigola-t-elle en pointant la maison où Florie devait continuer à s'épivarder.

— J'arrive.

Sur le chemin des Fondateurs, les deux femmes levèrent la tête vers le ciel couvert en respirant profondément.

— Pour moi il va neiger toute la soirée ! pointa Marie-Camille.

— Hum…

La rue principale du village était assez achalandée, malgré les gros flocons qui virevoltaient dans les airs. À tout moment, Marie-Camille levait la main pour saluer les passagers de voitures qui gravissaient la côte. À ses côtés, Alice restait silencieuse. Au bout d'un moment, la plus jeune cessa de marcher et enleva ses lunettes, tout en rouspétant, pour ensuite les glisser dans la poche de son gros manteau. Elle détestait avoir les verres mouillés et préférait voir un peu moins clairement que d'endurer cette vision humide et brouillée ! De toute manière, peu importe qui la saluait, elle levait la main avec bonne humeur. C'était ainsi au village de Sainte-Cécile. Comme elle relevait la tête pour poursuivre leur promenade, elle s'aperçut avec étonnement que son amie pleurait en silence.

— Voyons donc toi, qu'est-ce qui se passe ?

— Rien.

Marie-Camille pencha sa tête de côté et dit :

— C'est rien qui te rend triste comme ça ? T'en fais pas avec matante Florie, elle est pas méchante, tu sais. Il faut la laisser parler. Mais si tu veux, je vais essayer de lui dire de se tempérer un peu !

Alice serra ses bras contre son torse en secouant vivement la tête. Ses boucles flamboyantes sortaient de sa toque de fourrure et faisaient un éclat de lumière dans cette blancheur hivernale. Son amie s'avança pour la serrer dans ses bras en silence. Au bout de quelques instants, Marie-Camille lui demanda en hésitant :

— C'est ton avortement qui te peine encore autant ?

Comme un déluge, la réaction à cette petite phrase ne se fit pas attendre. Alice hoqueta de tristesse et murmura :

— Si tu savais, Marie ! Si tu savais comme je suis triste, toujours ! Comme j'ai honte ! Je suis jamais retournée à l'église depuis, tu t'imagines ? Alors comment je vais faire ce soir pour communier en toute impunité ? Hein ? Je me sens comme une traîtresse. J'ai l'impression que tout le monde va savoir ce que j'ai fait !

Marie-Camille prit la main de son amie dans la sienne et recommença à marcher sans dire un mot. Elle ne voulait pas mentir à Alice et savait qu'elle devait bien choisir ses paroles avant de la consoler. Au-dessus d'elles, les volutes de fumée qui émanaient des maisons en bordure du chemin se rejoignaient en valsant.

Les guirlandes de pin ornaient les balustrades et certaines villageoises s'attardaient à la décoration de leur porte pour faire honneur à la visite.

— Je pourrai jamais te dire que je suis d'accord avec ton geste, Alice. Mais je le comprends et je te juge pas. Si tu continues de te morfondre comme ça, tu vas mourir de chagrin, ma pauvre amie !

— Je pouvais pas le garder, Marie-Camille.

— Je sais, chuchota cette dernière, les yeux à présent remplis de larmes, elle aussi.

— Mais des fois, je me dis que je suis juste une égoïste et que j'ai commis le pire des crimes.

— Arrête, Alice ! Va pas là, sinon tu vas devenir folle !

Alice plissa son visage avant de le plonger dans ses mains gantées. De longs sanglots secouaient ses épaules et, malgré sa grande taille, Marie-Camille avait l'impression d'avoir une petite fille à ses côtés. La peine de cette dernière était si profonde, son sentiment de culpabilité si intense que la plus jeune chercha comment adoucir cette douleur.

À présent rendue au cœur du village, en bas de la côte du chemin des Fondateurs, elle se plaça face à Alice et enleva les mains qui cachaient son visage.

— Au début, continua celle-ci, j'étais soulagée. Mais peu à peu, une impression de vide s'est installée en moi. Je dors mal, je mange presque pas… Je me sens tellement coupable que je me sens mourir à petit feu.

— Dieu a pardonné ton geste, Alice.

— Je le sais, murmura Marie-Camille, parce que Dieu est bon. Il juge pas, Il condamne pas.

L'autre releva doucement la tête pour fixer son amie, qui lui souriait tendrement, les yeux brillants.

— Si c'était pas le cas, Il aurait pas permis à mon père d'épouser ma mère après le serment qu'il avait fait.

Ce fut au tour de Marie-Camille de laisser les larmes couler sur ses joues rougies par le froid.

— Je sais que ma mère est morte bien trop jeune. Mais même si certaines personnes ont pu croire que c'était la conséquence divine pour ce bris de promesse, j'en ai jamais eu l'impression. Ma maman était malade. Le diabète pardonnait pas, autrefois. Alors je pense que tu peux entrer à l'église ce soir la tête haute. Ce choix que tu as fait est passé. Tu dois maintenant regarder vers l'avenir. Je serai là, à tes côtés, pour t'aider.

Émue jusqu'au plus profond de son cœur, Alice ne put que hocher la tête sans pouvoir arrêter ses larmes de couler. Alors, Marie-Camille lui saisit la main et se dirigea vers la beurrerie d'Édouard, qui se trouvait derrière l'atelier du ferblantier Jeremiah Holland.

— Viens, on va aller voir papa. Juste de goûter à un de ses merveilleux fromages, tu retrouveras un brin de bonheur, je te le jure !

Avant de passer le seuil de la beurrerie, Alice prit son amie dans ses bras et murmura :

— Merci.

Lovées l'une contre l'autre, elles firent sonner la clochette de la porte d'entrée. Dans la pièce aux murs blancs ornés des certificats d'excellence remportés par Édouard au fil des années, les femmes soupirèrent d'aise.

— Je m'étais pas aperçue que c'était si froid, frissonna Marie-Camille, en détachant son manteau de laine. Hum, sens-tu comme ça promet ?

Elle se dirigea vers l'arrière-boutique pour rejoindre son père. Hésitant à la suivre, Alice regarda autour d'elle et s'avança vers une photographie qui montrait le couple formé par les parents de Marie-Camille. Une seule photo personnelle, parmi les articles de journaux, les affiches et autres reconnaissances qui couvraient les murs de la pièce. Elle sourit en voyant encore la ressemblance entre les deux femmes. L'appel de son amie la mena à son tour dans l'arrière-boutique, où se trouvaient les tables de confection, de coupe et de préparation des produits. En voyant le visage bouffi de l'amie de sa fille, Édouard tourna ses yeux vers Marie-Camille, avec une interrogation dans le regard. Celle-ci fit un geste de la main pour l'aviser que tout allait bien. Réservé et discret, l'homme acquiesça avant de proposer à Alice de lui expliquer les ficelles de son métier.

— Oh, mon doux, t'as pas fini de parler fromage, mon amie ! Moi, pendant ce temps-là, je vais en profiter pour goûter à quelques échantillons. D'accord, papa ?

Alice et Édouard éclatèrent de rire en voyant Marie-Camille étirer son bras pour atteindre les tablettes au mur derrière elle et agripper tout ce qui lui tombait sous la main. Alice eut l'impression, pour la première fois depuis longtemps, qu'elle pourrait peut-être commencer à revivre.

Elle sentait l'amour sincère de son amie sans jugement. La douceur de ces moments passés dans cette belle famille originale l'avait comblée. Et puis, l'accueil de Florie et d'Édouard, en particulier, l'avait touchée au plus profond de son être. Oui, elle guérirait.

CHAPITRE 28

Depuis le retour de l'église, trente minutes plus tôt, où elle avait été présentée à tout un chacun, Alice se berçait dans le coin de la cuisine, soulagée. La messe n'avait pas été le cauchemar qu'elle avait anticipé. Au contraire, elle avait ressenti un sentiment de paix pour son cœur malmené depuis plusieurs semaines. Dans la petite église blanche, les villageois avaient chanté à l'unisson et un long frisson avait parcouru l'échine de la femme. En mettant les pieds dans la maison, elle avait voulu aider Florie, Adèle et Marie-Camille à dresser la table pour le réveillon, mais l'aînée avait été catégorique :

— Non, mademoiselle ! Les invités travaillent pas chez les Gélinas. Berce-toi un peu, puis écoute Michèle Richard. Son *record* de Noël est magnifique !

La valse chantée par l'artiste populaire de l'heure mit de l'entrain dans la pièce. Au bout d'un moment, Alice décida d'aller prendre l'air. La nuit étoilée avait enfin pris la place des gros nuages et la femme s'installa dans les marches, en serrant contre elle son gros manteau. Tirant une longue bouffée sur sa cigarette, Alice appuya sa tête contre la balustrade en frissonnant. Prise dans ses pensées, elle n'entendit pas la porte de la maison s'ouvrir et sursauta au son de la voix de Florie :

— Veux-tu bien me dire ce que tu fais à te geler de même, ma fille ? Ah, tu fumes !

Le ton réprobateur de Florie fit sourire Alice, qui hocha la tête avant de répondre :

— Eh oui !

— En tout cas.

Florie retint d'autres mots perfides en souhaitant que ce défaut ne se transmette pas à sa nièce. En grelottant, elle concéda :

— Tu peux bien fumer dans la maison. Édouard et Laurent se gênent pas de nous emboucaner. François-Louis et Jérôme non plus, ça fait que je peux pas t'obliger à geler sur le balcon !

— Non, c'est correct. J'avais besoin de respirer un peu d'air.

— Pffff...

L'interjection de la grosse femme voulait tout dire : prendre de l'air frais en fumant une cigarette ! Mais entêtée comme elle l'était, Florie refusait de laisser son invitée sur le perron. Elle ouvrit la porte derrière elle et lança, sur un ton sans réplique :

— Rentre. On va manger.

Alice retint un geste d'exaspération et lança son mégot dans la neige. Ce qui ne manqua pas d'agacer Florie. Mais elle ne dit rien, préférant garder ses pensées pour elle. Car elle n'était pas peu fière, l'aînée des Gélinas, d'avoir appris avec les années à tempérer ses paroles. La jeune femme la suivit docilement dans la cuisine d'été.

— T'avais l'air bien triste à l'église. J'imagine que ça doit être difficile à ce temps-ci de l'année. Ça me fait bien plaisir que tu sois des nôtres. Bon, voyons, qu'est-ce que j'ai dit ?

marmonna Florie en constatant qu'Alice s'était arrêtée de marcher.

Alice voulut faire un signe de la main pour indiquer que tout allait bien, mais elle n'arrivait plus à respirer normalement. La gentillesse de Florie envers elle la touchait profondément, sachant à quel point elle protégeait Marie-Camille comme une louve. Pour la deuxième fois en vingt-quatre heures, elle n'arrivait pas à retenir ses larmes. Mal à l'aise devant la peine de son invitée, Florie hésita entre aller chercher sa nièce ou réconforter elle-même Alice. Considérant qu'elle avait de belles qualités de consolatrice, elle opta pour la deuxième solution.

— Viens t'asseoir ici, ma fille, on va jaser un peu. Voir si ça a de l'allure d'avoir de la peine de même le soir de Noël!

Florie tira la manche de la jeune femme vers un banc de bois installé contre le mur de la maison. L'air était glacial, mais au moins, la cuisine d'été les protégeait du vent. Assises l'une contre l'autre, les deux femmes restèrent en silence un long moment. À bout de patience, l'aînée posa sa main sur la cuisse de sa voisine.

— Je sais bien qu'être toute seule à Noël, c'est vraiment tragique. Pourtant, ici, c'est comme une famille. Comme ta famille.

— Merci, Florie.

— Remercie-moi pas, je dis juste ce que je pense, moi, dans la vie. Ça fait que c'est la vérité!

Au travers de ses larmes, Alice ne put retenir un sourire. Elle découvrait toute la tendresse qui émanait de Florie. Toutefois, elle ne put s'empêcher de murmurer:

— Si vous saviez ce que j'ai fait, je doute que vous m'accueilleriez aussi gentiment.

— Bon, bon, les grands mystères, asteure! Tu sauras, ma fille, que j'en ai vu de toutes les couleurs depuis mon jeune temps. Penses-tu que d'avoir des frères et une sœur comme les miens, c'est facile à gérer, ça? Non, madame! Ça fait que, à moins que t'aies commis un crime épouvantable...

Florie arrêta soudainement de parler, en sentant l'autre se tendre à ses côtés. Elle plissa sa face au menton pointu et demanda avec inquiétude:

— T'as pas des problèmes avec la police quand même?

Alice secoua la tête en souriant devant le visage démonté de sa voisine.

— Non, non.

— Bon, c'est comme je disais alors. Moi, ton passé, puis tes bêtises, ça me passe cent pieds par-dessus la tête. On en fait tous, des erreurs, et c'est à ça qui sert le petit Jésus qu'on fête ce soir: à pardonner! Arrête de te morfondre, ma belle! Regarde vers l'avant, arrête de vivre dans le passé. Ici, cette nuit, essaye donc d'enterrer tes mauvais choix.

Alice regarda la femme qui lui parlait avec tant de sagesse et essuya ses larmes du revers de la main. Pourrait-elle faire ce que Florie lui suggérait? Désireuse de retrouver un peu de paix, elle mit la main sur son ventre, puis ferma les yeux un moment. Florie lui tapota la cuisse et se leva péniblement.

— Je te laisse quelques minutes pour penser à tout ça. On va boire et manger, et je te jure qu'avec nous autres autour de toi, tu vas oublier ce qui te tracasse et réussir à passer une mautadine de belle nuit de Noël!

Le réveillon avec les Gélinas remit du baume au cœur d'Alice. Quand les deux amies quittèrent la famille, le

26 décembre au matin, c'est les yeux remplis d'étoiles que la visiteuse serra les membres de ce clan bien particulier.

— Merci, chuchota-t-elle à l'oreille de Florie. J'ai passé un séjour merveilleux. Je pourrai jamais vous dire à quel point je repars d'ici le cœur moins lourd. Et c'est grâce à vous.

— Hum. Heu... bon, heu... merci, grommela la femme, qui ne savait pas comment prendre les compliments de cette nature. Tu reviendras nous voir, ma belle.

Puis, une fois rendues à Montréal, les amies s'enlacèrent longuement, avant de se quitter pour retourner chacune dans son logement. Marie-Camille était impatiente de retrouver Jean-Luc; il lui avait promis d'être à sa porte à 20 heures tapantes et la jeune femme était fébrile à l'idée de le retrouver. C'est presque en courant qu'elle fit le trajet jusqu'à son autobus, et elle faillit tomber en en descendant, au coin de la rue Saint-Denis. Les trottoirs glacés lui rappelaient que la métropole ne présentait pas les mêmes conditions hivernales qu'ailleurs dans la province. La pluie, qui s'était mêlée à la neige la veille, avait fait des trottoirs de la ville de vraies patinoires. Le cœur rempli de joie, la jeune femme se pressa quand même jusqu'à la rue de la Roche.

— Enfin! murmura-t-elle aussitôt la porte de son immeuble refermée derrière elle.

Se secouant comme un chiot pour se réchauffer un peu, Marie-Camille reprit sa progression et entreprit de monter au deuxième palier. Elle n'eut pas le temps de mettre la clé dans sa porte qu'Albertine Vadeboncœur ouvrit la sienne en vitesse.

— Ma belle voisine qui vient d'arriver! Joyeux Noël, Marie-Camille! J'ai un petit cadeau pour toi.

— Oh !

Mal à l'aise, la jeune femme enleva sa toque de sur sa tête et la déposa sur sa valise au sol. Quand la vieille femme revint sur le palier, elle tenait Israël contre sa poitrine.

— Tiens ! Voilà ton cadeau ! rit l'aïeule, très fière de sa blague.

Dans sa belle robe orangée et jaune, Albertine resplendissait. Marie-Camille s'approcha en riant.

— Oh, viens donc ici, mon tannant ! Il vous a dérangée alors ? Je suis désolée, poursuivit la jeune sans attendre.

— Non, t'en fais pas. C'est juste que je m'ennuyais hier soir, alors j'ai décidé d'aller le chercher. J'aurais jamais pensé prendre une boule de poil dans mon logement, ma fille ! Il faut que je me sois attachée à ta petite bête, tu sauras !

Heureuse de retrouver son chat, Marie-Camille continua à jaser avec sa voisine durant quelques minutes. Puis, épuisée et surtout fébrile à l'idée de revoir son amoureux, elle prit congé de sa voisine, un peu déçue.

— T'es certaine que tu veux pas venir partager mon souper ? demanda Albertine. J'ai fait une grosse sauce avec des boulettes. Mon fils devait passer, mais il est encore pris au travail. Ça fait qu'il pourra pas venir ce soir.

Hésitant devant la tristesse et la solitude évidentes de la vieille femme, Marie-Camille se sentit bien mal de refuser l'invitation. Pourtant, elle avait si hâte de prendre un long bain et de se mettre belle pour son amant, qu'elle secoua gentiment la tête.

— J'ai un ami qui doit venir me retrouver, avoua-t-elle.

— Hum, je vois.

Albertine Vadeboncœur fit un clin d'œil coquin à sa jeune voisine avant de retourner à l'intérieur de son logement.

Elle lança un « bonne soirée » sans équivoque, puis referma la porte. Marie-Camille rougit, seule sur le palier, avant de se presser chez elle.

À peine eut-elle posé les pieds dans son petit appartement que la jeune femme réalisa que son plan pour la soirée ne fonctionnerait pas comme prévu. À ses pieds, un message glissé sous la porte l'attendait :

Ma chérie,

Je suis désolé, mais je ne pourrai venir te voir ce soir. Je dois retourner chercher ma femme et mon fils chez mes beaux-parents, car elle a refusé de revenir en ville hier. Je ferai tout en mon pouvoir pour me reprendre demain ou jeudi. Ne m'en veux pas.

Je t'aime.

J.-L.

Marie-Camille fit une boule du papier, qu'elle lança à bout de bras avec colère. Une rage sourde envahit son être et, sans même prendre le temps de se dévêtir, elle ressortit de chez elle en courant. Elle avait tellement hâte de le voir, de le toucher. Tous ces sacrifices en valaient-ils la peine ?

~ ~ ~

Quand sa mère vint cogner à la porte de sa chambre pour lui annoncer que quelqu'un le demandait, Gabriel resta surpris un moment. Maria avait simplement murmuré d'un ton inquiet :

— Mon fils, il y a une personne qui désire te voir.

— Qui ça ?

— Je ne connais pas cette dame.

Étonné, Gabriel déposa son livre sur sa table de chevet et se leva pour suivre sa mère dans l'escalier. Il ne voyait pas qui pouvait venir le relancer chez lui. Depuis plusieurs mois, Gabriel passait toutes ses soirées dans sa chambre à lire les grands auteurs juifs. Il cherchait des réponses à ses questions existentielles. Arrivé au rez-de-chaussée, le jeune homme fut embarrassé de voir Marie-Camille dans l'entrée de la maison.

— Heu, bonsoir.

— Gabriel, je peux te parler?

L'homme posa son regard sur le visage confus de son amie, avant de le détourner en direction de sa mère, restée en retrait à ses côtés. Maria hésita un peu avant de proposer poliment:

— Fais entrer madame, Gabriel.

Comme son fils ne répondait pas, la sexagénaire fronça les sourcils. Marie-Camille regrettait déjà son impulsivité. Elle n'avait qu'à voir la confusion et la crainte sur les traits de Gabriel pour savoir que ce dernier n'avait pas le courage d'expliquer sa présence chez lui. La jeune femme serra son sac contre sa poitrine avant de se détourner.

— Oh je suis désolée. Oublie ça!

Derrière le duo mère-fils, venait d'apparaître Edmond, qui sortait de son bureau pour voir qui avait sonné à la porte de la maison, à l'heure du repas et sans avertir.

— Mademoiselle, demanda-t-il les bras croisés sur le devant de son corps, vous connaissez Gabriel?

— Oui, papa, c'est une collègue du collège, répliqua Gabriel.

— Ah.

L'homme à l'épaisse chevelure attendait plus d'explications, mais Marie-Camille avait déjà rouvert la lourde porte de bois sombre pour s'éclipser. Elle n'avait pas envie de se donner en spectacle. Les parents de son ami l'observaient avec sérieux, alors que Gabriel hésitait sur la conduite à suivre. Il n'eut pas le temps d'agir avant qu'elle ne se glisse à l'extérieur de la maison en chuchotant :

— À bientôt, Gabriel.

Une fois sur le balcon, Marie-Camille ragea de ne pas avoir pensé que son ami ne pourrait la consoler. « Pourquoi avoir sauté dans un taxi sans réfléchir ? » se sermonna-t-elle. Quand elle se mit à marcher sur le trottoir enneigé pour faire le chemin inverse, elle fut surprise d'entendre son ami crier derrière elle.

— Attends, Marie-Camille ! Donne-moi une minute quand même ! J'étais juste surpris de te voir.

— Je m'excuse Gabriel, j'ai pas pensé aux conséquences. J'avais juste besoin de parler à quelqu'un.

Devant le visage démonté, devant la tristesse évidente de Marie-Camille, Gabriel ne sut que faire. Lui qui n'avait pas le courage de se défendre contre les intimidateurs doutait d'avoir la force de justifier la présence de son amie dans sa maison. Il aurait voulu lui prendre le bras pour la ramener chez lui. La présenter à sa famille en disant : « Voici ma meilleure amie. » Pourtant, il devait se rendre à l'évidence : il n'oserait pas. À l'idée de la colère de son père devant cette relation secrète et pourtant si pure, il sentait son corps se crisper. Alors l'homme choisit la voie la plus facile :

— Dis-moi ce qui ne va pas, Marie-Camille. Je t'écoute.

— Ici ? Sur le trottoir glacé alors qu'on gèle ?

— Je ne peux pas…

— Je sais Gabriel. Laisse faire.

Marie-Camille aurait tellement voulu pouvoir s'épancher, mais il était évident que l'homme n'était pas prêt à expliquer leur amitié. Elle posa sa grosse mitaine sur le bras de Gabriel, qui baissa sa tête piteusement, les yeux fixés sur ses bottes. Déchiré entre son affection pour la jeune femme et les convictions de sa famille, il n'arrivait pas à prendre une décision. Il allait répondre lorsque la voix de son père le fit sursauter derrière lui.

— Tout va bien, Gabriel ? C'est l'heure de manger.

— Oui, oui, père. J'arrive.

Edmond, à une dizaine de pieds à l'écart du couple, avait une stature imposante qui fit frémir Marie-Camille. Elle avait vu l'homme à la synagogue, l'avait trouvé noble et avait bien vu qu'il dominait sa famille, mais elle n'avait jamais compris à quel point il exerçait une emprise sur son ami. Saisissant que la nature de sa relation avec Gabriel ne pouvait pas être dévoilée, elle chuchota, avec des tremblements dans la voix :

— Appelle-moi quand tu pourras. Je dois retourner à la maison.

Même si ces mots avaient été prononcés sur un ton doux, le père de Gabriel avait entendu le murmure de Marie-Camille et sentit une inquiétude l'envahir. Edmond avait souvent craint que l'un de ses enfants ne s'engage dans une relation interraciale. Sans pouvoir le confirmer, il sentait que cette jeune femme représentait une menace pour le judaïsme de son fils. S'avançant de quelques pas, Edmond répliqua donc avec froideur, tout en dévisageant sévèrement son cadet :

— Je pense que tu devrais annoncer la nouvelle à cette demoiselle, mon fils.

— Quelle nouvelle ? questionna Marie-Camille, en fronçant les sourcils.

— Papa, je t'en prie. Laisse-nous seuls quelques minutes.

Edmond pinça ses lèvres avec colère. Sa barbe bougeait au rythme de ce mouvement. L'homme sentait bien la complicité qui existait entre son fils et cette jeune Québécoise. Une grande confusion régnait dans son esprit en réalisant que Gabriel et Marie-Camille se connaissaient bien plus qu'ils ne voulaient le laisser paraître. Les traits embarrassés du visage de Gabriel parlaient d'eux-mêmes. L'homme d'âge mûr leva finalement l'index.

— Soit. Mais je t'attends dans cinq minutes à la maison.

Quand l'aîné tourna les talons, après avoir salué Marie-Camille d'un signe de tête sec, cette dernière déglutit avec un malaise évident. Elle en avait presque oublié la raison de sa venue à Outremont.

— Marie-Camille, commença le Juif sans la regarder dans les yeux, je pense qu'il vaut mieux qu'on arrête de se voir. Pour quelque temps, en tout cas. C'est compliqué et comme tu vois, je suis lâche face à mon père.

Gabriel eut un sanglot, qu'il réprima rapidement. S'il se mettait à pleurer, il ne pourrait mettre fin au déluge. Marie-Camille ouvrit les yeux bien grand en plissant son visage pâle.

— Quoi ? Et pourquoi ? Tu es mon ami. Mon meilleur ami.

L'homme inspira profondément, en posant les yeux sur la silhouette de son père, qui attendait devant leur maison cossue. Il leva la tête vers le ciel avant de lancer :

— Je vais me fiancer et il serait mal vu pour moi d'avoir une amie goy. J'espère que tu comprends. Il est préférable de mettre fin à notre amitié. De toute manière, une fois marié, je ne pourrai plus te fréquenter. Alors je te souhaite bonne chance dans tes projets.

Avant que Marie-Camille ne puisse réagir, Gabriel tourna les talons et s'éloigna à toute vitesse pour éviter de voir la détresse de son amie. Bras ballants, la femme resta plantée sur place jusqu'à ce que la silhouette trapue ne disparaisse à l'intérieur de la résidence des Joseph, le bras d'Edmond placé autour des épaules de son fils, comme un rempart contre le danger qu'elle représentait. La jeune femme se mit à pleurer sans bouger, plongeant son visage dans ses mitaines de laine. Elle venait de perdre son meilleur ami sans aucun avertissement préalable. Dépourvue, désemparée, Marie-Camille recommença à marcher d'un pas lent…

NOTES DE L'AUTEURE

p. 23 : Librement adapté de l'article du journal *La Presse* du vendredi 17 mai 1957 (http://collections.banq.qc.ca/retrieve/7054035#page=27)

p. 31 : Un ou une goy représente celui ou celle qui n'est pas juif, notamment un chrétien.

p. 45 : Le statut des Juifs est l'ensemble des obligations et interdictions définies sous le régime de Vichy. Cette loi précise entre autres les professions désormais interdites de pratique aux personnes répondant aux critères édictés.

p. 50 : Jusqu'en 1960 et sauf exception, l'ensemble des institutions publiques du Québec – les écoles catholiques, les universités, les hôpitaux et les sociétés caritatives – n'ouvraient pas leurs portes aux Juifs.

Informations tirées du livre *Trajectoires juives,* écrit par Pierre Anctil, et publié aux Presses de l'Université Laval, 234 pages.

p. 51 : Hevra Kadisha (Hevra Kadicha) est une expression qui signifie : la sainte assemblée. Il s'agit de l'ensemble des personnes qui officient lors de la préparation et de l'organisation de l'inhumation. Pour postuler à la Hevra Kadisha, il faut être pratiquant et résolument tourné vers les autres.

p. 52 : L'une des valeurs juives enseignées par les sages juifs. https://fr.chabad.org/library/article_cdo/aid/3372176/jewish/Quelles-sont-les-valeurs-juives.htm

p. 53 : Le marché du Nord a été le nom officiel du marché Jean-Talon jusqu'en 1982.
http://archivesdemontreal.com/2014/10/13/chronique-montrealite-no-15-le-marche-jean-talon/

p. 97 : Le pavillon principal a été renommé pavillon Roger-Gaudry en 2003.

p. 103 : Pour les besoins de l'histoire, l'auteure a pris des libertés concernant certains éléments des cours offerts au Collège des embaumeurs.

p. 117 : Le mot « croque-mort » est apparu au Moyen Âge, alors qu'un volontaire, souvent le médecin du village, mordait l'orteil d'un présumé mort afin de s'assurer qu'il était vraiment décédé !

p. 231 : Cette affirmation de René Lévesque a été émise en 1963 à Ahuntsic devant un parterre d'hommes d'affaires. Informations tirées du livre *Trajectoires juives*, écrit par Pierre Anctil, et publié aux Presses de l'Université Laval, 234 pages.

p. 231 : Jeune correspondant de guerre avec l'armée américaine, le futur premier ministre du Québec comptait parmi les premiers témoins à être entrés le 29 avril 1945 dans le camp de concentration de Dachau, situé en banlieue de Munich.

Informations tirées du livre *Trajectoires juives*, écrit par Pierre Anctil, et publié aux Presses de l'Université Laval, 234 pages.

p. 291 : informations tirées du site Internet : http://mimj.ca/location/1172

p. 300 : article de *La Revue Moderne*, juin 1960. http://collections.banq.qc.ca/retrieve/4881484#page=17

p. 316 : Jusqu'en 1975, la date à laquelle avaient généralement lieu les déménagements au Québec était le 1er mai.

p. 354 : L'ouverture des magasins le dimanche date de 1992.

p. 390 : Retranscription d'un extrait sonore de l'émission *Madame X*, animée par Reine Charrier. http://www.phonotheque.org/ram/CourrierCoeur-anim-D.mp3

p. 450 : Hanouka est une fête juive, aussi appelée fête des Lumières. Elle dure huit jours et a lieu généralement pendant le mois de décembre.

p. 465 : Ouvert en 1932, le casse-croûte Wilensky est une institution auparavant située à l'angle des rues Saint-Urbain et Fairmount. Ce restaurant a ensuite déménagé en 1952 à l'angle des rues Fairmount et Clark, où il se trouve toujours aujourd'hui.
https://tastet.ca/2017/09/11/wilensky-mile-end-montreal/

REMERCIEMENTS DE L'AUTEURE

J'aimerais remercier mon éditrice Sara Marcoux qui a plongé dans l'histoire de Marie-Camille et qui m'a prodigué de judicieux conseils. Un énorme merci à Isabelle Pauzé, réviseure linguistique qui est toujours d'une justesse incroyable. Merci à toute l'équipe de Guy Saint-Jean, en particulier Geneviève Brière, Lucie Rhéaume et Manon Desbiens pour leur grande disponibilité.

Je tiens aussi à remercier monsieur Lamontagne des Résidences funéraires F. Thériault pour les réponses fort intéressantes à mes questions sur ce métier passionnant. Finalement à ma famille et mes amis, je vous dis un gros merci d'être toujours là pour m'encourager.

MARQUIS

Québec, Canada

Achevé d'imprimer le 24 septembre 2019

Imprimé sur Rolland Enviro.
Ce papier contient 100% de fibres postconsommation,
est fabriqué avec un procédé sans chlore
et à partir d'énergie biogaz.

100% PCF BIO GAZ ÉNERGIE PERMANENT